U0096356

中國新聞史研究輯刊

六 編

主編　方 漢 奇

副主編　王潤澤、程曼麗

第5冊

新時期國家族群認同與 邊疆少數民族影像傳播研究（上）

尹　興 著

花木蘭文化事業有限公司

國家圖書館出版品預行編目資料

新時期國家族群認同與邊疆少數民族影像傳播研究（上）／
尹興 著 -- 初版 -- 新北市：花木蘭文化事業有限公司，2022
〔民 111〕
目 4+218 面；19×26 公分
（中國新聞史研究輯刊 六編；第 5 冊）
ISBN 978-986-518-686-9（精裝）
1.CST：國族認同 2.CST：少數民族 3.CST：邊疆民族
4.CST：視覺傳播
890.9208 110022046

中國新聞史研究輯刊
六 編 第五冊 ISBN：978-986-518-686-9

新時期國家族群認同與邊疆少數民族影像傳播研究（上）

作 者 尹 興
主 編 方漢奇
副 主 編 王潤澤、程曼麗
總 編 輯 杜潔祥
副總編輯 楊嘉樂
編輯主任 許郁翎
編 輯 張雅淋、潘玟靜、劉子瑄 美術編輯 陳逸婷
出 版 花木蘭文化事業有限公司
發 行 人 高小娟
聯絡地址 235 新北市中和區中安街七二號十三樓
電話：02-2923-1455／傳真：02-2923-1452
網 址 http://www.huamulan.tw 信箱 service@huamulans.com
印 刷 普羅文化出版廣告事業
初 版 2022 年 3 月
定 價 六編 7 冊（精裝）台幣 20,000 元

新時期國家族群認同與
邊疆少數民族影像傳播研究（上）

尹興 著

作者簡介

尹興，男，四川西昌人，博士，廣播電視新聞學教授。2006 年畢業於西南大學，獲文學碩士學位，主要研究方向爲影視文學與電視欄目文化研究；2012 年獲四川大學廣播影視文藝學方向博士學位。現在主要從事影視美學、廣播電視新聞學領域的科研與教學工作。2011 年起擔任重慶衛視《經典電影》欄目總撰稿。已在《文藝爭鳴》《國際新聞界》《現代傳播》《出版發行研究》《當代傳播》《編輯之友》等重要核心期刊發表論文數十篇。出版專著《影視敘事學研究》（四川大學出版社出版，2011 年 6 月出版）和《「虛無」世界的「黑色悲劇」—— 20 世紀「新黑色電影」研究》（四川大學出版社出版，2017年4月出版，獲四川省第十八次社會科學優秀成果三等獎）。主持結題 2014 年度國家社會科學基金項目：新時期國家族群認同與邊疆少數民族影像傳播研究（14BXW042）。

提　　要

如何在全球化背景下強化國家認同，邊疆少數民族影像的傳播研究無疑意義重大。本課題即以新時期（1978 年至今）邊疆少數民族電視新聞節目、電影和紀錄片爲主要考察對象，基於歷史哲學的分析和思考，聚焦影視文化的傳播過程，研究如何用公民的國家認同促進文化認同，將國家認同置於族群認同之上。梳理十七年少數民族邊疆影視（1949 年至 1966 年）參與民族國家建構的重要意義以及探究新時期早期邊疆少數民族影視的變遷，總結當今我國邊疆少數民族影視傳播的經驗教訓（1978 年至今）。聚焦於中華民族如何藉影像歷史記憶來凝聚擴張，中華邊緣人群如何藉影像歷史記憶或失憶與中華民族認同。項目釐清了邊疆少數民族影像的界定；分析形成民族認同的影視文化乃是該族群精英分子的主觀想像或創造；分析學界因忽略「中華邊緣」內外影視文化接觸、傳播與融合而引發之矛盾；研究其修辭手法、政治體認與美學訴求，以營構正面中華形象爲宗旨，尋求重疊共識，建設同質文化內核。回溯歷史文獻、系統分析數據，通過歷史的聯繫性和現實的更新性雙向反思邊疆少數民族影像傳播過程中的規範與失範；運用應然分析提出相應的創作與傳播準則，最終建構較爲完備的少數民族影像傳播理論框架。

本書係2014年國家社科基金項目《新時期
國家族群認同與邊疆少數民族影像傳播研究》
（項目號 14BXW042）的最終科研成果

目次

導　論

探討「新時期國家族群認同與邊疆少數民族影像傳播研究」〔註1〕這一課題，與其說是覺察「邊疆少數民族影像傳播」與「國族認同」之間多義複雜的互動聯繫，毋寧說是感受到「新時期國家族群認同」現實境遇中嚴峻的文化隔膜、帶有「自戀情結」的「文化封閉主義」。此外，主體傳媒機構對於少數民族影像傳播的嚴重盲視所帶來的文化政治風險也不容小覷。本課題即以深遠繁複的「邊疆少數民族影像文化」為研究對象，力圖通過多視角、全方位、縱深性的研究，揭示新時期邊疆少數民族影像傳播的多元性、邊疆各民族影視文化的族際互動性。在實證調研與理論分析的基礎上，聚焦邊疆少數民族影像傳播媒介，探尋如何以彈性流動、理性務實的姿態構築邊疆多族群影視文化傳播的良性平臺，搭建中華民族國家「和而不同」、「多元一體」的理想政治文化模式。

尋找建構這樣的傳播平臺，並非妄圖以浪漫的影像空間消融複雜的民族文化藩籬，也並非想用「烏托邦式」理想情懷完成對於「國家民族」想像性的主體建構。建設這樣的理想政治文化模式，更不是妄圖用「大漢族——邊疆少數民族」的「二元對立」文化模式規訓「化外之民」。在新時期邊疆少數民族邊緣化意識漸強的當下，在族際衝突、國家分裂威脅日益彰顯的多媒體時代，以「邊疆少數民族影像傳播」為研究對象，建構真正具有現實意義的中

〔註1〕「新時期」指1978年改革開放至今，本研究聚焦的重點為當下比較有影響力的邊疆少數民族電影、少數民族紀錄片以及少數民族電視節目。這裡的「族群」與「民族」並非同一概念，族群（族裔）強調血緣、宗教、文化和情感的認同，而民族（國族）從本質上說指「政治——文化——情感」的共同體。

華民族「多元一體」認同，才是本項工作不懈追求的終極目標。

在「眾媒時代」複雜媒介語境下，中國如何構建為各族群共同認可的影視文化語義內涵？如何有效遵照社會主義民族政策體繫傳播少數民族影像？如何在不悖逆多樣化「邊疆少數民族影像」自身審美自律前提下，找尋到中華民族共同的「族源記憶」和「認同符碼」〔註 2〕？種種問題，絕非不言自明。在作者看來，影像的傳播，很大程度上改變了少數民族觀眾看待國家歷史的方式。歷史被文字敘述、被回憶，變成了可以觀看的對象。誠然，僅僅依靠少數民族影像的傳播不足以建構國家的系統歷史敘事，但影像傳播卻以其直觀、具象、全息的屬性形成「蔚為大觀的家國影像」。定格的圖像、斑駁的歷史畫面即少數民族社會機體的一個微觀切片，所承載的信息遠遠超過傳受者的想像。「改歷史成見」、「凝視族群個體生命」、「形塑新時代記憶」成為少數民族影像傳播的歷史重任。

新時期多媒體時代的現代性意味著「層級性」、「流動性」、「秩序性」和「制度化」，從本質上必然會衝擊原來各民族的文化信仰圖騰。以往建構在血緣宗親基礎上的本能認同被切割開來，融入現代社會空間的理性制度規範中。新時期中國的「族群邊界」呈現連續性、過渡性的文化特徵，中華民族「多元一體」化的格局也更顯複雜多義。於是觀之，邊疆少數民族影像的生產也必然糾葛纏繞於「經濟功能訴求」、「美學文化訴求」與「政治共同體尋求」之間的矛盾當中。如何顯示特定的族群文化特徵，消融民族（「國族」）認同危機，邊疆少數民族影像的研究之途任重道遠。

研究原則與對策

一、「邊疆少數民族影像傳播」與「國家民族觀」的形塑

現代漢語中廣泛流行的「民族」一詞，最初是從日語引進的對英文「nation」的翻譯。「中華民族」概念的英文對譯則是「the Chinese Nation」，它在傳入中國之後，對於中國民眾實際的「民族」觀念產生深遠複雜影響。「nation」這一現代概念不同於民族學（ethnology）或人類學意義上、血緣或泛血緣的「族

〔註 2〕王明珂先生指出：「原來沒有共同『歷史』的人群以尋根來發現創造新的集體記憶，以凝聚新族群認同」。王明珂《華夏邊緣：歷史記憶與族群認同》，浙江：浙江人民出版社，2013 年，第 29 頁。

群」概念。事實上，現代「nation」概念的產生與現代共和政體、現代公民意識的崛起同步相隨，既是一個文化共同體的概念、國籍觀的概念，更是一個基於國民核心、以政治認同為主導的所有公民的想像性理想組合體。與強制性、規訓意味明顯的「國家」（state）這一公共機構的概念也不同，「nation」更加突出強調包括政治文化在內的社會文化的「涵化功能」。本課題採用西方族群——民族研究的術語體系，在術語使用上基本與西方一致，添增「族群」、「族裔」的概念。以此來看，中國的 56 個「民族」實為「族群」或「族裔民族」。中華人民共和國是一個既成事實，中國公民共同體亦為既成事實，中國國家民族（中華民族）更是一個既成事實。〔註 3〕「『國民』（公民）、『民族』或『國家民族』，亦可簡稱為『國族』。

「the Chinese Nation」，也就是中華民族或中華國家民族，既可像長期以來約定俗成的那樣，簡稱『中華民族』，亦可簡稱為『中華國族』。」本課題將「中華國族」簡稱為「國族」，所涉及的「中華國族」、「中華民族」以及「國族」等概念均源自以上理論陳述，下文將不復贅述。〔註 4〕

〔註 3〕在對「族裔民族」與「國族」的認識上，俄羅斯聯邦的經驗值得借鑒。1997 年，俄羅斯聯邦廢除了 1934 年開始的在證件上登記居民民族成分的做法，不再要求公民確認自己的族裔民族歸屬。1991 年俄羅斯聯邦頒布《公民法》，規定各民族公民一律平等，強調「公民平等」「俄羅斯國族」等概念，淡化「民族平等」。這些做法都旨在淡化民族分界、強調公民身份和國族認同。參見王懷超、靳薇、胡岩等著《新形勢下的民族宗教理論與實踐》，北京：中共中央黨校出版社，2013 年，第 49 頁。

〔註 4〕參閱黃興濤先生《重塑中華：近代中國「中華民族」觀念研究》一書，我們能大體瞭解「中華民族」一詞的歷史淵源，進一步釐清「民族」、「族群」、「國族」等詞的準確內涵。「中華民族」一詞濫觴於 1902 年梁啟超發表的《論中國學術思想變遷之大勢》一文（《新民叢報》第 5 號，第 62 頁。）。梁啟超先生最初以「中華民族」一詞指代漢族。1907 年，在立憲派政治刊物《中國新報》上，楊度發表《金鐵主義》一文，創導「五族大同」之理念，在國內民族一體的意義上使用「中華民族」的概念。1907 年 6 月，清宗室恒鈞、滿族人烏澤聲等在東京編輯創辦《大同報》，在宣揚「君主立憲」的政治主張同時，提倡「滿漢人民平等，統合滿、漢、蒙、回、藏為一大國民」。辛亥革命爆發後，黃興等革命黨人組建「中華民族大同會」，意識到「民族一體」、「合進大同」之迫切。隨後，袁世凱批准成立「五族國民合進會」，強調中華各族人民「共祖同源」、當「舉滿、蒙、回、藏、漢五族國民合一爐以冶之，成為一大民族」。仿傚美利堅民族「melting pot（熔爐）」的觀念，孫中山先生自 1919 年起，倡導「對於中國現存各民族，努力於文化及精神之調洽，建設以『國族』為基礎的『一大中華民族』。」到救亡圖存的抗戰時期，「中華民族」的概念已然在報刊、歌曲、戲劇、電影等各類媒介中大量出現。（例如歌曲《中長期以來，邊疆少數民族影視作品或充斥官方意識形態的簡單想像，結果是「疆獨」、「藏獨」之聲甚囂塵上，無法擺脫邊疆政治困境；或力求用「母語文本」反觀主體「文化認同」邏輯，結果是深陷「南橘北枳」般的文化尷尬。事實上，「國族」作為「想像的共同體」，始終在與以血緣宗親為基石的「族群」身份產生或有效、或牴牾的文化互動。基於此，「新時期國家族群認同與邊疆少數民族影像傳播研究」對於「中華民族」、「國族」等觀念形塑的重要意義不言而喻。本課題的主要研究對象，即包括新時期以來邊疆地區少數民族題材紀錄片、少數民族題材電視節目和少數民族題材電影。對上述三種重要媒介進行考察的目的在於，力圖找尋「邊疆少數民族影像」傳播誤區所帶來的國族文化認同危機根源〔註 5〕。研究遵循以下根本原則：其一，避免「大漢族中心主義」的主體民族敘事傲慢。其二，謹防用「文化他者」的視點觀察邊疆少數民族影像。其三，盡力開掘國家民族力量與邊疆少數民族影視文化主體獨立間的有效互動。其四，追求重塑「國族」、「化邊陲於無形」的歷史契機。本課題不以狹隘的少數民族身份為研究出發點，單純具體研究邊疆某地或某一民族的影像傳播，而是力圖將「邊疆少數民族影像傳播」置於「新時期中國」和「多媒體時代」這一多義而複雜的整體語境下考察。由此，本課題不能僅僅看作對被遮蔽的「邊疆少數民族影像」傳播的敞開，更應該看作新時期邊疆少數民族影視文化與主體影視文化之間的有效互動與碰撞。

該課題的相關基礎研究十分薄弱，主要體現在「少數民族影像傳播學」自身研究的不足、漢語主流影視文化界的自傲與輕視、相關社會學的實證調研不足以及「少數民族影視媒介批評」的立場與方法論錯誤等諸多問題。研究的難點與重點在於，「族群」或「種族」的界限邊緣根植於血親關係的歷史

華民族的復興》在抗戰時期廣為流傳，歌譜見於《江西地方教育》1939 年第 159～160 期合刊）。1938 年夏，愛國藏族人士貢嘎呼圖克圖、青攘呼圖克圖等發表《康藏民眾代表慰勞前線將士書》，表達了共抵外侮，「保衛『中華民族』共同體也即『中華國族』的同胞深情。」（參見《新華日報》1938 年 7 月 12 日）。黃興濤《重塑中華：近代中國「中華民族」觀念研究》，北京：北京師範大學出版社，2018 年，第 360～385 頁。

〔註 5〕這裡「少數民族影像」的概念，不以創作者少數民族身份的「作者原則」為執念，同時避免在「國」、「族」之間出現文化邊界，避免「為多民族國家內的少數民族確立本民族認同時，摒除國家認同潛在的合法性；迎合當下西方國家基於自身的民族生活經驗對中國多民族社會的想像，從而帶來不可測的文化政治效應。」胡譜忠《中國少數民族題材電影研究》，北京：中國國際廣播出版社，2013 年，第 20 頁。

集體記憶，「族群親情」總是傾向於超越實質為想像性政治群體感情的「國族感情」。因此，作為「想像共同體」的國族必須有效尋找並利用「歷史共同記憶」來解釋當前的群體關係，最終塑造出符合「全體國族」共同認可的全新認同。每一類「邊疆少數民族影像」媒介都在或強化、或承載一種全新的集體記憶，表徵著「文化隔膜性」抑或「文化親親性」。如何形塑、假借、創構新的全民族歷史集體記憶，成為「新時期國家族群認同與邊疆少數民族影像傳播研究」的重要研究緯度。

邊疆少數民族影像傳播的「大漢族中心主義」策略忽略種族差異，這種失誤所造成的「刻板印象」和「媒體偏見」影響深遠。它會在潛移默化之間直接改變少數民族受眾的思想決策和行為實踐。這是一種隱藏於內心但又根深蒂固的「心理偏見」，當漢族觀眾或少數民族觀眾表現出以上偏見時，全然沒有意識到自己存在這種偏見。〔註 6〕值得警醒的是，漢語主體影視文化界對於「邊疆少數民族影視文化」的漠視顯而易見。強勢的漢文化本來已讓邊疆少數族群的影視文化傳播存有「先在」的障礙，而自大傲慢的「漢族視點」更是流露出顯而易見的審美偏見甚至政治偏見。〔註 7〕事實上，邊疆少數民族影視傳播假若不求同存異，僵化地固置少數民族的「呆板形象」，實現中華民族「多元一體」的文化理想始終是癡人說夢。

「邊疆少數民族影像傳播與國家族群認同研究」可視作一種基於地理疆域、國家政權、宗教文化諸多方面的宏觀政治認同建構的課題。新時期多媒

〔註 6〕2004 年，珍妮弗·A·里奇森在達特茅斯學院測量了 50 名白人大學生關於種族歧視的心理學測試。她將受試大學生分成兩組：第一組學生閱讀的材料提倡忽略膚色差異，促進白色人種與黑色人種之間的和諧共處；第二組學生拿到的材料則是鼓勵種族多樣性。實驗表明，忽略膚色差異的觀點不僅沒有消除無意識偏見，反而為美國的種族矛盾添柴加火。更多的研究也發現，忽略種族差異的做法會在白人學生中激起種族歧視行為——不管是言語上的，還是其他方式。同樣也讓有色人種的學生為此頗受困惑。參見布賴恩·韋勒《關注不平等》，《環球科學》2014 年 11 號，第 37 頁。

〔註 7〕饒曙光先生認為：「文化傳播的規律表明，強勢文化、強勢群體的價值觀、文化理念的傳播和覆蓋深刻影響著弱勢文化、弱勢群體的自我想像和文化認同。」參見饒曙光《中國少數民族電影史》，北京：中國電影出版社，2011 年，第 371 頁。海日寒也認為：「對於蒙古族電影而言，桀驁不馴的勇士、剛烈多情的女人、歌舞……成為想像蒙古民族的程式化的公共形象。這種炫奇性的文化表達方式很可能是對民族自身歷史進程和現實境遇的巨大遮蔽和扭曲反映，會導致廣大受眾對該民族真實境遇的誤解。」參見海日寒《新時期蒙古族電影的文化與藝術問題》，內蒙古新聞網，2009 年 7 月 13 日。

體語境下，邊疆少數民族的群體身份／認同日益呈現多角色（如國籍、性別、年齡、社會經濟地位之不同）交叉與多重性更迭（如國族、種族、民族、宗教信仰之各異）。這導致邊疆少數民族作為認同主體在身份識別問題上既模糊混沌，又焦慮不安。

少數民族影像傳播在「國族認同」形塑的過程中或正面、或負面的力量讓認同問題顯得愈加尖銳複雜。〔註 8〕事實上，影像形塑的功能體現於最終認同結果的不同形式和意義，本身就是政治權力、歷史文化、社會經濟關係的重要組成部分。邊疆少數民族觀眾藉助媒介影像獲取「角色模型」、選擇生活方式。媒介影像所製造的媒體形象影響著他們的「認同」抑或是「認同危機」。

二、邊疆少數民族影視傳播歷史與現實困境

令人感到遺憾的是，以「十七年少數民族電影（1949～1966 年）」為代表的中國少數民族影像傳播的黃金年代似乎早已成歷史記憶。在十七年間，中國共攝製 45 部反映 18 個少數民族生活的故事片，〔註 9〕這些影片或呈現少數民族革命者的英勇無畏（如《回民支隊》、《邊寨烽火》、《羌笛頌》）；或展示少數民族的優美愛情故事（如《阿娜爾罕》、《阿詩瑪》、《劉三姐》）；或體現建國初期民主改革進程中階級矛盾的尖銳和民族問題的複雜（如《金銀灘》、《鄂爾多斯風暴》）；或表現少數民族同胞與漢族兄弟的深情厚誼（如《兩代人》、《達吉和她的父親》）；或承載少數民族政策的宣傳使命（如《內蒙人民的勝利》、《農奴》、《草原上的人們》）。在中宣部、中央統戰部等國家行政機構的

〔註 8〕2014 年 10 月，課題組與項目主持人所在學校 12 名少數民族大學生座談並進行問卷調查。調查對象包括藏族、維吾爾族、彝族和哈薩克族同學。結果顯示，有超過半數（9 人）的同學不熟悉本民族題材的少數民族電影、少數民族紀錄片和少數民族題材的電視節目。但他們同時又表示，少年時期所接受的漢語文化教育使他們對本民族語言文化日趨陌生。對此，學者劉燕解釋道：「在後現代社會中，隨著現代社會的步伐擴展和複雜化的加速，認同性變得越來越脆弱與不穩定，認同主體也處於不斷的分裂、破碎與游牧式的消散狀態，許多嶄新的身份與認同形式出現。」劉燕《媒介認同論：傳播科技與社會影響互動研究》，北京：中國傳媒大學出版社，2010 年，第 2 頁。

〔註 9〕影片題材涉及彝、壯、蒙古、回、藏、維吾爾、苗、侗等 18 個民族（約占中國民族三分之一），其中不少經典作品獲得國際獎項：如《阿詩瑪》獲西班牙桑坦德爾國際音樂舞蹈音樂節最佳舞蹈片（1982 年）、《農奴》獲得菲律賓馬尼拉電影節最佳故事片金鷹獎（1981 年）、《邊寨烽火》獲卡羅維．發利電影節青年演員獎（1958 年）、《內蒙古人民的勝利》獲得卡羅維．發利電影節編劇獎（1952 年）。

少數民族國策指引下，這些影片以藝術的形式重述少數民族革命歷史，探尋共和國建立的合法性；藉助對歷史或當下世界的隱喻式表徵，有效達成「集體共識記憶」，最終成為國家主流意識形態生產的重要部分。〔註 10〕「十七年少數民族電影」不僅僅為了滿足觀眾對異域想像的窺視，更多表現出一種對主體文化複雜多義的認同。不可否認的是，作為特殊階段的電影文本，這些影片帶有濃厚的政治宣教意味，但影片確實在一定程度上重現了少數民族文化，增進了民族間的相互理解。

反觀眾媒時代新時期語境下的邊疆少數民族影視作品，在全球文化多元化、消費經濟等多種因素的催生下，「十七年少數民族電影」所具備的意識形態成分逐漸淡化，而對於浪漫異域風情的窺視則大加強化，最終淪落為後現代消費社會的文化快餐。在多媒體主導的新時期，各種新式媒體影像傳播媒介在提供給我們豐富生活風格選擇的同時，構建起了無數「角色認同」模型。由此，少數民族社會身份認同的形象塑造被賦予了全新的認知特徵。多媒體時代的「新型公眾」身份取代了原先傳統媒介時期的階級文化與族群文化。在新時期「眾媒時代語境」下，我們需要思考的問題是：如何尋找「少數民族文化」與主體文化兩種文化間的邏輯系統與同質同根的共屬之域？如何藉助邊疆少數民族影視文化的有效傳播，將少數民族文化的異質性融入主體文化，最終構建一種文化生產的機制？

妄圖摒除兩種文化之間的「異質性」，顯然是掩耳盜鈴的可笑做法，本課題的主要立意即在於藉助影像傳播媒介在兩種不同文化之間實現「敞開」與「對視」。

事實上在「眾媒時代」的新時期語境下，中國少數民族題材紀錄片同樣面臨尷尬境遇。新中國成立初期，中央政府高度重視少數民族題材紀錄片的製作與宣傳。質樸具象、直觀全息的少數民族紀實影像成為國族融合、疆土表達、國防意識建構和國家形象塑造的重要媒介。《解放西藏大軍行》（1951年）紀錄了中國人民解放軍解放昌都、甘孜的進軍歷程，以及中央人民政府於 1951 年 5 月與西藏地方政府達成《和平解放西藏的協議》全過程。《光明

〔註 10〕「十七年少數民族題材電影的革命性敘事表現在描寫少數民族對基於共同的革命性訴求之上的『新中國』利益的保衛與捍衛——革命性成果的最高體現就是新中國的捍衛，因此也可以說是對於革命性的捍衛。」饒曙光《中國少數民族電影史》，北京：中國電影出版社，2011 年，第 161 頁。

照耀著西藏》(1951 年)記錄了中國人民解放軍到達拉薩後與西藏上層民主人士的會晤。在這個時期，少數民族題材紀錄片的表現以中央政府訪問團到各新解放的少數民族地區慰問的情形為主。〔註 11〕影片雖然有著濃厚的意識形態宣教意味，但不可否認的是，對於宣傳中共民族政策、以影像的方式全息直觀呈現少數民族地區解放前後的巨大變化，產生了不可替代的政治功效。1953 年 7 月，「中央新聞紀錄電影製片廠」(簡稱「新影」)成立，為邊疆地區培養了大批少數民族幹部編導和技術人員。〔註 12〕這一時期，致力於軍事報導的八一廠拍攝了康藏公路建築工程《通向拉薩的幸福道路》和《戰勝怒江天險》等片。影片紀錄了人民解放軍和藏漢民工同心協力、共築「天路」的艱辛歷程。1959 年建國十週年，八一廠拍攝的《綠色的田野》(編導王杰、張加毅，攝影王杰、吳迪、向前)紀錄了 13 位新疆少數民族戰士放牧原野，化戈壁為綠洲的先進事蹟;《寧夏人民的大歡事》、《前進中的新疆》、《苗嶺歡歌》、《草原鋼城》、《美麗的西雙版納》等片則反映了解放之後，解放軍戰士與少數民族同胞的魚水情深，少數民族地區人民的生活巨變。

值得特別提醒的是「新影」廠於 1959 年攝製的《百萬農奴站起來》。〔註 13〕影片儘管帶有濃烈的宣教色彩，但其感情充沛的解說詞、磅礴大氣的場景、震撼人心的音樂以及剪輯得當的畫面將影片塑造為一部「形象化政論的佳作」。〔註 14〕這種「畫面＋音樂＋解說詞」的敘事風格類似於前蘇聯《普通的

〔註 11〕有代表性的新聞紀錄片如「《歡樂的新疆》(北影，1951)、《西南高原上的春天》(編劇趙陣容，導演唱鶴翎)、《人民的內蒙古》(編導張建珍、馬序)、《凱里苗家》(編輯肖向陽)、《邊疆戰士》(攝影高振宗)、《中國民族大團結》(北影，1950)等。」高維進《中國新聞紀錄電影史》，北京：世界圖書出版公司，2013 年，第 106 頁。

〔註 12〕「如藏族澤仁、扎西旺堆、次登，回族趙民俊，維吾爾族哈力克江，蒙古族阿爾吐沁、巴圖，傣族何家順，苗族顧擁，土家族劉浪等。」高維進《中國新聞紀錄電影史》，北京：世界圖書出版公司，2013 年，第 117 頁。

〔註 13〕這部紀錄片的拍攝有著複雜的歷史背景。1959 年 3 月，西藏上層貴族發動武裝叛亂，煽動藏族婦女修建工事、集會示威。藏族攝影師扎西旺堆於康巴地區的巴塘拍攝《平息西藏叛亂》和《康巴的新生》兩部短片，紀錄解放軍平叛歷程。而紀錄片《百萬農奴站起來》則是在西藏上層貴族武裝暴動平息後，「新影」廠組成龐大的攝製組，精心拍攝的西藏農奴翻身創舉。

〔註 14〕與電影《農奴》的題材相似，該紀錄片「從翻身農奴的控訴大會開始，被挖眼的、被抽腳筋的農奴們倒出他們的滿腹苦水和滿腔仇恨，控訴農奴制度殘酷的剝削和壓迫……莊園主掌握農奴的生、殺、婚、嫁大權。」參見高維進《中國新聞紀錄電影史》，北京：世界圖書出版公司，2013 年，第 151 頁。

法西斯》、《獻給列寧的三隻歌》和《在世界六分之一的土地上》等「政論式宣傳片」，雖然在藝術表達上的侷限性顯而易見，但其政教功能和認知教育則不容小覷。

伴隨「眾媒時代」的到來，與時俱進的「邊疆少數民族文化」在現代環境下遭遇裂變。回歸運動、少數民族分裂主義、極端宗教思想滲透以及過度膨脹的民族意識讓民族問題愈加複雜困惑。各類矛盾的實質，源自國家利益與民族利益錯位失衡所導致的「國族認同」危機。與「十七年宣教式紀錄片」不同，這一時期的紀錄片更應當注重從深層次介紹少數民族傳統風情文化，力求構築國家認同的文化根基。〔註 15〕值得思考的問題是：少數民族紀錄片該如何創立國族文化自覺、國族文化自信、國族文化自尊「三位一體」的文化發展理念？與此同時，少數民族「異質性」的文化主體身份又如何能與主體文化「和諧共生」？

三、研究原則

事實上，新時期「邊疆少數民族影視文化」已然成為各種意識形態政治力量博弈角力的政治產物。漢語主體文化與少數民族文化之間、不同種族文化之間、國家主導文化與少數民族文化之間的衝突張力愈加明顯。〔註 16〕「邊

〔註 15〕這一時期在國內外比較有影響力的紀錄片為：《內蒙草原》獲 1983 年法國第十七屆塔布市國際旅遊電影節音樂獎。《西藏——西藏》獲 1985 年法國塔布市第十九屆國際旅遊電影節大獎——金比雷娜獎。《民族體育之花》（新影出品）1987 年獲突尼斯首屆國際奧林匹克電影節國際影視聯大獎。1991 年，描述西部少數民族沙漠地區的紀錄片《沙與海》獲吉隆坡「第 28 屆亞太地區廣播聯盟新聞紀錄片大獎」。1992 年，講述鄂倫春族孟金福一家生活的紀錄片《最後的山神》獲奧克蘭亞太地區廣播聯盟第 30 屆年會電視大獎。《藏北人家》獲 1991 年度四川國際電視節「金熊貓」大獎。《阿壩的金珠瑪米》1995 年獲第六屆羅馬「軍隊與人民」國際電影回顧展一等獎。《民族體育之花》（新影出品）1987 年獲突尼斯首屆國際奧林匹克電影節國際影視聯大獎。2004 年，田壯壯導演的《德拉姆》拍攝了怒江流域茶馬古道的馬幫生活，影片榮獲「2004 年度中國導演協會最佳導演獎」。

〔註 16〕按照愛德華·W·薩義德的說法：「在某一個時候，文化積極地與民族或國家聯繫在一起，從而有了『我們』和『他們』的區別，而且時常是帶有一定的排外主義。文化這時成為身份的來源，而且火藥味十足，正如我們在最近的文化和傳統的『回歸』中所看到的。與那種提倡多元文化主義與文化雜交的自由主義哲學所具有的容忍態度相反，這種『回歸』伴隨著一種知識與道德上的強烈規範。在一些曾經是殖民地的國家裏，這種『回歸』造成了各種形式的宗教和民族主義的原教旨主義。」我們不能用薩義德的「後殖民主義文

疆少數民族影視文化」的「本體認同」方向提醒我們：國家主導民族文化和邊疆少數民族影視文化之間彼此交錯混雜、同中有異，不能視為簡單的、涇渭分明的兩個版塊。由此，研究應該遵循以下基本原則：「破除二元對立思維」、「克服對少數民族文化比附性的解讀習慣」、「克服研究中的政治怯懦性」、「注意文化『中介者』位置的選擇」。〔註 17〕

「破除二元對立思維」，要求研究者既注意到「漢族主體影視文化」與「少數民族影視文化」之間的整體區別，更要注意到整體中的差異性與個別性。例如，同為重塑自身「文化地理——民族」時空，邊疆地區的維吾爾族、藏族文化排斥衝擊性就遠強於「內疆地區」的彝族、回族等少數民族。即使對於同一族群，「民族意識」的表現也有不同強弱的呈現。因而，對於「邊疆少數民族影像傳播」的考察，需要破除簡單的「二元對立」思維習慣，借助實證研究並且深入到錯綜繁雜的文本內外語境中。

「克服對少數民族文化比附性的解讀習慣」，要求我們不能簡單在少數民族導演、劇作家的影視作品與族群文化間找尋對等性，簡單判斷某少數民族導演的作品反映了某民族文化。或者，僅僅因為少數民族的族群身份，簡單將所有非少數民族導演拍攝的少數民族題材影視作品排斥於少數民族文化之外。惟有具體的影像文本和繁複的傳播語境才是我們需要深挖細掘的對象。

「克服研究中的政治怯懦性」，既要針對主體文化之問題有的放矢，又不因為天然存在的文化偏見有意偏袒少數民族文化中存在的問題。不迴避問題、不單純簡單解構批判，秉持「兼容並包」、「觀察傾聽」、「敞亮洞開」的姿態分析問題，最終摒棄種族中心主義、文化民族主義和極端宗教主義，尋求到中華民族影視傳播多元一體的生態建構。

化批評」理論簡單解釋漢語主體文化與少數民族影視文化之間的衝突，但其某種程度上的相似性卻值得我們思考。參見〔美〕愛德華・W・薩義德《文化與帝國主義》，李琨譯，北京：生活・讀書・新知三聯書店，2003 年，第 4 頁。

〔註 17〕上述原則為姚新勇先生所總結，他對此洞察到：「不僅應該關注兩個板塊之間的較為整體性的關係，也要關注整體中的個別性、差異性、分散性。不能簡單地在族裔作家的寫作與族裔文化之間畫上等號。既不為主流一方塗脂抹粉，掩飾其存在的問題，也不迴避主流一方所存在的問題。既要警惕漢族中心主義，還要警惕不自覺地與漢族文化優越感聯繫在一起的對少數族裔的同情心。」參見姚新勇《尋找：共同的宿命與碰撞：轉型期中國文學多族群及邊緣區域文化關係研究》，北京：中國社會科學出版社，2010 年，第 7～11 頁。

「注意文化『中介者』位置的選擇」，要求我們時刻警醒不以漢族主體影視文化的標準去要求度量少數民族影視文化傳播，不以高高在上的所謂「文化代言人」的姿態去「同情」邊疆少數民族邊緣文化，而是有效觀察少數民族被遮蔽的聲音，真正充當不同文化間的「中介者」與傳播人。

基於上述研究原則，本課題擬以大量個案訪談為實證基礎，結合典型邊疆少數民族影視文本進行分析。力求對於新時期國家族群認同和邊疆少數民族影像傳播之間的理論聯繫提供一種思考視角。

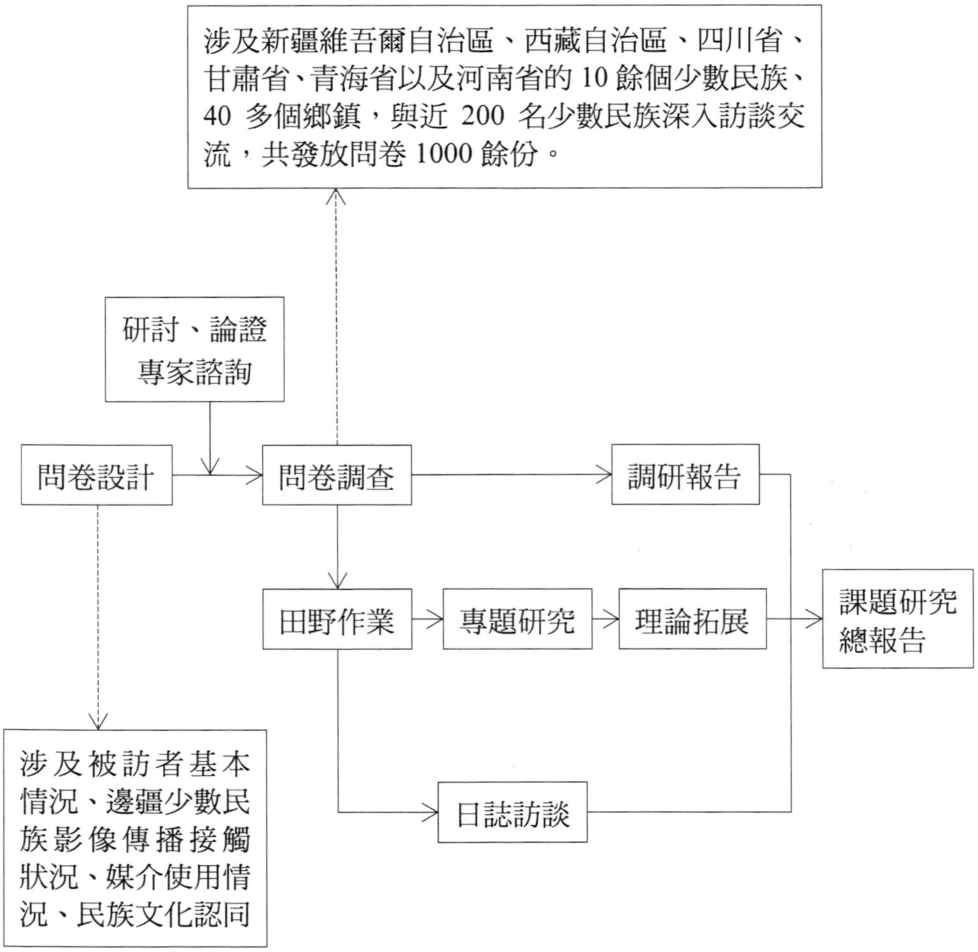

涉及新疆維吾爾自治區、西藏自治區、四川省、甘肅省、青海省以及河南省的 10 餘個少數民族、40 多個鄉鎮，與近 200 名少數民族深入訪談交流，共發放問卷 1000 餘份。

研討、論證
專家諮詢

問卷設計

問卷調查

調研報告

田野作業

專題研究

理論拓展

課題研究
總報告

日誌訪談

涉及被訪者基本情況、邊疆少數民族影像傳播接觸狀況、媒介使用情況、民族文化認同

圖 1　研究路徑

本課題屬於新聞傳播學與社會學、民族學類的交叉課題，在調研過程中主要採用新聞傳播學和民族社會學的研究方法。具體而言，一方面為整體性

調研，即邊疆地區少數民族電影、電視節目的整體傳播現狀和國家認同狀況（因課題組調研能力所限，主要聚焦新疆、西藏、四川康巴藏區三地）；另一方面為個體分析，深入到邊疆地區各地，瞭解影響邊疆少數民族影像傳播的主要因素、邊疆少數民族在使用影像媒介過程中國族化的過程。因此，本課題的調研資料主要源自影像文本資料、收視數據和田野調查三種方式。影像文本主要包括：新疆衛視、新疆民語衛視、西藏青海和四川康巴三個藏語衛視頻道的電視節目；藏疆地區少數民族題材電影和紀錄片；收視數據、少數民族題材電視劇製作數據主要來自國家廣播電視總局 2017～2019 年發布的官方數據。而田野調查資料則可視為本課題最富於特色也最重要的內容。

田野調查是本課題的主要資料來源，而對田野調查資料的分析論證則是本課題的難點所在。課題組主要採取了隨機抽樣和定點調查兩種形式。前者為課題組在調研過程中，隨時聚焦邊疆少數民族受眾對影像傳播與國家認同之間的態度，選擇適宜的少數民族受眾進行訪談；後者則是有針對性的在少數民族群體性事件頻發、維穩工作艱巨的南疆地區、四川康巴藏區等地選擇調查點，在重點區域進行深入系統調研。

根據不同民族、不同地域的特點，田野調查主要包括兩方面內容：對新疆電視臺、西藏電視臺等電視節目製作機構編創人員的訪談；對邊疆少數民族受眾影像接受與國家認同態度的個體訪談。本課題中提及的「國族」指「中華民族」，而在新疆維吾爾族同胞口語中，經常習慣性把少數民族簡稱作「民族」，將維語等少數民族語言簡稱為「民語」，漢語授課的教育機構一般簡稱為「漢校」。本課題的個案主要為轉述受訪者談話實錄，為呈現採訪現場的真實性，個案中口語較多、多用簡稱。因為受訪者智識水平、身份階級不同，在不同語境中，「民族」一詞有時指「中華民族」，有時指「少數民族」。為避免出現語意混淆，特此說明。由於研究對象族別不一、居住分散，對他們的文化理念、宗教價值觀等具體情況也無法深入瞭解，作大規模的抽樣調查不僅十分困難，而且無法得出有見地的分析結論。因此本課題主要採用個案訪談的方式，同時對調研對象作簡單的問卷，以便瞭解統計其基本情況。

在調研過程中，被採訪人的選擇具有如下標準：

・少數民族身份。（主要聚焦維吾爾族、哈薩克族、藏族和回族）

・居住地域：新疆、西藏、青海、四川康巴藏區等少數民族群體事件頻發、維穩任務艱巨的內外疆地區。

・社會身份：儘量多地涵蓋各階層的少數民族群眾，關注喜好影視節目的農民、工人、學生、公務員、個體戶、教師等不同身份人群。

為了得到合邏輯的系統抽樣，本課題所選個訪的主要抽樣類型如下：1. 標準樣本：符合上述標準的基本採訪對象。2. 分層目的抽樣：在比較中描述邊疆少數民族亞群體的複雜狀況。3. 有目的隨機抽樣：適用於潛在的目標樣本過大之時。4. 高強度個案：包括那些以強烈但非極端的方式展示豐富信息的少數民族受眾個案。5. 極端個案：針對少部分不同尋常的邊疆少數民族受眾影視文化接受情況的調研。〔註 18〕

課題組成員先後深入西藏自治區拉薩市、日喀則市；新疆維吾爾自治區伊犁哈薩克自治州（察布查爾縣、伊寧縣愉群翁回族鄉、沙灣縣、塔城地區）、昌吉回族自治州呼圖壁縣（二十里店鎮、呼圖壁鎮）、巴音郭楞蒙古自治州（和靜縣清真寺、和靜縣和靜鎮拉布潤林場）、喀什地區（莎車縣、巴楚縣巴楚鎮、巴楚縣阿瓦提鎮）、阿克蘇地區（阿克蘇市新和縣新和鎮、沙雅縣、塔里木河畔、阿拉爾市農一師十六團）、烏魯木齊市（新疆電視臺、新疆職業大學）、塔城地區烏蘇市九間樓鄉、昌吉回族自治州、阿勒泰地區、哈密地區、吐魯番市、克拉瑪依市；甘孜藏族自治州（康定市康定縣金剛寺、裏塘縣、稻城縣色拉鄉、稻城縣日瓦鄉亞丁風景區、鄉城縣青德鎮）；阿壩羌族藏族自治州（馬爾康市馬爾康縣）；涼山彝族自治州（越西縣普雄鎮、西昌市四合鄉吉木德村、涼山電視臺）；甘南藏族自治州合作市；青海省西寧市；河南省三門峽市（澠池縣魚池村）；四川省綿陽市（涪城區青義鎮）進行田野調研，帶回來許多寶貴的第一手資料。結題報告通過個案分析和深度訪談相結合的形式，深刻分析新時期國家族群認同與邊疆少數民族影像傳播之間的複雜聯繫。具體而言，針對田野調研中發現的問題，我們將做如下思考：

（1）邊疆少數民族影像接觸情況怎樣？接觸動機如何？主要認同哪些影像內容？

（2）在「眾媒時代」複雜媒介語境下，中國如何構建為各族群共同認可的影視文化語義內涵？

（3）如何有效遵照社會主義民族政策體繫傳播少數民族影像？

〔註 18〕〔美〕凱瑟琳・馬歇爾，格雷琴・B.羅斯曼《設計質性研究：有效研究計劃的全程指導》，重慶：重慶大學出版社，2015 年，第 135 頁。

(4) 如何在不悖逆多樣化「邊疆少數民族影像」自身審美自律前提下，找尋到中華民族共同的「族源記憶」和「認同符碼」？

(5) 民語衛視的影像傳播該如何促進邊疆農牧區文明生態建設，有效配合國家精準扶貧的國策？

(6) 如何以影像傳播促進邊疆問題治理，保障邊疆的政治穩定？

(7) 如何發揮少數民族語衛視在彰顯國族認同、民族團結中的積極因素，為各族人民共建「中國夢」創造和諧的輿論環境？

(8) 面對疆獨集團、達賴集團和西方反華勢力咄咄逼人的宣傳，如何發揮少數民族語衛視作為邊疆地區第一媒體的功能，保障藏疆地區的繁榮穩定？

上述幾類問題構成了本調研報告量化分析為輔、實證質性考察為主的基礎。鑒於量化分析缺乏代表性，只適合在宏觀層面對於研究對象作大範圍的預測和調研，本調研報告以質性研究為主。質性研究適合在微觀層面對於特殊現象、特殊事物作動態、細緻的分析描述。質性研究中的開放式訪談、參與式觀察的研究方式，以及「典型個案」目的性抽樣方式可以更好地呈現被研究者(邊疆少數民族影視受眾)的文化傳統、價值理念、行為方式、以及興趣愛好、動機利益。訪談主要分為三個類型:(1)非正式的談話式訪談。談話以自然而然的方式產生，主要針對一些政治、宗教的敏感話題。(2)帶有主題取向的深度訪談。主要人群為願意積極配合課題組進行採訪的邊疆少數民族特定受眾。(3)標準化的開放式訪談。按照特定採訪提綱順序問特定問題，用於具備較大普適性的邊疆少數民族樣本研究。

本課題的訪談可視作以認知人類學為基礎的民族志訪談，主要聚焦探究影視文化對邊疆少數民族受眾「國族觀」形成的影響模式。民族志訪談的價值在於關注廣泛意義上的少數民族影視文化，從研究對象——邊疆少數民族受眾的視角以及直接的雙向互動接觸來關注邊疆少數民族影視文化。此種方式有助於「解釋研究對象賦予事件和行為的意義，有助於提出意義範疇的類型學，有助於凸顯文化的微妙之處。」〔註 19〕不過需要指出的是，這類研究可能會出現民族志學者通過復述問題或者闡釋資料，將自己的價值觀強加於資料之上的問題。為避免出現上述現象，本課題所有的訪談均未放在正文之

〔註 19〕〔美〕凱瑟琳·馬歇爾，格雷琴·B·羅斯曼《設計質性研究：有效研究計劃的全程指導》，重慶：重慶大學出版社，2015 年，第 175～180 頁。

中，而是以個案的形式單獨列出。既保留採訪的原始性、生動性，又避免在對資料的解讀中出現主觀偏見。但也因此某些個案訪談因其特異性，不免會出現與正文脫離的情形，特此說明。

本研究結合深度個案訪談，以邊疆少數民族影視文本為定性研究對象。力求從國族價值觀塑造和少數民族觀影行為方式層面，對少數民族影像傳播與國家認同之間的關聯做出相關理論思考。〔註 20〕在此需要說明的是，儘管課題組作了最大努力，但成果仍然存在許多不足之處。其中部分由於課題的宏觀性以及各種客觀原因所致，諸如調研中文獻資料匱乏、受訪者對民族宗教等私密問題的諱莫如深。部分也因為課題主持人在新聞傳播學、社會學、民族宗教學等理論知識的結構尚待完善。限於時間，本課題也有不少遺憾，許多應該調研的地方沒有走到，比如內蒙、雲南、廣西等邊疆少數民族受眾的影視接受情況在課題中沒有體現。在理論分析上，對於邊疆少數民族受眾的影視節目接受媒介效果、對邊疆少數民族受眾觀看影像過程中「國族認同」的培養以及認同的層次性、多元性等複雜因素論述不夠深入清晰。

儘管如此，希望本課題能有益於後來民族認同的研究者，讓他們更多瞭解邊疆少數民族受眾觀看影視節目的傳播模式與國族文化涵化之間的雙向互動。通過近五年的艱辛調研，課題組最大的真誠感受是：少數民族文化的背景差異並非霄壤之別，如同相愛的情侶，個性氣質迥異的兩人也能做到相互包容、彼此尊重、互相適應。概而言之，邊疆少數民族地區的各種問題與衝突，不能單從社會的政治因素加以考量，影視文化的涵化功能也許能給後來的公眾和學者提供一個解決邊疆少數民族問題的全新視窗。由此，大一統的理念寓於邊疆少數民族影像的傳播之中，成為規範邊疆少數民族的正統價值觀，化作中華民族信仰的深層次根基。邊疆少數民族群體在如此大一統的國度之下，雖然各有自身的特定歷史記憶，但同時在影視文化的涵養之下能夠擁有超越於其上的共享歷史集體記憶。共享的集體歷史記憶從精神層面融化掉少數民族特殊群體的身份訴求，在普世秩序中得以安置；而以邊疆少數民族影視文化為媒介的特殊歷史集體記憶，則成為中華民族賴以獲取微觀活力的無窮源泉。〔註 21〕

〔註 20〕相關調查問卷量化分析表和調查問卷表參見附錄三、附錄四。

〔註 21〕施展《樞紐：3000 年的中國》，桂林：廣西師範大學出版社，2018 年，第 5～25 頁。

第一章　新時期邊疆少數民族影像傳播與認同現狀

導　言

基於對國家神聖領土絕對忠誠的政治基礎，「國族」這一社會群體的概念與「種族」的內涵有著巨大的差異。生活在相同地域的種族，因為共同勞作而必然形成相似的文化特質，諸如共同的宗教信仰與語言文化，最終融合成一個族群或民族。傳統的酋邦部落以種族血緣關係和部落規則為組織紐帶；而國家則以疆域為地理空間基礎，依賴軍事手段、政治制度抑或宗教制裁來組織權力。國家統治者劃定疆域，對居住其上的所有成員實行統治，居住者的種族身份與宗教信仰差異不能成為反對國家統治的理由。世界各國在歷史上儘管政體形式各異，但都面臨以落後的聯絡方式鞏固、維護疆土的困難。〔註 1〕20 世紀 50 年代以來，廣播、電影、電視、網絡新媒體等現代電子媒介

〔註 1〕「例如，希臘城邦國家的典型模式是佔有小面積的土地，限制人口規模。當任何城邦國家的人口超越一定界限時，該國會在沿海另擇他地建立自治殖民地；龐大的羅馬帝國是一個更為集權的政體，只有依靠強大的軍事組織、周密的道路和防禦體系、良好的行政以及皇帝本人為中心的國家控制下的宗教才能延續幾個世紀。蒙古帝國曾經在公元 13 世紀和 14 世紀佔領亞洲大部、歐洲中部和東部大片地區，蒙古人是草原游牧民族，其令人生畏的戰鬥力是以其馬術和機動能力為基礎。中世紀的歐洲是將政治權力從國王到領主再到小貴族進行層層分權。」參見〔英〕彼得·丹尼爾斯等編著《人文地理學導論：21 世紀的議題》，鄒勁風、顧露雯譯，南京：南京大學出版社，2014 年，第 42～43 頁。

技術相繼出現，它們在為統治階層的領導提供先進技術手段支持的同時，也讓國家民族的內涵變得愈加複雜多義。究其原因，在於各種後現代種族、宗教、文化「非地域社會群體」的不斷發展，這裡的「跨地域種族社會群體」可視為一個跨文明、跨宗教、跨文化的「跨體系社會」。它是「日常生活、習俗、信仰、價值、禮儀、符號及政治體系的綜合體。將儒家傳統、藏傳佛教、伊斯蘭文化等等『體系』綜合在一起，政治文化實現了中國的文化邊界與政治邊界的統一性。」〔註 2〕由此，必然帶來邊疆少數民族影像傳播方式的多元化以及認同的複雜多樣性。

第一節　邊疆少數民族的國族認同與影視媒體表徵

一、社會偏見、刻板印象與媒體表徵

斯圖亞特·霍爾在《表徵的運作》一文中提出，「在表徵過程中，一種文化中的眾成員用語言（廣義地定義為任何調配符號的系統，任何意指系統）生產意義。」〔註 3〕該定義的前提是任何在世的事物沒有終極固定、真實不變的意義，而正是包括媒介在內的人類諸種文化使事物彰顯意義。對此有學者指出，事實所表明的涵義非常容易被忽視，媒介：「（a）有選擇性；（b）受鏡框制約；（c）單意性；（d）是機械性加工潤飾的結果。」〔註 4〕從這個意義而言，藉助媒介，世界的意義可以通過多種不同甚或對立的方式來建構，表徵的對象與途徑因而也顯得更加重要。有學者以電視媒介為例，指出其中最為極端的情形：「電視雖然展現了本該展現的東西，但其採用的方法卻是展而不示。」〔註 5〕

因此我們不難理解媒介表徵中社會偏見與刻板印象的出現。它們隱藏於別的動機之下，因為細緻入微而不易察覺。社會偏見敏感微妙，往往不同於大張旗鼓的種族歧視，而體現在誇大種族文化差異，對少數族裔的各種表現

〔註 2〕劉燕《媒介認同論》，北京：中國傳媒大學出版社，2010 年，第 24 頁。

〔註 3〕〔英〕斯圖亞特·霍爾編《表徵——文化意象與意指實踐》，徐亮、陸興華譯，北京：商務印書館，2003 年，第 61～62 頁。

〔註 4〕〔英〕大衛·麥克奎恩《理解電視：電視節目類型的概念與變遷》，苗棣、趙長軍、李黎丹譯，北京：華夏出版社，2003 年，第 133 頁。

〔註 5〕〔法〕皮埃爾·布爾迪厄《關於電視》，許鈞譯，南京：南京大學出版社，2011 年，第 19 頁。

很少認可，抑或是敬而遠之，最終無法在情感上親近對方。這類細微的社會偏見可以稱為「文化種族主義」或「現代種族主義」。「文化種族主義」的存在導致民族封閉，阻礙民族交融與發展，最終加劇不同民族文化間的價值衝突，產生民族歧視與民族情緒。民族情緒的產生並非單純源於軍事、經濟或政治動因，更多可能來自不同民族文化交往體驗中的摩擦與衝突，如主體民族不尊重少數民族的宗教習俗。「文化種族主義」一旦形成，可能在族際間世代相傳，影響民族感情與民族認同。

民族發展經歷「血緣民族」、「文化民族」和「政體民族」三個階段。「政體民族」亦可稱為「國家民族」，〔註 6〕「國家民族」的矛盾主要體現於主體民族與少數民族在認同融合過程中的衝突。我們不能僅僅從數量上來區分邊疆少數族裔群體，其身份認同的缺失更多源於某種權勢的匱乏。顯而易見，從「媒體再現」權力缺失的層面出發，由於政治、經濟、文化的弱勢地位，體現為邊疆少數族裔群體被動消費主流群體生產的媒介內容，或者被迫以反諷顛覆等異類方式解讀主流群體生產的媒體內容。

來自其他主體族群的社會偏見與刻板印象植根於邊疆少數族裔群體的身份標簽。社會偏見、刻板印象、種族歧視、性別歧視——這些術語經常糾纏疊繞，但事實上每個術語都描述了對某一群體及其成員的負面評估。同樣，媒體負面形象的產生、媒介受眾的反感就源自這種缺陷明顯、冥頑不化的綜合概括。「刻板印象」與社會偏見的實質是一種價值觀，其中涵蓋宗教信仰、行為傾向、意志情感等各種清晰的要素。如果「概括過度」會導致社會偏見與刻板印象問題的產生。例如早期少數民族影視劇將少數族裔刻畫成需要主流群體拯救的野蠻之人；或如近期新聞紀錄片、電視新聞報導中頻繁出現的原教旨主義暴徒形象。這些「過度概括」都會使受眾對於影視媒體中的少數民族形象產生「固置」化的刻板心理。

另一方面，伴隨不斷變遷的歷史語境，刻板印象與社會偏見的內容也在

〔註 6〕中華民族即為「國家民族」，「在政體之內，由於推行共同的語言、文字、文化，具有共同的地域與經濟生活，從而使這一政體之內不同的民族在以上方面出現不斷的融合，形成一個新的民族共同體。中華民族就是以漢族為主體的、包容了各境內少數民族而構成的一個族體，在這個族體內，儘管各民族還保持著自己的民族文化，但相互之間具有在族體上的認同，並且具有地域、經濟生活及語言、文字等文化的一體化特徵。」鄭曉雲《文化認同論》，北京：中國社會科學出版社，1992 年，第 147 頁。

與時俱進地發生著改變。〔註 7〕這使得通過媒體影像重現，找尋邊疆少數民族群體的國家認同途徑成為可能。

二、邊疆少數民族的影視媒體形象再現

事實上，媒體重現屬於以影像符號構建「真實」世界的主觀範疇。傳播者從自己的立場出發，借助影視符號來表徵形塑真實；而受眾則依賴媒介景象來理解社會真實情景，構建所謂最終的「真實圖景」。由是觀之，媒體所重現的「真實」在某種意義上當屬文化想像的產物。概而言之，媒體「再現」是意識形態的產物，體現統治階級和執政黨的意志與利益。由此，不可避免媒介符號會塑造出過於誇張簡單，扭曲種族集團的刻板形象。在社會權力機構中，屬於弱勢群體的邊疆少數族裔，媒介掌控能力差，無法操縱強勢文化符號來塑造符合自身利益的真實形象，自然難以認同被主流媒介扭曲的媒體形象。值得提醒的是，在影視媒介傳播邊疆少數民族文化的過程中，如果客觀世界成為模擬現實的「擬象世界」，其深藏於文化核心的各種表意會呈現為各種「詮釋」疑雲。

一如斯圖亞特．霍爾所言，視覺符碼將三維世界轉譯為二維的層次，不可能完全展示所指示對象的「自然主義」。經過剪輯後，圖像符號表現的高度「自然」與「透明」反而會誘使受眾「誤讀」圖片的意指對象。在他眼中，影視圖像所呈現的對於有色人種的刻板化描述（諸如黑人的野蠻、混亂；「東方主義話語」詆毀中國的殘暴、專制等「東方性」特點），形成了某種受特定種族主義意識形態所支持的種族主義共識。影像等視覺「專業符碼也是在主導符碼的『霸權』內操作的。它通過內含霸權本質，並且通過與視覺性、新聞與表現價值等問題相關的專業符碼來操作，恰恰為主導定義再生產而服務。」〔註 8〕其中值得注意的是，主導定義表徵「處於主導地位」、全局性的大事件，

〔註 7〕例如非洲裔美國人的種族主義觀點自 1940 年代以來就發生了巨大的變化，肯尼斯．克拉克（Kenneth Clark）和瑪麗．卡拉克（Mamie Clark）1947 年所做社會心理學實驗表明：當非洲裔美國孩子在白人玩具娃娃和黑人玩具娃娃中做選擇時，他們往往傾向於前者；而從 1950 年代到 1970 年代，非洲裔美國孩子越來越傾向於選擇黑人玩具娃娃。與此同時，成年黑人也開始認識到黑人與白人擁有相同的優秀品質，諸如聰明才智與獨立可靠。參見 David G. Myers, Social Psychology, Michigan: The McGraw-Hill Education, 2005, p.332～p.335。

〔註 8〕〔英〕斯圖亞特．霍爾《電視話語中的編碼與解碼》，蔣寧平譯，轉引自張斌、

這些事件往往聯繫到地緣政治層次、種族衝突等事關「國家利益」的「大視角」，甚或通過神化、反轉來重組世界觀組合系統。而事實上，受眾即使準確理解專業意義和主導意義，也只會或反抗、或調適地承認霸權定義的合法性，製造協商性的解碼。以邊疆少數民族影像傳播的得失為例，我們可以對其作出簡要評析。

其一，關於族際通婚、少數民族混合家庭的影像展示。「不同群體間通婚的比率被認為是衡量任何一個社會中人們之間的社會距離、群體間接觸的性質等方面的一個敏感的指標」。〔註 9〕影視節目裏普遍展示的不同民族之間親密融合的浪漫關係，成為表徵國族認同感程度的重要指標。例如在改編自姜戎同名小說《狼圖騰》的電影中，著名導演讓·雅克·阿諾有意增添了蒙古族姑娘嘎斯邁與漢族知青陳陣的感情戲。而在拍攝嘎斯邁所住蒙古包時，「美術指導用小鏡子背後的天安門圖案突出由小到大的主題，讓觀眾由蒙古包聯想到更宏大的背景。」〔註 10〕再如 2014 年 7 月 2 日，新疆衛視《新疆新聞聯播》以《跨越海峽兩岸的愛情》為題，播出「新疆哈薩克族小夥迎娶臺灣姑娘」的電視新聞。新聞中使用了這樣的解說詞：「新疆霍城縣哈薩克族小夥夏力哈爾和臺灣姑娘李詠平喜結良緣，他們的愛情如賽裏木湖水一般純淨。」儘管確屬彰顯國族認同的重大新聞素材，但媒體對這則族際婚姻、混合家庭的報導卻顯得不夠客觀平和。事實上，節目中提到「新娘的父親說：『只要女兒開心就行。』鑒於男方家經濟條件，女方家為女兒在伊寧市購買了一套樓房，還為女婿購買了百餘隻羊，希望他們自食其力發展養殖業。」在某種程度上，對新娘父親的同期聲採訪已然暗示了結婚男女雙方經濟地位的不平等，而新娘家人則對婚姻未來幸福產生種種隱憂。

其二，邊疆少數民族在影視媒體中的從屬形象。相比占居主導地位的漢文化，邊疆少數族裔秉持的種族文化價值觀在一定程度上往往被誤讀甚或篡改。如前述電影《狼圖騰》公映不久，即遭到蒙古族作家群的質疑，指出「狼從來不是蒙古人的圖騰」、「宣揚『狼精神』是反人類的法西斯精神」。2015 年

蔣寧平主編《電視研究讀本》，上海：上海交通大學出版社，2014 年，第 112～117 頁。

〔註 9〕李曉霞《新疆民族混合家庭研究》，北京：社會科學文獻出版社，2011 年，第 306～309 頁。

〔註 10〕全榮哲《狼圖騰：視覺設計與敘事語言》，北京：北京聯合出版公司，2015 年，第 63 頁。

2月15日，蒙古族作家、北京作協少數民族創作委員會主任郭雪波向中共中央宣傳部發表公開信，羅列《狼圖騰》存在嚴重歪曲蒙古族歷史文化、侮辱蒙古族祖先等若干問題。郭雪波對原著提出中華民族要做「現代文明狼」的觀點強烈質疑：「狼性文化是文化大革命的延續，與現代文明背道而馳，也與古老的東方文明和諧、包容、仁愛的精神相衝突。」〔註11〕姑且不論郭雪波對於這部寓言體小說的評述是否略顯偏激，少數民族文化影視傳播的重要性由此可見一斑。作為「想像的共同體」的國族在建構過程中，對於少數民族的文化想像成分顯然大於原來少數族裔自身的價值觀念，但是如果傳播策略得當，則會賦予其全新的正面價值。一如李二仕先生所言：「某些以漢族視點切入成功的影片深受少數民族歡迎，如《五朵金花》、《景頗姑娘》等片。少數民族對這些影片的接受成為他們重新構造自身文化的重要內容，並且成為他們文化經驗的組成部分。」〔註12〕

其三，關於「十七年邊疆少數民族電影」形象的出現類型。游牧部落的歷次入侵不僅未能使華夏文明接受入侵者的習俗與語言，與之相反的情形則是，入侵者本身被迅速全面「中國化」。一如歷史學家斯塔夫里阿洛斯所言：「中國人在他們整個歷史上享有同一種族和同一文化。在古典時期，這種同一性如我們將看到的，得到進一步加強，因為中國人統一了文字，它使操各種極為不同的方言的人能互相交流。」〔註13〕由是觀之，「中華民族」這種超族群共同體的建構不僅依賴於統治階級的有效管控，更來源於整個國境內語言習俗的高度同化、各族群對於中華文明的高度認同。不可否認的是，不同民族間文化經濟、宗教信仰差異較大，民族衝突時有出現。為使具有重要戰略意義的邊疆少數民族地區有效融入中國社會主流，通過影視來宣傳民族政策成為新中國成立至今的歷史必然規律。

「十七年少數民族電影」（1949年～1966年）也因此呈現出風格各異的

〔註11〕徐偉《專訪蒙古族作家郭雪波：〈狼圖騰〉究竟錯在哪裏？》，《鳳凰週刊》，2015年第8期，第95～97頁。

〔註12〕李二仕指出：「白族人民非常喜歡真實地反映自己民族風貌的電影，並掀起了向金花學習的運動。景頗族人至今在結婚的時候，還要特意放映《景頗姑娘》招待客人。在這個意義上，十七年少數民族題材電影在促進文化的交流方面，起到了積極的作用。」李二仕《地域文化與民族電影》，《電影藝術》2005年第1期，第51～57頁。

〔註13〕〔美〕斯塔夫里阿諾斯《全球通史：從史前史到21世紀》，吳象嬰、梁赤民、董書慧、王昶等譯，北京：北京大學出版社，2012年，第155頁。

少數民族形象。不難發現，「十七年電影」中的異域邊疆成為展現國家主體想像、建構民族國家形象的浪漫空間。影視巨大的宣傳教育功能將「十七年電影」編碼為多民族國家認同的理想話語符號。

其四，關於新時期邊疆少數民族影視形象的多元化文化表述。隨著新時期文化轉型的到來，「革命鬥爭」、「冷戰時代」、「階級政治」對「國家形象」的表述也隨之改觀。1980 年代後期，大量少數民族題材電影新增「反思」、「傷痕」、新時期新生活等新主題。（如張暖忻導演的《青春祭》，田壯壯導演的《獵場札撒》、《盜馬賊》）。「到 1999 年謝飛導演的《益西卓瑪》，標誌著『去政治化』之後少數民族題材電影中的新主流意識形態已經建立。」〔註 14〕在一定程度上，這部影片塑造出符合國際主流價值的「中國少數民族形象」。2010 年，巴音導演推出蒙古族題材電影《斯琴抗如》，首次以某一族群個體為單位，在大銀幕上書寫其種族歷史。同年寧才導演的《額吉》「將影片的主題從『民族大愛』轉移到由《天上草原》、《尼瑪家的女人們》等一批蒙古族題材電影所確立的恒定主題：對蒙古族文化價值的確認。」〔註 15〕

邊疆少數族裔受眾對這些形象的解讀自然存在多種不同的理解方式，「少數群體受眾可以以與文本主流願意相反的方式解讀媒體內容。內容生產者的意願並不一定總能控制他們建構出來的意義。」〔註 16〕事實上，按照一些激進學者的說法：「『中國』本身不是具有內在同一性的民族，而是一個由它的上層文化強制關聯在一起的、缺乏內在聯繫和認同的社會體……」〔註 17〕這樣的說法雖然不無偏激，但也令人警醒：建立在剝奪多元性前提下、文化單一、大一統的現代民族——國家體制究竟該如何藉助影像媒介實現少數族裔的國族認同？一般而言，邊疆少數族裔的國族認同並非易事，由於少數族裔

〔註 14〕胡譜忠《中國少數民族題材電影研究》，北京：中國國際廣播出版社，2013 年，第 39 頁。

〔註 15〕胡譜忠《中國少數民族題材電影研究》，北京：中國國際廣播出版社，2013 年，第 54 頁。

〔註 16〕〔英〕利莎·泰勒，安德魯·威利斯《媒介研究：文本、機構與受眾》，吳靖、黃佩譯，北京：北京大學出版社，2005 年，第 168 頁。

〔註 17〕按照汪暉的說法：「第一，中國的現代性危機與中國能否作為統一國家存在有著密切的關係；第二，中國的危機不是某種制度或意識形態的危機（如共產主義或資本主義），而是一種涉及中國社會的各個層面的總體性危機；第三，危機的各個方面存在著內在的聯繫，即它們植根於中國的歷史或過去。」參見汪暉《現代中國思想的興起》上卷第一部，北京：生活·讀書·新知三聯書店，2015 年，第 11 頁。

在國家社會結構中的特殊身份，他們的國族認同更多依賴外界以定義「他者」與「自我」。這種不斷互動的社會交往過程顯示出一種極不對稱的現象：「在試圖控制恢復交流過程的對稱性時，個體為一種可能的隱匿、發現、虛假顯示、再發現的無限循環的信息遊戲——設置了舞臺。」〔註 18〕基於上述理論，影視媒介關於邊疆少數族裔形象的建構非常容易存在輿論宣傳導向誤區和媒體形象偏差，與邊疆少數族裔實際的多重複雜社會角色不相吻合。

三、「國家民族」認同與邊疆少數民族影像文本的解讀

在影像文本的解讀過程中，讀者通常會遇到另外的自己（self），也許是他們從未見過或不允許自己成為的那一類人（others）。從意識形態角度或者物質性角度而言，影像文本都是「表徵」的一種形式，受眾依賴影像風格特徵、影像內容定位來形成自己的價值觀。文本的意識形態能否被受眾理解，與讀者的領悟力高度相關。因此，解讀的過程可以視為「開放性」、「可寫」的影像文本與讀者間的交流和對話。〔註 19〕「大眾傳媒為了使既定的統治秩序和權力意識普適化、合法化，往往會在媒介內容的產製過程中側重於製作閉合性的文本。」〔註 20〕由此觀之，因為作者與讀者之間、讀者和讀者之間文化教育經歷不同、社會經濟地位迴異，解釋群體（讀者）的解碼程序自然不可避免地與影像文本作者相牴牾。

（一）主流媒介建構的邊疆少數民族「他者」影像

「認同」是個體或群體相互再認的過程，邊疆少數族裔在「自我」對「他者再認」的確定過程中形成了自我認同。這一雙向互動的過程不單取決於少數群體的「自我」認同，更是取決於主流社會人群對他們形象的態度與認同。按照斯圖爾特·霍爾的說法，當少數族裔的影像在上下文中互相對立和互相聯繫地被閱讀時，它們的意義增加了。受到現實媒介和傳統文化歸屬性的影

〔註 18〕〔美〕歐文·戈夫曼《日常生活中的自我呈現》，馮鋼譯，北京：北京大學出版社，2008 年，第 6～7 頁。

〔註 19〕1967 年，法國評論家和哲學家羅蘭·巴特在《阿彭斯》雜誌上發表了《作者已死》一文，文中巴特把解釋權，或者說將意義和符號掛鉤的責任，全部給了讀者。而作者被他戲稱為「打字機」，充其量不過是將文化積澱注入文本中的水管。參見〔美〕托馬斯·福斯特《如何閱讀一本小說》，梁笑譯，海口：南海出版公司，2015 年，第 2 頁。

〔註 20〕劉燕《媒介認同論》，北京：中國傳媒大學出版社，2010 年，第 43 頁。

響，在主流人群眼中，「『他者』常常暴露在表徵的二元形式中，他們似乎是在尖銳對立的、兩級分化的、二元的極端方式中得到表徵的——好／壞，文明的／野蠻的，醜陋的／特別有吸引力的，因不同而反感／因陌生和外來而生好感。」〔註 21〕這種按照文化身份差異性和文化歸屬性「閱讀」的方式，穿越不同文本累積成「文本間性」，最終形成刻板的「原型」甚至是帶有偏見的「類型」。由此，通過閉合的媒介文本，遵照先在的媒體敘事策略和預設的敘述框架，主流群體眼中的邊疆少數族裔形象往往最終成為文化成規積澱下來。

因為這種文化成規的存在，在所謂主流群體眼中，邊疆少數族裔影像總是以「他者」的形象出現。事實上，客觀真實的鏡象始終是一個形而上的追求。影視媒介通過剪輯拼接、解說詞、畫外音等多種手段重新詮釋甚或改寫發明了「邊疆少數族裔他者」全新的形象。主流社會的道德價值觀和秩序權威藉助影視媒介才能得以維繫和彰顯，所以主流群體內部往往無意識的區分「他者」而確定「自我認同」，這容易導致媒介傳播的過程中少數族裔被重新主觀構建成刻板的「他者」形象（不易接受的、從屬的、異常的一方）。從這個意義而言，少數族裔的種族差別更多體現於社會學意義而非生物學意義。將主流文化（大漢族文化）作為衡量其他所有種族的標準似乎成為理所當然。我們不經常論及「漢族文化」、「漢族社團」等話題，卻常常聽到「藏族文化」、「新疆維吾爾族社區」等議題。在缺少種族說明的前提下，「中國人」似乎與「漢人」劃上了等號，「大漢族」觀點的普遍性也成為媒介表徵最強有力的特點。在整個中國媒介史中，藏族、維吾爾族、蒙古族和其他一些邊疆少數民族在媒介行業中少有提及。〔註 22〕因為少數民族只佔有全國總人口的較小比

〔註 21〕〔英〕斯圖亞特·霍爾編《表徵——文化意象與意指實踐》，徐亮、陸興華譯，北京：商務印書館，2003 年，第 231 頁。

〔註 22〕以 20 世紀 50、60 年代為例，「少數民族報紙雖然在蒙古、維吾爾、藏等文種中已形成黨報系統，但還有相當多的一部分文種，還沒有形成系統，有的只是在自治區首府有一張本民族文字的黨報，而在其他地區則沒有黨報或者很少。即便是前邊提到的這三種文字報紙的發展也不平衡，如中華人民共和國成立後相當長的一段時期，藏文報紙在西藏地區只有一張《西藏日報》，市、縣一級的僅有在四川、甘肅等省創辦的兩三份報紙。由於少數民族文字的報紙地區分布不平衡，有些地區尚無報紙，仍處於文化落後，信息閉塞的狀態。此外，黨報占絕對優勢，專業性報紙、對象性報紙，比如兒童報、青少年報，無論數量還是質量都與黨委機關報有一定差距。從總體來看，缺乏精通本民族語言文字的新聞工作者，無論從數量還是業務素質上，都無法與漢族新聞

例，主流媒介並未將其視為受眾的重要構成部分。在媒介內容上，邊疆少數民族地區抑或被主流媒體忽略，抑或容易被描述成貧窮落後、虛妄的「異域奇景」。

隨著歷史語境的變遷，主流媒介對不同種族的形象塑造也隨之發生引人注目的變化。以中國電影史為例，1933 年左翼電影人創作的《瑤山豔史》，對少數民族作了自然主義式的「奇觀」描寫。「唐紹華編劇、何非光導演的《花蓮港》（1948 年，西北電影製片廠），描寫漢族男青年與臺灣高山族少女因為種族偏見而釀成的愛情悲劇。」〔註 23〕總體來看，在解放前少數民族題材電影創作中，民族國家的觀念尚未成型，文化表述意圖與政治宣傳功能的展示也十分有限。影片《塞上風雲》（1942 年，應雲衛導演）強化了「國家認同」的政治意義，但卻以概念化主要人物的情感話語為代價。從影片中不難發現，歷史上的「夷夏之辨」開始被民族國家的正統觀念所取代，然而藝術創作上的空洞與公式化的圖解未能有效昇華主題，賦予有關國族認同成熟可信的紮實敘述。不過，這部講述蒙漢人民聯合抗日、「因實地拍攝而使畫面產生出『類紀錄片』效果」〔註 24〕的新中國影片，在用影像展現對內階級路線鬥爭、對外抵禦外侮、以及情愛場面攝製等方面都提供了一種思維路徑。〔註 25〕

新中國成立後，面對全然不同的文化生態與政治環境，中國共產黨人採取了各種舉措來改造地方社會。在漢族人口占少數的邊疆地區，中共的統治遭遇到更加嚴峻的考驗。從「十七年電影（1949 年～1966 年）」與少數民族題材的角度考察中共對邊疆地區的管制，既可以將其視為政治改造的革命事件，更可以看作是社會文化生態的歷史衍變。中國長久以來的特徵體現為「邊陲——核心」的二元結構，即中國核心地區控制西藏、內蒙、新疆、東北這樣

工作者同日而語。」參見白潤生《中國少數民族新聞傳播史》，北京：民族出版社，2008 年，第 225 頁。

〔註 23〕程季華《中國電影發展史第二卷》，北京：中國電影出版社，1963 年，第 179 頁。

〔註 24〕陸弘石《中國電影史：1905～1949》，北京：文化藝術出版社，2005 年，第 103 頁。

〔註 25〕「《塞上風雲》基本上對應的是金花兒（蒙族姑娘）在開篇唱的放牧情歌，和丁世雄唱的不忘東北恥辱的『家』歌，以及最後在激烈的戰鬥之後眾人齊唱的衛國之歌的影像圖解，結尾是特寫表現為原來為『情敵』的迪魯瓦（蒙族）和丁世雄（漢族）的雙手握在一起的特寫。」參見李二仕《愛情的意識形態：民族電影與文化》，載於楊遠嬰主編《中國電影專業史研究：電影文化卷》，北京：中國電影出版社，2006 年，第 361 頁。

的邊疆地區。受到外國勢力和宗教文化傳統的影響，歷史上國民政府對於邊陲地區的控制本來就比較脆弱。在新中國統治者眼中，像浸染於煽動性極強的泛突厥主義和泛伊斯蘭主義言論中的新疆等地區，如何實施有效的文化領導權成為當務之急。〔註 26〕

作為新生的民族國家，新中國置身二戰之後劇烈衝突的冷戰環境，面臨國家建構的重任。出於宣傳民族方針政策的需要，「十七年少數民族題材電影」以浪漫異域的邊疆空間展現新中國活力，不失為理想的宣傳媒介。「甚至在嚴峻的政治氣氛下，一些藝術家還可以用民族題材來作為疏離『政治標準高於一切』原則的藝術嘗試。」〔註 27〕對邊疆少數民族文化進行革命改造，重新形塑民族地區空間形象，這是新中國成立初期少數民族題材電影表徵「民族國家」的重要路徑。總體來看，在一體化的國家統治體制內，「十七年少數民族題材電影」作為新中國政治文化的有機組成部分，表徵出一種融國家權威與少數民族文化、主流精英與少數族裔「他者」、生產與消費於一體的話語體系。這種影像政治學與激進的文化政治聯繫在一起，衍生出特有的有關少數民族身份與話語的文化政治學。《內蒙古人民的勝利》（1950 年，於學偉導演）是新中國第一部反映少數民族題材的電影，影片原名《內蒙春光》，由「東影」於 1950 年春攝製完成，但公映不到一個月就接到政務院文化部停映的通知。據該片導演後來的解釋「有關領導部門發現了影片中尚有不符合黨的民族政策精神之處——對少數民族的上層分子爭取不足，決定停映。」〔註 28〕

〔註 26〕當時整個新疆地區複雜的政治生態風雲變幻，「1949 年上半年，中國人民解放軍沿著各條戰線迅速推進，西北地區的國民黨政府即將崩潰。在迪化，學生和知識分子分裂成親蘇與反蘇兩派。據當年新疆學院新生阿卜杜拉希姆·阿敏（Abdurahim Amin）回憶，一天晚上新疆學院放映了蘇聯電影《海軍上將烏薩科夫》（Admiral Usakof），這部電影描寫的是沙皇俄國與奧斯曼帝國之間的幾場戰爭。當電影演到土耳其人打敗俄羅斯人時，親土耳其的學生反應狂熱，而當電影描寫俄羅斯帝國摧毀奧斯曼帝國的海軍時，親蘇學生高興地跳了起來。這部電影的放映隨後因為兩派學生打鬥而被中斷。」參見高崢《綠洲的召喚：1949～1953 年新疆「和平解放」》，載於周傑榮、畢克偉主編《勝利的困境：中華人民共和國的最初歲月》，姚昱等譯，香港：香港中文大學，2011 年，第 194 頁。

〔註 27〕陸弘石主編《中國電影：描述與闡釋》，北京：中國電影出版社，2002 年，第 308 頁。

〔註 28〕中央電影局指出，不符合民族政策之處還體現於布景中內蒙領導機關的辦公室過於氣派，演員沒有多用蒙族演員出演。於學偉對此回憶：「總理說：『拍蒙族題材的影片，應該多用蒙族演員……』當時，我只想到總理是從政治上

1950年5月，周恩來總理親自參加了該片的審片，並且作了兩個多小時的發言。〔註29〕他在發言中指出：「《內蒙春光》沒有從全國階級鬥爭的全局來看問題。」根據周總理的談話精神，影片的編導對《內蒙春光》作了較大的修改，「影片更名為《內蒙人民的勝利》，劇中的道爾基王爺最終被中共爭取下來，符合當時黨的民族統戰政策。」〔註30〕道爾基王爺原本是階級鬥爭的主要對象，但是按照民族統一戰線的需要，對其形象進行修正似乎也成為當時不可避免的政治需要。影片《內蒙人民的勝利》「用階級分析的二分法形成敘事類型上的最基本的二元對立結構。」〔註31〕這既奠定了新中國「十七年少數民族題材電影」最基本的敘事策略，也反映出不同題材電影對這一敘事策略不同程度的修正。

在影片現實創作中，少數民族題材電影的階級鬥爭敘事驅動力無法準確表述黨的統戰政策，因此影片故事的結構經常需要適時修正。「十七年少數民族電影」或用階級認同替代民族認同和文化認同（如《猛壟沙》、《農奴》）；或用民族認同與國家意識來取代少數民族文化意識差異（如少數民族抗日題材影片《回民支隊》）；或用落後進步與否來評判少數民族宗法文化歷史（如《草原晨曲》）。影片《達吉和她的父親》（1961年，王家億導演）更是賦予了漢族小姑娘達吉特殊的少數民族身份。在重新確認自己的漢族身份之後，達吉並不願離開養育自己的彝族奴隸父親馬赫。依靠達吉特殊的雙重民族身份，電影敘事成功摒棄了異族（漢族）他者的視角，有效使少數民族這一特殊題材與國族認同的主題相聯繫。概而言之，「十七年少數民族題材電影」無論是將

考慮——團結和尊重少數民族的文藝工作者。以後，我才意識到，總理所以贊同，可能也是從演員氣質上考慮的。在我們漢族演員中要找到像傾得布這樣漂悍、粗獷有力的人物實在很難。而且對於這些蒙族角色的性格、風采、習俗、心理、騎術等，由蒙族演員來演，他們領會人物的深度，甚至會超過導演與編劇。」於學偉：《憶周總理對〈內蒙春光〉的關懷》，《電影藝術》1983年第1期，第35～36頁。

〔註29〕周恩來總理在發言中指出：「影片的錯誤是在政治原則上有問題，和今天我們的總政策，也就是我們的共同綱領不相符。《內蒙春光》沒有從全國階級鬥爭的全局來看問題，而是孤立地寫少數民族中一個民族的階級鬥爭，這就會把少數的王公作為主要敵人，得出一旦推翻了王公的統治，民族問題就會完全解決了的錯誤結論，而且必然不能真實地反映我國少數民族的鬥爭實際。」齊錫寶《晶瑩的回憶，深切的思念》，《電影藝術》1980年第4期，第53頁。

〔註30〕孟犁野《新中國電影藝術史》，北京：中國電影出版社，2011年，第59頁。

〔註31〕尹鴻、凌燕《新中國電影史》，長沙：湖南美術出版社，2002年，第65頁。

少數民族浪漫化（如愛情片《天山之歌》（維吾爾族），還是表達漢族對於身陷奴隸制和封建主義少數民族的思想改造（如《農奴》），「對於消除種族、民族、性別與地區之間的真實差異和緊張狀態，建設一個想像的、同質的國家認同都是至關重要的。」〔註 32〕

新時期以來，中國邊疆少數民族語言的電視體系逐步建成完善，在加強少數民族團結、推動少數民族區域自治政策宣傳等諸多方面作了積極的嘗試。以中央電視臺為代表，1983 年 10 月 2 日「兄弟民族」專欄正式開播。該欄目「主要採用紀錄片形式，兼顧對外宣傳，系統介紹兄弟民族的歷史文化。」〔註 33〕此後中央電視臺還推出了「旅行家」、「華夏掠影」等欄目，少數民族題材電視節目實現了欄目化和常態化，其中湧現出了《望長城》、《唐蕃古道》等展現邊疆地區自然景觀和少數民族風采的力作。1986 年，旨在推動少數民族電視事業發展的全國少數民族題材電視藝術「駿馬獎」創立，該獎下設「電視紀錄片」、「電視藝術片」等各獎項。同時期邊疆少數民族電視事業也有一定發展，1986 年 7 月 1 日，新疆電視臺利用中央電視臺每晚衛星轉播電視節目結束後的空當，通過國家郵電部新疆米泉上行站傳送新疆電視臺用維吾爾語和哈薩克語譯製的中央電視臺和新疆電視臺的節目，成為全國最早上星的電視臺。〔註 34〕1997 年 8 月 28 日，新疆維吾爾自治區廣播電影電視廳在 652 臺舉行衛星地球站上行站落成暨新疆衛視維吾爾、漢、哈薩克 3 種語言節目分頻道開播儀式，使新疆衛視的節目覆蓋全疆、波及全國和亞太地區。〔註 35〕雖然同處邊陲的西藏電視事業發展比較緩慢，但同樣可以看出國家意志的高度重視。1976 年 10 月，西藏電視臺籌備組用 1 臺 16 毫米電影攝影機拍攝了紀錄片《歡騰的高原》，紀錄片片尾打出「西藏電視籌備組攝製」9 個字，向人們傳遞了西藏正在籌建電視臺的信息。1978 年 5 月 1 日，籌備組使用雙通道 100 瓦發射機，向拉薩市區試播黑白電視節目取得成功。1979 年 10 月 1 日，籌備組使用功率 1000 瓦的發射機，試播彩色電視節目。1985 年 8 月 20

〔註 32〕尹鴻、凌燕《新中國電影史》，長沙：湖南美術出版社，2002 年，第 69 頁。

〔註 33〕白潤生《中國少數民族新聞傳播史》，北京：民族出版社，2008 年，第 333 頁。

〔註 34〕《新疆廣播電影電視編年史》，《新疆廣播電影電視編年史》編輯委員會編，烏魯木齊：新疆人民出版社，2010 年，第 97 頁。

〔註 35〕《新疆廣播電影電視編年史》，《新疆廣播電影電視編年史》編輯委員會編，烏魯木齊：新疆人民出版社，2010 年，第 179 頁。

日，西藏電視臺在西藏自治區黨委批准下正式成立。試播初期，西藏電視臺播出的主要節目類型有：一是自製口播新聞，二是自製紀錄片，三是自製少量的譯製類藏語節目；四是轉播電視劇和故事片。西藏電視臺藏語衛視在 1999 年 10 月 1 日正式開播。藏語衛視頻道在原有《新聞聯播》、《雪域視點》等五個節目的基礎上，新開辦了《在西藏》、《雪域漫談》等自製欄目。到 2000 年底，西藏電視臺的自辦節目涵蓋新聞、社教、文藝、服務四個類型，另外還有電視連續劇、藏語譯製等節目，宣傳質量和輿論引導水平不斷提高，並實現了藏、漢語節目分頻道上衛星同步播出。〔註 36〕在電視連續劇製作方面，電視臺籌備組陸續拍攝了《達瓦卓瑪》、《旺堆的哀樂夢》、《阿古登巴的故事》、《藏邊深處》等 18 部電視連續劇，其中《達瓦卓瑪》獲全國首屆少數民族題材「駿馬獎」電視連續劇二等獎，《藏邊深處》獲全國少數民族題材「駿馬獎」電視藝術片團結獎。〔註 37〕

不容質疑，新時期主流媒介建構的邊疆少數民族「他者」形象對於體現社會主流價值觀、有效傳播少數民族自治政策起到了重要的作用。但這些影視節目大多以文化想像的姿態圖示社會建構的差異，掩飾因文化和意識形態差異所導致的種族問題，沒能成功掌控帶有不同種族特徵的媒介形象的創造和生產過程。由是觀之，主流媒介眼中的「邊疆少數族裔他者」影像的呈現非常容易陷入「標簽化」、「類型化」的偏見之中。在主流媒介模式化報導的慣性導航下，無論對主流人群還是少數族裔的媒介文本閱讀習慣都會產生潛移默化的影響。主流人群試圖運用強勢的文化符號構建自身的合法真實形象，這一過程並非簡單的「現實」複製，而是一個理性選擇下的重構。在歷史文化傳統的規約下，少數族裔則依靠集體的定向式思維解碼主流媒介塑造的形象，當與預設架構的認知理解模式相牴牾之時，原有的偏見模式反而會加強。概而言之，通過周而復始的「模式化」傳播，大眾傳媒未必能使套路式的信息「主流化」。小心培育媒體文化，有效理性選擇適宜的影像，真正對少數族裔政治價值觀、日常生活結構產生衝擊，才可能觸及少數民族思想靈魂、少數民族命運的真正內核，最終達到全社會成員共享

〔註 36〕《西藏自治區志·廣播電影電視志》，《西藏廣播電影電視志》編撰委員會編，北京：中國藏學出版社出版，2005 年，第 73～75 頁。

〔註 37〕《西藏自治區志·廣播電影電視志》，《西藏廣播電影電視志》編撰委員會編，北京：中國藏學出版社，2005 年，第 78 頁。

一致的文化價值觀的理想之途。

（二）「國家民族」認同與邊疆少數民族電視節目的傳播困境

少數族裔在社會的整體結構中地位特殊，他們的自我認同更顯困難複雜。少數族裔往往依靠主流群體的評價來建構認同，這是一個複雜的重新定義自我、確認自我的過程。事實上，少數族裔不能僅僅用數字的多寡來區分，他們實質上是一個「缺少某種權力的群體」。反映在媒介當中，少數族裔成員往往缺少進入媒體工作的機會，並且因此無力掌控或者影響在媒體中塑造和傳播的有關他們自己的形象。由於少數族裔需要依靠主流群體作為外界參照的鏡象，他們自我確定的依據往往是模糊不定的，少數族裔的「自我認同」往往成為一種文化想像，一種主流群體對其形象評價的文化想像。當少數族裔用「另類或具顛覆性」的方式來消費他人生產的媒體內容之時，誤讀與衝突自然不可避免。〔註 38〕事實上，少數族裔群體的自我認同是一個複雜的動態過程。影像文本與少數族裔讀者作為繁複的編碼解碼關係，充斥著意義場域的鬥爭。最終，少數族裔對於影像文本所表徵形象的認同體現為「無意識認可型」和「有意識對抗性」兩種類型。

猶如一枚硬幣的正反兩面，「認同」與「分化」無法相割裂。受到不同歷史時期「主流話語」的詮釋，邊疆少數族裔被視作（也自認為）是一個獨特的群體。然而這不意味著邊疆少數族裔被動接受所謂主體社會對自己的文化想像。他們擁有豐厚悠久的宗教史，擁有自己對宇宙自然、社會生活、時間空間獨特的認識，他們更會對外部世界強加以自己的文化想像、分類規訓作出或消極、或積極的回應。一旦時代話語和主體社會對邊疆少數族裔的文化想像與分類規訓發生改變，少數族裔的認同、自我觀亦會發生改變。在大眾影視傳媒的積極推動下，邊疆少數族裔的某些文化因素如宗教儀式、建築文化等內容由歷史上的「邊緣化」、「奇觀化」特徵蛻變轉化，成為彰顯本民族獨特寶貴文化傳統的有效介質。大眾影視傳媒折射出一個不乏進取之心，對本民族充滿自豪感，積極主動、正面向上的少數族裔形象，取代了歷史上少數族裔野蠻落後的「刻板印象」，成為新時期邊疆少數族裔構建自我認同的重要內容。「在很大程度上，恰恰是外部世界所帶來的主流意識形態即時代『話語

〔註 38〕〔英〕麗薩·泰勒、安德魯·威利斯《媒介研究：文本、機構與受眾》，吳靖、黃佩譯，北京：北京大學出版社，2005 年，第 162 頁。

型』和特定族群內在的文化認知體系這兩種力量間不斷互動、衝突塑造了族群認同的具體形貌……」〔註 39〕邊疆少數民族題材的影視節目具有強烈的輿論引導功能，新時期中央電視臺、西藏衛視、新疆衛視等電視媒體的少數民族政策宣傳主要是正面報導。通過展現各個民族解放前後的對比，改革前後的對比，各少數民族的切身感受等手法來對少數民族政策進行影像化解讀。「刻板化」、「模式化」是節目當中最大的問題。如 2014 年 7 月 6 日《西藏衛視新聞聯播》的一期名為「新舊西藏對比」的訪談節目，觀眾們看到在新修好的樓房前，一位藏族老牧民身著嶄新的少數民族服裝接受記者採訪，隨後拿出一本紅色封皮的《習近平總書記公開發表重要講話彙編》，津津有味地閱讀起來。這樣擺拍痕跡明顯的新聞報導，要想真正從倫理觀、宇宙觀等深層次的分類認知內容影響少數民族、重塑其國族認同感，實在是一件困難的事情。

如果邊疆少數族裔對於主體媒介所塑造傳播的少數族裔形象與價值觀無法認同，他們通常會用「有意識對抗型」的方式予以解讀編碼，其結果是顛覆解構原來的形象而構建出全新的負面意義。尤其值得一提的是，當邊疆少數族裔受眾發現主流媒體所表現的人與事和自己所親身經歷的情景相去甚遠時，他們往往會採取較為激進的批判態度來對抗解讀前者所建構的形象。這將直接導致「多元文化主義」狂潮的盛行、國內「次級民族單元意識」興起，「狹隘民族主義、地方主義等意識不斷高漲，甚至獲得一定程度的道德內涵，等到真正的『國家之敵』出現的時候，漢奸、打著民族旗號的傀儡政權、邊疆民族分離主義等一系列的幽靈便層出不窮了。」〔註 40〕事實上，與其他國家政治制度相互統一，民族區域自治在一定層面上實現了「國家族群」與「種族」普遍性與特殊性的對立統一。該制度試圖既從體制上保障民族文化的多元性，又從政治上確立不同族裔對於統一「國族」的認同。國家主體媒介所塑造的少數族裔形象應當成為中華民族文化生態的良性互動元素，實現「多元一體」的合理格局。少數族裔與漢族之間的關係並非敵對同化的關係，民族的「差異性、多樣性不僅是自然規律，同樣也是社會規律。傳統會因為現

〔註 39〕海力波《道出真我——黑衣壯的人觀與認同表徵》，北京：社會科學文獻出版社，2008 年，第 276 頁。

〔註 40〕何博《我國邊疆少數民族的『中國認同』及其影響因素研究》，北京：中國社會科學出版社，2014 年，第 198 頁。

代衝擊而退隱，但並沒有因此絕跡。現代傳媒工具和手段（如計算機、網絡、電視、短信等），也不斷製造和推出新的差異性和多樣性……在全球化和現代化過程中，少數民族的許多物象都會消失，但他們以文化、語言、情感、信仰、審美等要素為構成成分的大符號系統卻不會消失，相反，這個大符號系統會超越以『物的依賴』為基礎的發展主義，為人們的生活和生命帶來『終身關懷』。」〔註41〕由是觀之，只有塑造出真正具備少數民族人文情懷的少數族裔形象，才可能建構出少數族裔和諧動態和積極能動的「國族觀」，在結構與實踐上與主體民族漢族互治相生。

邊疆少數民族電視節目傳播的核心衡量標準應該以少數民族同胞為目標受眾，根據內容題材和所使用的語言媒介分為三個不同等級的層次：其一，創作者身份為少數民族，以其本民族語言為媒介傳播本民族文化習俗。其二，節目題材為邊疆少數民族宗教文化習俗，但主創人員不是少數民族，並且用漢語播出；其三，內容小部分涉及邊疆少數民族宗教文化題材或根本與邊疆少數民族文化無關，通過翻譯為少數民族的語言來進行傳播。上述第一層級的少數民族題材的電視節目可以視為比較純粹的少數民族節目，出於「文化親近性」，此類節目受到少數民族同胞的支持。〔註42〕不過少數民族節目數量的嚴重短缺成為影響邊疆少數民族影像有效傳播的重要障礙，主要體現在「國家級電視臺沒有專門的少數民族頻道，僅有的一檔少數民族電視節目《中華民族》在時長和播出時間上都缺少影響力（每期 30 分鐘，每週一期）。即使在西藏、新疆這樣具有特殊政治地位的邊疆自治區，用少數民族本族語言播出節目的頻道在全臺也居弱勢地位。西藏電視臺共有 4 套節目，藏語頻道只有 1 套。」〔註43〕事實上，對於邊疆少數族裔而言，其國家族群認同已經不

〔註41〕納日碧力戈《萬象共生中的族群與民族》，北京：中國社會科學出版社，2015 年，第 235 頁。

〔註42〕關於少數民族邊疆地區電視傳播效果的研究，國家廣電總局主持的調研統計發現，「有超過一半（58.8%）的維吾爾族觀眾最喜愛的節目是新疆衛視 2（維語、綜合），其次是本地的地市級地面頻道（維語）和新疆衛視 5（維語、綜藝）」。在維吾爾族最喜歡的前八個頻道中，維語頻道不僅擁有 6 個，而且佔據前三名。對於藏族觀眾來說，喜歡藏語電視頻道（西藏一套——藏族衛視）的被調查者高達 57.0%，CCTV-1 被排在了第二位，但其選擇率卻陡然下降至 25.0%。）。參見王斌、陳銳《少數民族地區電視傳播效果研究——以西藏、新疆地區為例》，北京：中國廣播電視出版社，2012 年，第 48 頁。

〔註43〕王斌、陳銳《少數民族地區電視傳播效果研究——以西藏、新疆地區為例》，北京：中國廣播電視出版社，2012 年，第 50 頁。

再是普通身份意義上的構建，而是政治層面上的或「認同」或「抗爭」。在實際的歷史變動中，少數族裔與主體民族之間的關係持續發生著變化，支配滲透與鬥爭排斥貫穿整個歷史進程。有限的少數民族影像傳播會對少數族裔的國族認同產生深遠有效的影響。

在市場化浪潮下，邊疆地區電視臺缺少高額的廣告經營收入，無法引進高水平傳媒人才、及時更新設備、斥鉅資自製或購買優秀節目，缺少相當數量有消費潛力的少數族裔受眾，從而陷入「觀眾少、廣告收益差」的惡性循環。現階段邊疆少數民族電視臺的節目製作模式主要依賴「市場運作、政府採購」，並不能從總體上建立起有效的節目工業化生產流程，形成體現少數民族文化品位、具備相對穩定藝術和技術標準的高質量節目。邊疆地區電視臺之所以無法出品少數族裔觀眾滿意度較高、市場回報豐厚的節目，主要在於沒有遵循完善而科學的節目生產流程，從節目市場調查、節目策劃到節目製作播出、節目效果測定與反饋均缺少認真調研。因為前期對於少數族裔的受眾需求、少數族裔文化社會環境缺乏細緻調研，節目的整體風格、特定內容、傳播形式的設計都難以體現少數民族文化的真正精神。〔註 44〕

在少數民族電視節目評估機制方面，問題顯得尤其突出。節目評估包括以下方面：「內容評估（針對節目本身）、效果評估（針對節目播出後產生的效果或效益）、評估標準和指標（包括政治標準、藝術標準、技術標準、客觀標準、主觀標準、相對標準和絕對標準等）、評估主體（以領導專家為主體、亦或以少數族裔受眾為主體）、評估後成果的利用（是否以科學的評估結果來有效干預節目的生產和經營，考核生產經營者）。」〔註 45〕節目評估的具體指標可以細分為版權收益、廣告投放、忠誠度、滿意率、收視率等定量的標準，而涉及到藝術標準、政治道德標準等主觀定性的標準時，則會使問題更加複

〔註 44〕據相關統計數據顯示，「在媒介信任方面，國家級的中央電視臺的公信力排在西藏一套（藏語衛視）和新疆衛視 2（維語綜合頻道）之後。藏族觀眾有超過 80%認為藏語節目『比較少』或『非常少』，維吾爾族觀眾中這一比例接近 70%，幾乎沒有觀眾認為本民族語言節目是『比較多』或『非常多』，這反映出少數民族電視觀眾對本民族語言的巨大需求，而在這方面，藏族的需求比維吾爾族更為緊迫也更加劇烈。」參見王斌、陳銳《少數民族地區電視傳播效果研究——以西藏、新疆地區為例》，北京：中國廣播電視出版社，2012 年，第 86～88 頁。

〔註 45〕李曉楓主編《中國電視傳媒體制改革》，北京：中國廣播電視出版社，2004 年，第 94 頁。

雜。政治道德標準具有主觀隨意性，並且往往掌握在具有話語權的少數領導階層手中。而事實上，面對全球化市場擴張、宗教社會流動，宗教問題與認同政治的密切關係以電視節目的特殊表徵形式彰顯出來。在現代化進程中，我們無法迴避邊疆地區自身特殊的民族文化傳統和宗教社會體制所遭遇的危機。邊疆地區宗教文化傳統與市場社會邏輯之間矛盾明顯，而對於電視節目的效果評估則注重用數據和事實說話（特別是經濟效益的評估）；另一方面，電視節目的品質與數據之間並沒有直接的正反比關係，我們不能單純通過少數民族電視節目的受眾數量來逆推電視節目的品質優劣。面對來勢洶洶的全球化、市場化和語言危機（一個不爭的事實是，越來越多的邊疆少數民族青年說本民族母語的比例在嚴重下降），如何正確評估少數民族電視節目的品質成為重要議題。伴隨大規模的社會流動，民族區域的社會危機凸顯，西部邊疆地區是少數民族聚居區，「西部開放不僅將擴大族際交流與合作的空間，也將會凸顯民族之間的文化宗教差異。」〔註 46〕在如此複雜的社會語境下，要想精確量化少數民族電視節目在少數族裔個體的知識結構、國族觀的認同建構、社會行為中的具體作用，幾乎無法做到。

對於邊疆少數民族地區的電視臺，中央電視臺的《新聞聯播》節目都會翻譯為本民族語言播出，這是民族地區廣電部門承擔的重要任務。事實上，藏族觀眾對於央視新聞節目的負面評價比較高，央視新聞節目的優勢並不突出。相關電視媒體傳播效果的定量研究發現，諸如「缺少有影響力的報導、反映本民族生活太少、報導內容枯燥無味、報導內容與生活脫節等負面評價較多。西藏基層幹部群眾對電視新聞意見比較大，覺得政治說教過多，而真正新聞性的東西過少。」〔註 47〕通過收視率、問卷調查等方式研究少數民族電視節目的社會效果評估，往往會顯得籠統模糊、缺乏實際操作性。另一方面，雖然總體而言，收視率和滿意度有正向相關性，但就具體的節目而言，收視率高滿意度低、收視率低滿意度高的現象也會出現。邊疆少數民族電視節目需要重點建立以品牌為中心的節目評估體系，全面科學收集少數族裔受眾反饋並作定量和定性相結合的分析。考慮到邊疆地區特殊的政治戰略地

〔註 46〕馬戎、丹增倫珠《拉薩市流動人口調查報告》，《西北民族研究》，2006 年第 4 期（總第 51 期），第 168 頁。

〔註 47〕王斌、陳銳《少數民族地區電視傳播效果研究——以西藏、新疆地區為例》，北京：中國廣播電視出版社，2012 年，第 92 頁。

位，電視臺處理好市場調控與政府管制的關係顯得尤為重要。在目前電視節目價值觀呈現多元混亂的狀況下，邊疆地區少數民族電視臺既要追求市場份額、更要講求政治藝術，用「準」、「新」、「深」三個標準來強化節目評估的專業性。一是在節目對象化、頻道專業化的多媒體時代，節目的少數族裔目標受眾、少數民族文化風格需要定位「準」。二是與時俱進，播出形式「新」、內容「新」、題材「新」、視角「新」、觀念「新」。三是「深」，運用換位思考，站在少數族裔受眾的角度看問題，追求節目傳播的信息含金量，用專業而「深透」的方式處理有爭議的焦點新聞。〔註 48〕惟其如此，面對宗教世俗化過程中的危機，面對邊疆少數民族地區所遭遇的強烈文化危機，面對社會流動帶來的民族區域社會危機，邊疆少數民族地區電視臺才能真正迎接挑戰，依靠電視媒介，建構起為少數族裔認同的、具有普遍性的「國族」身份。

但不可否認的事實是，邊疆少數族裔因為認同問題常會產生種族衝突。如果媒介表徵不當，只會觸發「緊急事件」和「突發性危機」的出現。這不僅影響到國防安全、國家政治穩定，也會對政府的公信力提出挑戰，最終演變為「公共危機」。在整個「公共危機」傳播過程中，媒體傳播的邊疆少數族裔的「刻板形象」將會激化矛盾；而傾向於揭露事實的報導則會引發少數族裔公眾的冷靜對付。新時期的媒介在經濟上逐步擺脫對政府的過度依賴，一定程度上成為以對組織內部負責為主、獨立發展的功能性利益主體。而在「公共危機傳播中，政府會從自己的切身利益出發，根據內外環境條件，權衡成本和收益。」〔註 49〕基於此，要想反轉少數族裔的「刻板形象」，有效消弭種族衝突，必須處理好政府、媒體、少數族群三者的博弈關係。避免「共虧」、力求「雙贏」，尋求到三者都能接受的最佳「均衡」策略組合，不耽擱任何參與方的積極性，從而沒有任何一方有打破這種均衡的積極性。

個案 1-1-1　邊疆少數民族影視作品受眾訪談錄

柴罡（西藏自治區拉薩，漢族，男，《西藏商報》記者）：西藏地區有西藏電視臺和拉薩電視臺，藏語頻道居多。我平時看藏族題材的電影比較多，比如《岡拉梅朵》《西藏天空》，單位會組織我們去電影院看藏族題材的電影。

〔註 48〕汪文斌、胡正榮主編《世界電視前沿Ⅰ》，北京：華藝出版社，2001 年版，第 36 頁。

〔註 49〕趙路平《公共危機傳播中的博弈》，上海：上海社會科學出版社，2010 年，第 17 頁。

拉薩目前有 4 家電影院，上映的電影與內地同步更新，電影院對外售票，票價比較便宜，看得人挺多。拉薩的網吧挺多，網速也很快，沒有什麼網絡管制。在拉薩，有一部分藏族會穿民族服飾，著裝方面，年輕藏族的變化比較明顯。（2015 年，四川省綿陽市，白雪訪談並記錄）

求基俄熱（阿壩羌族藏族自治州藏族，男，西昌學院漢語言文學專業學生）：我認為本民族題材的電視劇在內容創作上應該反映少數民族的真實情感和生活，不能全是抗戰題材、解放題材。更重要的是，我覺得不能輕易地拿民族風俗和文化來製作電視劇，電視劇《西藏秘密》播出後在藏區引發很大風波，很多藏族的知識分子和學者要求停播這部電視劇，因為這部電視劇完全是利用民族風俗和文化來瞎編歷史。（2015 年 11 月 28 日，四川省綿陽市，宋西訪談並記錄）

道吉先（甘肅甘南藏族自治州藏族，男，項目主持人所在學校物聯網工程專業學生）：在我看來，一部藏族題材的電影能否被藏族接受，看兩個方面。第一是細節，比如說你端茶的姿勢，怎樣端茶才表示尊敬。還有獻哈達，並不是看見客人就獻哈達，不同顏色的哈達代表了不同的寓意，如果劇組沒有專業顧問，又是一位漢族導演來操作，電影就更不能把握這些細節。作為觀眾，如果我們發現一些細節不對，我們就會覺得電影在胡扯，我們就不看了。

第二是宗教，能夠從整部電影的思想主題得出。我看過萬瑪才旦導演拍的《靜靜的嘛呢石》《尋找智美更登》和《塔洛》，他的電影有個特點，演員、編輯、攝相都是藏族。我喜歡萬瑪才旦導演，因為他本身是藏族，他很熟悉我們的宗教信仰和民俗習慣。萬瑪才旦導演的電影畫面比較原始、原生態，用現實主義手法拍攝的電影很吸引人。萬瑪才旦導演的電影每次去藏區放的時候，都很受大家喜愛。我認為藏族題材的愛情類電影大都是落入俗套，一般都是漢族和藏族青年相愛，但中途受到阻撓，最後還是走在一起了。

有部根據真實故事改編的電影叫《甘南情歌》，講述的是上個世紀 70 年代，甘南藏族自治州的藏民處於游牧狀態，醫療資源很匱乏，一位大學學歷的漢族醫生本來可以去內地發展，但是他說願意到草原深處為我們看病。剛開始，當地人完全不接受這位醫生，慢慢地，醫生用時間來證明自己的真心，後來醫生和當地的藏族姑娘結了婚。這部電影算這類影片的典型。（2016 年 11 月 10 日，項目主持人所在學校，王雅蝶訪談並記錄）

熱斯來提·艾尼瓦爾（新疆伊犁哈薩克自治州維吾爾族，女，老師，53歲）：我是伊寧縣曲魯海鄉中心小學的一名教師。我平常在家的休閒方式是看電視，我看維吾爾族題材的少數民族電視劇、少數民族電影，但是現在我看維吾爾語譯製的外國電視劇居多。我喜歡看的外國電視劇有韓國、土耳其、印度拍的，類型多樣，主要是愛情劇、家庭倫理劇。只要電視劇和電影有好的內容和意義我都會看，不會因為製作方的身份而影響我的選擇。看電視劇和電影是為了打發時間，最近工作比較忙，就沒時間看了。

我喜歡本民族題材的少數民族電視劇是《木卡姆往事》，它講述「十二木卡姆」傳人吐爾地、阿洪等新疆幾代藝術家為木卡姆藝術的傳承和發展所付出的艱辛努力。《木卡姆往事》作為維吾爾族的一部電視劇，比較有價值和意義，以前在新疆電視臺、中央電視臺播出過很多次。但是很少有年輕人關注木卡姆藝術，木卡姆藝術是我們的「族粹」，也是國寶，我覺得小孩子應該多看看《木卡姆往事》，希望更多人關注木卡姆藝術和木卡姆歷史。

新疆是一個多民族聚居的地區，我們作為人民教師，給孩子們傳授科學文化知識的同時，教導孩子們樹立正確的國家觀、歷史觀、民族觀，是我們的教學任務和目標之一，也是我們的理念，這個任務比以往都更加重要。上個世紀 90 年代，江澤民同志提出「漢族離不開少數民族，少數民族離不開漢族，各少數民族之間互相離不開」，我很贊成。近幾年在新疆發生了多起暴力事件，為了杜絕這類事件，新疆社會治安防範很嚴格，我們都支持、理解。今年春節我和許多漢族同志在學校值班，我們多吃一點苦是應該的，一切都是為了社會穩定。（2017 年春節，新疆伊犁哈薩克自治州，沙德克·艾克熱木訪談，王雅蝶整理）

艾克熱木·阿不都米吉提（新疆伊犁哈薩克自治州維吾爾族，男，老師）：我是伊寧縣曲魯海鄉中學的一名教師，從事教學工作已有 30 年，在 2009 年獲得「全國模範教師」榮譽稱號。10 歲之前的孩提時代，我經歷了「文革」風暴，我從很小的時候就開始在田裏幫忙。那時鄉里只要一放電影我就跑過去，我看過一些戰爭電影。現在家裏面有了電視，我偶而看看維吾爾語版的電視劇，比如《西遊記》和《水滸傳》。我現在看電視，以新聞節目為主，我和家人也會看維吾爾語譯製的韓國電視劇和新疆本土拍的電影。新疆本土的影視作品越來越好，像《冰山上的來客》、《木卡姆往事》都是比較受觀眾喜歡的，講的就是新疆的故事，也播了很多次。但是我的工作比較忙，沒有太多時間看電視。

我去過幾次內地，有這麼幾點感受。第一，內地電視臺節目內容豐富，綜藝節目做得很好，與內地電視臺相比，新疆電視臺在商業性上不足，這就導致娛樂性不如人家，新疆電視臺有太多政府安排的節目。第二，我希望新疆電視臺可以多開設有意義的節目，比如探索考古一類。第三，新疆很多大城市的室外廣告宣傳不如內地大城市。總的來說，在傳媒領域，新疆可以多學習內地先進的、時尚的元素，我們還有很大的發展空間。

我小時候看過維吾爾語版的《水滸傳》，我很喜歡。《水滸傳》的故事情節至今停留在我的腦海。由於我對語言文學有份獨特的情感，現在也是一名作家。我小時候家裏太窮了，我念完書就急著參加工作，到現在也沒有好好學習漢語。我覺得在中國必須要學習漢語，學會了才能更暢通地進行交談、去旅遊、去考察。所以我讓我的孩子上了漢族學校，學習漢語，不能吃我小時候的虧，這樣才能走出去，走得更遠，視野更開闊。（2017 年春節，新疆伊犁哈薩克自治州，沙德克・艾克熱木訪談，王雅蝶整理）

圖 1-1-1　2017 年春節，課題組在新疆訪談維吾爾族老師艾克熱木・阿不都米吉提

依克山（新疆伊犁哈薩克自治州維吾爾族，男）：我是足球迷，我喜歡看歐洲足球五大聯賽和西班牙甲級足球聯賽，我喜歡的球星是克里斯蒂亞

諾・羅納爾多。我平常用手機 APP 或在電視上觀看足球賽。我在下載的手機 APP 有虎撲體育、懂球帝這些專門看球的軟件，可以通過手機 APP 和球迷們互動聊球，很有意思。我在新浪微博上關注一些球迷服務團體，能瞭解很多足球信息。新疆的大部分男孩子都會踢球，我們的運動細胞很足。我從小就會踢足球，曾經的夢想是做專業的足球運動員，現在覺得安心做個球迷就好。我對國家的理解就是中國和五星紅旗，所有小家庭加在一起就是個大國家。我覺得之所以有漢族和少數民族的區別，是因為地理和歷史上的差距，把我們變成了在風俗習慣、生活方式、宗教信仰等方面有差別的各種集體。五十六個民族共同在中國大地上繁衍生息，我們都是中華民族。（2017 年春節，新疆伊犁哈薩克自治州，沙德克・艾克熱木訪談，王雅蝶整理）

吾提庫爾（新疆伊犁哈薩克自治州維吾爾族，男）：我是伊寧縣第三小學的二年級小學生，能說一口流利的漢語。我在家看電視，喜歡看足球比賽和動畫片。我和哥哥、爸爸一起看足球比賽，我爸喜歡里奧・梅西，我和哥哥喜歡克里斯蒂亞諾・羅納爾多，在我和哥哥心目中，羅納爾多是世界第一。我和哥哥會用我爸爸的手機上網玩遊戲，常玩湯姆貓和五子棋。我一年級就會唱國歌，我有一些漢族朋友，我覺得漢族、維吾爾族、哈薩克族、回族等等都是中華民族。（2017 年春節，新疆伊犁哈薩克自治州，沙德克・艾克熱木訪談，王雅蝶整理）

努爾古麗（新疆昌吉回族自治州呼圖壁縣哈薩克族，女，婦聯職工，44 歲）：2010 年上映的電影《永生羊》，是國內首部用哈薩克語同期聲拍攝的故事片。《永生羊》講述了兩個女人莎拉和烏庫芭拉的愛情和生活，演繹了哈薩克族女人的一生，是一部非常具有思想性、民族性的電影。從電影鏡頭中可以感受到很多新疆民族元素，比如岩畫、成人儀式、賽馬，讓觀眾領略到草原民族文化和哈薩克族文化，更是給哈薩克族後輩們上了一堂很好的民族文化教育課。電視劇《情牽那拉提》也拍得不錯，在伊犁那拉提草原上拍攝的，畫面特別美而且真實，比如娶親的畫面、飲食的畫面、婦女勞動的畫面，劇中演員的服裝、語言和風俗習慣都體現得很好，用故事情節串聯了我們的哈薩克族文化。（2017 年 2 月 3 日，新疆昌吉回族自治州，馬爾江・那巴克訪談並記錄）

圖 1-1-2　2017 年 2 月 3 日，課題組在新疆訪談維吾爾族婦聯職工努爾古麗（左一，穿黑色上衣）

澤仁扎姆（四川康巴地區藏族，女，項目主持人所在學校漢語言文學專業學生）：我最近在看電視劇《西藏秘密》，它主要講解放前西藏的農奴改革歷史，我有點不相信電視劇中的故事情節。電視劇裏的和尚和喇嘛都在扛槍。藏族信仰佛教，佛教是教人向善，不能殺生。聽我奶奶講，我們家曾經是地主，工人給我們幹活，我們會給工人吃的穿的，對工人挺好。但是電視劇裏表現的都是地主欺壓工人，地主特別壞。我覺得很奇怪，按照我奶奶告訴我的，部分事實沒有那麼兇殘。《西藏秘密》有侷限性，它的主要演員都是漢族，人都有主觀意識，我覺得不太接地氣。我特別希望藏族題材的影視作品是由藏族導演、藏族演員在藏族地區拍攝製作。不過，《西藏秘密》演員的服飾還是挺正確的，比如西藏貴族穿的服飾，我還特意上網搜索，確實差不多。（2017 年 3 月 16 日，項目主持人所在學校，王雅蝶訪談並記錄）

吉皮木孜（四川涼山彝族自治州彝族，男，項目主持人所在學校思想政治教育專業學生）：電視劇《彝海結盟》裏的打冤家情節有點誇張，我們不會大規模械鬥，我們一般是小規模械鬥。兩個家支分別派出一個最猛的人，畢摩當裁判，我們對械鬥的結果不會有異議。如果哪一家支失敗，他們會願賭服輸。打冤家時，女性不能出現在現場，《彝海結盟》中小葉丹的老婆說「不打」，打冤家就停止了，我不太贊同。涼山地區當時沒那麼發達，我們的兵器以刀和鐵製品為主，電視劇裏的一些道具不適合。《彝海結盟》演員的演技毋

庸置疑，但是演得有點浮誇，有點不接地氣。（2017 年 3 月 16 日，項目主持人所在學校，王雅蝶訪談並記錄）

沙德克・艾克熱木（新疆伊犁哈薩克自治州維吾爾族，男，項目主持人所在學校廣播電視學專業學生）：電視劇《彝海結盟》的畫面很美，展現了彝族民俗風情風光，很神秘很迷人。在人物刻畫上，彝族武士和紅軍戰士的服裝，讓人很有感覺，不是老套的紅色電影，我覺得視覺效果特別好。（2017 年 3 月 16 日，項目主持人所在學校，王雅蝶訪談並記錄）

小結：為了確保質性研究的價值，本個案訪談大多在自然環境下進行，讓受訪者以一種較為放鬆的心態交流。主要目的為：尋求邊疆少數民族受眾對於少數民族影視文化的描述和民族志的研究；發現邊疆少數民族影視文化的多重建構性；深度瞭解邊疆少數民族影視文化的複雜性以及受眾的複雜心態；探討在何處，以及為何少數民族影視政策與影視節目製作的實踐之間出現不一致。從以上個案訪談可以看出，作為相對特殊的文化群體，少數民族受眾對於有關本民族的影視作品，有著不同的訴求。他們的負面情緒表明影視傳播僅僅「講述出來」不是最終目的，只有在主體文化與弱勢文化的彼此「對話」中融為一體，才真正可能多元共生。他們所提出的「不能輕易利用民俗文化瞎編歷史」、「希望藏族題材影視作品由藏族導演、藏族演員在藏區拍攝」、「演員演技浮誇、不接地氣」、「劇組缺少專業民俗顧問」、「藏漢通婚的電影情節俗套」等問題值得研究者關注。要想通過影視傳播達成國族認同，惟有建立在相互認可、相互呼應之基礎上。

個案 1-1-2　邊疆地區各民族對國家認同與影像傳播的認識訪談錄

項曲仁青（青海省西寧市藏族，男，項目主持人所在學校信息對抗技術專業學生）：作為少數民族大學生，表面上我們有很多的優惠政策，但我們普遍缺乏認同感，有時會受到地域歧視。我們（藏族）還好，新疆地區（少數民族）問題更大。國慶期間我和一位新疆的漢族同學到重慶玩，因為他的身份證是新疆的，所以賓館不讓他住宿。（2015 年 11 月 20 日，項目主持人所在學校，項目主持人訪談並記錄）

扎西次仁（西藏自治區日喀則市藏族，男，項目主持人所在學校法學專業學生）：我平時非常關注外國媒體對西藏的報導。國外十分重視西藏特有的文化，而國內感覺不怎麼重視，國內在保護藏族文化方面做得不是很好。在我小時候的記憶裏，日喀則有各種補習班，但沒人會補習藏文。高三畢業前，藏文老師在最後一節課上告訴我們:「這有可能是你們大多數人一生中最後一節藏文課。」聽老師那樣說，我很傷心，對我打擊很大。我們這一代藏族孩子是漢化最嚴重的一代，不是有一句話叫做「罪人的一代」嗎？我很擔心藏族文化在幾百年後會消逝。

作為一名少數民族同學，我在四川也會遇見文化衝突。比如吃飯，我們藏族是誰有錢誰就給，大家都是朋友，誰給都一樣。但是漢族不一樣，他們會分得很清楚，也很計較錢。我和室友們一起出去吃飯，一般都是我和另一個室友先給，剩下的人再給我倆。我作為室長，讓室友交室費，他們不怎麼願意。沒有室費的時候，需要什麼東西，都是我墊錢買，我也不好意思計較那點錢。有三位漢族室友經常說我是土豪，其實不是這樣。我享受了國家的優惠政策，心裏也很感激。我現在是一名大學生，國家每年會補助我四千元，一年的學費差不多免了。藏區也提供醫療和養老在內的各種保險和補助。（2015 年 11 月 29 日，項目主持人所在學校，仁青卓瑪訪談並記錄）

丹增白珍（西藏自治區拉薩市藏族，女）在大昭寺和布達拉宮會有很多漢族和少量的外國人來參觀。大多數人以遊客身份來參觀。但是一些漢族的舉動讓我不舒服，漢族遊客喜歡拍照，會站在我們刻有經文的嘛呢石上拍照，這樣很不好，這些漢族不尊重藏族文化，我很氣憤。還有一些漢族遊客沒經過朝聖者的允許，隨便給朝聖者拍照，還要給朝聖者塞錢，我很無語。（2015 年 11 月 29 日，項目主持人所在學校，仁青卓瑪、羅明皓訪談並記錄）

格青（四川省甘孜藏族自治州康定藏族，塔公藏傳佛學院喇嘛）：我也有過因為文化衝突而不開心的事情。我十幾歲時出門修行，第一次坐飛機過安檢，我前面的人很快通過，只有我很慢通過，安檢員讓我脫掉僧裙，對我翻來覆去地檢查。我當時很生氣，但是想想忍住了，我是出家人，何必計較呢？（2015 年 12 月 7 日，昆明長水國際機場，項目主持人訪談並記錄）

馬傑（新疆巴音郭楞蒙古自治州回族，男，項目主持人所在學校環資學院研究生）：可能因為媒體對新疆暴亂的報導比較多，很多人都認為新疆很危險，我生活的環境其實還好。由於這些誤解，讓人們對新疆有地域歧視，我之前計劃去尼泊爾，因為辦不了護照，就沒去。我在西藏過安檢，安檢員專門查了我好幾次，我在外地的住宿也遇到麻煩。（2015 年 12 月 8 日，項目主持人所在學校，宋西訪談並記錄）

外克力（新疆伊犁哈薩克自治州維吾爾族，男，項目主持人所在學校環資學院學生）：全世界都有恐怖分子，任何恐怖暴力事件都是反人類的。對於發生在新疆的暴力事件，媒體第一時間報導傳播，會造成一定的負面影響。昨天烏魯木齊地震，媒體沒有怎麼報導。相反，如果是和新疆相關的恐怖暴力事件，各大媒體早就蜂擁而至，說實話，我有點不喜歡，畢竟這是對家鄉的一種傷害。（2015 年 12 月 25 日，項目主持人所在學校，文小成、迪力夏提・居來提訪談並記錄）

阿布杜如蘇力・麥麥提（新疆喀什地區莎車縣維吾爾族，男，饢餅店老闆）：我反對暴恐分子，他們抹滅了一個民族。在我心裏，我很討厭他們，不明白他們為什麼要這樣做。現在國家對我們這麼好，要吃的有吃的，要喝的有喝的，要玩的有玩的。有一次我和十幾個新疆朋友去酒吧玩，過了幾分鐘，就有十幾個民警過來查我們的身份證。查了身份證，我們沒心情繼續玩，就回家睡覺。還有一次在外面談工作住賓館，別人看見我是新疆的，就說房間滿了。這真的讓我很沮喪。其實我不討厭那些民警和不讓我住宿的人，我相當明白他們為什麼這樣，我只是不喜歡那些暴亂的同胞，給我們集體抹黑。（2015 年 12 月 25 日，四川省綿陽市高水社區，迪力夏提・居來提、文小成訪談並記錄，注釋：2014 年，阿布杜如蘇力・麥麥提在綿陽捐助貧困學生的事蹟引起了社會各界的關注，人民日報官方微博關於阿布杜如蘇力・麥麥提的報導閱讀量達 34 萬餘次，不少網友稱：「感動我們的維吾爾族人，中華民族大家庭和諧的楷模。」「愛心饢餅哥」、「新疆的小阿里木」等熱情點贊和親切稱呼也隨之而來。）

扎西羅布（四川省甘孜藏族自治州康定金剛寺藏族，男，喇嘛，31 歲）：一些媒體不加考證地傳播消息，新聞報導不夠全面，造成認識偏見。以前許多漢族來金剛寺後很害怕喇嘛，漢族在來之前就對我們抱有偏見。但經過深入接觸後，漢族發現我們並不是他們所認為的那樣，這就是電視新聞傳播出現問題造成的。就像現在的小孩，一聽到「日本」，小孩就喊「日本鬼子」，小孩認為日本不好，日本人是我們的仇人，之所以有這樣的想法就是電視裏這些東西放太多了，影響了觀眾。我覺得過去的事就讓它過去吧，那是過去一代人犯下的錯誤，不該由這一代人來承擔，再說日本人裏也有許多好人啊。（2016 年 1 月 10 日，四川省甘孜藏族自治州康定金剛寺，仁青卓瑪、宋西訪談並記錄。）

圖 1-1-3　2016 年 1 月 10 日，課題組在甘孜藏族自治州康定金剛寺訪談

洛絨兵巴（四川省甘孜藏族自治州裏塘縣藏族，男，警察）：我在新龍縣上班，參與維穩工作，維穩工作的重點在每年的 3 月 14 日（注釋：「每年」指 2008 年以後）以及挖蟲草的季節（注釋：山上的蟲草採挖點分了界，但每年都有人越界挖蟲草，出現打鬥現象）。我們買了人身意外傷害保險，死了賠五十萬，傷了先治傷再根據情況賠償。新龍縣有人鬧藏獨，以前我們會管，現在管的力度小一些了。他們鬧著鬧著也就完了。現在中國共產黨執政，誰敢亂呢？我以前在內蒙古當兵演習的時候，一次演習花的導彈錢可以建一座現代化城市。在甘孜藏族自治州，精準扶貧也做得很好，如果哪家人沒錢，政府給五萬修個房子，至少不會把人們凍著，每個人再給兩千補助。我們這裡有一戶人家，家裏十幾個人，政府給他們的補助要兩個口袋才裝得下。我們經常在山裏抓土匪，每個警察都配有真槍，24 小時把槍帶在身上，槍裏面有 5 發子彈。槍戰是殘忍的，我的一位領導就死於槍戰。一次槍戰，一發子彈向我們打來，我反應比較快，救了一個同志。（2016 年 1 月 11 日，四川省甘孜藏族自治州，宋西、仁青卓瑪訪談並記錄）

圖 1-1-4　2016 年 1 月 11 日，課題組在甘孜藏族自治州州訪談藏族警察洛絨兵巴（左一）

旺加（四川省甘孜藏族自治州裏塘縣藏族，男，歌手，21 歲）：我家人希望我和藏族結婚，我會找藏族姑娘做老婆，因為不同民族的宗教信仰、風俗習慣不一樣，漢族特別愛乾淨，我家裏很整潔，但是漢族就覺得藏族不愛乾淨，我們能做的就是這麼乾淨了。（2016 年 1 月 12 日，甘孜藏族自治州，仁青卓瑪、宋西訪談並記錄）

圖 1-1-5　2016 年 1 月 12 日，課題組在甘孜藏族自治州訪談藏族歌手旺加（左一）

沙德克・艾克熱木（新疆伊犁哈薩克自治州維吾爾族，男，項目主持人所在學校廣播電視學專業學生）：身在內地難免聽到漢族同學問我「新疆還是中國的領土嗎？」這當然是天真的玩笑，但是我不會一笑了之。從新疆烏魯木齊「7.5 事件」到昆明「3.1 事件」，我注意到一些新聞門戶網站和社交平臺的網友評論，新疆及其民眾被貼上了「暴徒」、「不愛國」、「分裂勢力」等抹黑的標簽。我相信有知識水平的人能夠辨清，這一小撮受境外勢力煽動的不法分子絕不可能代表廣大的新疆人民。（2016 年，項目主持人所在學校，王雅蝶訪談並記錄）

姜紅（新疆維吾爾自治區阿克蘇市，漢族，女，項目主持人所在學校漢語言文學專業學生）：在我的記憶裏，新疆某次暴恐事件發生後的兩天時間內，新聞被封殺，我們學校全部斷網，直到第三天以後恢復正常，消息開始傳播。我覺得當時（斷網）太魯莽，會製造更大的恐慌，反而公開會好點。暴恐事件是可怕的，當時我在學校讀書，我們和老師都特別恐懼，那段時間，一位老師每天上下班都會帶一根擀麵杖，用來防身。臨近期末，我們作為學生已經顧不上考試，感覺生命才是最重要的。老師告訴我們，有阿克蘇地區的維吾爾族參加暴恐事件，他們太可恥了。「7.5」事件發生時，我哥哥在烏魯木齊，他後來告訴我，他當時很害怕，感覺像是抗日戰爭年代，日本欺負東北三省。我知道「7.5」事件是由分裂勢力作後臺、境外勢力的慫恿、現實等綜合因素造成的。事件發生後，老師告訴我們，即使為了保住自己的命，也要跑出新疆，即使新疆工資再高，也不要回新疆。

我對於所接觸的新疆少數民族新聞是這樣認識的：第一類，求職新聞，事業單位招聘，內地人不敢來新疆，就業優惠政策的宣傳很吸引人。第二類，旅遊新聞，展示沙漠、草原風光，讓沒有去過的人對新疆好奇，風景的確是很美，但是只看到了美的地方，沒有看到不美的地方，但是新聞也沒有撒謊。作為新疆人，不管是少數民族還是漢族，我們都很理智地認為，新聞存在有合理性，我們都默認不能夠把污穢的部分說出來，內地的一些省市新聞可以指出有過錯的地方，讓一些群眾進行反省，但是新疆的媒體會刻意避免一些有過錯的地方。一些新聞存在美化，對於好的事情就宣傳，對於壞的事情就挑選報導。我們雖然明白現實和新聞是有差距的，但是走出新疆後的我們依舊會轉發（與新疆有關的正面）新聞，我們覺得很自豪。新疆的老鄉情出來以後會深很多，特別是當我們這群老鄉聚在一起，真的是老鄉見面淚汪汪，這種情感特別強烈，比我是一個中國人還要強烈。但我曾經在阿克蘇遇見過一些文化素質比較低的少數民族，他們會坐在地上摳腳丫，他們也會歧視漢族，看到漢族就會罵人，我不會接觸這類少數民族，他們顯然對於民族團結的觀念是很弱的。（2016 年 10 月 13 日，項目主持人所在學校，王雅蝶訪談並記錄）

沙德克・艾克熱木（新疆伊犁哈薩克自治州維吾爾族，男，項目主持人所在學校廣播電視學專業學生）：從南疆的城市到南疆的縣城和村鎮，教育水平是越來越低的，所以巴基斯坦人容易混到南疆，利用南疆這邊經濟落後、教育落後的劣勢，來煽動民眾情緒，促使恐怖暴力事件發生。東突勢力趁著一些人還小的時候，往他們腦子裏灌輸偽古蘭經，給他們洗腦。等這些人長大後，內心就會有積慮，認為北疆人、內地人、其他民族的人都是他們的天敵，他們要去打聖戰，他們要去打仗，他們要去殺人。這些恐怖分子覺得這樣做才是對宗教的虔誠，它是打著這樣的旗號去行事。其實不然，維吾爾族、哈薩克族、回族、裕固族、東鄉族都信仰伊斯蘭教，我們覺得這些人的做法不可思議。在我看來，就是因為南疆的教育水平不高，導致群眾的思想跟不上，教育缺口太大了。如果真要根治暴力，我覺得得先花二十年時間去改善教育，當南疆的教育水平和北疆一樣了，就不會有那麼多麻煩，但是問題在於南疆的師資空缺。如果我們考師範類的大學，比如我要考北京師範大學，就是免學費的定向培養，但是畢業以後會讓我直接去喀什，不會讓我去北疆，目的就是讓我去南疆的學校加強教育。關於這方面的新聞報導，媒體應當有所加強，幫助觀眾正確認識新疆。（2016 年 11 月 10 日，項目主持人所在學校，王雅蝶訪談並記錄）

景毅（新疆烏魯木齊市漢族，女，新疆職業大學機械電子工程學院老師，36 歲）：對於新疆地區的媒介傳播，我覺得不要隨便聽信部分媒體傳播的有關新疆社會恐怖暴力的新聞，根本沒有必要。我上大學的時候，經常聽一個電臺叫美國之音，主播的聲音非常好聽，但是電臺節目裏會說中國的壞話。我當時就想，這些人要真正來到中國，看看中國是什麼樣的，才有發言權。我們不要害怕涉及敏感問題，而是應該更加客觀地看待很多問題，一些人本身不瞭解新疆，他們說的很多話經過媒體傳播後偏於主觀，與實際差別太大。新聞工作者在傳播之前一定要去請教，請教那些看問題站得很高、看得很遠的人。作為新聞工作者，一定要實事求是，儘量去一線調研，得到真實的一線資料，去問新疆當地的少數民族、漢族怎麼看待新疆，效果會更好，才有真正的發言權。現在新疆有些媒體報導新聞，都是沙漠、胡楊林，事實上你們去看看新疆烏魯木齊乃至其他各地市，發展都是非常好的(可以多加報導)。

我在新疆呆了 36 年，是土生土長的新疆人，見證了新疆從貧瘠到富裕繁榮的過程，23 歲前在南疆的阿克蘇和喀什生活、學習，23 歲至今在烏魯木齊工作、生活。這次來到內地後，我在思考，為什麼新疆窮，就是因為經濟發展不平衡，如果大家都有錢，也不會有那麼多事，所以就業是很重要的。新疆真得挺好，你要是去過一趟就會明白的，那裡的人熱情、善良、淳樸、大方，不像內地有些人很會玩心眼、小氣。我和父母都覺得新疆特別好，我們那裡瓜果飄香，每天都是藍天白雲，太陽高照，冬天有暖氣，大型超市很多，生活非常方便，道路交通修得也好，工資也高。我父母在新疆呆了 50 年，他們最有發言權了，他們給我說，他們年輕的時候四川太窮了，還是到了新疆才有活路的。我覺得新疆是很美好的，各民族之間很團結，我周圍的同事和鄰居都是維吾爾族和哈薩克族，我們關係都很好。(2016 年 10 月 13 日，項目主持人所在學校，王雅蝶訪談並記錄)

沙德克・艾克熱木（新疆伊犁哈薩克自治州維吾爾族，男，項目主持人所在學校廣播電視學專業學生）：現在把南疆的喀什作為經濟特區，就是因為喀什太窮了，要讓它加速發展。北疆的城市都挺發達，比如克拉瑪依，它是中國最富的城市，因為人少，生產石油，教育也跟得上。我在新疆伊犁居住，伊犁有個清水鎮，鎮上也有像沃爾瑪一樣的大商場，我們北疆人來到內地，不會突然說像村裏進城了一樣。(2016 年 11 月 10 日，項目主持人所在學校，王雅蝶訪談並記錄)

道吉先（甘肅甘南藏族自治州藏族，男）：我家以前養過藏獒，藏獒的價格被炒得很高，一條藏獒可以賣好幾十萬，我們都瘋了，商人一天到晚來我們家，我們就把藏獒賣了。現在我們家沒有藏獒了。以前我們都認為錢很值錢，現在 5 元錢花出去都沒有感覺。我去過果洛藏族自治州久治縣，我發現好像進了十幾年前的甘南藏族自治州，在久治縣你不可能見到交警、警察。街上開的車全是黑車，像我這個年紀的青年，開的都是雷克薩斯，好牛的那種車。黑車就是黑市上賣的車，很便宜，兩三萬一輛。被交警抓到的話，只能上交，但是那邊沒有交警。我們現在是部落的狀態，如果一個部落的人殺了另一個部落的人，警察不會先解決，先讓部落內部解決好了再說，我們一般由部落長老解決。

我們甘南藏族是游牧民族，每個人從小就開始放牧，我們發生衝突的原因多在於爭奪草地資源。我們的內部衝突多，但是沒有彝族家支械鬥那麼厲害。我們當地佩戴藏刀的情況現在比較少，以前是幾乎每個人都有，城里人都會打造一把，農村會給每個成年人打造一把藏刀、長筒皮鞋和藏袍。藏刀主要是用來割肉，也作防身使用。我小時候聽我爸爸說，我們和另一個部落的藏族爭草地，還拿槍進行械鬥，但是政府參與不進來，後來政府的影響力逐漸加大，現在國家讓我們上繳槍支。（2016 年 11 月 10 日，項目主持人所在學校，王雅蝶訪談並記錄）

GX（新疆伊犁哈薩克自治州回族，警務人員，男）：近年新疆治安管理工作越來越嚴，是十八大以來黨中央治疆方略的任務，所有人都知道新疆的反恐維穩任務嚴峻。電視新聞上一般不會播與新疆治安管理相關的新聞，網絡新聞上會放。早些年北疆發生過暴力恐怖事件，不過很久沒有發生了，得益於這邊的治安工作。今年春節，不僅是警察，普通工作人員也要在單位全天值班，很多人不能回家過春節。南疆一些地方有暴力恐怖事件，所以他們那邊治安管理工作更幸苦。我在察布查爾錫伯自治縣工作，我們的工作很忙，我們在警亭裏輪換值班的時候會看電視節目，我會看喜劇，一些當過兵的同事喜歡看軍事節目。我們有看新聞的要求，瞭解時事政治。今年春節，我看了一遍重播的 2017 年央視雞年春晚，感覺比去年好多了，新疆的小品《天山情》還不錯，沈騰的小品《一個女婿半個兒》很搞笑。現在趙本山的小品沒有多少，感覺春晚也不好看了。（2017 年春節，新疆伊犁哈薩克自治州，沙德克·艾克熱木訪談並記錄，出於受訪對象的要求，課題組對被採訪者做了匿名處理。）

沙德克·艾克熱木（新疆伊犁哈薩克自治州維吾爾族，男，項目主持人所在學校廣播電視學專業學生）：我在河南讀高中時，一些新疆人在內地搞事情，我的漢族同學就會問我，「你們新疆是怎麼回事啊？黨和國家給了你們這麼多好處，你們還這樣？」我的漢族同學很容易一概而論，並不是所有新疆人都在搞事情，製造暴恐事件的是一小撮人。（2017 年春節，項目主持人所在學校，王雅蝶訪談並記錄）

格興初（阿壩羌族藏族自治州馬爾康藏族，女，項目主持人所在學校漢語國際教育專業學生）：最近上映了一部電影叫《岡仁波齊》，我和我的很多家人，比如爺爺奶奶，我們都特意去電影院看了，電影呈現出來的對於信仰的追求和執著是真實存在的。但是也有不專業的地方，媒體不可避免地只看到一些表面的東西。比如，我們藏族過節的時候會集體到神山拜一下，但是媒體只看到我們做這些活動，覺得好奇，並沒有瞭解我們為什麼做這樣的活動，做這些活動的目的又是什麼。不過電影《岡仁波齊》還是在一定程度上真正傳達了我們的信仰。（2017 年 7 月 12 日，項目主持人所在學校，王雅蝶訪談並記錄）

小結：本個案主要致力於邊疆少數民族受眾對部分影視節目的質疑以及國族身份認同的反思。作為邊疆少數民族受眾「自我反思」的田野筆記，是課題組在接近田野、進入田野的過程中對所收集資料的深入總結。其中有不少受訪者一定程度上流露出了情感偏見。研究上述個案訪談，值得反思之處在於「少數民族文化如何才能真正融入中華民族大文化？」對話交流的真正開始，源於出自心靈、彼此尊重的相互交流與溝通。「國族認同」意味的影視符號是帶有理想主義的神聖象徵符號。要想共享象徵符號，各民族在象徵交流中確實需要在情感而非單純概念上得到真正「交流」。於少數民族個體而言，缺少甚至全然沒有回應的對話，不僅不可能通向理解，反而會導致絕望。受訪者所提出的「真正關注邊疆地區的少數民族節目缺乏」、「新聞報導不充分」、「新聞公開不及時」、「新聞議程設置痕跡明顯」、「影視節目對於少數民族宗教文化缺乏真正發自靈魂深處的尊重」、「媒體不加考證地傳播消息，新聞報導因為不夠全面，造成認識偏見」等問題均應該引起重視。在少數民族影像傳播的過程中，不應該把少數民族文化視作「異質因素」，而是應該在民族政策的正確引導下，與其產生有效呼應。有時，充滿反省甚至批判意味的影視節目製作也是必不可少的——因為只有在用心傾聽、悉心闡釋與反思性的回應中，主體文化才能與少數民族文化之間形成相互理解、彼此溝通。最終在同一文化內部建立起「自我認同」。

個案 1-1-3　中央電視臺《感動中國》欄目「感動中國 2015 年度人物頒獎盛典」節目解析

《感動中國》自 2002 年開播以來，以每年推出年度人物的形式建構多元化的「價值共同體」。

對於民族精神的建構而言，《感動中國》無疑給華夏大地上的 56 個民族提供一個「共享價值與信仰」的「社會空間」。可以這麼說，缺失了集「代表性」、「多元性」、「民族性」的人物，即缺失了電視節目中不可或缺的生動素材。受眾被《感動中國》各色各樣的人物感染、鼓舞時，絕大多數是因其弘揚民族精神。眾所周知，振奮人心的民族精神在民族傳統文化中起到維繫、協調、指導、推動作用，是中華民族創造力的集中展示。

2016 年 2 月 14 日，中央電視臺綜合頻道（CCTV1）推出《感動中國 2015 年度人物》節目。通過大量同期聲採訪和新聞片段展現，節目裏《買買提江．吾買爾：促進民族團結的基層村幹部》通過「媒介儀式」的「公益表達」來隱含主流價值觀的訴求。電視節目突破時空的侷限，力求在傳播公益的媒體表達和價值訴求中，體現少數族裔受眾的社會榮譽分配。〔註 50〕

《感動中國》以其所特有的民族特徵向社會弘揚社會主旋律和正能量，通過對《感動中國 2015 年度人物》中人物的身份情況展開調查，把人物回歸到當時的社會情境中，可以分析出造成人物身份變遷的原因和節目的價值導向。出於弘揚「民族團結、精準扶貧」的國家政策，節目對新疆伊寧縣布力開村基層村幹部買買提江．吾買爾大力宣傳，展示各族群眾愜意生活、載歌載舞的畫面（1 時 29 分），還原買買提江．吾買爾在 1997 年伊犁地區嚴重暴恐事變發生後的工作情況及心路歷程（1 時 29 分 32 秒）。在同期聲採訪中，買買提江．吾買爾提談到：「它也不是個宗教問題，也不是個民族問題。是極少數人幹的，代表不了一個民族……。」節目的高潮出現在 1 時 31 分 09 秒買買提江．吾買爾及其他村幹部出像，畫外音深情地道來：「買書記對分裂勢力和非法宗教活動毫不妥協，是出於他對鄉親們真摯的愛……自幼家境貧寒，依靠鄉親們幫助成長的買書記，更加珍惜各族村民之間長期友愛團結互助和諧的關係，一心要讓大家把日子越過越好……。」節目歷史資料翔實，故事性強，引人入勝，不僅調用了對於買買提江．吾買爾就 1997 年伊犁地區暴恐事變的專訪，並且現場採訪新疆伊寧縣李成、李永強、馬承祥在內的各族村民。值得一提的是，電視節目期間插入買買提江．吾買爾唯一的妹妹胡西旦．吾加合買提向他提出多要一塊宅基地給兒子蓋房的事，買買提江．吾買爾拒絕了。與之相反，後來村民李永強發展致富項目養雞產業向買買提江．吾買爾申請要一塊宅基地，買買提江．吾買爾和本村村幹部商量後，很快同意。同期聲採訪中，買買提江．吾買爾提到：「如果她（妹妹）也像李永強一樣，

〔註 50〕王炎龍《社會榮譽分配的公益表達與價值訴求——基於 2002～2013《感動中國》評選分析》，北京：中國傳媒大學學報，2014 年第 5 期。

拿出一兩個致富項目，我也會給她解決，這是個原則問題。」如今，布力開村已成為全國新農村建設示範點。《感動中國》欄目在 2016 年 2 月 14 日推出「感動中國 2015 年度人物頒獎盛典」節目。主持人的串詞鏗鏘有力：「如果我們走進一個村，見到村官，我們問你作為村官有什麼樣的願望？在新疆，我們聽到一個村官說，他的願望就是不讓一個人受窮，不讓一個人掉隊。為了實現這個願望，他做了些什麼呢？」（1 時 28 分 20 秒）。在對新疆伊寧縣各族群眾同期聲採訪中，新疆伊寧縣布力開村村民李永強談到：「買書記去每家每戶都講，把你的娃兒管好，不要上那些人的當，不要幹那些非法宗教和民族分裂的事情，這樣對你們家庭也不好，對社會也不好。」畫外音提到：「買書記針鋒相對的做法，讓一些不法分子懷恨在心，甚至把刀扔進他的家裏……」（1 分 30 分 37 秒）。布力開村原村幹部楊正統說道：「是誰扔的刀子不知道，就是威脅買書記不要這麼厲害，但買書記認為扔嘛，等他扔，我們幹我們的，不管那麼多。」布力開村村民撒周說道：「『7.5』事件發生後，買書記三天三夜沒睡覺，他白天查晚上值班。」（1 時 30 分 52 秒）。布力開村村民馬承祥說道：「買書記的房子漏雨了，他不蓋新房子，他的工作天天外面忙，下雨天他老婆塑料布拉上去蓋上了，太陽出來又拉下來了……」（1 時 33 分 01 秒）。對於李成採訪可謂當天的節目亮點。民族團結的人民最幸福，民族團結的祖國最強大。伊寧縣溫亞爾鄉原黨委書記李成談道：「本村的人數少的民族，他（買買提江・吾買爾）照顧比較多一些。雖然這個村子以維吾爾族為主，但人數少的民族群眾，也感覺心裏暖暖的那麼一種感覺……」（1 時 31 分 30 秒）。

可以這麼說，《感動中國》電視節目弘揚社會主旋律和正能量。《感動中國 2015 年度人物頒獎盛典》以年度人物形象符號建構多元化的「價值共同體」，有效表達出了多民族融合、和睦、共同走向小康社會、建設美麗中國的渴求。頒獎盛典儀式事件的紀錄本身是莊嚴而令人敬畏的，它促使個體光輝轉化為集體所追求的民族精神，有效解釋媒介事件象徵意義的同時，喚起了少數族裔對於社會核心價值觀維護的忠誠。

節目接近尾聲，主持人白岩松說了一句耐人尋味的話：「民族團結像空氣，有的時候你不覺得怎麼著，沒有了您試試，我是蒙古族，買買提江・吾買爾書記是維吾爾族，敬一丹是漢族，在座可能各位還有很多民族，握握手吧。」這時的《感動中國》已然由電視品牌昇華為「精神品牌」。（王雅蝶）

圖 1-1-6 「感動中國 2015 年度人物」買買提江．吾買爾

第二節　文化全球化時代的邊疆少數民族國族認同危機與影視傳播

一、全球化時代的文化反思：文化多元與文化同質

在事實層面上，「全球化」的進程是歷史發展的必然。我們不能把「全球化」簡單理解為「多元」加「大同」，而應該在民族國家內部，關注它因為國際分工的需要所構建出來的全新意識形態和社會秩序。伴隨著傳媒的飛速普及和全球化傳播，「文化全球化」的存在早已經不是一種幻想。在全球化大背景下，本節重點研究以「一體化」特徵為基礎的影視傳播對國族認同所造成的各種危機。

作為互聯網普及的結果，「文化全球化」的傳播歷史進程在三個方面發生了變化：1. 全球性大眾傳播與即時反饋系統的融合。2. 全球性大眾傳播與人際互動傳播系統的結合。3. 作為即時見證人的參與者，擁有了觀察事物、思考事物的全新方式。「文化全球化」的到來伴隨著新型大眾傳媒的普及，關於種族衝突、恐怖主義的新聞報導越來越成為受眾爭議的焦點。印度學者 S．溫卡塔拉曼在《媒體與恐怖主義》一書中質疑，「近年來對於伊斯蘭世界的報導或與穆斯林有關的事件成為媒體上的重頭戲，但是對他們的報導顯然是不公正的。這種不公正是在西方媒體和國家占強勢話語的歷史背景下的思維慣性。

關於恐怖主義、穆斯林／伊斯蘭問題的爭論，主動權都在美國人手上。」〔註51〕由此不難發現，理解「文化全球化」的關鍵詞是「文化帝國主義」、「文化同質」、「文化威脅」、「文化統治」或「美國化」，它以消弭地方文化差異為代價、導致在全球性跨文化傳播過程中「文化同質化」大規模複製的出現。

一個不爭的事實是，在全球化的進程中，以歐美為中心的西方強勢媒介使世界文化方式趨向標準化、單一化。與此同時，全球化過程充斥著「全球地方化」（全球產品中融入地方特徵）與「地方全球化」（全球文化同質化）之間的博弈和衝突。「跨本土化」、「雜交化」的特殊文化價值觀既具有「壓抑性」、「單一性」，同時又具備「雜交性」、「混血性」。因此，面對來勢洶洶的現代化進程，我們不得不考慮的問題是，邊疆少數民族影視文化如何在「全球化」的大趨勢下保持文化的本色與自主性？推而廣之，中華民族文化的特殊性與不可兼容性如何納入所謂「世界文明主流」的話語中？實際上，此種文化定位正是不同文化價值體系最終競爭博弈的結果。邊疆少數民族的國族文化認同恰是建立在這種「文化政治」的連續體之上，是一個充斥著危機、衝突、斷裂和張力的構造。另一個現實問題是，1959 年之後，新疆、內蒙、西藏等少數民族邊疆地區主導的經濟發展模式是計劃經濟；而到了 1990 年代，市場經濟的強勢擴張取代了這種模式。在這個現代化的過程中，邊疆地區自身的文化傳統與社會體制遭遇到前所未有的挑戰，「西藏宗教問題的核心是現代化與宗教社會的矛盾和對立。」〔註52〕現實的問題是，假若「漢化」與「全球化」、「現代化」劃上了等號，宗教認同與經濟世俗化之間的深刻矛盾便會朝向漢藏衝突轉變。

跨國傳媒的發展以及全球化進程的加速導致文化、資本、人員的流動，產生鮑德里亞所謂的「內爆」現象，「媒介成為較真實甚至更為真實的超現實」。〔註53〕全球化進程中，現代媒介在吞噬信息之時也消解破壞了原有意義和內容，它把民族文化意義化解得模糊晦澀、無跡可尋，取而代之的是日益嚴重的「離散感」與「分裂感」。由此，因民族文化身份無法認定而導致的國族認同危機日益突顯。一如愛德華・W・薩義德所言：「自我界定是一切文化的活

〔註51〕〔印度〕S・溫卡塔拉曼主編《媒體與恐怖主義》，北京：中國傳媒大學出版社，2006 版，第 145 頁。

〔註52〕汪暉《東西之間的「西藏問題」》，北京：生活・讀書・新知三聯書店，2014 年，第 123～125 頁。

〔註53〕陸揚、王毅《文化研究導論》，上海：復旦大學出版社，2007 年，第 222 頁。

動之一，強調身份認同絕不僅僅是個形式問題。」〔註 54〕全球化帶來了國族文化身份認同危機的產生，而以西方媒體為代表，更應該反思追問的是，「教育受到經常由大眾媒體散佈的民族主義和宗教的正統觀念的威脅，這些媒體無視歷史地、聳人聽聞地聚焦於遠方的電子戰爭，以此給觀眾一種外科手術式的精確感，事實上卻遮蔽了現代『清潔』戰爭造成的可怕的痛苦和毀滅。媒體影像太受關注，往往會在後『9·11』時代產生的那種危機和不安全時刻被利用。」〔註 55〕由此不難發現，文化身份危機的出現伴隨不對稱文化衝突與碰撞，如果缺少有效的媒介傳播策略，不僅無法達到國族文化認同的目的，反而會加劇種族間的偏見與分裂。

（一）全球文化的複雜互動

民族文化是一個特定的概念，它由歷史的傳習而成，雖然宣稱具有維護民族群體凝聚力、整合統一民族身份認同的重要功能，但實際上認同不僅僅是自我單一的、先驗的構建，更是在包容差異的、常常相互牴牾的表述網絡中建構。在現實生活中，關於自我的多樣表述常常具有變換性、含混性和可替代性，並且同時被語言的多義性所掩飾或者調和。在個體、社群和國家的不同層級認同當中，民族主義不過是「代表了對於民族的不同表述之間進行或商討、或鬥爭的場域。」〔註 56〕全球文化的水平嵌入與時空穿插破壞了族群由集體共享歷史記憶所建構的傳統連續認同，造成文化認同觀的斷裂和文化身份認同危機的出現。在全球化的進程中，一方面，主體文化試圖對邊緣文化涵泳融合；另一方面，邊緣文化從未放棄抵抗主體文化的侵略和改造。在這個博弈過程中，弱勢文化的文化品位、文化氣質、文化純潔性逐漸喪失，傳統文化歷史上的一脈相承被打斷，產生文化斷裂甚至文化變異。〔註 57〕而事實上，這樣的全球化融合即使能取得短暫的成功，不同的族群對於國族的構想與表達方式仍然大相徑庭。全球化並不能超越宗教隔閡、階級鬥爭、語言差異、種族衝突和歷史恩怨，把這些差異融入一個更大的、壓倒其他一切

〔註 54〕愛德華·W·薩義德《文化與帝國主義》，李琨譯，北京：生活·讀書·新知三聯書店，2003 年，第 48 頁。

〔註 55〕〔美〕愛德華·W·薩義德《東方學》2003 年版序言，胡新亮譯，北京：生活·讀書·新知三聯書店，2007 年，第 12 頁。

〔註 56〕〔美〕杜贊奇《從民族國家拯救歷史：民族主義話語與中國現代史研究》，南京：江蘇人民出版社，2009 年，第 6 頁。

〔註 57〕劉燕《媒介認同論》，北京：中國傳媒大學出版社，2010 年，第 147 頁。

認同的「大認同」當中。我們不會聽到一個「單調而一致的民族聲音」，反而聽到「一群交互穿插的、矛盾的、含混的聲音」。〔註 58〕

作為國家身份標誌的廣播影視業在塑造國家形象中起著舉足輕重的作用。但不可否認的是，伴隨全球化的進程，歐美等西方國家在全世界影視節目的龐大出品量方面始終保持文化影響力，從而將以往植根於地方或民族國家語境中的思想經驗在全球緯度概念化。僅僅依賴國內市場，歐美的影視節目便可以完全收回成本，所以出口到海外的高質量商業娛樂節目幾乎沒有多少成本。這使得銷售代理可以設定任何價格打擊當地的電視節目生產者。影視節目的國際市場化導致流行節目和國家或文化獨特性之間明顯不匹配，影視生產、內容和技術的全球化對文化認同帶來不可小覷的負面影響。〔註 59〕全球化不僅改變了邊疆少數地區族裔的思想價值觀與行為方式，同時也對大眾傳媒的輿論引導和市場化生存提出嚴峻挑戰。這突出表現在無力應對境外媒體的議程設置，形成下述悖論：敵對媒體在與我們媒體的較量過程中，不是呈現此消彼長的態勢，反而愈加顯得能量強大。〔註 60〕

（二）文化身份認同錯位與國族認同危機的出現

不容忽視的現實是，西方媒體也拍攝了大量涉及中國邊疆少數民族歷史和生活的影視作品，如尼古拉斯·佩里和哈里·湯普森導演的《哭泣的駱駝》，法國導演埃里克·萬力的《喜馬拉雅》，馬丁·斯克西斯導演的《小活佛》、《小喇嘛看世界》，美國影星布拉德·皮特主演的《西藏七年》。1997 年，著名導演讓·雅克·阿洛推出《西藏七年》，影片根據奧地利登山家海因里希·哈雷的同名自傳改編，塑造了一個不畏強敵、酷愛和平的十四世達賴。在《西藏七年》中，100 萬藏人遭到屠殺、世外桃源的舊西藏成了人間地獄，「影片在引人入勝的藝術的掩護下，試圖向全世界公眾推銷反華意識形態的作品。為此，國家廣電總局副總局長張海濤曾指出，西藏電影不是市場問題，而是戰場問題。」〔註 61〕種族與政治歷來關聯密切，西方一直有所謂同情弱勢種

〔註 58〕〔美〕杜贊奇《從民族國家拯救歷史：民族主義話語與中國現代史研究》，南京：江蘇人民出版社，2009 年，第 8 頁。

〔註 59〕〔英〕約翰·哈特利《電視和全球化》，引自張斌、蔣寧平主編《電視研究讀本》，上海：上海交通大學出版社，2014 年，第 474～475 頁。

〔註 60〕南長森《西北地區少數民族新聞傳播與國家認同研究》，西安：陝西師範大學出版社，2014 年，第 162 頁。

〔註 61〕饒曙光《中國少數民族電影史》，北京：中國電影出版社，2011 年，第 383 頁。

族的傳統，少數族裔先天受到欺壓、遭受凌辱的特徵似乎最能代表西方世界對於中國邊疆問題的態度。中國主體民族和少數族裔之間的關係被解讀為支配與被支配、控制與反控制的關係。這裡頗為弔詭的情形是，西方影視作品通過所謂的拯救神話，在試圖使獲得統治有色人種特權的同時，難免自身也被貼上「種族主義者」的標簽。

如上所述，全球化是一個變化動態、交叉繁複、開放選擇的過程。在這個複雜流動的過程中，本民族文化被轉化、闡釋，最終發生變形。原來少數族裔文化的特定標誌被解構、重塑，呈現出文化含混的特徵，不僅對於本民族文化的歷史傳承提出嚴峻挑戰，更使特殊文化語境下的國族認同變得愈加艱難。眾所周知，「自我」的界定包含著對「他者」價值觀的釐清，「國族」的凝聚力通過「自我——他者」之間的二元對立得以彰顯和構建。從 1990 年代開始，政府管理開始引入傳播管理學派的觀念，公共管理和傳播效果等去政治化的社會科學技術話語開始取代生硬的意識形態教育。與此同時，新的民族主義宣傳話語開始出現，從現實主義的國家利益出發對全球化過程中國際傳播中的宣傳進行批判。在這種語境下，有學者提出「美國政府一直沒有放棄『冷戰』思維，蓄意通過宣傳手段，妖魔化中國形象。代表美國大資產階級的國家利益，美國媒體有系統、有組織、有計劃地妖魔化中國，服務於其對外擴張的霸權主義傾向和保持其世界上唯一超級大國的地位。」〔註 62〕妖魔化中國的理論反映了宣傳話語和民族主義話語的重新結合，強調了國家在宣傳中的主導地位，通過陰謀論的邏輯建構了美國政府與大眾媒體的合謀關係。中國政府作為回應，「近年來的國家形象工程則是一種積極的宣傳。國家形象的倡導者認為，傳統的一體化宣傳其實是造成中國沒有成功地『向世界說明中國』的主要原因。」〔註 63〕在有關邊疆地區少數民族影像傳播問題的討論中，我們需要反思，為何在全球化時代關於邊疆地區的神秘主義文化想像儼然變為「商品拜物教」標識？影像中的邊疆地域該如何祛除「東方主義」的幻覺表象，避免對本民族歷史傳統和文化現實的扭曲？進一步而言，在全球化語境下，如何藉由適宜的影像傳播路徑，捍衛國族文化特色？

〔註 62〕參見李希光、劉康等《妖魔化中國的背後》，北京：中國社會科學出版社，1996 年版。

〔註 63〕劉海龍《宣傳：觀念、話語及其正當化》，北京：中國大百科全書出版社，2013 年，第 356～359 頁。

（三）國家——民族視野中的中國邊疆影像傳播

從1980年代後期開始，大量少數民族題材電影在沿襲「十七年少數民族題材電影」革命鬥爭敘事的主題之餘，也新添了「反思」、「傷痕」、「尋根」等新時期新文化主題。如張暖忻導演的《青春祭》、田壯壯導演的《盜馬賊》、謝飛導演的《益西卓瑪》，這些影片在一定程度上「去政治化」、消解了階級政治鬥爭的經典敘事。〔註64〕這種文化轉型試圖呈現與國際主流價值觀接軌、面向西方關於「中國邊疆」的闡釋姿態。隨著全球化和市場化的浪潮勢不可擋，在少數民族影視節目的傳播過程中，因為缺少相對透明開放的輿論環境，滯後的對外傳播導致西方話語權「一邊倒」的壟斷主導趨勢。邊疆少數民族電視節目首播率、自採率較低，也沒有形成完備的本土化製播體系，無法以隱性的方式有效傳達國族價值觀。另一方面，相關審查機構考慮到以影像展現民族衝突會有損中國社會形象，又使得少數民族影視節目的創作主題單一、表達模糊、脫離現實。如何以中國化的視角、全球化的語言表達國際化的觀點，成為邊疆少數民族影視節目跨文化國際傳播所要解決的重要議題。

以新中國少數民族紀錄片為研究對象，我們可以發現其國際傳播的歷史演進逐步呈現由宣教作品到文化產品的路徑。新中國少數民族題材紀錄片可以追溯到1951年8月出品的《解放西藏大軍行》、1952年4月出品的《光明照耀著西藏》。影片「記錄人民解放軍從西南、西北分幾路進軍西藏，1951年9月到達拉薩，受到廣大人民群眾及西藏上層人士的歡迎。」〔註65〕為適合社會主義建設初期民族政策宣講的需要，這些紀錄片發揮著教育宣傳的價值功能，並將宣教的思維方式延續至1970年代末期。此間的紀錄片如《歡樂的新疆》（攝影吳夢濱、編輯姜雲川）、《西南高原上的春天》（編劇趙陣容、導演唱鶴翎）、《人民的內蒙古》（編導張建珍）。此類紀錄片為了宣傳中共民族政策，特意以影像的方式彰顯西南高原地區少數民族生產方式的嚴重滯後（如處於

〔註64〕田壯壯在談到《盜馬賊》和《獵場札撒》的創作時，指出「這兩部影片的電影語言比較極端，排斥劇作、排斥對白、排斥交代，排斥一切非影像化的東西。《盜馬賊》實際上是對『文革』的一種感受，關於人神生死。實際上其中的藏族人物有一點借題發揮。當時不能寫漢族題材，寫漢族題材通不過，那只能寫少數民族。」參見查建英《八十年代訪談錄》，北京：生活·讀書·新知三聯書店，2012年，第406～409頁。

〔註65〕高維進《中國新聞紀錄電影史》，北京：世界圖書出版公司，2013年，第93頁。

農奴制的西藏地區、處於奴隸制的彝族地區、處於原始公社制的景頗族、佧佤族），從而對比出解放後此類地區在政治經濟上發生的巨大變化。〔註66〕需要特別注意的是，新中國早期少數民族題材紀錄片設置了編劇、導演這樣的創作人員，其擺拍的弊病不容小視，傳播的效果也無法完全達到預期。1955 年出品的紀錄片《風雪帕米爾》便是劇本式創作的典範，該片在烏魯木齊由新影的編劇人員寫作，創作意圖是通過牧民冬天的放牧活動表現柯爾克孜族人民和大自然的鬥爭。然而，「劇作者是夏天去作的調研，離柯爾克孜族聚居地較遠，作者只在烏魯木齊市通過熟悉情況的人間接做些瞭解，沒有深入生活現場，材料不是直接來自生活。另外，劇本只寫了一兩家牧民與自然的鬥爭，看不出時代特點，看不出牧民彼此的聯繫，只看到人們求生的本能而看不出人們生活的目的。」〔註67〕這一類影片的主要形式是畫面、解說詞配音樂，以公式化、概念化圖解政策，最主要特徵為生硬說教，被戲稱為「新影八股」。〔註68〕

二、國家民族認同與影視媒體語言使用方式的反思

在全球化浪潮的衝擊下，原有傳統少數民族認同的社會結構關係迅速消退，用來定義身份認同界限的資源也逐步瓦解。由於影像等電子媒介的強勢介入，表徵並且整合國家形象的民族文化、民族語言、宗教儀軌等傳統國族認同力量逐漸被破壞，它們所構建的國族、集體凝聚感也因為信任感的消弱而式微。事實上，伴隨現代國家政體建設所帶來的無法迴避的壓制、僵化和破壞性的一面，營建有效的「權力的文化網絡」已然成為任何政體建設民族國家的重要路徑。以影像作為表徵的價值觀念、思想意識、象徵符號在本質

〔註66〕高維進《中國新聞紀錄電影史》，北京：世界圖書出版公司，2013 年，第 106 頁。

〔註67〕高維進《中國新聞紀錄電影史》，北京：世界圖書出版公司，2013 年，第 133 頁。

〔註68〕陳荒煤對此點評道：「『新影八股』具體表現為：（1）政治說教，缺乏藝術形象，不善於通過視覺形象的畫面來反映生活。（2）主題思想不鮮明，主題不集中，主題並列或主次不分。（3）報導的材料多表面現象，概括力不強，缺乏深刻的思想內涵。（4）材料龐雜，缺乏剪裁。（5）缺乏多種體裁、風格、樣式。（6）藝術表現缺乏特點，缺乏描寫、缺乏細節。（7）有的影片主要靠解說詞來說明，不惜用無意義的畫面來填充。解說詞冗長、直、露、生硬或學生腔。（8）影片見物不見人、見事不見人，有時表現的人物做作、不真實可信。」參閱高維進《中國新聞紀錄電影史》，北京：世界圖書出版公司，2013 年，第 146 頁。

上都是政治性的，「它們或者是統治階級的組成部分，或者是反叛者的工具，或者二者兼具。」〔註 69〕從人類學意義而言，邊疆少數民族地區的地界性（territoriality）特指某一特殊群體的活動地域，該範圍並非單由此群體的功能需求所決定（如市場經濟活動、國防安全需要），而是更多由一個先在的宗教文化區域界限所圈定——例如「伊斯蘭文化圈」、「藏傳佛教文化圈」所界定。正因為此，通過有效的邊疆少數民族影像傳播方式，建構「權力的文化網絡」才會促成「民族—國家」的真正形成。

以主導性方言為基礎，早期氏族部落民族標準語的口語傳播促成了部族認同；伴隨印刷時代的到來，在同質化個體的同時，通過使用封閉式的標準民族語言產生強大的向心力，締造出現代意義上的民族疆域，最終促成民族主義的興起。毫無疑問，以書籍報刊等印刷品為載體的印刷語言仍然一直是國家的主導性符碼。通過對本民族政治經濟、地理風物、民族英雄、歷史神話的敘述，鞏固強化人們對民族記憶和現代國家觀念的形成。20 世紀 20 年代，電子媒介時代正式拉開序幕，「超越直線序列化『印刷時代』人們的想像，電子媒介的相互溝通性、對等流動性、快速便捷性、時空穿透性以及接連不斷的信息流量讓受眾進入全新的媒介世界。」〔註 70〕按照尼爾·波茲曼「媒介即隱喻」的觀點，「媒介用一種隱蔽但有力的暗示來定義世界。」〔註 71〕電子媒介時代的到來讓「媒介即隱喻」的觀點有了全新的寓意。如前文所述，邊疆少數族裔置身後現代媒介語境，傳統意義上具有國族整合力量的宗教、語言和少數民族文化開始被以影像為重要表徵的電子媒介所影響。

影視語言如何得以在民族認同中發揮重要功能？事實上，作為當代支配式媒介的影視圖像始終在以特定的形式、特定的偏好塑造出整個社會的文化體系。姑且不論編劇意圖明顯的少數民族影視劇，即使標榜「紀實」和「客觀」的少數民族題材紀錄片也並非單純是對自然素材的質樸（或略加裝飾）的描述，而是對這些自然素材作出安排、再安排，並且去創意性地形塑它。在這個過程中，紀錄片不是真實的完全複製，而是真實的再現，是透過某種世界觀——紀錄片創作者將真實素材經過剪輯、安排與處理之後——呈現出

〔註 69〕〔美〕杜贊奇《文化、權力與國家：1900——1942 年的華北農村》，王福明譯，南京：江蘇人民出版社，2010 年，第 2 頁。

〔註 70〕劉燕《媒介認同論》，北京：中國傳媒大學出版社，2010 年，第 102～103 頁。

〔註 71〕〔美〕尼爾·波茲曼《娛樂至死》，章豔譯，北京：中信出版社，2015 年，第 11 頁。

來的，仍然隱含了操控的因素。在整個傳播過程中，邊疆少數民族影像的傳播是一種社會性的程序，隸屬某種文化脈絡；而在該脈絡中，影像符號以特殊的方式被製造、以特定的渠道被傳達和接收，最終被當成訊息予以處理，進而推論出某種意義。〔註 72〕不難看出，如果在全國統一的範圍之內使用規範的國家語言進行電視節目錄製，有助於少數民族國族意識的形成。首先，電視節目主持人純正的播音、編導統一的意識形態修辭為邊疆少數民族的國語使用者提供了圭臬；其次，直觀的電視畫面與統一文字的互補有助於不同民族間的溝通融合。「人們倚靠電視語言為中介，快速地諳知關乎國家公共領域的眾多信息，產生公眾集體歸屬感。」〔註 73〕於是觀之，影視語言在形成安德森所謂『想像共同體』的民族認同中具有不可替代的重要作用。

值得注意的是，國族通用語在影視傳播使用中有助於「想像共同體」的形成，而使用少數民族本民族語言所製作的影視節目「部落式傳播」以及無意識的普及傳播是否會有悖國族認同與國家建構？問題的另一層面是，國族通用語的大規模普及又是否會逐步消弭少數民族自身的特色文化？這是一個需要仔細思索的深刻問題。

根據少數民族受眾的社會心理學分析以及傳播學中的選擇性定律，少數民族受眾本能傾向於認同與自身經歷、宗教文化背景相互一致的信息。普遍存在的問題是，新聞類普通話電視節目往往帶有過重的政治性和宣教性、用語嚴肅莊重，過於刻板化和模式化，與少數民族本土語言相比缺乏趣味性和親切感，最終容易導致傳播隔閡。相反，使用少數民族語言製作的影視節目在目標觀眾群定位、節目內容、形式包裝上和當地的區域文化緊密結合，有助於少數民族受眾更好理解電視語境。但必須引起注意的是：任何事物皆具有兩面性，使用少數民族本民族語言製作影視節目猶如一把雙刃劍，本土意識張揚的同時必然會導致國族認同紐帶的疏鬆乃至斷裂。此外，對於突發事件的報導傳播，主流電視媒體如何有效平衡利用國家標準語（普通話）和邊疆少數民族語言，搶奪國際輿論話語權、創造有利的輿論環境，也是需要有效總結的難題。〔註 74〕

〔註 72〕李道明《紀錄片：歷史、美學、製作、倫理》，臺北：三民書局，2013 年，第 107～124 頁。

〔註 73〕劉燕《媒介認同論》，北京：中國傳媒大學出版社，2010 年，第 104～105 頁。

〔註 74〕「在應對『3.14 突發事件』當中，西藏地區電視臺迅速將重要新聞、電視講話等翻譯製作為多語言節目，力求保證信息傳播的透明暢通，在新聞、專題、對

三、文化全球化大背景下的民族宗教問題與少數民族紀錄片傳播

伴隨全球化洶湧浪潮的到來，中國內陸沿海地區現代化飛速發展的同時，邊疆地區的社會治理卻面臨著前所未有的嚴峻挑戰。「3.14」、「7.5」事件、「昆明火車站暴力恐怖事件」的發生嚴重影響著國家安全和邊疆少數民族地區的國族認同感。新形勢下的複雜背景是：個體民族對本民族的文化和其民族身份的認同歸屬感顯著強化，在部分少數民族幹部、知識分子和青年學生中甚至出現民族認同極端化傾向，而體現公民意識的「國族認同」卻無法得到有效強化。受斯大林「民族概念」的影響，我國民族工作中過分關注個體民族的「多元性」而忽略了中華民族的「整體性」。邊疆少數民族的地域意識、民族文化、宗教認同被無形中強化，而各民族間的共融與互動卻日漸式微。另一方面現實的因素是「公共權力的民族分配機制問題」（五大自治區的自治條例至今無法出臺；缺乏相應的配套法規；立法數量少，質量不高；變通立法稀少，內容單一；保障性差。）和「經濟資源的民族分配機制問題」（資源開發中收益分配不公。少數民族地區較多處於資源富集地區、生態涵養區和水源風沙源保護地，由於補償政策不完善，相當多的少數民族地區生態環境遭受嚴重破壞；相關部門在經濟資源開發中對少數民族的切身利益照顧不夠，收益分配長期不合理，導致地區差距不斷擴大，社會矛盾和衝突不斷增多，引起少數民族的強烈不滿。）〔註75〕全球化、現代化經濟體制逐步建立，邊疆少數民族地區的社會矛盾和民

外等17個節目中開辦專題欄目，用藏、漢、英三種語言，多層次、多形式、多角度傳遞信息。在四個上星頻率頻道所有新聞、專題、對外節目中密集播出《拉薩「3.14」打、砸、搶暴力事件紀實》、《直擊幕後》等系列報導和專題節目。同時，西藏兩家電視臺還在新聞、專題等節目中開辦了《一手抓穩定、一手抓發展》、《團結穩定是福、分裂動亂是禍》等專欄，播發藏漢語稿件4500多篇，專題節目200多部（集），宣傳片花30多組。西藏電視臺還製作了時長47分鐘供外國記者觀看的專題片、30分鐘的寺廟法制教育片、50分鐘的對外宣傳資料片。而在報導『7.5事件』當中，新疆電視臺開闢了維、漢、哈三種語言《整點新聞》欄目和《民族團結一家親》專欄，及維、哈語訪談節目，共完成大時段直播158.5小時，現場直播110場。主要專題節目有《「7.5特別節目——穩定是和諧社會的基礎》、《烏魯木齊發生打砸搶燒嚴重暴力犯罪事件》等宣傳片。事件平息後，各電視臺進一步做好善後工作，繼續事件的後續報導，引導群眾的情緒，力求營造良好和諧的輿論範圍。例如吐魯番電視臺《「7.5」後各鄉鎮一手抓維穩一手抓生產》、伊犁電視臺《加強民族團結促進穩定發展》等專題節目。」參閱王斌、陳銳《少數民族地區電視傳播效果研究——以西藏、新疆地區為例》，北京：中國廣播電視出版社，2012年，第42～43頁。

〔註75〕王懷超、靳薇、胡岩等著《新形勢下的民族宗教理論與實踐》，北京：中共中

族衝突卻明顯增加，民族性突發事件亦有頻發的趨勢。與之相對，面對邊疆地區複雜的民族宗教問題，少數民族影視節目的傳播卻顯得嚴重滯後，無論「經濟功能訴求」、「文化功能訴求」還是「政治功能訴求」均沒能得到有效實現。從歷史和具體的分析態度來看，1949 年至今中國紀錄片發展中出現「長紀錄片」、「短紀錄片」、「紀錄影片」、「新聞簡報」等提法，並且一直被統稱為「新聞紀錄片」。《人民日報》曾刊文作出區別：「短紀錄片所表現的題材一般都比較集中，製作時間短，能及時和觀眾見面。通常在一本到六本之間。長紀錄片也稱大型紀錄片，一般在六本（一千八百公尺）以上。『新聞簡報』是我們常見的一種新聞片。它像刊物一樣，定期出版，每月出六號，一年出七十二號。」〔註 76〕從以上表述不難看出，中國早期的少數民族題材紀錄片更多屬於「政府宣傳紀錄片」（由政府機構製作，用以說服觀眾接受該機構提出之觀點或使命的紀錄片）、「機構宣導紀錄片」（由政治意見倡議者或社會運動者為了鼓吹某種政治主張而製作的紀錄片）、或可稱之為「說理修辭式紀錄片」（主要目的在於提供一種論點，並且試圖說服觀眾接受此論點）。〔註 77〕1950 年代末開始，中國攝製了 21 部少數民族科學教育紀錄片。從 1990 年代末至 21 世紀初先後出現《最後的山神》、《藏北人家》、《八廓街 16 號》等社會人類學意義上的紀錄片。在影像層面上，這些「少數民族題材紀錄影片賦予了少數民族一種政治地位以及被紀錄的文化平等權利。」〔註 78〕然而，在實際的傳播效果中，既缺乏由商業機構投資，採取產業化模式製作、符合少數民族受眾市場消費需求的「消費型紀錄片」；又匱乏以創作者為中心，自資或機構贊助（獎補助）的，滿足創作者藝術企圖的優秀作品。導致整體上少數民族影視作品在數量和質量上都乏善可陳，國家敘事框架下的主流話語無法有效縫合進作品當中。

事實上，少數民族影視作品不僅是少數民族話語建構的重要文化力量，更是參與民族國家建構的重要路徑，是參與國族想像共同體建構的文化介質。摒棄少數民族題材影視作品的娛樂性和獵奇性，在傳播策略中更應該注意以下方面：

央黨校出版社，2013 年，第 12 頁。

〔註 76〕馬征《新聞紀錄片有哪些品種》，《人民日報》1958 年 6 月 10 日，第 8 版。

〔註 77〕李道明《紀錄片：歷史、美學、製作、倫理》，臺北：三民書局，2013 年，第 119～120 頁。

〔註 78〕王華《中國少數民族題材紀錄片概念建構與考察價值》，《西南交通大學學報》（社會科學版），2012 年 3 月第 13 卷，第 2 期，第 53 頁。

其一，選材問題。少數民族題材紀錄片往往或限於民族人類學意義上的影像記錄、或限於單篇故事的講述。因為選題和表現手法的本土化，缺少國際化的敘事製作方式，難以在國際傳播中取得較好反饋。值得關注的案例是紀錄片《西藏一年》，「英國主流報刊《衛報》聲稱：《西藏一年》以驚心動魄的魅力、世所罕見的深度，公正紀錄了當今世界最富於爭議、最偏遠地區人們的真實生活狀況。」也有學者認為，該紀錄片在大時代背景的幕布上，生動呈現出「藏區人民飛速變化的生活環境，逼真展現出藏區人物內心的困惑、憂慮與企盼。」〔註 79〕一個有趣的話題是，如果比較央視版與英國廣播公司版的《西藏一年》，不難發現儘管兩者所剪輯的主體畫面幾乎一致，但是因為迥異的解說詞和對其中一些政治敏感畫面的取捨（如十一世班禪到白居寺訪問時戒備森嚴的軍警畫面、對於「選定班禪活佛轉世靈童」事件的不同表述方式、乃至對於西藏是否在歷史上為獨立主權國家的國際爭議），最終導致兩個相同畫面、不同版本的紀錄片產生出截然不同的傳播效果。顯然，在政治審查允許的範圍之內，「如何以西方觀眾容易理解的方式傳播中國的複雜國情，不僅需要注意到受眾觀念的變化、也要注意到傳播語態的轉變」。〔註 80〕

其次是風格問題。按照格裏里遜的解釋，紀錄片不是事實的『純紀錄』（也就是一般所說的紀實），而是要有對事實的詮釋，但要做得有藝術性。格裏里遜在 1932 年至 1934 年陸續發表的長文《紀錄片的首要原則》中明白告訴大家：「紀錄片不止是對自然素材的本真的（或加以修飾）的描述，而是要對這些自然素材通過結構上的重置，進行創意性的建構。惟其如此，紀錄片才可能發揮藝術的功能。」〔註 81〕有效傳播的紀錄片應該是「超越教學影片的簡單描述，比公開（宣導）片更有想像力與表達力，比新聞片的意義更深、風格更洗練，比旅遊報導片或演講片觀察得更廣，比純粹的趣味短片在涵義與參考價值上更深奧。」〔註 82〕同樣以影像紀實表達暴恐分子兇殘的危害，新疆電視臺出品的《「7.5」特別節目——穩定是和諧社會的基礎》、《烏魯木齊

〔註 79〕李智、潘博《從〈西藏一年〉探尋電視紀錄片對外傳播新方式》，《編輯學刊》2010 年 1 期，第 32 頁。

〔註 80〕李智、潘博《從〈西藏一年〉探尋電視紀錄片對外傳播新方式》，《編輯學刊》2010 年 1 期，第 33 頁。

〔註 81〕Hardy, Forsyth, ed. Grierson on Documentary, New York: Praeger Publishers, 1971, p146.

〔註 82〕李道明《紀錄片：歷史、美學、製作、倫理》，臺北：三民書局，2013 年，第 111 頁。

發生打砸搶燒嚴重暴力犯罪事件》等專題節目之所以傳播功效有限，未能把電視的各種符號與藝術單元有效嫁接、降低了受眾對節目信息感知密切關聯。比較英國廣播公司出品的同類題材紀錄片《別斯蘭事件》，「展現暴恐分子的血腥屠殺畫面相當有限，製作者有效使用對比蒙太奇拍攝孩子們的玩耍活動；輔之以升格慢鏡頭和抒情音樂的煽情處理，對比反襯出和平生活的甜蜜美好與恐怖分子的兇狠殘暴……這些創作告訴我們：紀錄片的真實性既是思維的、藝術的，更是審美的。」〔註 83〕

第三是創作經費投入不足與創作理念滯後的問題。以紀錄片創作經費的投入為例，中國與西方差距太大，而作為相對邊緣題材的少數民族紀錄片的投入更是嚴重不足。「比利時是歐洲拍片經費最低的國家，以拍攝 50 分鐘紀錄片為例，瑞士和荷蘭都在 20 萬至 30 萬歐元之間（200 萬至 300 萬人民幣），而我國拍攝一部 50 分鐘紀錄片的經費一般不超過 10 萬人民幣。」〔註 84〕雖然不能簡單認為投入越大越能產出精品，但投入匱乏確實成為影響紀錄片質量的重要因素。此外，全球化背景使中國少數民族文化呈現出多元發展的傾向。在民族政策和影視審查允許的範圍之內，盡可能做到題材——類型多元化；選材——用儀式化事件展現文化；形式——寫實寫意相結合表現主體；結構——多線敘事，多時空交錯。當前少數民族題材紀錄片普遍存在構圖不精、剪輯凌亂、節奏緩慢、畫面缺乏足夠的衝擊張力。作品整體匱乏少數民族文化歷史底蘊，更缺少對當代社會變遷的理解，同質化現象比較明顯。以描述苗族生活習俗的紀錄片為例，有《苗家女》、《苗家建築》、《苗寨》等。其實僅僅《苗寨》一片已經幾乎囊括了所有的苗族建築、服飾、民風習俗，其他作品不過是單純重複、內容趨同。〔註 85〕

伴隨全球化時代到來，「後現代主義」思潮中的反傳統、反中心、多元融合等理念逐漸滲入中國少數民族紀錄片創作的各個視點。與時俱進的時代現

〔註 83〕劉新傳、冷冶夫、陳璐等《角色與認同：中國紀錄片國際傳播策略》，北京：中國傳媒大學出版社，2014 年，第 177 頁。

〔註 84〕劉新傳、冷冶夫、陳璐等《角色與認同：中國紀錄片國際傳播策略》，北京：中國傳媒大學出版社，2014 年，第 178 頁。

〔註 85〕「在 2013 年法國飛帕電視節上，有來自世界 48 個國家的 146 部作品參賽。中國有 11 部紀錄片參評，中國有一部表現『少數民族葬禮』的 80 分鐘紀錄片，如果讓荷蘭導演編輯，能夠壓縮到 35 分鐘，而法國導演馬丁認為這個片子只能編到 25 分鐘以下。」劉新傳、冷冶夫、陳璐等《角色與認同：中國紀錄片國際傳播策略》，北京：中國傳媒大學出版社，2014 年，第 177 頁。

實與文化認同的美好理念之間的裂隙愈加明顯，如何以影像為載體承擔更多的國族認同職能，中國少數民族紀錄片的研究任重而道遠。

四、國家民族認同與邊疆少數民族「網絡影像」傳播

置身後現代語境，在文化全球化大背景下，邊疆少數族裔越來越習慣於藉助虛擬的「網絡實景」建構身份政治認同。置身互聯網大舞臺，其身份能指儘管漂浮不定，可一旦少數族裔所生活的諸種宗教體制寄生於便捷自由的網絡，旋即表徵出強烈的心理「失範」（disorder）和新的關於「我是誰」的身份問題焦慮。

眾所周知，少數族裔巨大的「文化身份」差異遠大於其在生物學意義上的不同特徵。雖然個人氣質浮動不定，但根植於堅固的宗教精神，少數族裔的特殊身份往往通過宗教機構來尋覓其核心精神價值。伴隨「電子教堂」的出現以及全新媒介技術語境的到來，我們覺察到，「給人們提供共同的身份證明和感情交流的基本因素——家庭、教區、教會和團體——已經削弱」。〔註86〕全新的電子媒介生產出全新的社會身份，當少數族裔覺察「歸屬感」逐漸喪失，自然試圖藉助媒介來生產「我」和「他者」，通過文化符號系統的差異建構起強大的身份認同。換而言之，現階段愈發緊張的邊疆少數族裔認同危機已然和日益增長的媒介權力緊密相聯。

（一）多媒體時代語境下網絡影像傳播與國家民族認同

1. 廣播電視影像傳播與國家民族認同的現實困境

印刷媒介通過大量複製印刷品，神話傳說、民族歷史記憶等「國家認同符碼」借由文字取代口語，成為主導性的傳播方式。1920年代電子媒介興起，廣播影視媒介開始成為構建塑造「民族想像共同體」的重要方式。以前蘇聯電影業為例，「到1927年，國產影片的票房開始超過國外影片。這個時期的影片都是默片，這種缺陷本身反而成了一種宣傳上的優勢，它可以突破蘇聯不同民族的語言差異，最大限度地擴大電影的宣傳範圍。」〔註87〕電視語言的民族融合性優勢更是明顯：「電視的畫面語言與文字語言的互補，有利於國

〔註86〕〔美〕丹尼爾·貝爾《資本主義文化矛盾》，趙一凡、蒲隆、任曉晉譯，北京：生活·讀書·新知三聯書店，1989年，第206頁。

〔註87〕劉海龍《宣傳：觀念、話語及其正當化》，北京：中國大百科全書出版社，2013年，第111頁。

家不同地域、不同方言以及少數民族之間的溝通與相互大融合。」〔註 88〕藉助廣播電視媒介，集體主義乃至集權主義得以實現。但問題是，伴隨時間推移，受眾對廣播電視媒介的依賴性與認可度漸次消減。單從形式上而言，已經很難想像現實世界再次出現不同族群、不同時空、不同政治身份的國民共同聆聽、共同感悟國民領袖教誨的宏大場面。另一方面，新時代國民追求個性獨立、宗教信仰各異，「宗教語言」、方言土語、民俗文化快速傳播，這使得通過廣播電視媒介尋找公眾集體歸屬感、進行國家民族「建構認同」的願望愈發艱難。

正因為如此，政府試圖依靠廣播電視媒介進行「輿論引導」、維持社會穩定，達到民族認同的願望越來越困難。當有關民族團結的「群體性突發事件」頻發，對於廣電媒體作命令式粗暴垂直管理，逐漸顯得不合時宜。在信息傳播中，只有正視民族矛盾，重視其和平理性、程序正當的公民表達，才會有助於削弱少數族裔因種種猜忌對於政府不滿的暴力傾向。隨著網絡新媒體的出現，少數族裔民意的可見度與意願訴諸方式均發生顯著變化。這也導致政府「媒介公共管理策略」、「少數民族受眾傳播效果研究」等去意識形態化的社會科學話語開始產生，並且替代傳統僵化的政治意識形態宣傳話語。

2. 網絡影像傳播方式的出現與國家民族認同的複雜化

作為國家安全文化層面的「國家民族認同」總是試圖在認同、規範、行為和利益之間找尋有序的方法路徑。「規範——特別是認同——產生於區別群體內與群體外和定位社會角色的過程中……對群體外的確認有助於使假想的價值觀更加具體化，使之和群體內的價值觀對立起來。認同具有深刻的社會性——源於共同體內無休止的爭論、歷史敘述的演變和社會描述的競爭。」〔註 89〕少數族裔在群體內的自我認同一方面依靠他者的反映來作自我定義，另一方面則依賴自我想像出「我」在「他者」面前的形象。通過網絡，少數族群得以重新發掘出全新的認同與身份。網絡傳播的特殊性體現於虛擬空間的特殊人際互動，以昵稱或匿名為隱形面具，少數族裔網民同樣可以在網絡上扮演不同角色，其自我身份可以在與他者的互動中隨時自我調適。儘管如此，

〔註 88〕劉燕《媒介認同論：傳播科技與社會影響互動研究》，北京：中國傳媒大學出版社，2010 年，第 103 頁。

〔註 89〕〔美〕彼得·卡贊斯坦《國家安全的文化：世界政治中的規範與認同》，宋偉、劉鐵娃譯，北京：北京大學出版社，2009 年，第 450 頁。

對於群體內（本民族）與群體外（占主流地位的民族或其他少數民族）的區分，以及想像構建與群體外想對立的文化價值觀則是少數族裔網民身份構建的重要路徑。

在地方文化與「文化全球化」博弈的過程中，因為文化斷裂，少數民族的文化身份危機與認同錯位體現得越來越明顯。不言而喻的問題是，當少數族裔的個體身份多重混搭、衝突牴牾，就連自我都茫然困惑之時，如何構建起牢固的國家民族認同？網絡媒介的出現，使這一問題顯得更為複雜。國家民族是一個動態構建的歷史過程，對於集體記憶的選擇性再造，不僅需要勾聯現有政權意識形態體制記憶、民族歷史身份群體記憶，更關乎長遠的民族習俗傳統記憶。邊疆少數族裔試圖恢復因久遠歷史所割斷的「結構性失憶」，重現與自己所屬特定族群的世代記憶，借助網絡等新媒體塑造本族群的「共同歷史」。因而作為國家代言人的政府而言，伴隨新媒體時代的到來，傳統媒體對於國族記憶的現實構建方式已顯得不太合乎現實需求。如何做到既尊重少數族裔的文化信仰，又能有效將國族集體記憶融入故事敘述、再現真實，最終達到民族團結、喚醒「共同國族記憶」的終極目的，確實是一項深刻而複雜的嚴峻課題。

（二）「網絡電子神學」：宗教文化傳播的全新渠道

1.「網絡電子神學」特徵

「電子神學」可以視作現代媒介技術發展的必然現象。它以廣播、電視和網絡等媒介手段為代表，具有互動便捷、快速生動以及跨族裔性，成為自印刷革命之後宗教佈道的重要形式。在後現代電子媒介的解構下，少數族裔的「身份認同」特徵呈現「多重碎片化」的特徵。這一點對於網絡媒介而言表現尤為明顯，通過獨有的網絡語言符號系統和視覺文化表徵，網絡的「電子神學」佈道方式與其他媒介的傳播途徑迥異：「第一、網絡更強調模擬的再現。第二、網絡是一個互動的場域。第三、電腦影像製作技術具有即時互動性，使得『非現時』的影像創造，能夠以『現時』的面貌呈現於受眾眼前。」〔註90〕賽博空間虛擬生成的互動性景觀帶給宗教信徒特殊的現代宗教體驗。網絡不僅能將現實存在之物模擬化，也能藉助虛擬角色創構現實界不存在之「超

〔註90〕劉燕《媒介認同論：傳播科技與社會影響互動研究》，北京：中國傳媒大學出版社，2010年，第86頁。

現實」。宗教信徒在電腦虛擬的四維空間中「自由互動」，其「融入參與」感相對強烈。由此，一方面，少數族裔在流動網絡空間中以「多重身份」塑造「多重自我」，而網絡的「去主體化」特徵又使得少數族裔「民族一體化認同」的建構變得更為複雜艱難。

2. 網絡中的「虛擬宗教族群」

按照傳統意義的理解，族群強調現實環境中個體的自我選擇與生活經歷，而越是強調族群的「文化親親性」，越是會存在民族認同危機。受到科學種族主義和社會文化的影響，族裔邊界呈現出連續過渡性變化的文化表徵，這又使得對於族群的辨認往往流於主觀。藉助「集體記憶媒介」（如傳統的文字與圖片媒介），族群能夠重複某些特定的共同歷史回憶。族群的「發展與重組，以結構性失憶及強化新集體記憶來達成。」〔註 91〕網絡傳播便捷自由、快速互動，可以讓分處異地的族群成員擺脫地理時空的制約，以在線方式凝聚為「虛擬狀態」的族群，從而使「族群」的概念具備後現代特性。毋庸置疑，共同的宗教信仰是「虛擬族群」最為重要的傳播內容。不同於傳統的民族社群，虛擬「宗教族群」中的民族認同、人際交往並非必然以種族血緣關係為紐帶，而更多可視為情感溝通與信息傳播的必然結果。首先，在網絡上出現為虛擬社區成員共同認可的宗教符號；其次，虛擬社群成員以匿名「身份」參與到宗教社群中，無論其是否屬於同一族裔，為社群成員認同核心的是皈依同一宗教的「宗教身份」；最後，經過持續互動，「虛擬宗教族群」建構其共同的「行為範式」約束內部秩序。這種「虛擬宗教族群」並非實質意義上的宗教社群，雖然其交往模式不同於實質社群，但卻不可否認它特殊的「存在」。事實上，藉助網絡獨特的人際互動模式，「虛擬宗教族群」的凝聚力、超強輻射力和向心力超過了以往任何一種傳統媒介，並且形成自身獨有的認同規範。

（三）邊疆少數民族「神學網傳」的媒體認同治理

1. 非法邊疆宗教音視頻的網絡傳播現狀

民族認同與民族情緒、民族歧視、民族成見等因素息息相關，這些因素最終訴諸民族心理得以表達，「民族心理活動隨著認同的變化而變化，在人們未認同一種新的文化的時候，這一民族的心理與這種文化是處於牴觸的狀態

〔註 91〕王明珂《華夏邊緣：歷史記憶與族群認同》，杭州：浙江人民出版社，2013 年，第 26 頁。

下的，而在認同處於衝突之中，人們的心理也同樣處於一種衝突矛盾的狀態之下。」〔註 92〕「電子神學」在網絡傳播中，邊疆少數族裔的民族成見、民族偏見與極端宗教思想經由無邊界的網絡空間，藉助各式社交新媒體，非常容易發生宗教功能的異化。這種非常規的宗教傳播過程在宗教文化發展史上前所未有，尤其在南疆、藏區等文化沙漠地帶更是長驅直入，呈現病毒式蔓延態勢。包含蠱惑「聖戰」、煽動國家分裂、宣揚宗教極端主義的暴恐音視頻在網絡傳播即為其中最極端的例證。

依據官方統計，「僅 2013 年，恐怖組織『東伊運』就製作發布了 107 部暴恐音像視頻，超過歷年總和。這些視頻絕大多數通過網絡傳播，內容極端煽動蠱惑。近年所破獲的暴恐案件也表明，恐怖分子所謂『聖戰』共鳴大多與暴恐影視頻的收看、非法宗教活動的開展息息相關。」〔註 93〕這些異化了的宗教傳播方式，主要體現在三種途徑：「1. 利用互聯網網站、微博、語音聊天室、網盤以及 QQ、微信等瀏覽、下載、存儲、複製、轉發、發布、上傳暴力恐怖音視頻以及相關網址鏈接。2. 利用手機、電腦、移動存儲介質、播放器及其他電子產品製作、發送、播放、複製、傳播、存儲暴力恐怖音視頻。3. 利用手機市場、電腦市場、音像市場等經營場所製作、儲存、銷售含有暴力恐怖音視頻的物品。」〔註 94〕由此不難發現，如何在網絡時代弱化宗教的消極功能，強化宗教的正能量，達到民族認同的最終意願，確為一項嚴峻的挑戰。

2.「神學網傳」的媒體認同治理思考

「神學網傳」的媒體認同治理關乎國族國家層面、少數族裔社群層面、少數族裔公民個體三大層面。從國族國家層面和國家文化安全角度出發，「神學網傳」的媒體認同治理聚焦於意識形態的整合，堅固穩定既有的統一認知，避免政治錯誤與美學反感。從少數族裔社群層面而言，「神學網傳」的治理需要建構特殊規則，監督並安撫少數族裔社群，充當少數族裔社群利益的代言人，將其特殊的身份意義整合嵌入一體化的文化類型，儘管因為其身份編碼複雜矛盾，產生持續矛盾糾纏不可避免。從少數族裔公民個體層面出發，「神學網傳」的媒體認同治理需要糾正因為被動表達少數族裔公民而產生的刻板

〔註 92〕鄭曉雲《文化認同論》，北京：中國社會科學出版社，1992 年，第 151 頁。
〔註 93〕張馳.暴恐視頻流毒新疆，《鳳凰週刊》2014 年，508（15），第 21 頁。
〔註 94〕張馳.暴恐視頻流毒新疆，《鳳凰週刊》2014 年，508（15），第 21 頁。

印象，有效形塑代表少數族裔公民個體「自我價值」的媒介形象。概而言之，「神學網傳」的媒體認同治理主要體現在「整合動員上」，強調「治理型模式」。在這種動員模式中「政府不再直接面對分散化的社會公眾，政府主導與社會協同可以有機結合在一起。」〔註 95〕

我們應該清醒地看到，當下邊疆少數族裔「網絡電子神學」興起、宗教功能異化背後所存在的一些深層次原因。伴隨市場化商品經濟的到來，在全球化浪潮的衝擊下，邊疆少數民族的社會結構發生了劇烈的革新，邊疆少數族裔（如南疆的維族、藏區邊遠地域的藏民）被嚴重邊緣化，參政就業的困難加劇了他們身份認同的困惑與悲觀。這樣複雜糾結的現狀極易為宗教保守思潮所利用，具有保守和極端宗教背景的穆斯林或藏傳佛教徒，成為「暴恐宗教」視頻的潛在受眾。

面對當前複雜嚴峻的態勢，政府的媒體認同治理差強人意，主要體現在宣講力量薄弱、手段單一不足。充當宣講的宗教界人士缺乏對現代年輕人心理的有效把控，知識面偏狹，與非法宗教網站中那些引經據典、煽動人心的暴恐視頻相比，很難為年輕一代所認可。由是觀之，對於「神學網傳」的媒體認同治理，單純的懷柔政策或是嚴苛的意識形態控制都作用有限。需要著力於制度因素和政策因素，積極培育公民文化，挖掘民族衝突的深層文化動因，「從重穩定、重反恐文化向重民生、重發展文化的轉型」。〔註 96〕藉助生動的活動影像和海量的圖片文字資料，網絡媒介遠遠超越傳統印刷媒介（如歷史教科書），成為集體族群記憶的一面鏡子。年輕一代在接受網絡影像的文化、宗教傳播時，已經不把它視為純粹的話語敘述方式，而把它當作公共文化場景中一種歷史文獻資料或歷史本身。掌控網絡媒介傳播過程，有效生產、再現國族集體記憶，於故事敘述中融入社會集體記憶，喚醒公眾國家記憶，成為「神學網傳」媒體認同治理營造「集體想像空間」的重要目標。

個案 1-2-1　少數民族網絡自製劇《石榴熟了》跨文化傳播特徵研究

由於移動互聯網的出現，視頻內容的競爭早已不同於傳統電視行業內的競爭。PC 端、戶外屏、移動端等各式媒介渠道，使得「媒介內容」的外延

〔註 95〕車鳳《中國新聞媒體社會治理功能研究》，北京：中國傳媒大學出版社，2014 年，第 86 頁。

〔註 96〕李瑞君《當代新疆民族文化現代化與國家認同研究》，北京：中國政法大學出版社，2013 年，第 217 頁。

與內涵因為傳播平臺的變化而呈現「用戶細分」、「需求分層」等特徵。〔註97〕因為借助數碼技術製作、依靠網絡傳播、專為網民服務，網絡自製劇業已發展為與傳統影視劇分庭抗禮的全新劇作樣式。從 2014 年開始，我國各大門戶網站出品的網絡自製劇呈現迅猛發展的勢頭。根據「藝恩諮詢」統計，「2014 年，網絡自製劇製作量達到 1700 集左右，2015 年達到 3000 集上下。中國視頻新媒體用戶高達 6.75 億，地鐵、公交、戶外視頻媒體用戶 1.10 億。視頻新媒體用戶的思維方式、收視偏好、使用習慣將極大影響視頻市場未來。」〔註98〕

需要指出的是，伴隨網絡自製劇成為「潮事物」，學界關於網絡劇的研究逐漸增多，但多為《屌絲男士 3》、《靈魂擺渡》、《探靈檔案》、《萬萬沒想到》一類「網紅」作品的個案研究，缺少對於網絡劇的整體性關注。而對於少數民族網絡自製劇的研究，則更是無人問津。事實上，新媒體由單向傳播到雙向互動傳播的轉變，帶來公共話語空間的拓展以及文化多樣性的衝擊，在為少數民族信息交流以及參與政治事務提供寬廣媒介平臺的同時，已然為少數民族開拓了一種全新的社會生活場域。「如果說『火塘』代表的家庭是少數民族傳統的社會空間，那麼，這個社會空間正遭受電話、電視、計算機網絡等電子傳播媒介的徹底改造。」〔註99〕顯而易見，「少數民族網絡自製劇」依靠本民族母語塑造逼真動感的本民族形象（不同於傳統電視媒體的刻板形象），既影響了少數民族群體的自我評價，也同樣影響到了主體民族對於少數民族真實世界的認知。「將以內容為基礎的因素和觀眾的個性特癥結合在一起，這些特徵影響著少數族群和多數族群的知識獲取以及信仰體系。推動這一學習過程的因素包括接觸網絡的頻率、內容／訊息特徵、描寫的真實性、與原型的相似程度、對原型的認同程度以及個人的認知能力水平等等。」〔註100〕本文即由上述角度切入，以 2016 年風靡網絡的少數民族網絡自製喜劇《石榴熟了》為個案，通過文本分析的方法，對該網劇的傳播內容與傳播特徵進行深入探究。

〔註97〕莊若江《網絡自製劇的崛起、發展與跨媒介傳播》，《現代傳播》，2013 年第 6 期，第 75 頁。

〔註98〕張海潮、鄭維東《大視頻時代：中國視頻媒體生態考察報告：2004～2015》，北京：中國民主法制出版社，2014 年，第 15～17 頁。

〔註99〕岳廣鵬《適應・衝擊・重塑：網絡與少數民族文化》，北京：中國民族大學出版社，2010 年，第 280 頁。

〔註100〕〔美〕簡寧斯・布恩萊特、道爾夫・茲爾曼主編《媒介效果：理論與研究前沿》，石義彬譯，北京：華夏出版社，2009 年，第 254 頁。

（一）傳播內容的文本分析

2016 年被譽為「短視頻元年」，其中來自新疆本土的娛樂網劇《石榴熟了》備受關注。該劇由「新疆 TV 巴札」旗下影視製作團隊製作，於 2016 年 2 月 12 日發布第一季第一集視頻。《石榴熟了》每季 12 集、每週五在網絡更新一集，其中每集時長不超過 30 分鐘。和目前互聯網上主流的網絡劇一樣，《石榴熟了》也是一部情景微喜劇，主要通過搞笑的方式來表現各種少數民族社會狀態。不同的是，《石榴熟了》的參演人物均使用維吾爾語，將如今社會主流的現象換置場景，融入進新疆地區，達到其本土化的效果。

《石榴熟了》之所以成為「網紅」，不僅在於其不拘一格的表現形式、生動幽默的表演、搞笑誇張的語言、碎片化即時消費的結構；更因其將純正「接地氣」的少數民族風情恰到好處融入多元文化語境，從而產生既「萌」又「潮」的傳播效果。本文試從多元符號傳播視角梳理剖析《石榴熟了》的幽默類型與傳播效果的相應關係。以下是針對該劇文本梳理的幽默類型，分別為視覺型言語幽默、言語型幽默、聽覺型非言語幽默、視覺型非言語幽默和文化複合型幽默，〔註 101〕詳見下圖所示：

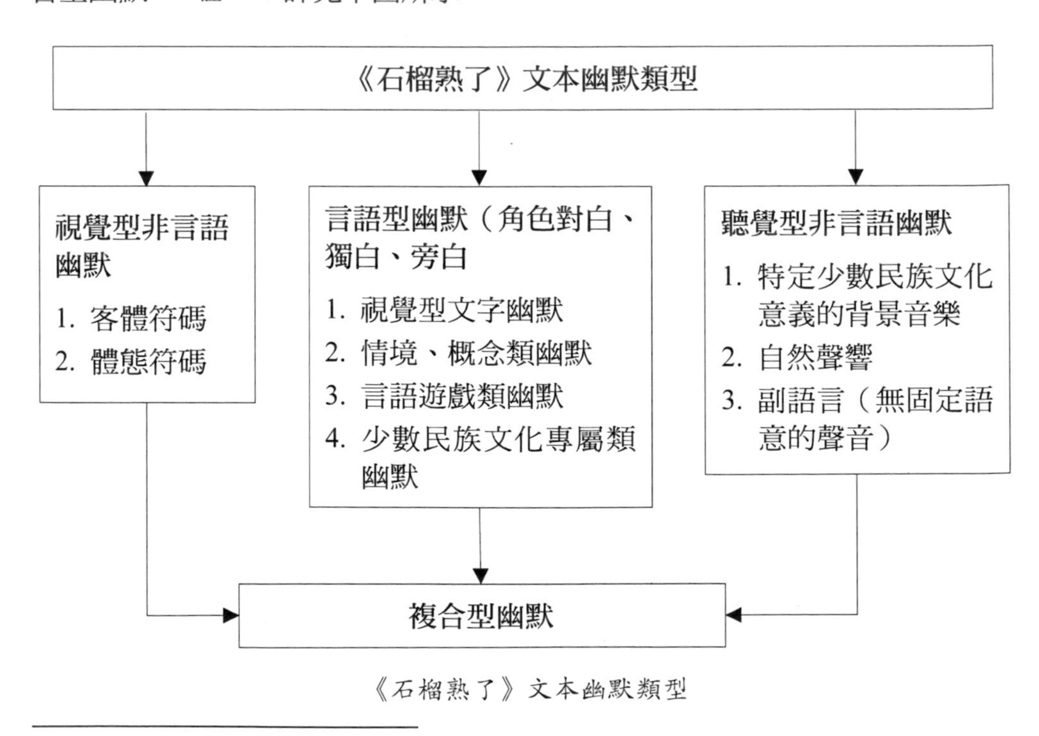

《石榴熟了》文本幽默類型

〔註 101〕董海雅《情景喜劇的幽默翻譯研究》，上海：上海外語教育出版社，2011 年，第 57 頁。

1. 視覺型非言語幽默

在網絡劇《石榴熟了》中，視覺型非言語幽默主要包括劇中產生幽默效果的體態符碼和客體符碼。在文本傳播過程中，作為劇中視覺藝術的重要呈現，具有天然幽默基因的體態符碼（角色冒失的動作、面部表情、眼神、手勢、身段等形體語言）往往能得到完整接收。而傳遞非言語信息的客體符碼，如劇中角色的服裝、髮飾、家具、化妝品等元素，因為直接訴諸觀眾視覺，既能夠讓少數民族源語言觀眾因為突兀不協調而產生笑點，也同樣能為其他文化的觀眾所輕易辨識。

（1）體態符碼

《石榴熟了》中的體態符碼是角色有聲語言的重要補充，對於增強笑點起到積極作用。一般情況下，角色的體態語和角色的身份、性格、語言特徵相一致。不過，當演員採用誇張並且出人意料的肢體動作和面部表情時，這種有悖常理的「視覺反差」因為不協調而產生喜劇效果。「模擬、做作、表演情緒，於是形成過火演技。過火演技的根源是中國戲曲誇張表演和舞臺演技的影響。」〔註 102〕例如，第一季第三集中，導演兼主演艾孜熱提艾力·亞森扮演的同性戀角色白毛毛，就以大量神經質、女性化的手勢和眼神別具一格。同樣，麥麥圖爾蓀·麥麥提力扮演的「弼士刀刀」，因其富有創造性的手勢、略顯神經質的誇張舉動、個性化的體態表演、茫然若失的面部表情而成為網民喜愛的喜劇角色。《石榴熟了》中的角色儘管採用維語對白，但是因為手勢、身段、面部表情在表達人類複雜情感的共性與相似性，因而容易被其他民族文化的網民辨識，最終產生認同感。即使對於某些在非維族文化中空缺、因為文化差異而引起網民困惑不解的體態符碼，例如維族文化中的某些特定手勢，也會因為網絡傳播的直觀性而在觀眾認知層面產生聯想，並且加深其對於異域文化的感知。

（2）客體符碼

客體符碼通常指傳播非語言信息的人造物，諸如髮飾、服飾、家具等誇張的道具物品。《石榴熟了》中的客體符碼兼具感性色彩和幽默色彩，直接訴諸受眾感官，充分體現角色的年齡、氣質、性格和愛好等因素。該片常常通過將誇張的道具、服飾、化妝與角色所處的環境形成嚴重的反差，以巨大的視覺不

〔註 102〕趙丹《銀幕形象創造》，北京：北京聯合出版公司，2015 年，第 33～35 頁。

平衡博取觀眾笑聲。例如，第三季中犯「網癮症」的「弼士刀刀」把浴缸擱在了網吧，一邊上網一邊洗浴；桌子上堆積如山的方便麵桶提示他在日以繼夜地玩網絡遊戲。第一季第五集中，「弼士刀刀」在運動服精品店購物，上身西服、下身短褲的滑稽裝扮讓觀眾忍俊不禁。此類具有幽默元素的客體符碼在劇中處處可見，成為營造幽默效果的重要手段，同時也對言語型幽默起到輔助的功能。不過需要指出的是，《石榴熟了》中客體符碼的少數民族文化元素並不夠濃厚，這也在一定程度上反映了現代化、全球化對本土族群文化的衝擊。

2. 視覺型文字幽默

視覺型文字幽默主要指「觀眾可以在屏幕上看到、並以道具形式出現的畫面內嵌文字，例如告示欄上的文字、一本書的書名、一封信的部分內容、某個商店的名字以及衣服上的詼諧文字。上述文字因為在不同的語言文化中寓意不同，其產生的謬誤與周圍環境形成妙趣橫生的不協調感。」〔註103〕在《石榴熟了》中，這類幽默並非隨機偶然出現，而是為了傳播某種幽默情趣，依靠跨文化交流中的文化誤解來形成笑點。例如第 2 季第 1 集有這樣一個有趣的場景：

例（1）【情境：白毛毛拿弼士刀刀購買的 T 恤、手機等山寨假貨打趣。】

白毛毛：你到底買對了嗎？（指著弼士刀刀 T 恤上的商標 NIKA，NIKA 在維語中有結婚司儀之意），NIKA，你是婚禮上念「尼卡」的阿訇嗎？你怎麼又買山寨版啊？

弼士刀刀：差不多嘛，錯一個字母沒事哎。

白毛毛（指著弼士刀刀喝的可樂罐上的商標）：PISPAS Cola（維語中 PISPAS 有「渣男」之意），可樂你都買山寨的啊，要買正品，得去 TVRESTE APP 購買，都是正品呢。

白毛毛：手機怎麼沒反應啊，這是好的嗎？等等，你這個人，不會又買山寨貨吧。

弼士刀刀：說啥呢，這是正品，不是山寨，是……

白毛毛：（看著酷似蘋果手機商標的梨子狀圖形）哈哈，是香梨手機啊，香梨 plus。

〔註103〕董海雅《情景喜劇的幽默翻譯研究》，上海：上海外語教育出版社，2011 年，第 60 頁。

弼士刀刀：（拍了一下白毛毛私家車的商標 POLO），POLO（維語中有抓飯的意思），哪有車的牌子是抓飯、白菜啊？

白毛毛：上海大眾就有這款牌子。

弼士刀刀：我三四十塊錢買的雜牌，你幾萬塊不也買雜牌嗎，還抓飯呢？

弼士刀刀上自己的私家車，鏡頭呈現刀刀車子品牌的特寫——KAWAP，1.8T（維語中有羊肉串之意）

伴隨網絡劇中的「罐裝背景笑聲」，對上述以「諧音梗」而產生的幽默效果，熟悉維語的維族觀眾一定會忍俊不禁。即使對上述商標所代表的維語意思感到陌生的漢語觀眾，也能依靠字幕在瞬間解碼出它的文化內涵及其與幽默劇情的關聯。

3. 複合式幽默

《石榴熟了》中大多數幽默類型屬於「複合式幽默」，即視覺型幽默與言語類幽默互相補充作用，共同在幽默情境中起作用的幽默類型。言語通過比喻、轉移、干涉、降格、升格、襯跌等手段產生幽默效果。而配合言語幽默，視覺型幽默依靠體態符碼、客體符碼和「視覺型文字幽默」，以直觀的電視畫面對有聲語言明化和補充，增強源語文化的幽默效果。本文將重點探討其中的「民族—文化—機構複合型幽默」、「言語與畫面構成雙關的複合型幽默」。

（1）民族—文化—機構複合式幽默

《石榴熟了》中的角色使用維語對白，據製片人海尼・托乎提介紹：「每一季約有 20%的內容涉及維族的語言、文化以及機構。」這類幽默具有典型的維族地域文化特徵，與維族特定的幽默傳統和文化價值等諸多因素密切關聯。在傳播過程中，源語言的幽默需要跨越文化和地理的界限，對非維語受眾的認知能力和幽默感提出較高的要求。非維語網民對劇作的幽默感受主要取決於對體態符碼和客體符碼的成功解讀。

「民族—文化—機構複合式幽默」往往利用維吾爾族文化獨有的風土人情對於言語符號起到明晰寓意和詮釋畫面的功能。在《石榴熟了》第一季中，有這樣讓網民啼笑皆非的橋段：在貌似摩天大廈的天台上，「能力越大、責任越大」的蜘蛛俠弼士刀刀與「承擔拯救蒼生重任」的超人白毛毛比試武藝。一聲「開始」令下，二人俯身忙活起來。伴隨徐徐拉開的廣角鏡頭，呈現在觀眾面前的卻是一個「饢坑」，蜘蛛俠和超人賣力做饢的畫面讓人忍俊不禁。「饢」源於波斯語，《突厥語詞典》稱「饢」為「埃特買克」和「尤哈」，中原人稱「饢」為「胡餅」。維吾爾族原先把「饢」叫做「艾買克」，直到伊斯蘭教傳入新疆後，才改叫「饢」。「烤饢」是維吾爾族最主要的麵食品，「可以一日無菜，但決不可以一日無饢」的諺語足以證明「饢」在維吾爾族人民生活中的重要地位。當「土氣」的饢和「洋氣」的好萊塢大片混搭在一起時，維族觀眾立刻能將其與網劇的應景場面相聯繫。當然，「非維吾爾語」觀眾如果對饢在維族文化中的特殊寓意不熟悉，只會單純覺得兩人的舉止滑稽搞笑，並不會真正在影片中展開深層次的幽默想像。

2. 畫面與言語構成雙關的「複合式幽默」

「此類複合式幽默主要以對標牌文字的誤讀或誤寫最為常見。」〔註 104〕在信息傳播過程中，觀眾受到劇中角色特定手勢、動作或畫面文字符碼的制約，不可能脫離畫面而理會幽默的寓意。對於非維語觀眾而言，如何通過字幕建構類似的雙關，才能最大限度使其產生類似的幽默通感。請看第一季第四集中的一例：

【情境描述：女主角阿娜爾罕癡心於得到出鏡的角色，在費盡周折之後，導演終於同意實現她的夢想。阿娜爾罕陶醉地坐在一輛拖拉機的方向盤上，模仿好萊塢經典影片《泰坦尼克》中女演員的姿勢。】

導演：「怎麼樣，坐方向盤上？」

阿娜爾罕：「哇塞，太棒了！」

導演：「方向盤就是這樣坐上去的。」

阿娜爾罕：「我終於坐上（角色）方向盤了，太開心了。」

（漢語「方向盤」=維語「角色」）小括號中的內容為《石榴熟了》網劇中原有的中文字幕，起補充注釋的作用。

顯而易見，網劇製作者通過字幕翻譯積極消除文化隔閡。即「充分利用畫面空間，在雙行字幕有限畫幅之內添加簡明注釋，以此闡明『角色』和『方向盤』的語義聯繫。該注釋成為溝通非維語觀眾的橋樑，有效保持了原聲的

〔註 104〕董海雅《情景喜劇的幽默翻譯研究》，上海：上海外語教育出版社，2011 年，第 76 頁。

生動幽默和體態語的直觀性。」〔註 105〕

（二）傳播特徵：跨文化視角解讀

跨文化交際意味著不同文化人群之間的交際，《石榴熟了》之所以在維漢各族之間都能產生共鳴，與該網劇製作者深諳兩種不同的文化語境息息相關。換而言之，如果沒有製作者的「跨文化適應」能力，傳播過程也無法得到實現。「『跨文化同化』的效果是替代，即原有的世界觀和相關行為被新的世界觀所代替，而適應的效果是增添——舊世界觀繼續存在於一個擴展了的，含有適用於主流文化世界觀的嶄新方式。」〔註 106〕作為跨文化傳播產品，《石榴熟了》通過社交媒體在各族網民中傳播，多元文化受眾的複雜性決定其既有傳統大眾傳媒的文化表徵，又有超越族群、民族和國家的媒介文化屬性。在此傳播過程中，因為製作者熟悉維漢兩種文化語境，所以能做到不單以維族的傳播主體身份解碼編碼，同時有效考慮到非維族漢語受眾的解碼能力。解碼編碼的過程中依靠消解差異性來體現差異性，從而實現跨文化交際。

1.「眾媒時代」語境下的隱性文化

相比傳統影視媒體嚴苛的審查制度，「網絡自製劇」相對寬鬆的監管使其在內容表現形式上呈現出語言活潑、表演平實、表達顛覆性等特徵。通過多樣性和多中心，網絡媒體在一定程度上容許或鼓勵協商問題和發表不同立場的異見。社交媒體在試圖擺脫資本和國家權力控制的博弈中生存發展，其結果是人們商議和發表異見的空間增加。由此，新媒體語境下的跨文化傳播機制更容易產生一種只有深諳網絡文化的網民才知曉的隱性文化。《石榴熟了》之所以在社交媒體廣泛流行，與傳播和接受者在某種程度上的這種「隱性」密不可分。「社交媒體提供個人化的內容，使個人在公開的語境中展露隱私、在私密的語境中公開凸顯自我，凸顯個性特徵而不是公民身份。在由人們自我界定的私密空間中，人們與他人在共同的社會、政治和文化議程中建立聯繫。在網絡空間裏，重要的是他們體會到相互依存、親近，產生共鳴。在網絡世界裏，公共空間和私人空間越來越多地互相交疊，這兩個交疊的空間可能

〔註 105〕董海雅《情景喜劇的幽默翻譯研究》，上海：上海外語教育出版社，2011 年，第 77 頁。

〔註 106〕〔美〕米爾頓·J·小貝內特編著《跨文化交流的建構與實踐》，關世傑、何惺譯，北京：北京大學出版社，2012 年，第 57 頁。

產生一定的政治影響。」〔註 107〕

作為網絡隱性文化的產物，《石榴熟了》的草根性、感性化、顛覆性表現無遺，通過戲仿編構出平面化、純娛樂的內容；最終解構所謂主流價值觀和傳統文化。在輕鬆愉悅的收視語境中，網民沉醉於顛覆權威所帶來的快感，獲取對自我價值的認同。〔註 108〕劇中接地氣的橋段比比皆是，諸如「按指紋」、「查身份證」、「便民服務證」等幽默風趣的段子。而片中對「官二代」、「富二代」、「中國足球隊」的嘲諷，則源自網絡文化中某種特殊情緒的宣洩。

2. 少數民族網絡群體的社會認同與「刻板印象」

通過分析維語網絡劇《石榴熟了》，我們需要反思的問題是：這部劇作在維語文化圈廣泛傳播，它所表徵的維族本土文化價值觀是什麼？和「非維族群體」共享的文化體驗是什麼？維族隱性文化對自我身份的認同又究竟如何體現並強化？社會認同意指「個體所獲得的群體資格（group membership）賦予他／她的某種情感和價值意義。」〔註 109〕「歸屬」感是心理學意義上的，體現於文化成員共享的道德準則、意義系統和符號框架。和社會認同形影相隨的是「刻板形象」的概念，該術語的含義常常指「對一個群體簡單、錯誤的信念。此類刻板形象的相關性在於公共演員可能會做一些讓我們相信 A 擁有某些特徵的事情，因為他們認為甚至當 A 的這種特徵並不具備普遍性時，A 所屬群團的所有成員仍然具備或者可能具備這些特徵。」〔註 110〕

關於「社會認同」與文化上的「刻板印象」，請看《石榴熟了》第一季中這個饒有趣味的例子：

【情境描述：弼士刀刀、白毛毛、阿娜爾罕等角色身著中學生衣飾，舉行吹牛比賽：用一句話表明自己特別有錢。】

白毛毛：我每天早晨從 328 平方米的床睡醒，是一件很痛苦的事情。

〔註 107〕〔英〕詹姆斯·柯蘭、娜塔莉·芬頓、德斯、弗里德曼《互聯網的誤讀》，北京：中國人民大學出版社，2014 年，第 151 頁。

〔註 108〕陳功、趙青林《網絡自製劇的傳播特徵分析》，《當代傳播》，2014 年第 6 期，第 102 頁。

〔註 109〕〔澳〕邁克爾·A·豪格、〔美〕多米尼克·阿布拉姆斯《社會認同過程》，高明華譯，北京：中國人民大學出版社，2011 年，第 9 頁。

〔註 110〕李凌達《字幕組「神翻譯」的跨文化傳播研究》，《國際新聞界》，2016 年第 6 期，第 70～72 頁。

學生甲：七年了，我一直用手機流量，完整觀看《新聞聯播》，天天都看。這習慣一直沒改變，看完《新聞聯播》就看《喜羊羊》，昨天就剛看完呢，《葫蘆娃》也是。

學生乙：我天天買足球彩票，並且只投中國隊，這個霸道啊！

弼士刀刀：我爸爸在內地賣切糕……

【情境描述：話音未落，眾學生跪下、做臣服狀，齊呼「這就是傳說中的切糕嗎？」】

在這個文本中，「看《喜羊羊》和《葫蘆娃》」基於影視文化語境，這是兩部貼近中國觀眾認知的影視劇。而觀看《新聞聯播》則是基於國家話語解讀的語境。《新聞聯播》已然成為民眾瞭解國家話語建構的重要渠道，代表中國大陸每晚 7 點所有上星衛視並機直播的媒介景觀。」〔註 111〕需要特別強調，「天價切糕」的笑梗基於「社會現象評論」的語境，以自嘲的方式、借用「天價切糕」事件來反擊某些內地人對維族的刻板形象。網民在會心一笑的同時，能深刻檢討自己的某些錯誤認知。

（三）結語：傳播效果反思

總體來說，和其他網絡自製劇一樣，《石榴熟了》呈現出平面化、去中心性、碎片化、互動性的傳播特徵。不同之處是，因為題材涉及大量維族的生活習俗、倫理道德，該劇得以影像的直觀形式定義形塑出一個維族的「現實生活世界」。儘管形態上呈現「碎片化」、「系列化」的特徵；結構上多元鬆散，兼具「模糊性」和「開放性」，劇作在文化認同和價值體認中表現出來的「現實指導意義」仍然值得認真總結與反思。

與承載「家國同構」文化理念的傳統少數民族影視劇不同，少數民族網絡自製劇力圖消弭主體背後恢宏的「家國」與「集體」，張揚「個體」的獨立意識。在摒棄傳統「偉光正」的敘述模式同時，以小人物的微觀世界表徵特定少數民族群體的「集體無意識」情緒和複雜的生存狀態。「但簡單標簽化的『身份指認』，再混搭上穿越、科幻、動漫等元素的剪拼重組，使網絡劇在意義維度上缺乏開掘。再加上網絡劇大多採用『視頻網站＋微信＋微博』的多平臺矩陣化的傳播模式，特定類型的網劇在社交媒體作用下進一步強化了特

〔註 111〕李凌達《字幕組「神翻譯」的跨文化傳播研究》，《國際新聞界》，2016 年第 6 期，第 70～72 頁。

定群體的結構化和圈層化，對於廣泛層面的價值認同與社會共識的搭建無疑形成了一種阻滯。」〔註112〕進而言之，少數民族網絡劇的廣泛傳播，會蔓生出一種特定的「少數民族亞文化」。相對於所謂的主流文化，這裡的「亞文化」傳播宗旨往往不是贊同和遵從，而是提出相反的意見，搜求在自己文化語境裏自我感覺的真相。因為承認某些問題上不可以兼收並蓄的分歧，在超越最膚淺的相似性時，必然出現文化模式和傳播模式的深層分歧。〔註113〕備受爭議、引起部分哈薩克族網民不滿的典型例證是第二季第七集的這個橋段：愚昧滑稽、蠢笨搞笑的人質烏那爾漢在劇中操著哈薩克語，而聰明的劫匪穆汗麥提與艾孜熱提艾力則在劇中講維吾爾語。兩相比較，似乎有影射哈薩克族人蠢笨之意。為此，某些哈薩克族網友抱怨，認為上述橋段是在嘲諷和抹黑哈薩克民族。本人就是哈薩克族的演員烏那爾漢辯解說：「我們在拍攝這部網絡自製劇時，根本沒有想到什麼民族問題。大家都是好兄弟，在中國傳媒大學同住一個寢室。絕對不會想到，你是哈薩克族，我是維吾爾族。」〔註114〕

網絡劇《石榴熟了》中也頻頻出現對於「官二代」、「富二代」、「小三」、「農民工弱勢群體」等社會現象的諷喻。「抵制／收編」、「社會分化和碎片化」、「解釋／表徵」三個主題構成了少數民族網絡劇的亞文化特徵。「該文化通過一種碎片化、複雜的方式被重新思考。通過由媒介所促進的網絡來觀察此文化，會發現少數民族複雜的身份是在日常生活中的展示被重新建構的。」〔註115〕正因為這樣，一方面我們鼓勵少數民族網絡劇中體現的價值多元、文化多元的民主理念；另一方面也需要有效引導其在國族認同、主流文化認同的軌道上良性健康發展。事實上，在現階段中國複雜的民族文化語境中，少數民族網絡劇應該「參加和促進社會的話語交流，提供某些思維上的刺激和話語的新模式，這種話語的多聲交流中，社會可能形成一些新的共識。由於這種共識的形成有一個社會刺激和反饋、討論的交往模式，它是有文化上的合法

〔註112〕顧亞奇、吳靜《網絡自治劇的題材、文本與價值分析》，《當代電影》，2016年第11期，第200頁。

〔註113〕邁克爾·H·普羅瑟《文化對話：跨文化傳播導論》，何道寬譯，北京：北京大學出版社，2013年，第10～18頁。

〔註114〕張喆，《新疆小夥伴拍的網劇〈石榴熟了〉其他省份的小夥伴也很喜歡》，〔EB/OL〕，澎湃新聞網（2016-04-8），http://www.thepaper.cn/newsDetail_forward_1450733。

〔註115〕〔英〕阿雷恩·鮑爾德溫等著.陶東風等譯，北京：高等教育出版社，2004年，第370頁。

性的，所產生的新文化是革命的、是理性的發展和新思維。」〔註 116〕我們堅信，作為風靡一時、流行網絡的微喜劇，《石榴熟了》在未來的發展過程中，不應該簡單停留在草根、無釐頭、興趣至上的大眾文化美學層面，而是應該用笑聲來超越現實社會的矛盾，以笑聲來表達本民族的自信和自由，並為國家族群認同、少數民族跨文化傳播作出貢獻。

圖 1-2-1　在新疆烏魯木齊街道，隨處可見象徵民族團結的《石榴熟了》宣傳畫

鳳凰衛視《名人面對面》欄目專訪《石榴熟了》主創人員節目片段

主持人許戈輝：「你覺得我們對於你們的誤解是什麼？我從小一說到新疆，馬上能夠聯想到的詞，就是能歌善舞。」

製片人海尼・託呼提：「不僅限於，因為大部分人見到我們就說，哎，你給我們跳個舞吧。這個我們遇到的次數太多了。但是音樂他們就給我們放一些那個廣場舞的音樂，那你根本沒辦法跳是吧？所以能歌善舞這個東西我覺得還是需要有環境和前提條件的。我覺得，維吾爾族有一個特色是被忽略掉的。就是我們維吾爾族天生是幽默細胞是非常強的。有一個『商量茶』的意思。就是有一兩個老人啊，他們如果有一兩個星期沒見，就會坐在一起打電話說，我們搞一個『商量茶』。雖然以商量為名，但是它會互相開玩笑，開得非常狠。就比如我們現場開一個玩笑，試一下行嗎？」

許戈輝：「另外，還有某種程度的誤解。我們總覺得，維族那個男性脾氣挺火爆的。」

〔註 116〕郝建《影視類型學》，北京：北京大學出版社，2002 年，第 379 頁。

海尼·託呼提：「就說發生在我們身邊的一件真實的事情。昨天我們去一家大公司，公司的名字我不說，去了以後，他們就在旁邊很小聲地對我說，你們怎麼看起來這麼凶？我想，可能我們長得和漢人是不同的。然後長相可能不同，你肯定就有一種距離感。然後，本來漢語就不是我們的母語對吧，可能有時候就不太願意去表達。表達不出來，我們就不說話了。其實，我們都是挺傷心的，都是挺傷心的。因為我們覺得，我們不是這樣的人。我們可能外表看起來確實跟大家不一樣吧。我們走在路上，很多人都奇怪，但是這不代表我們就和其他人不同吧。」

個案 1-2-2　文化全球化大背景下邊疆少數民族媒體認同訪談錄

馬傑（新疆巴音郭楞蒙古自治州回族，男，項目主持人所在學校環資學院研究生）：新疆的暴亂分子都是因為看了暴恐視頻，受人蠱惑。（2015 年 12 月 8 日，四川省綿陽市，宋西訪談並記錄）

外克力（新疆伊犁哈薩克自治州維吾爾族，男）：各民族間隔閡產生的原因有很多，主要是不瞭解與誤會。互聯網有積極、消極兩方面的作用，這是不可置疑的。互聯網時代，每個人都可以對同一事件發表自己的看法，部分偏激、片面的評論往往會導致矛盾增加，加深不同民族之間的隔閡。（2015 年 12 月 25 日，項目主持人所在學校，迪力夏提·居來提、文小成訪談並記錄）

ZM（四川省甘孜藏族自治州裏塘縣藏族，男，35 歲，商人）：我偶而看電視，一般看新聞節目，國內新聞、國際新聞、藏區新聞我都關注。如果要我評價新聞節目的真實性，我只能說有好有壞。我 7 歲時去了印度，我的哥哥和嫂嫂在那邊，上個月剛回裏塘縣。我會說藏語、英語、印度語，不會說漢語。雖然我的英語很好，但因為我沒有受過漢語教育，所以我在中國生活中一值遇到問題，我無法與別人用漢語交流，很麻煩，我感覺不會漢語什麼事都做不了。我還沒有成家，如果以後我有小孩，我會讓孩子學藏語和漢語。很幸運我是中國人，我在印度沒有遇到過什麼困難，如果印度警察找你麻煩讓你出示證件，你如果是中國人，就不會有問題。如果你是日本人、韓國人，你就遇到問題了，你必須乖乖地回答印度警察的問題。我在印度認識了一位很好的英語老師，他教導我一定要堅持看書學習。但是我過完春節不會去印度了，因為我覺得印度人不聰明，我不喜歡印度，也不喜歡那裡的食物，那裡吃雞肉也好，吃蔬菜也好，連喝茶都要加糖，我不喜歡糖，我喜歡酸的。

（2016 年 1 月 13 日，四川省甘孜藏族自治州，仁青卓瑪、宋西訪談並記錄，出於受訪對象的要求，課題組對被採訪者做了匿名處理。）

圖 1-2-2　2016 年 1 月 13 日，課題組在四川省甘孜藏族自治州裏塘縣甘訪談藏族商人 ZM（左一）

格興初（阿壩羌族藏族自治州馬爾康藏族，女）：通過媒體傳播，不同民族對彼此的瞭解更多、更全面了。媒體傳播的作用主要體現在人們思想的轉換，對於世界的交流加深後，思想也隨之轉變得更加廣闊開放。因為地理環境因素，我們生活在阿壩州裏面的人，從小看到的都是雪山草地，但是通過媒體傳播，我們看到了令人羨慕的都市生活，視野也就打開了。但是在看到都市的同時，發現都市裏的很多人沒有信仰沒有執著，沒有內心的追求，有時候會覺得自己有信仰很好，以前我都沒有仔細思考過信仰的好處。所以說媒體傳播讓我們看到了自己的不足，也讓我們更加堅定自己的信仰。（2017 年 7 月 12 日，項目主持人所在學校，王雅蝶訪談並記錄）

洛桑達瓦（四川省甘孜藏族自治州藏族，男，喇嘛，17 歲）：我最喜歡看美國好萊塢電影，我和其他喇嘛在房間裏牽網線就能上網看很多電影。（2016 年 1 月 10 日，四川省甘孜藏族自治州康定金剛寺，仁青卓瑪、宋西訪談並記錄）

YA（四川省甘孜藏族自治州藏族，男，喇嘛，22 歲）：我七年前來到金剛寺，目前在辯經班學習，我的偶像是韓國組合 BIGBANG，他們唱歌好聽。（2016 年 1 月 10 日，四川省甘孜藏族自治州康定金剛寺，仁青卓瑪、宋西訪談並記錄，出於受訪對象的要求，課題組對被採訪者做了匿名處理。）

旺加（四川省甘孜藏族自治州藏族，男，歌手，21 歲）：我很少玩網絡遊戲，玩過「穿越火線」，但是後來沒玩了。因為「穿越火線」的遊戲裏有個寺廟，你會看到活佛、達賴的雕像，玩遊戲的人可以槍擊裏面的雕像，我們非常氣憤。這就像把國家領導人放在遊戲裏被槍擊是一個道理，如果在中國就是把毛澤東等領導人的頭像放在遊戲裏被槍擊，中國人會同意嗎？我不知道這個遊戲是漢族開發的還是藏族開發的，如果我知道是誰開發的，我可以為了自己的民族跟他拼命，開發穿越火線遊戲的人是敗類，就算丟進油鍋裏炸死也死不足惜。（注釋：《穿越火線》是由韓國 Smile Gate 開發的射擊類網絡遊戲）（2016 年 1 月 12 日，四川省甘孜藏族自治州，仁青卓瑪、宋西訪談並記錄）

景毅（新疆烏魯木齊市漢族，女，新疆職業大學機械電子工程學院老師，36 歲）：國家有相應政策，不允許傳播暴恐音像視頻。很多「暴恐分子」之所以製造暴亂，就是通過這些視頻學習了技巧和經驗。新疆所有學生的手機和電腦，包括 QQ、QQ 空間在內的社交軟件，上面都是不能存儲、傳播、瀏覽暴恐視頻的，這是違法的，要判刑的。（2016 年 10 月 13 日，項目主持人所在學校東三教學樓，王雅蝶訪談並記錄）

麥熱豔（新疆喀什地區維吾爾族，女，超市老闆，33 歲）：我們現在很少看電視，主要用手機與外界接觸，電影在手機上看，有什麼節目也在手機上看，我們聽歌用「網易雲音樂」APP。我覺得手機比電腦方便，現在手機可以做到電腦大部分的功能，甚至平板電腦都沒有手機便攜，我認為手機算得上是主要的媒介形式。我採購貨品都在手機上完成，買家和賣家不用考慮對方的民族、性別和年齡，只要對雙方有利，生意就能做成。每個民族都有自己的語言，就連南疆與北疆的方言口音也不同，我們和內地人溝通更不方便，但是在手機上打字就容易多了，有些時候我們甚至不用溝通，就能完成交易，太方便了。（2017 年 8 月 1 日，新疆喀什地區巴楚縣，沙德克・艾克熱木訪談並記錄）

達尼亞爾（新疆喀什地區維吾爾族，男，待業，25 歲）：我喜歡看電影，我認為中國電影和好萊塢電影相比，差距比較大。張藝謀拍的《長城》，雖然有好萊塢演員和特效組加盟，但是電影的情節和細節都不如國外同等投入的電影，但是中國電影在編劇方面的進步很大。在我看來，以情節為主的電影，不需要大場面，比較真實就行，比如電影《從你的全世界路過》、《七月與安生》和《驢得水》，這些電影很感人，給我的印象很深刻。從特效來講，魔幻的電影就不太成功，郭敬明拍的《幻城》和《阿凡達》、《指環王》就無法相提並論。我們的電視劇《愛情公寓》都是模仿美國電視劇《老友記》，現在發展太快了，我們剛上大學那會兒，網絡電視劇和網絡綜藝節目都很少，現在多了起來，我看過情景喜劇《屌絲男士》和《石榴熟了》，很好笑。

我最近在看選秀節目《中國有嘻哈》，很火，我覺得中國在網絡節目製作方面的進步很大。我不會專門坐下來看《新聞聯播》，我喜歡上網看短新聞，比較簡單易懂。我平時會關注媒體，現在生活方方面面都離不開媒體，我接觸的媒體有手機、電腦、電視和廣播。現在新疆民族團結工作非常重要，我覺得媒體對民族團結有好的影響，也有壞的影響，由於國家管控著新疆媒體，所以好處要大於壞處。像美國這樣的自由民主國家，他們的媒體不受政府監管，就會出現很多種族歧視的現象，白人利用電臺歧視黑人，黑人利用雜誌、報刊來抗議白人，很不和諧。但是在中國，尤其在新疆，政府管理媒體的工作做得很好，這樣有助於民族團結。

在我看來，媒體不利於民族團結更多地體現在新媒體領域，新浪微博上比較多，由於新浪微博不是實名製，所以有很多專門罵人的用戶，評論區烏煙瘴氣。上次我看到中央電視臺主持人尼格買提·熱合曼的微博評論區，就有一些用戶說了不好的話，侮辱我們民族的知名人士，如果維吾爾族微博用戶看到這些肯定會生氣，這樣不利於民族團結。現在的年輕人都喜歡用 QQ、微信和微博這類社交軟件，我用 QQ 和微信來聊天，用微博來看新聞，瞭解每天發生的新鮮事。我經常在 QQ 空間、微信朋友圈看到很好的一些文章，還有微博博文，還是有許多好的博主在發一些對民族團結很有利的文章，轉發一下能讓更多的人看到，我們都是在轉發正能量。（2017 年 8 月 3 日，新疆喀什地區巴楚縣巴楚鎮，沙德克·艾克熱木訪談並記錄）

圖 1-2-3　2017 年 8 月 3 日，課題組在新疆喀什地區訪談維吾爾族居民達尼亞爾（右一）

艾合買江・艾拜迪拉（新疆烏魯木齊市維吾爾族，男，微信公眾號「新疆生疆外足跡」創始人，24 歲）：我上大學的時候，開始玩微信公眾號。2014 年 3 月，我創建了微信公眾平臺「新疆生疆外足跡」，專門為新疆籍內高班的學生服務。微信公眾平臺創立的目的是為新疆籍的學子傳遞正能量，三年多來已經擁有超過 3 萬粉絲。十幾歲的孩子離開父母，赴異鄉求學，多少都會遇到困難與迷茫，微信公眾號「新疆生疆外足跡」希望對孩子進行教育和引導，我們每晚都會推送「疆外之星」系列文章，展示優秀新疆人的故事，以此來勉勵孩子，告訴他們並不孤獨，這類新媒體短文，很受孩子們歡迎。文章會影響孩子，哪怕是一句話，孩子們會進行反省，萬一他們走錯路了，當他們看到正能量的人，就會找到自己的方向和動力。如果有孩子過節回不了家，我們會在微信群「疆外之家」陪他們過節。通過微信公眾號「新疆生疆外足跡」，我們積極聯絡在內地工作、上學、創業的優秀新疆籍青年，互粉互動交朋友，在聯誼交友中培育感情、增進友誼，團結引領更多的新疆籍網民在線下爭做好人好事，在線上積極發聲，廣泛傳播新疆好人好故事，營造有利於新疆社會穩定和長治久安的網上輿論氛圍。

目前已有兩名新疆足球隊隊員進入國足，我們計劃為微信公眾號「新疆生疆外足跡」增添新疆足球的內容，我希望這樣的調整能為國足提供一份力量，用體育精神促進民族團結。今年暑假，新疆教育廳組織開展了萬名新疆籍學生回鄉發聲亮劍宣講活動，能夠對有恐怖主義思想的人起到警示作用，我希望能再做細緻一點、精準一點，讓更多人擦亮眼睛。在我看來，「亮劍」活動是政府層面為了提升老百姓的國家認同，這是一種大方向的指引，具體的教育可能就需要媒體去做了，雖然方式不同，但目的都一樣，基於目前新疆局勢的大背景，讓同胞們盡快建立和加強國家認同。（2017 年 8 月 4 日，新疆烏魯木齊市，馬爾江・那巴克訪談並記錄，注：艾合買江・艾拜迪拉入選 2015 年度「百名網絡正能量榜樣」，該活動由中國互聯網發展基金會主辦，人民網承辦。）

小結：以上採訪個案展示出少數民族觀眾具有充分價值的不同聲音。諸如「令人羨慕的都市生活與都市人缺乏信仰與執著之間的困惑」、「對『穿越火線』電子遊戲中褻瀆藏傳佛教行為的憤慨」，「美國好萊塢電影在藏區喇嘛中的流行」、「《新聞聯播》等主流媒體的新聞節目在少數民族觀眾中缺少公信力與傳播力」、「新媒體領域出現眾多不利於團結的言論」等與主流認識不同的觀點。乍看起來，這些交織著不同風格、源自不同語域的聲音似乎在噴湧著一場「獨自演說」的個體宣洩。他們在互相牴牾、無共同性的布局「異位」中形成喧囂的雜音。我們清楚地認識到：用滲透著意識形態的形式手段解決矛盾衝突與激烈對抗，其效果可能恰恰與初衷背道而馳。需要反思的問題是，如何刺激國族融合？形成「對話」的意義何在？對於「百名網絡正能量榜樣」艾合買江・艾拜迪拉的採訪，讓我們相信他所說的「利用『疆外之家微信群』，在線上積極發聲，廣泛傳播新疆好人好故事，營造有利於新疆社會穩定、長治久安的網上輿論氛圍」，一定能付諸實踐。因為在國家法律政策允許的前提下，將「主體話語權利」適當易位並發散到整個影視作品創作中，應該實踐可行。唯有如此，各抒己見、針尖麥芒、眾口交議所形成的莫衷一是才可能化解，最終形成一種真正意義的「大型對話」。真誠的溝通交流才可能彌散於開闊的邊疆地域，滋養芸芸眾生、萬物生靈。

第二章　意義重建、轉譯與邊疆少數民族認同：以電視媒介為例

導　言

從某種意義而言，電視同人類所創造的其他任何媒介一樣，在塑造我們的個體身份同時也構建出一定的社會狀態。通過電視媒介的中介化，各族群的公共記憶將直接強烈影響國族的社會認同。這個過程是媒介意義轉譯和重建的過程，也是受眾認同塑造的心理機制得以創設的途徑。一如大衛·麥克奎恩所言：「觀看電視的個體和群體可能成為像《無名博士》（Dr. Who）或《星際旅行》（Star Trek）等某個特定節目的執迷觀眾。觀眾也可以根據他們所消費產品的類型或模式來界定——比如，體育節目或肥皂劇的觀眾。最後，觀眾還可以根據他們的『社會定義』——他們的年齡、性別、階級、種族、性傾向、生活方式等來分類。」〔註1〕由此不難發現，通過電視媒介傳播塑造少數民族真實形象，發揮電視媒介「中介化」的屬性，不僅涵蓋了傳統層面上的少數民族文化，而且讓電視媒介所傳播、重構、轉譯的意義成為少數民族理所當然的、必然存在的「新」習俗。「從某種程度而言，該溝通形式激活了受眾的歷史公共記憶，形塑完成其國家認同與認知價值。」〔註2〕

〔註 1〕〔英〕大衛·麥克奎恩《理解電視》，北京：華夏出版社，2003 年，第 163 頁。

〔註 2〕邢虹文《電視、受眾與認同：基於上海電視媒介的實證研究》，上海：上海交通大學出版社，2013 年，第 103 頁。

新時期以來（以 1978 年為界），承續社會主義理想、引進西方現代化技術想像，在民族——國家現代性的追求當中，最具影響力、最能和大眾化色彩的社會轉型相匹配的傳媒無疑是電視。社會主義社會的結構框架要求政府對大眾傳媒強力干預，形成政治與經濟雙重影響電視的局面，「管制者的大眾傳媒理念及圍繞它所制定的一系列政策、法規、都直接決定著電視節目呈現的趨向……他們製造的電視影像，賦予民族——國家認同正反兩方面的力量，任何一種力量的忽視，都可能導致中國現代性向其反面偏移。」〔註 3〕通過電視傳媒，只要傳播策略得當，管制者（宣傳者）即使把自己的後臺行為展示給觀眾，也不會降低宣傳效果，反而強化受眾的認同感。「宣傳不僅成為日常生活中見慣不怪、理所當然的現象，而且具有正面的意義，這一現象緣於中國獨特的宣傳語境，它從側面說明了 1949 年以來宣傳社會化、社會宣傳化的成功。」〔註 4〕由於電視語言的直觀性，藉助其所營造的歷史藝術語境，管制者能夠便利地基於自身道德、政治考慮而建構符合自身利益的意識形態話語。作為想像共同體的「國族」置身經濟、政治兩種格局之中，自然成為兩種支配領域所競爭的對象；另一方面，與本民族宗教文化傳統血脈相連的各少數民族受眾，作為傳統的邊緣弱勢群體，也在媒介傳播過程中歷經深刻的角色轉變，其認同歸化的轉變歷程可視作新中國新形勢下、社會主義新形態的重要表徵。

第一節　邊疆區域性民族問題與電視「認同意義」的系統重建

一、新時期邊疆區域性民族問題

如前文所述，在「泛市場化」全球消費主義的背景下，邊疆少數民族受到消費社會文化邏輯的作用，既和主流人群一樣有物化和異化的趨勢，又因為傳統宗教文化的影響，極易產生價值觀的混亂和迷失。在全力擁抱商品經濟的浪潮中，傳統的少數民族宗教文化似乎淪為「東方主義」的幻影（「比如

〔註 3〕海闊《媒介人種論：媒介、現代性與民族復興》，上海：中國傳媒大學出版社，2008 年，第 146 頁。

〔註 4〕劉海龍《宣傳：觀念、話語及其正當化》，北京：中國大百科全書出版社，2013 年，第 261 頁。

現在已經被當地政府正式改名為「香格里拉」的雲南藏區中甸，被冠以西方人想像的名號，目的不過是招徠遊客」)。「關於西藏的神秘主義想像現在變成了商品拜物教的標誌，成為中國社會對於東方主義的再生產。」〔註5〕依照統治階層的理想規劃，邊疆少數民族與其他社會成員一樣，需要得到處於支配地位的媒介和「主流」(mainstream) 文化品位的引導。事實上，邊疆少數民族地區往往是經濟不發達的落後疆域。面對嚴苛的社會現實，他們很難認同主流媒體宣傳的意識形態理念，這反過來也導致其尋求文化表達空間的狹隘和焦慮，最終無從找尋到一個自認為安全的、重要的、熟悉的媒介符號環境。〔註6〕另一方面，在國族認同的歷史進程中，不同的符號也會對邊疆少數民族的「國族認同」產生或消極、或積極的歷史影響。「一定程度上，群體性認同總是和一定『集體性歷史記憶』有關，而這種符號又在『集體性歷史記憶』的維持、傳承和激發中具有重要功能……值得警醒的是，作為『中國』的『集體性歷史記憶』的符號的毀滅已成為一個嚴重的問題。」〔註7〕在這樣複雜的全新形勢下，電視媒介已然在重建傳媒意義系統當中成為建構國家認同的核心媒介。由此，邊疆少數民族電視節目在包裝形式、表達內容、敘事方式等方面都值得做出全面總結。

地域性民族問題最為尖銳的地區為新疆和西藏。這兩個地區少數民族人口高度密集，西藏的藏民占94%以上，新疆的南疆三地維族居民也超過90%；上述地區有著久遠深厚的宗教文化，因而面臨的民族關係問題、民族發展問題有著自身獨特的區域性特徵。西藏的民族發展問題主要表現為藏族流動人口收入低於漢族流動人口、城鄉差距拉大、農牧民收入偏低、城鎮居民收入增長緩慢。缺乏自我發展能力，人力資本存量不足。而新疆的民族發展問題主要表現如下：「經濟發展滯後、經濟結構不合理、區域發展不平衡、生態脆弱，結構性缺水、人才嚴重匱乏、資源開發與利益分配問題凸顯、少數民族文化適應力與文化多樣性保護問題。」〔註8〕相較西藏地區，新疆的不穩定因

〔註5〕汪暉《東西之間的「西藏問題」(外二篇)》，北京：生活·讀書·新知三聯書店，2014年，第38頁。

〔註6〕丹尼斯·麥奎爾《受眾分析》，劉燕南、李穎、楊振榮譯，北京：中國人民大學出版社，2006年，第117頁。

〔註7〕何博《我國邊疆少數民族的『中國認同』及其影響因素研究》，北京：中國社會科學出版社，2014年，第205～206頁。

〔註8〕王懷超、靳薇、胡岩《新形勢下的民族宗教理論與實踐》，北京：中共中央黨校出版社，2013年，第29頁。

素更為嚴峻，體現為「貧富差距分化、體制內外不同差距明顯、少數民族之間因為水及草資源引發糾紛等成為影響新疆民族關係的主要經濟因素；人口結構變化和社會流動帶來的社會管理問題和就業難題日益突出；民族與宗教交織產生的影響增長，民族的宗教性不斷彰顯，帶來的是突顯各自民族的差異性，模糊各民族的共同性，極大地影響了區域內的族際交往；大眾意識中的『民族類分、區域劃界』成為隱憂；國際和周邊區域性民族問題的影響增強；意識形態領域中『泛伊斯蘭主義』和『泛突厥主義』雙泛思潮影響仍然存在。」〔註 9〕

要有效形成國族認同，不同民族間的「涵化」（Acculturation）十分重要，「涵化」意味著兩個或兩個以上不同文化體系間持續接觸、影響而造成的一方或雙方發生的大規模文化變異。〔註 10〕一般說來，「族際婚姻被普遍視為測量群體間距離的主要指標。大量族際婚姻的存在會降低民族認同，並促進不同群體的交往。這對於種族融合甚至國家一體化的進程都產生重大影響。」〔註 11〕邊疆地區現實的困境在於受到各民族文化、社會狀況的影響，民族間的族際交往較弱、民族分界意識較強，直接影響了民族群體間族際婚姻的發生。如果將反映不同族群文化交融的公共電視節目比作一次聯姻的話，那麼在現實語境下其面臨的挑戰和困難顯而易見。

二、少數民族電視節目的「中介化」與有效擬態環境的建構

電視媒介意識形態的「中介化」其實是所有媒介的共同屬性。對於大眾傳媒而言，其最基本的功能在於被受眾利用，成為信息傳播的介質與工具。

〔註 9〕主要表現為「『7.5 事件』前後，烏魯木齊南部天山區舊城及城鄉結合部，無戶籍無固定居所、無穩定職業的人員達 30 萬。7.5 事件中，參與者 80%是改革開放後出生的維族青年，這些人在事件中對無辜群眾的殘忍行徑，從另一個側面說明了民族居住場所、學習場所隔離的嚴重危害。2009 年，喀什地區維族人口占 91.3%，和田地區占 96.3%。新疆貧困人口主要分布在維吾爾族人口最集中的和田、喀什、克孜勒蘇三個地州的 19 個縣市，占新疆貧困人口的 88.35%，少數民族人口聚居與貧困人口分布高度集中，對構建和諧的民族關係、促進經濟發展和社會進步十分不利。」王懷超、靳薇、胡岩《新形勢下的民族宗教理論與實踐》，北京：中共中央黨校出版社，2013 年，第 30 頁。

〔註 10〕林耀華主編《民族學通論》，北京：中央民族大學出版社，1997 年，第 397 頁。

〔註 11〕李曉霞《新疆民族混合家庭研究》，北京：社會科學文獻出版社，2011 年，第 29 頁。

如果注意到傳播的符號學／語言學編碼本質，我們就不會誤入一個閉合的、形式的符號世界中輪轉；而是展現出這樣的一個迷人領域，引發受眾共鳴的「潛在」文化內容在其中得到有效傳播。「展現出符碼和內容相互作用以從一種框架向另一種框架轉換意義，因此把一種文化中被壓制的內容以『喬裝打扮』的形式帶出水面……電視處理的對象不是『無所不包』，而是一個譜系：不是『純粹抽象』，而是有著各種各樣的視覺表徵，這些表徵為一般觀眾創造出各種各樣的視覺之謎：比如卡通，某些圖表，運用不太為人熟知的規則如攝影或電影剪輯等。因為圖像符號如此『自然』和『透明』，它就可能支持『誤讀』。觀眾產生錯誤的原因不在於他們不能從字面上解碼符號（圖片如此一目了然），而是其高度『自然化』誘使觀眾『誤讀』了圖片的意指對象。」〔註 12〕這裡之所以出現「誤讀」，不僅與電視符號意義創作者的「編碼」能力有關，更與受眾對電視媒介的「使用與滿足」相互關聯。媒介與受眾的雙向互動應該追求一個良性互利的傳播效果：「受眾從媒介中能動的建構出自身意識層面的現實世界。」〔註 13〕電視媒介與受眾之間的「擬態環境」或源於對客觀事實的創造性的想像，或出於偶然發生的事實，加上傳播者與受眾相互的「選擇性理解」、「選擇性記憶」與「選擇性回憶」，最終鍥入而為人與環境之間特殊的「擬態環境」。「這裡的『虛擬環境』不能簡單理解為製造謊言，而是指對於客觀環境的描摹。從一定意義而言，『虛擬環境』本身就是人類創造出來的。」〔註 14〕受眾對於電視所提供信息的解碼和解讀，或為「妥協式」、或為「對抗式」、或者是理想狀態下的「全盤接受」；而電視信息傳播者或以「主導——霸權式」對待受眾，或以「宣傳誘導式」發布傳遞信息。由此，「媒介的『中介化』可視為傳者和受眾進行權力角逐和鬥爭的實踐過程。」〔註 15〕少數民族電視節目的仿真性和模擬性塑造出了比真實本身還要真實的「超級真實」，在改變受眾「看」的方式的同時，也改變了少數族裔的文化與社會環境。

〔註 12〕〔英〕斯圖爾特·霍爾《電視話語中的編碼和解碼》，蔣寧平譯，選自張斌、蔣寧平主編《電視研究讀本》，上海：上海交通大學出版社，2014 年，第 113 頁。

〔註 13〕邢虹文《電視、受眾與認同：基於上海電視媒介的實證研究》，上海：上海交通大學出版社，2013 年，第 103 頁。

〔註 14〕〔美〕沃爾特·李普曼《公眾輿論》，閻克文、江紅譯，上海：上海世紀出版集團，2006 年，第 12 頁。

〔註 15〕邢虹文《電視、受眾與認同：基於上海電視媒介的實證研究》，上海：上海交通大學出版社，2013 年，第 104 頁。

（一）邊疆少數民族國族認同構建的重要基礎：電視媒體集體記憶的形塑

少數民族電視節目在「中介化」的過程中，承擔著構建形塑集體記憶的重要功能。事實上，邊疆少數族裔的認同變遷或者族群邊緣變化，與其族群歷史記憶的易變性一致。最為極端的例子是「結構性失憶」，「將人們所相信的『過去的事實』視為在當前社會現實下被爭辯、遺忘、改變的記憶。改變共同的祖先記憶，來接納新族群成員或讓部分成員從一族群中分離除去，如此由改變歷史記憶來造成族群認同變遷，這現象發生在游牧社會中遠比在定居社會來得頻繁、容易。人們時時要為自身的生存作出抉擇，因此不能被束縛在各種政治、社會或族群認同之中。」〔註16〕這個觀點給予我們如下啟發，基於血緣和認同的移入，加之文化表徵的展演，消弭文化與種族認同偏見自有其可能的基礎。所謂人們記錄的「真實歷史」，往往是選擇性的、重組的、甚或是再造的「過去」。當然，在不同的「歷史心性」下，這種「歷史」也許並不為族群所認同。「『歷史心性』乃流行於某一群體中的團體或個人歷史記憶，群體賴其形成建構『過去歷史』的心理構圖模式。在『歷史心性』下，族群認同與區分得以改變或者強化（這也同時造成了『歷史心性』本身的與時俱進），藉此機會一部分人群得以適應當地的自然生態與社會文化環境變遷。」〔註17〕這也可以解釋在民族關係融洽的時期，會出現羌漢、藏漢「相同弟兄祖先之後裔」的神話傳說；反之，在民族關係緊張之際，則會盛行凸顯「我群」概念的故事，在這樣的傳說故事中，少數民族與漢族的歷史與地理概念變得涇渭分明。

從「歷史心性」這個意義而言，媒介在為少數民族「國族認同」提供現實資源的同時，也以特有的方式集體想像、集體實踐、集體締造對本「國族」而言有歷史意義的行動。毫無疑問，在諸多媒介中，電視節目以其直觀的影像、富於衝擊力的畫面，在建構公共記憶當中承擔著十分重要的職責。通過各種類型的電視節目，對於不同影像創造性的選擇、剪輯、渲染、強調，少數族裔的思想或主動、或被動地被改編入主流的社會歷史記憶。其傳播效果呈現或解構、或重構、或消解、或強化等多種可能性。當然，這種主流話語帶有一定的強迫性、霸權性（從公民的角度而言，則要求同一國族的公民以憲政

〔註16〕王明珂《父親那場永不止息的戰爭》，杭州：浙江人民出版社，2012年，第134頁。

〔註17〕王明珂《羌在漢藏之間——川西羌族的歷史人類學研究》，北京：中華書局，2008年，第201頁。

為基礎，當與憲法相悖的情形下，必須擯棄犧牲本種族之利益）。個人記憶通過電視媒介凝聚而為族群記憶；與此同時，對於族群記憶的媒體再現又能影響個體記憶，強化個體對於本族群乃至國族的認同心理。由此看來，在各少數民族與主體民族的文化融凝過程中，如何藉助電視媒介，有效協商、合理妥協影響少數民族認同感的變遷，具有不可小覷的重要學術意義。我們試由以下具體階段作出分析。

1. 電視信息的輸出階段：媒體的價值觀呈現

較之其他傳統媒體，在呈現所謂「隱喻性世界」、引領受眾形成共同「歷史心性」的過程中，電視媒介以其即時互動與直觀逼真而無法替代。依據道格拉斯·凱爾納所言，電視媒介所營造的「媒體奇觀」正在潛移默化中改造當代政治生態與社會文化生活。在銀幕和屏幕上展現的政治和社會衝突日益增多，包括聳人聽聞的兇殺案，恐怖襲擊、名人和政客的性醜聞。「一方面，媒體文化占居著受眾日益增長的時間精力；另一方面，也為他們提供了幻影夢想、行為模式、思維方式與認同身份的基本原材料。」〔註 18〕在邊疆少數民族生活的現實世界中，主流電視媒體提供的信息不間斷地傳送，得以成功形塑出與現實世界相互呼應的「擬態世界」。通過潛移默化的方式，這個「虛擬世界」在為少數民族提供精神體驗的同時，讓主流價值觀和主體意識形態融入少數民族的「歷史心性」。最終引導其成功建構一體化的國族認同觀。然而，在現實的傳播過程中，這始終只能是一個帶有烏托邦色彩的理想化模式。因為少數民族天然的宗教文化特殊性，無論少數民族電視綜藝節目、少數民族電視劇，抑或少數民族電視新聞節目，其製作過程永遠無法保障與少數民族特殊的價值觀完全同步。如果低估了少數民族文化價值觀對於主流文化價值觀的抵制，一廂情願地以主體民族霸權主義「征服者」的姿態呈現節目形勢，要想達成國家認同只能是癡人說夢。「社會文化始終是一個充滿征服與抵抗、壓制與鬥爭、同化與異化的競技場。」〔註 19〕更何況隨著互聯網多媒體技術的出現，邊疆少數族裔越來越擁有更多渠道接近海外敵對政治勢力、宗教勢力的電視節目。這讓主流電視媒體所倡導的民族觀、國家觀難以在少數

〔註 18〕〔美〕道格拉斯·凱爾納《媒體奇觀：當代美國社會文化透視》，史安斌譯，北京：清華大學出版社，2003 年，第 1 頁。

〔註 19〕〔美〕道格拉斯·凱爾納《媒體奇觀：當代美國社會文化透視》，史安斌譯，北京：清華大學出版社，2003 年，第 37 頁。

民族受眾群體中產生理想的媒介效果。若要有效滿足少數民族受眾的社會文化需求，其引領的輿論導向、需要在「主旋律」價值觀凝練、傳播策略設計等諸多環節加以認真思索，最終有效提升電視媒體的公信力。毋庸諱言，全球化不僅嚴重衝擊著中國民族國家的制度，也帶來了邊疆地區敏感的種族關係（如「烏魯木齊 7.5 事件」中的漢維關係、「拉薩 3.10 事件」中的漢藏關係）。如果主流的電視媒介傳播策略失當，「處於弱勢的少數族群會感覺受到主流社會和政府的歧視，那麼他們的國家認同就會被削弱，甚至喪失對國家和政府的信心，從而促使他們更加注重族群的身份認同……從族群轉變成民族，少數民族便會尋找在族群文化、族群經濟、族群政治的獨立，這樣民族國家就會面臨分崩離析的嚴重後果。」〔註 20〕在敵對勢力的境外電視臺看來，中國邊疆地區之所以民族問題頻發，在於邊疆少數民族的兩難抉擇：「他們抑或被動接受主體社會所擬定的文化、經濟、政治制度，難以保留本族群特色；抑或對主流社會全盤認同，放棄本族群的生存權而選擇一條被完全同化的道路。」〔註 21〕顯而易見，邊疆少數民族對於上述兩種選擇都無法接受。至於境外電視媒體渲染強化的傳播效果，也只會是刺激強化少數民族對本族群地位的過度敏感、狹隘民族意識極度膨脹；從而割裂族群間的有機紐帶、走向政治自決的不歸之路。

2. 電視信息的接受階段：少數民族觀眾的解碼過程

從少數民族電視節目開播，少數族裔受眾即開始一系列複雜的關注、選擇、解碼、轉譯的過程。少數民族受眾作為電視媒介所面對發言的無名個體與群體，如何正確理解他們，也是理解媒介化社會中被「受眾化」的電視媒介本身的正確路徑。電視信息要想有效發揮作用，提高收視率、引發觀眾的關注是首要的關鍵。關注可以分為無意關注和選擇性的關注，電視信息的有效傳播更多與少數族裔受眾的選擇性關注相關。依照「使用與滿足理論」的觀點，觀眾往往「會傾向於選擇那些自己感興趣，並且支持自己文化信念與政治宗教價值觀的電視節目。」〔註 22〕因此，在特定的歷史語境下，少數民

〔註 20〕彭偉步《新馬華文報文化、族群和國家認同比較研究》，廣州：暨南大學出版社，2009 年，第 212 頁。

〔註 21〕彭偉步《新馬華文報文化、族群和國家認同比較研究》，廣州：暨南大學出版社，2009 年，第 220 頁。

〔註 22〕邢虹文《電視、受眾與認同：基於上海電視媒介的實證研究》，上海：上海交通大學出版社，2013 年，第 112 頁。

族觀眾往往會選擇注意那些與自己宗教信仰、價值觀、個人愛好相一致的部分，而同時有意識迴避忽略和自己政治價值觀、宗教文化信仰相互衝突的部分。在少數民族電視節目影響其認同的過程中，文化關注是重要核心一環。少數民族觀眾選擇性的關注與他們所表徵的文化認同焦慮密切相關。如果從文化人類學的角度來加以考察，承載主流價值觀的電視節目總是力圖以傳播中華國族文化為歷史使命；而邊疆少數民族觀眾受到本族群生活習俗、節日儀式、宗教文化價值觀的影響，則通常傾向於認同和本族群價值觀相濡以沫的電視節目。少數民族電視節目創作者擔心之處在於，倘若過多渲染少數民族宗教文化、語言文字等等少數民族元素會加劇少數民族的離心力；而相反的情形是，少數族裔受眾則會認為電視節目所表徵的本族群認同匱乏，產生文化人類學意義上的焦慮。這種焦慮是基於電視節目對本族群日常生活、宗教傳統、節日儀式等方面呈現缺失的焦慮。上述日常生活的文化危機（電視信息接收階段少數民族受眾的解碼不當是其中重要的表現）導致了整個中華民族文化的身份認同危機。〔註 23〕

具體而言，如果少數族裔受眾注意到少數民族電視節目所傳遞的價值觀，需要滿足以下條件：傳播主體所供信息強度數量須達到傳播受眾所必需當量；少數民族受眾之文化歷史經驗、先天價值觀對信息的認知解碼能力以及其本身獲取知識的動機強弱、身體精神狀態。〔註 24〕概而言之，傳播者（電視節目製作者）在表情達意時，需要亮明自己主體身份的價值觀；此外，傳播者需要有意識地積極修正甚至創造少數民族觀眾客體的「身份語境」。只有該語境得當適宜，傳播者與接受者（少數民族觀眾）之間的傳通才具備某種現實意義。少數民族觀眾只會對那些與他們「歷史心性」相互一致的電視圖像產生認同的心理體驗。但通常的情形是，當少數民族觀眾用電視畫面去比對複雜多義的現實世界之時，他們所追求的價值觀往往並不容易實踐。因此，在少數民族觀眾甚至對確定的善惡標準都無法理會的情形之下，電視節目製作者（傳播者）如何有效突出放大、正確引導觀眾認同與自己價值觀相互一致的觀念成為重要課題。最理想的效果是，擯棄僵化枯燥的宣傳話語，真誠使

〔註 23〕顏春龍《華人傳媒與文化認同：21 世紀初〈聯合早報〉研究》，北京：華夏出版社，2008 年，第 107 頁。

〔註 24〕邢虹文《電視、受眾與認同：基於上海電視媒介的實證研究》，上海：上海交通大學出版社，2013 年，第 112 頁。

用打動觀眾心靈深處的電視畫面，有效超越少數民族受眾的歷史心境，重塑其中國公民、中華國族與中國道德倫理觀。最終，邊疆少數民族觀眾徘徊游離的民族身份、曖昧不清的價值觀，以及他們與主體民族之間的猜忌隔閡都能得到修補，並重返（傳播者）電視節目製作者所引導的正途。〔註 25〕我們試圖對於少數族裔受眾的解碼流程、評價流程、得出結論流程作一圖示：

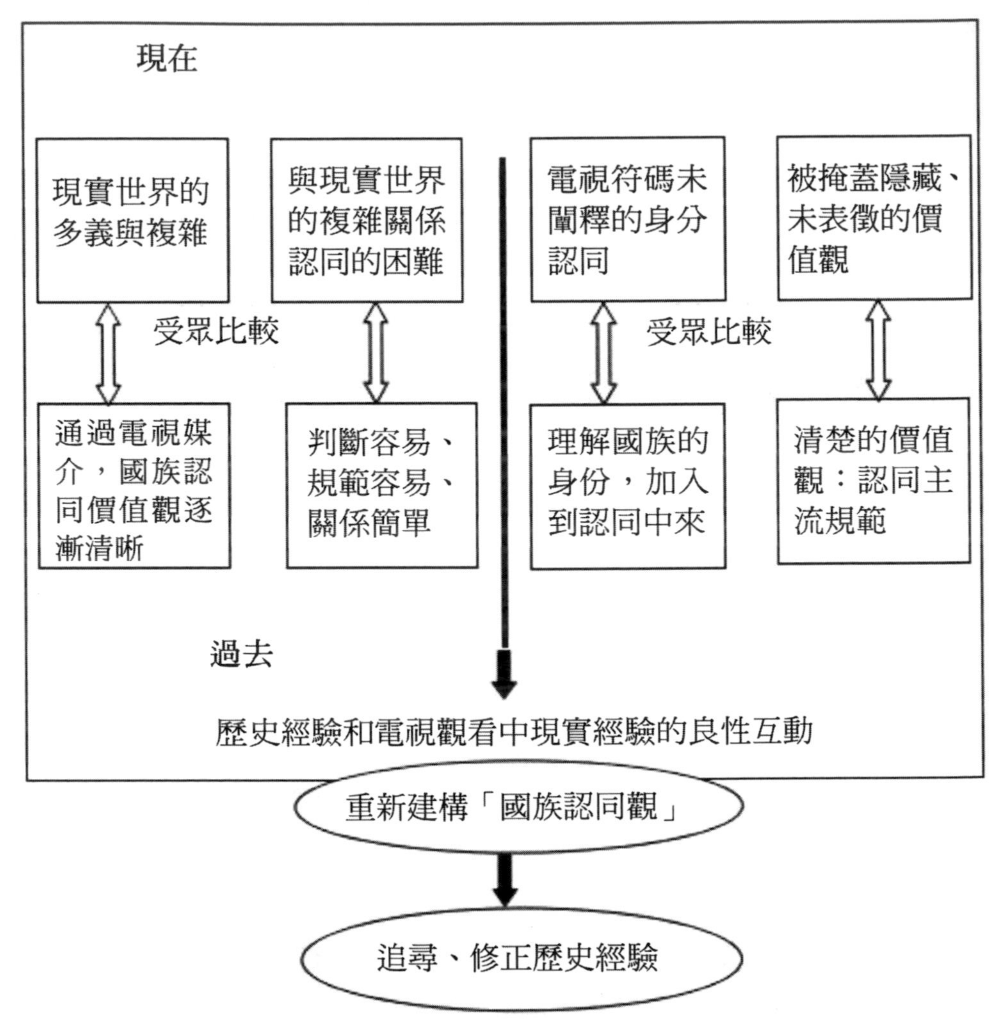

圖 2-1-1　少數族裔受眾的解碼流程、評價流程、得出結論流程

3. 歷史記憶與國族認同：少數民族受眾觀影意義的「再生產」

事實上，少數民族電視節目的傳受過程是一個少數民族受眾觀影意義的

〔註 25〕〔法〕阿萊克斯．穆奇艾利《傳統影響力——操控、說服機制研究》，北京：中國傳媒大學出版社，2009 年，第 130 頁。

「再生產」過程，是傳受者對於傳播過程主導權博弈的過程，亦是主流意識形態共識與國族認同形塑的媒介過程。少數民族受眾可以視作一個無常易變的群體，電視節目的創作者試圖以特定的電視符號形象來把握他們的需求。然而需要特別提醒，少數民族受眾在消費節目的過程中，會使節目意義在或增或減的同時發生變形甚至扭曲。一如戴維．莫利所言：「媒體對受眾起到『麻醉』而非「喚醒」之作用。」〔註 26〕這就是所謂「麻醉性功能失調」(narcoticising system)，少數民族受眾將電視媒體視為「麻醉劑」或者「儀式」，「對於他們大多數人而言，在大多數時間裏，他們並不清楚接受信息後，自己能做些什麼；事實上，對於大部分收看新聞的人來說，新聞就是『目的本身』(end-in-itself)，並且成為一種『暢銷商品』，新聞很難影響政治控制和經濟決策。」〔註 27〕換而言之，在許多少數民族受眾看來，特定節目是給特定的人觀看的。這些特定人群能經常地感覺到與更大規模的社會之間的關係，而對於作為普通觀眾的他們，卻沒有信心感覺到這種關係的存在。在少數民族受眾眼裏，電視節目製作者無論以何種風格呈現節目，都始終不過是在變換代理人的方式而已。

對此，通過對電視媒體傳播效果的定量研究，有研究者得出以下結論：

> 在少數民族『受眾意義』再生產的過程中，邊疆地區不同族裔所體現的「國家意識」亦不盡相同。數據結果顯示，維吾爾族觀眾國家意識顯著高於藏族，國家意識在性別、年齡、家庭收入上不存在顯著差異。
>
> 對國家意識的進一步回歸分析（stepwise 方法，R=0.380，R Square=0.144，Adjusted R Square=0.318，F=24.016，df=4，sig=0.000）顯示（圖 2-2），除了科教節目外，其他各類節目均對國家意識有較為顯著的影響，其中廣告節目對國家意識影響最大，但它卻是負面影響，影視節目也有一定的負面影響；新聞和娛樂節目對國家意識有較強的正面影響。〔註 28〕

〔註 26〕〔英〕戴維．莫利《電視、受眾與文化研究》，史安斌譯，北京：新華出版社，2005 年，第 294 頁。

〔註 27〕〔英〕戴維．莫利《電視、受眾與文化研究》，史安斌譯，北京：新華出版社，2005 年，第 296 頁。

〔註 28〕王斌、陳銳《少數民族地區電視傳播效果研究——以西藏、新疆地區為例》，北京：中國廣播電視出版社，2012 年，第 145 頁。

	Unstandardized Confficients		Standardized Coefficients		
Model	B	Std.Error	Beta	t	Sig
Constant	3.410	0.144		23.731	0.000
廣告	-0.075	0.011	-0.277	-7.065	0.000
新聞	0.062	0.011	0.213	5.442	0.000
娛樂	0.048	0.013	0.160	3.566	0.000
影視	-0.045	0.016	-0.213	-2.742	0.006
Depend Variable：國族意識					

圖 2-1-2　各類電視節目對國家意識的影響

由此可以看出，伴隨全球化時代的來臨，少數民族電視節目在建構形塑當代少數族裔思維行為、認同心理方面至關重要。一如道格拉斯・凱爾納所言：

「受眾雙重編碼的認同性意味著其中的人為因素，即認同性是構建的而非既定的，它是一種選擇、風格和行為，而不是固有的倫理或心理的特徵。」〔註 29〕正因為少數民族受眾能動選擇地接受電視媒介信息，導致現代國族共識建立的艱巨與複雜。

（二）以人種志取向研究少數民族受眾收視行為與身份焦慮

觀看電視節目的行為是一種與文化語境無法割裂的心理活動。在實踐中，大量建立於統計學量化分析的調查具有重大的侷限性，因為定量分析的臨床式經驗主義理論往往會導致在方法論上的抽象與孤立。而關注受眾特定的行為語境、強調整體性的「人種志研究」（ethnography）則提出，在受眾動態的消費過程和情景結構中去理解把握觀眾收看電視的行為，這具有重要的學術理論價值。〔註 30〕以「人種志」為研究緯度，需要對少數民族社會人類學作出整體結構性的反思，檢討少數民族觀眾電視節目的收視行為選擇，並且深究該行為對其日後生活及後續行為之影響。

在表徵世界意義的過程中，電視媒介擁有自身特殊的製作符碼、製作規範與傳播方式。依賴少數民族觀眾的主動「凝視」、積極地分享觀影情感，電

〔註 29〕〔美〕道格拉斯・凱爾納《媒體文化：介於現代與後現代之間的文化研究、認同性與政治》，丁寧譯，北京：商務印書館，2004 年，第 403～412 頁。

〔註 30〕〔英〕戴維・莫利《電視、受眾與文化研究》，史安斌譯，北京：新華出版社，2005 年，第 199～200 頁。

視媒介得以成為「少數民族社區認同」的共有領地。毋庸置疑，在少數民族電視節目的國家認同教育中，我們需要注意以下要素：首先，避免主體民族的「大漢族主義」，強調對國家的認同。其次，強調對「大中華民族」的認同。將中華民族既視作具有想像共同體意味的政治概念，又視為國家民族所有成員必須認同的身份實體。第三，強化對「大中華文化」之認同。需要清醒認識的是，上述三個認同往往因各民族之間不同的利益衝突，而難以達成理想狀態的圓滿融合。

進入到新時期，源於歷史上少數民族政策的失誤、民族地區社會管理的失控、邊疆少數民族地區經濟文化發展的失衡，導致邊疆少數民族地區社會分化顯著，少數民族的社會身份認同混亂。作為典型代表的西藏、新疆等邊疆地區更因為文化、政治、經濟等各種資料的利益分配不均而產生各式尖銳的社會矛盾，在部分藏維少數民族群眾中產生彌散性的不滿情緒。特別值得注意的是，在新媒體語境下成長起來的一代年輕人中，因為政治思想工作薄弱，國家認同感普遍淡化。「偏頗激進的『種族至上』、『宗教至上』等意識形態削弱了年輕一代人對國家、法律的認同感。」〔註 31〕面對這樣的嚴峻現狀，將電視媒介作為強化國家認同、有效應對輿論危機的手段，具有不可小覷的重要意義。社會中主體階層與被支配階層之間的關係，等同於電視節目文本與電視讀者之間的權力關係。在雙方的互動中，主體力圖將自身以威權的方式強勢導入，而客體（電視觀眾）則以各式策略加以抵抗。客體往往改變、甚至顛覆威權通過媒體強加的意義，導致威權必須不斷改進傳播策略。一如約翰．菲斯克所言，「為了被電視觀眾選擇，電視節目必須是開放多義的文本，允許各種不同類型的亞文化群體從中生發滿足自己亞文化身份認同需要的意義。〔註 32〕因此，要想進一步強化電視媒介在國家認同中的文化權力，必須首先尊重少數民族電視觀眾特殊的身份地位，對其角色定位作出正確有效的標示。

〔註 31〕「西藏發生『3.14 事件』後，甘南藏區亦受波及，參與者多為容易受煽動蠱惑的青壯年。其中主要是年輕僧人，另有部分大學生。西北民族大學的藏族學生在學校操場靜坐，甘南民族學院的少數學生上街參與遊行、打砸。」王懷超、靳薇、胡岩《新形勢下的民族宗教理論與實踐》，北京：中共中央黨校出版社，2013 年，第 39 頁。

〔註 32〕〔美〕約翰．菲斯克《電視：多義性與大眾化》，選自〔英〕羅傑．迪金森等編《受眾研究讀本》，單波譯，北京：華夏出版社，2006 年，第 208 頁。

依照上述理論分析，少數民族電視觀眾的認知能力與電視媒體的公信力息息相關。電視節目傳播者必須依靠受眾對於電視文本的分析、批評與接受來形塑國家認同。傳播語境因民族政策、經濟狀況和歷史環境而複雜多義，少數民族電視觀眾的反饋也因此不盡相同。最終，對於電視節目文本迥異的認知導致了媒介的「使用與滿足」。事實上，我們可以將電視媒介視作一個為不同場域所操控、無形而特殊的結構。國家「政治場」以政治手段加以宏觀調控，市場「經濟場」則無時不以收視率施加壓力。這個受制於政治和市場的特殊場域自身難以自主，同時卻又以其特殊結構對少數民族電視觀眾的「文化場」加以操控。〔註 33〕研究電視媒介的公信力，實質上就是研究如何讓此種無形隱匿、卻又客觀存在的結構性力量形成專業權威，讓少數民族電視觀眾產生認同與信賴。通常來說，只有在某種程度上「媒介的傳播行為成為受眾情感寄託、價值認同、心靈皈依的源泉。」〔註 34〕電視媒介與少數民族觀眾之間的深層信任聯結才能得以構建。電視媒介依靠逼真生動、直觀刺激的畫面來感染觀眾，建構起「擬態」式的環境。但要想獲取少數民族觀眾深層的公信力，無論其「仿真擬態」的效果如何，最終必須接受少數民族電視觀眾的認知經驗選擇與過濾。在電視文本編碼過程中，少數民族電視媒介傳播者如果不能切身考慮少數民族觀眾的真實生活體驗，則無法進入其心靈世界，遑論達到「國家認同」的最終願望。

不難發現，電視文本圖像意義的產生只有在少數民族觀眾的「凝視」當中獲取。圖像文本如同邀請貼，自身本無法言說；只有通過「被看」這一過程來邀請觀眾加入到文本意義的生產過程。其實，視覺信息的傳播是一個經驗性的傳遞過程。要麼傳統經驗與新經驗完全吻合，確證傳統價值觀、傳統經驗的正確性顛撲不破；抑或新舊經驗之間方枘圓鑿、衝突牴牾，產生一個不斷調整磨合、適應改造的階段。電視圖像文本作為視覺經驗過程的再現，明確表徵出編碼者（製作者）對於世界認知的價值觀。少數民族觀眾在「凝視」解碼的過程中，必然會遭遇眾多難以詮釋翻譯的符號文本，自然將其歸於無

〔註 33〕〔法〕皮埃爾·布魯迪厄《關於電視》，許均譯，南京：南京大學出版社，2011 年，第 79 頁。

〔註 34〕戴元光《超越傳統，建構誠信的傳媒體系——中國大眾傳媒新聞競爭力研究報告》，國家哲社基金項目結題報告，2009 年。轉引自邢虹文《電視、受眾與認同：基於上海電視媒介的實證研究》，上海：上海交通大學出版社，2013 年，第 57 頁。

法編碼的「他者」文化。「觀者創造圖像意義，『觀看』過程本身也在形塑觀者身份。電視節目觀眾的言說（解碼）必然指涉文化語境，這亦是一個文化價值確認的過程。」〔註 35〕我們不難發現，少數民族大眾（mass）這一表面上同質的術語，在實踐中存在巨大的社會差異。因為政治地位、社會階層、經濟狀況各不相同，導致相同的電視媒介信息和媒介傳播渠道卻無法帶來一體化的傳播效果。加之年齡、性別、文化程度的不同，進一步加劇了少數民族電視觀眾媒體經驗的霄壤之別。同時，此種電視媒體經驗又在全民族社會交往的「大熔爐」中不間斷地鍛鍊重塑，最終形成各異的媒介品味與媒介消費觀。於是觀之，電視圖像文本的傳播總是力求在觀眾的心靈深處彈撥起熱情洋溢的和聲，是「一個持續不斷地創造新風格和虛擬身份的過程」〔註 36〕。概而言之，觸媒頻率、收視習慣，以及由此帶來的「使用與依賴取向」、「滿足與信任程度」等方面體現了少數民族受眾收視行為的社會分化。

1. 觸媒頻率與認知基模

少數民族電視觀眾收視頻率的高低與其「認知基模」息息相關。社會認知是受眾從媒介大語境中獲知信息，並據此對自我、他人乃至社會群體的社會角色做出判斷推理之過程。依賴社會認知，少數民族觀眾得以形成文化想像，從而形塑關於自我的社會現實。「基模」（schemas）圖式作為一種認知結構，「描畫了觀眾腦海中先在的知識對於當前信息解碼處理過程中的影響。」〔註 37〕在觀看電視節目的過程中，少數民族觀眾因其特殊的文化身份與社會地位，通常會產生與普通觀眾不同的「角色期待」（亦可稱為「角色基模」）。該「角色基模」從獲取方式來看，可以分作「自致角色」與「先賦角色」。「『自致角色』乃個體通過自身活動所獲取之社會角色；『先賦角色』則指根基於遺傳、血緣、宗教文化等生理或先天因素基礎上的社會角色。」〔註 38〕少數民族觀眾的「先賦角色」以其種族身份與生俱來，並因而對電視節目所表現的「社會真實」作出自我特殊獨到的詮釋與判讀。這些主觀色彩相對

〔註 35〕謝宏聲《圖像與觀看》，桂林：廣西師範大學出版社，2012 年，第 172 頁。

〔註 36〕〔英〕丹尼斯．麥奎爾《受眾分析》，劉燕南等譯，北京：中國人民大學出版社，2006 年，第 92 頁。

〔註 37〕劉海龍《大眾傳播理論：範式與流派》，北京：中國人民大學出版社，2008 年，第 191 頁。

〔註 38〕劉海龍《大眾傳播理論：範式與流派》，北京：中國人民大學出版社，2008 年，第 191 頁。

濃厚的自我判讀極易形成或間接、或直接的「刻板印象」，最終形塑為不無偏頗狹隘的「自致角色」。由此看來，少數民族電視節目能否達成有效傳播溝通，成功影響並改造少數民族觀眾的「自致角色」至關重要。

在新媒體語境下，受限於物質經濟發展程度，邊疆少數民族的日常生活中接觸最為頻繁的媒介仍為電視節目。以西藏電視臺 2012 年為例，全區有省級電視臺 1 座，下設影視頻道、經濟頻道、漢語綜合頻道和藏語綜合頻道。其中 2 個頻道為上星頻道，播出 36 檔自製欄目，日播音時長 65 小時 30 分。西藏電視臺辦有《今日西藏》、《農牧天地》、《飛天旋韻》、《藏語史話》等藏文化特色欄目。漢語衛視的《西藏誘惑》以其民俗特色而擁有較多數量的觀眾群。〔註 39〕「2016 年，為慶祝新疆維吾爾族自治區成立 60 週年，新疆人民廣播電臺和新疆電視臺精心開辦《輝煌 60 年》、《美麗新疆 60 年》、《東西南北新疆人》等 230 多個欄目、專題節目，播發各類稿件 23600 多篇。各族記者走遍天山南北，行程 50 多萬公里，採寫有深度、有廣度、有溫度、有角度的多個新聞故事，取得良好宣傳效果，有力推進了全疆各民族融合與和諧發展。」〔註 40〕分析少數民族電視媒介的傳播效果，我們不難發現，「角色基模」存在所帶來的宗教信仰、文化教育程度差異導致少數民族電視節目觀眾不同的收視評價與收視頻率。

2. 刻板印象與認同缺失

不管是否意識到電視媒介對於自身日常生活的影響，電視圖像文本的不斷複製、共享和傳播，使得電視觀眾總是沉迷於那些屏幕之上熠熠生輝的跳躍圖像。需要清醒認識到這一事實，電視傳媒的力量來自對觀眾情感的操縱並由此傳遞特定價值觀。從這一視角考察，無論「現實」抑或「歷史」已然成為電視視覺文本的「隱喻式」表徵。作為文化認同、文化傳通的重要渠道，電視媒介編碼視覺文本的過程，同時也是生產「認同機制」的過程。電視節目中的圖像、文字、同期聲、畫外音、音樂音響等各色符碼無不在試圖規訓觀眾，創造與製作者一致的認同聯繫。它們在激發起觀眾認同歸屬的文化想像之時，也最終建構起了觀眾自我主體的身份認同。原因在於，觀眾往往認為

〔註 39〕參見趙靳秋、佘萍、劉園園編著《西藏藏語傳媒的發展與變遷》，北京：中國傳媒大學出版社，2013 年，第 151～152 頁。

〔註 40〕國家新聞出版廣電總局發展研究中心編著《中國廣播電影電視發展報告（2016）》，北京：中國廣播影視出版社，2016 年，第 316 頁。

他們眼中的世界就是生活本身，電視媒介為芸芸眾生呈現了平凡生活之外精彩世界的「真實」。新時期以來，伴隨媒介革命帶來的社會巨變，邊疆少數民族的社會身份產生劇烈變化，他們的生活理想、價值觀念也與時俱進地發生顯著分歧。毋庸置疑，在少數民族電視觀眾或構建、或喪失與主流價值身份認同的進程中，電視媒介作為「歷史語境」的核心要素承擔著重要職責。

要想保障社會文化意義的有效傳播，電視節目創作者必須考慮迥異的政治文化背景給不同個體、不同群體所帶來的特殊觀影感受。現實社會的快速複雜變遷往往無法適應邊疆少數民族地區的傳統文化。因此，少數民族觀眾的客觀「民族歸屬」常常和主觀想像意義的「國族認同」保持一致。我們可以從以下因素加以考察：作為個體的少數民族在行為方式、價值觀選擇、生活取向上愈加呈現「個性化」的特性；劇烈動盪的社會階層分化與變遷帶來個體社會身份認同迷茫、國家民族認同的「斷裂感」；新時期以來政治經濟的社會轉型引發諸多難以解決的焦點問題，這也加劇了少數民族觀眾價值觀的「模糊化」與「碎片化」，最終導致其在國家民族身份認同的語義結構和認知模式上無所適從。少數民族邊疆地區是國家政治地理空間的文化邊緣帶，因遠離國家政治文化秩序核心，邊疆少數民族相對容易擺脫權力中心的束縛規訓，游離在各式價值觀迥異的文化政治體範式當中。在核心文化政治體的眼中，邊疆地區一方面是矇昧混沌、危險野蠻的；另一方面，邊疆又因國防戰略地位而顯得神聖莊嚴，凜然不可侵犯。一如王明珂先生所言：「在民族文化與民族宗教之大纛下，常讓民族內的性別、階級、時代、聖俗間之剝削與不平等被遮掩。」〔註 41〕需要嚴肅反思的是，由於少數民族成員步入媒介（尤其是專業要求較高的電視媒體）工作的機會相對難得，少數民族階層往往無法自主掌控或者影響其在媒介中生產和流通自己認同的媒介形象，對於「他者」所塑造的各色不成功的刻板形象自然只會激發起身份認同焦慮。

在邊疆少數民族電視文本的傳播過程中，「刻板形象」往往難以避免。在「他者」的電視媒體眼中，邊疆地區往往被表徵為荒涼矇昧，需要加以救贖的形象。極端錯誤的情形出現在西藏「3.14 事件」和新疆「7.5 事件」的新聞報導當中，藏維兩族形象在其他民族眼中呈現出野蠻兇殘的負面刻板政治形象。「『刻板形象』隱含的錯誤在於，使用編輯後的符號普遍預設所涉及的群

〔註 41〕王明珂《建「民族」易，造「國民」難——如何觀看與瞭解邊疆》，文化縱橫，2014 年第 6 期，第 20～30 頁。

體。」〔註 42〕由於未能有效釐清邊疆少數民族電視觀眾群體的特殊文化區隔，導致電視文本中刻板形象的無處不在。上述「刻板形象」聚焦於少數民族群體過於寬泛的相似性，沒有成功表徵出特定少數民族群體的多樣化與差異性。少數民族電視文本「同一不化」固置「刻板印象」的過程，導致邊疆少數民族群體的每一位成員都長成了統一模樣：所有的藏族青年男子都是高大帥氣，並且因為篤行藏傳佛教，他們都視金錢作糞土；所有的維族姑娘都是能歌善舞，罩著神秘的黑紗。上述事例表明，邊疆少數民族群體無法定義自身，而是被電視文本符碼創作者所代言。代言者通過媒介新聞框架預設，依靠主導權力不斷傳播、反覆強化，最終讓強化後的「刻板形象」成為受眾的「常識」。概而言之，假如不能推心置腹、從心靈深處洞悉邊疆少數民族這一特殊複雜的「被再現」客體，那麼帶有先在「偏見」的刻板形象將一直存在，最終無法與少數民族觀眾達成真正共鳴與溝通。

3. 觀眾導向和身份焦慮

總而言之，電視傳媒對於邊疆少數民族文化的再現猶如置身哈哈鏡前。某些方面因過於渲染而比實際放大；某些方面則因或有意忽視、或無心邊緣化而比實際要小；更有一些要素被異化扭曲。依據「觀眾導向」的電視批評理論，正確的電視傳媒導向應該是循環或者雙向互動的。這意味著，電視編碼者傳送的信息與電視觀眾之間的反饋是雙向的，最終賦予電視符碼意義的只能是電視觀眾的有效反饋。「觀眾本人就是一個『文化存在體』，個體所處的時代、地域、氣候狀況、地理環境和其他許多因素都深深影響著對他傳播的方式。」〔註 43〕上述觀點解釋了為何在邊疆少數民族地區電視節目的傳播過程中，成功溝通的標準不是表面上一味的單純贊許；而提出相左意見，以兼收並蓄、求同存異的態度找尋少數民族文化環境中的真相更為重要。因為受到主流文化話語權的操控，一旦邊疆少數民族電視節目所傳達的信息流於最淺顯的相似性，便會不可逆轉地呈現文化模式與傳播模式上的深層分歧困境。〔註 44〕

〔註 42〕〔英〕利薩·泰勒，安德魯·威利斯《媒介研究：文本、機構與受眾》，吳靖、黃佩譯，北京：北京大學出版社，2005 年，第 37 頁。

〔註 43〕〔美〕邁克爾·H·普羅瑟《文化對話：跨文化傳播》，何道寬譯，北京：北京大學出版社，2013 年，第 4 頁。

〔註 44〕〔美〕邁克爾·H·普羅瑟《文化對話：跨文化傳播》，何道寬譯，北京：北京大學出版社，2013 年，第 10～18 頁。

要想釐清在觀看電視節目的過程中，邊疆少數民族觀眾為何會表現出身份認同焦慮，並且最終導致國族認同文化的傳播失敗，我們首先必須弄清電視文本是「為誰」講述。每一位少數民族電視觀眾都不盡相同，但其存在又都表明如下預設：每個電視文本故事都建構圍繞於「故事敘述者」對預想觀眾所心存的一整套「虛擬想像」。「故事敘述者」必須清醒認識這個假定的讀者／觀眾的觀影感受。「比如，這些觀眾知道什麼和不知道什麼；他們對某一族群的態度如何；他們究竟為何要聽這個故事；這個故事又在他們已經聽到的故事或笑話中佔有何種地位（無論是誰，只要講過故事或者說過笑話都會有此種體會）。『模範的』、『理想』的、『超級的』，還有『隱含』的，這些詞語所表現的，正是文本中表現出來的假想整體。」〔註45〕

概而言之，電視節目總是試圖構建一個虛擬的、「性格化」的讀者／觀眾。要想消弭邊疆少數民族觀眾國族身份焦慮，其前提是承認種族差異的存在，直接面對觀者並與其心靈溝通。假裝對觀眾視而不見、無視「人物性格化觀眾」，都無法贏取少數民族觀眾的認可。毋庸諱言，當電視符碼試圖操控少數民族觀眾之時，他們會行使觀者的權利，以被動接受甚至轉換頻道來拒絕這種操控。假如把邊疆少數民族電視節目的策劃比喻為一場特殊表演的話，那「所有的表演都離不開一套固有的期待和成規，它們導致了表演者和觀眾之間的一種契約關係。」〔註46〕問題在於，當少數民族電視節目的編碼者在「表演」（策劃節目）之時，他們難以聽見所預設少數民族觀眾的心聲。少數民族觀眾的觀影體驗最終又限制了節目創作者企圖控制「表演契約」的能力。即使節目策劃者試圖借助現代電視的實時傳播功能，實現與觀眾所謂的「面對面交流」，他們也應該清醒認識：在真實的觀影環境當中，配合編導主持作出各式有效反應的「理想觀眾」並不存在。（在各類訪談真人秀節目中，節目策劃者有意引導演播室現場的觀眾，這種電視文本修辭策略是為了讓「現場觀眾」化身代表電視機前觀眾，成為所謂理想的「模範觀眾」）綜上所述，化解邊疆少數族裔身份焦慮的重要途徑是如何建構有效針對受眾的言辭性模式。

〔註45〕〔美〕羅伯特．艾倫編《重組話語頻道：電視與當代批評理論》，牟嶺譯，北京：北京大學出版社，2008年，第102頁。

〔註46〕〔美〕羅伯特．艾倫編《重組話語頻道：電視與當代批評理論》，牟嶺譯，北京：北京大學出版社，2008年，第103頁。

（三）生產認同與電視媒介建構

應該認識到，電視已然成為邊疆少數民族日常生活的一部分，並以複雜的方式融入家庭關係模式之中。當邊疆少數民族受眾打開電視收看任何類型節目的時候，他們因為種族身份的不同已經有了自己先在的價值觀。摒棄少數民族受眾獨特的社會特徵，包括因階級、宗教、性別以及其他社會地位的表徵，我們就無從對邊疆少數民族受眾作出有價值的區分。在少數族裔眼中，關於國族認同並沒有完全純粹的身份，只有多元的身份識別元素的結合。身份認同的問題並非單純地和主流電視媒介相抗衡，如電視節目製作者為了對抗關於「新疆人」、「西藏人」的刻板形象，在電視熒屏上呈現一些更精妙、更加不一樣的少數族裔形象。（關於這些節目得失的具體文本分析見於下一節）當少數族裔能夠借助新媒體更方便地用影像來表徵自己關於世界的體驗時，電視媒介無疑將遇到更為嚴峻的挑戰。身份絕不僅僅是「維族人」、「藏族人」這樣刻板化的標簽，因為沒人能僅作為「新疆人」或「維族人」活著那樣。現實中的少數族裔事實上生活在多元身份中——維族人、中年男子、賣烤饢的邊緣群體、新疆人、中國人等等。所以「闡釋（接合）能夠深化身份類型的含義，它總是比理論所假設的身份類型更具體、更瑣碎，也更加充滿了矛盾。有時候，不同身份以不同方式相互作用，產生了特定具體的身份。」〔註47〕

電視媒介節目的生產者和傳播者必須清楚地認識到：邊疆少數族裔的個體性的感知無論植根於個體氣質抑或宗教情懷，都必然是跨領域的。少數族裔的個體性的認知、對於國族的認同感不應該僅僅視作其不同社會角色的累加，更應該從其所置身的不同具體社會階層語境來分析。在新時期邊疆少數民族電視文化的研究進程中，國族認同的問題不僅僅是文化表徵和政治「所指」的問題，它其實首先是一個心理的問題，這點在少數民族青少年亞文化中表現尤其突出。根據本課題組的調查研究，來自邊疆地區的藏、維少數民族大學生中普遍存在一種新的「心理失範」，他們為「我是誰」的問題而深感焦慮。在他們中出現了兩極的分化，有部分同學因為堅持使用本民族的語言文字、觀看本民族的電視媒介節目，對於漢族電視文化瞭解甚少，導致其與周圍漢族同學的溝通存在一定障礙；而另有一部分同學卻走向了相反的一極，

〔註47〕〔美〕勞倫斯．格羅斯伯格《媒介建構：流行文化中的大眾媒介》，祁林譯，南京：南京大學出版社，2014年，第261頁。

他們醉心於商業氣息濃厚的現代電視快餐，甚至已經不會使用本民族的語言文字，對於本民族的宗教文化傳統知之甚少。無論對於哪一極少數族裔同學而言，如何找尋穩定的個人身份、種族身份、乃至於國族身份，均應該成為少數民族電視節目所表現的重要話題。按照學者勞倫斯·格羅斯伯格的說法：「認同的危機是和日益增長的媒介（以及媒介形象）的權力聯繫在一起的。其實，隨著大眾媒介、閑暇活動和消費生活方式（媒介和閑暇共同定義並推進了這種生活方式的發展）的拓展，人們藉以獲得身份認同的那些傳統元素——宗教、家庭和職業都毫無疑問地衰落了……與此同時，恰恰在媒介開始形成社會生活的時候，由宗教、國家和職業等建構起來的強大身份認同以及由這種認同形成的人的歸屬感正在逐漸被毀滅，毀滅它們的正是一種別樣的表徵——電視媒介內容。」〔註 48〕可想而知，任何邊疆少數族裔只要生活在中國，無論他是在伊斯蘭清真寺或藏傳佛教寺廟、職場還是在校園，他們都不可避免會接觸電視媒介。也許在欣賞路徑和個體品味方面大不相同，但他們對於大眾媒介產生的所謂最「大眾化」的觀影體驗卻必然是類似的。在一位藏族大學生眼中，也許分不清藏傳佛教中教規嚴苛的「格魯派」與強調頓悟成佛的「噶瑪派」之間的差別無關緊要；但是無法說清通俗電視連續劇《芈月轉》的正確發音卻至關重要。因為要想更好融入主流社會，卻無法言說和認知通俗流行符號系統是一件匪夷所思的事情。

基於上述分析，探討少數民族電視媒介節目生產「我」和「他者」含義的渠道，釐清其在影響少數族裔受眾自我和認同意義過程中的得與失，成為重要話題。

1. 宣傳與潛意識的說服

毋庸諱言，作為現代思想控制技術的「宣傳」在當今社會對於公民的自由存在較大的威脅。「一個通過一體化宣傳體制管理的社會可能具有高效的社會傳播和動員機制，但是同時可能犧牲了社會成員的選擇自由，最終削弱了國民的支持與國家實力……另一方面，任何群體除了自發的行動外，還需要通過宣傳建立認同感，協調行動。除了要保護個體的自由外，還要實現群體共同的目標。公眾和管理者必須在個體自由和群體動員之間權衡，這個結果

〔註 48〕〔美〕勞倫斯·格羅斯伯格《媒介建構：流行文化中的大眾媒介》，祁林譯，南京：南京大學出版社，2014 年，第 232 頁。

很可能是不斷變化的並且因文化而異。」〔註 49〕僵化的、群眾運動式的宣傳方式可以高效整合民眾的思維，但同時也因剝奪公民的自由表達權而使社會喪失自我糾偏能力。傳統的宣教方式諸如《西藏新聞聯播》中的「新舊西藏對比」節目版塊，頻頻出現「生活比舊社會的三大領主還要好」、「山南地區桑日縣成立維穩指揮部」等意識形態符號顯著的宣傳話語。整個新聞僵硬呆板，反倒使最終的傳播效果大打折扣。

群體動員和個體自由之間應該尋求一個良好的互動協商，而不是粗暴的博弈衝突。由是觀之，在邊疆少數民族電視節目的生產過程中，應該摒棄傳統的「一體化宣傳觀」，而是以充分尊重公民個體的自由為前提，用潛意識的說服方式重塑科學的「宣傳觀」。這種潛意識的說服方式絕非最為理想的傳播途徑，但至少在尊重公民選擇自由這一維度上，大大優於「老大哥」式的一元化整體宣傳。

按照媒介說服的理論，「潛意識的說服」效果需要從以下三個層面來具體分析。其一是「**態度**」的改變，當邊疆少數族裔受眾在觀看電視節目之後，他的國族認同觀發生了改變，原先秉持固執的「藏獨」觀發生了動搖。在接受課題組採訪的過程中，發現受訪者其實只是在口頭上強調自己的新態度，他的臥室中仍然供奉著十四世達賴喇嘛的畫像。這個事實表明，態度的改變只是說服效果的一個層面。其二，有效的說服應該帶來「**行為**」的改變。只有頑固的「藏獨」分子真正從臥室中自發地取下十四世達賴喇嘛的畫像；「疆獨」分子不再偷聽偷看熱比婭的蠱惑音視頻，我們才真正相信他被邊疆電視節目提供的信息說服了。其三，真正有效的說服應該帶來「**持久性**」。「藏獨」、「疆獨」思想猶如吸煙惡習一樣擁有「成癮性」，這種心性很難被徹底打破。如果上述假想的受訪少數族裔真正克服心魔，數十年從未參與任何國家民族分裂活動，那麼我們才會相信電視節目的有效說服為他們帶來了持久行為。綜上所述，「態度改變」、「行為改變」和「改變的持久性」共同決定了電視媒介的說服效果。

大部分電視媒介信息以娛樂為目的，而事實上即使娛樂信息也會給觀眾在態度和行為上帶來巨大影響。我們得到的啟示是，如果能在刻板化、模式化的宣傳新聞話語基礎上加以改進，對電視新聞的題材、編輯方式、包裝語

〔註 49〕劉海龍《宣傳：觀念、話語及其正當化》，北京：中國大百科全書出版社，2013 年，第 381～382 頁。

言予以關注，將會得到事半功倍的傳播效果。1980年代初，美國電視連續劇《幸福時光》（*Happy Days*）風靡一時。「其中一集是劇中主角Fonz申請借書卡的場景，這一集電視劇播出後，全國各大圖書館報告說，那幾周內借書卡申請率增長了500%。顯然，崇拜Fonz的兒童和青少年都受到激發，傚仿他的行為，申請借書卡。」〔註50〕另一個有利的例證是美國廣播公司電視網1983年所播出的爭議性節目《那天之後》（*The Day After*）。「節目描述核戰爭的結果，雖然節目以娛樂為目的，沒有為改變態度或行為而特別設計的媒介信息。但研究者發現，接觸電視節目足以警醒人們重新認識核戰爭。看過節目的人很可能改變自己的態度，關注核戰爭，有心採取行動阻止核戰爭。」〔註51〕同樣，邊疆地區電視節目也出現了許多產生較大正面媒介影響力的作品。諸如新疆衛視《新疆新聞聯播》在2015年7月12日播出的《天山兒女海疆情》，報導中國海軍首位維吾爾族女軍官迪力胡馬爾·阿布來提，其中「遼寧艦」、「維吾爾族」、「女軍官」無疑成為新聞最具「國族」話語系統特徵的標識符號。此文刊出後，記者以「《天山兒女海疆情》激發新疆大學生參軍熱情》」為題，報導了新疆大學生因為受節目影響激發前所未有的愛國參軍激情。而輟學在家的哈薩克族小夥子卡斯別克·拜山，每天都會在電腦上查看《新疆兒子娃娃軍旅成長記》這篇報導。他說：「高中畢業以後，家里人讓我上大學我就是不聽，現在我真的很慚愧。要想做一個頂天立地的新疆兒子娃娃，就必須要付出汗水。我今年準備好好複習一年，明年考大學，將來大學畢業只要符合部隊要求，我一定要去部隊，跟哥哥一樣，成為一個讓所有人豎起大拇指的新疆『兒子娃娃』。」〔註52〕此外新疆衛視《東西南北新疆人》欄目於2015年11月5日播出的《奔跑的兄弟》，講述了烏茲別克族兄弟倆的成功勵志故事。哥哥瓦斯里江（北大博士後、北京朝陽醫院泌尿外科專家）、弟弟海米提·瓦哈甫（武漢大學金融學碩士）的正面勵志形象無疑改觀對於新疆人的刻板印象起到事半功倍的媒介說服效果。〔註53〕上述例子均為電視媒介所帶來的

〔註50〕〔美〕格蘭·斯帕克斯《媒介效果研究概論》，何朝陽、王希華譯，北京：北京大學出版社，2008年，第141頁。

〔註51〕〔美〕格蘭·斯帕克斯《媒介效果研究概論》，何朝陽、王希華譯，北京：北京大學出版社，2008年，第141頁。

〔註52〕阿比拜《〈天山兒女海疆情〉激發新疆大學生參軍熱情》，參見新浪網新聞中心 http://news.sina.com.cn/c/2014-07-25/034030579375.shtml。

〔註53〕其他有代表性的節目有「維吾爾語女性時尚欄目《美麗你我他》成為生活服務類節目中的收視標杆。維吾爾語求職類欄目《我是應聘者》，充分發揮了新

正能量效果，但有時電視媒介的負面影響也不容小覷。比如對於西藏「3.14 事件」和新疆「7.5 事件」的各級電視臺新聞報導中，過多呈現藏族暴徒或維族暴徒打、砸、搶的血腥場面，容易煽動起漢藏、漢維之間的種族衝突。

從上述分析，我們可以得出這樣兩個有效的電視說服途徑，其一為「**理性的說服途徑**」，即以認知為核心基礎的途徑。當邊疆少數族裔受眾觀看電視節目的時候，他們會仔細閱讀分辨各類信息，當發現與自己的現實生活情景不相符時，自然會生發眾多駁斥的論點。電視節目製作和傳播者要想取勝，就必須在節目策劃之初先在的預見各種可能的反調，並且予以一一駁倒。當電視觀眾發現自己觀看到的節目信息與自身秉持的價值觀相反時，這種核心途徑顯得尤為重要艱巨。我們更不用言及保守的藏獨、疆獨分子，無論電視節目如何曉之以理，都難以撼動其固有的極端價值觀。他們會本能地找出各種理由警覺地抵制傳播者施加的信息，這也恰好顯示出「理性說服」的舉步維艱。其二為「**潛伏滲透式說服方式**」。在娛樂休閒的外衣包裝下，電視節目觀眾不會時刻算計著對「理性說服信息」的仔細分析。休閒娛樂的輕鬆語境可以有效挾裹各種價值觀穿透觀眾牢固的防禦堡壘並施加有效影響。信息未經少數民族受眾仔細品讀思索，卻產生了有效的說服效果，因為「信息中的某些暗示通過細小而不引人注意的方式，引導人們未經認真思考或細察就接受了建議。」這種說服方式也被稱為「細枝末節說服方式」〔註 54〕西藏衛視的《在西藏》欄目，新疆衛視的《東西南北新疆人》、《新疆是個好地方》等自製節目均可視作「潛伏滲透式說服方式」較為成功應用的範例。〔註 55〕對於試圖借助電視節目傳達國族認同觀念的電視節目製作者而言，其成功的最大

疆電視臺的社會服務功能。維吾爾語歌唱真人秀節目《絲綢之路好聲音》，成為新疆地區名副其實的收視明星節目。哈薩克語音樂節目《天籟之聲》，受到廣泛好評。維吾爾語室內欄目劇《幸福家庭的煩惱》，成為新疆地區收視率最高的影視劇節目。」參見國家新聞出版廣電總局發展研究中心編著《中國廣播電影電視發展報告（2016）》，北京：中國廣播影視出版社，2016 年，第 316 頁。

〔註 54〕〔美〕格蘭·斯帕克斯《媒介效果研究概論》，何朝陽、王希華譯，北京：北京大學出版社，2008 年，第 142 頁。

〔註 55〕其他有代表性的電視節目還有「西藏電視臺《西藏誘惑》、《在西藏》等欄目，以及《西藏，一個隆起的神話》等大型人文紀錄片、《西藏新畫卷》等大型政論片、《高路入雲端》電視文獻紀錄片、《新年來了》大型動漫劇」參見國家新聞出版廣電總局發展研究中心編著《中國廣播電影電視發展報告（2016）》，北京：中國廣播影視出版社，2016 年，第 316 頁。

障礙在於少數民族受眾意識到電視節目是在刻意影響其認知態度或者實踐行為。這種意識會激發上述第一種「理性說服途徑」的本能警覺和「抗體」起作用。如前文所述，這又恰好是一種最難發揮作用的途徑。惟其如此，不以宣傳的僵化論調拼命說服少數民族受眾，而是代之以創造性的方式感動、娛樂觀眾，邊疆少數族裔可能未及衡量電視節目的深層價值觀，便不假思索地改變了自己的立場和行為。概而言之，只有讓邊疆少數族裔受眾認識到各類電視節目是生活娛樂的固有元素而非說服，真正有效果的「潛意識說服」才會起作用。

2. 再現、協商與電視中介傳播行為

要想全面瞭解電視如何塑造國族認同文化，不僅需要瞭解誰成為電視新聞主角，更需要同時瞭解這些富於新聞價值的少數民族個體以及有關少數族裔的事件是如何被描述的，也就是如何向觀眾**再現**的。研究者必須關注意義實現產生的制度實踐，思考電視新聞故事產生意義所必須的修辭策略、方法慣例；同時更加重要的是，我們必須反思電視節目製作者在構建塑造「認同意義」的過程中，是否有團體成為利益既得者或者相反淪為利益喪失者？

當然，我們確實可以假定在適當的條件和語境之下，少數民族電視節目有能力擔當傳遞信息的中立和透明的工具，打開一扇不同族裔共享的關注現實的窗口。日復一日，在每天類似節目重現表徵的眾多可識別特徵中，邊疆少數族裔電視觀眾得以同新聞重現的更為廣大的世界實現關聯（與自己身處的相對狹隘現實世界而言）。這種關聯不單純以獲取信息為唯一要旨，而是更顯儀式化和象徵性，因此也相反會讓少數族裔觀眾感覺虛幻。從這個意義而言，邊疆少數民族電視節目可以被冠之以「文化話語」的標識。現實情形無需諱言：「電視新聞是一連串社會人造訊息，承載了許多我們的社會在文化上的支配性假設。從新聞廣播員的聲調到攝相機角度的詞彙表，從誰採訪以及他們問什麼問題，經由新聞簡報呈現中的故事選擇，新聞是一個被高度**中介**的產品。」〔註 56〕電視信息傳播成為少數族裔用來積累知識以及參與負責任的判斷和行動的重要渠道。觀看電視節目衍變為邊疆少數族裔觀眾的日常生活習慣，他們藉此來建構有關「公共生活」的國族想像；另一方面，電視媒介轉化成邊疆少數族裔探討公共議題，表露自我「信仰」與「價值」的首要合法途徑。

〔註 56〕〔澳〕西蒙．科特主編《新聞、公共關係與權力》，李兆豐、石琳譯，上海：復旦大學出版社，2007 年，第 186 頁。

我們應當認識到，電視媒介試圖以多樣化的形式融合宗教文化價值觀迥異的各民族，其賴以實踐的根基為某種「假想的烏托邦式言說情景」；這種訴求共識的「傳播行為」自始至終伴隨主客協商和權力運用的有效滲透。最終，從少數族裔話語和主流權威電視話語的博弈衝突，再到協商和解的過程，表徵推動出理性的判斷以及理想的「國家利益」與「公共利益普遍化」。電視媒介傳播的力量源自它強有力的傳播形式。以電視新聞為例，新聞報導往往被限定於追尋某種完全透明化的信息傳播（事實上，這永遠只能是某種「理想式的言說情景」），新聞由演播室的新聞主持人播出，消息源是與該新聞主題利益相關者的觀點。這種傳播形式標榜「客觀主義」的新聞職業操守，然而事實上卻始終保留在新聞編導、新聞主播的評論和話語控制範圍之內。

例如西藏衛視《新聞聯播》於 2014 年 7 月 3 日播出了這樣一則新聞：「第十一世班禪額爾德尼·確吉傑布接受西藏自治區黨委書記陳全國會見」。這則新聞中有這樣的畫外音，「陳全國書記在會談中鼓勵回西藏考察的班禪額爾德尼·確吉傑布力求做到政治上愈加成熟，影響力愈加擴大」。和解說詞相配的畫面是班禪額爾德尼·確吉傑布手拿筆記，用心傾聽的圖像。

正如我們所見，這則時政新聞看似提供了最為純粹的信息。如果忽略其中相關信息的選擇剪輯，不追究為何選擇上述信息源而非另一些信息源的依賴性，新聞似乎以順理成章的方式通過陳全國書記的「鼓勵」，從合乎法律的框架角度解釋了黨對於宗教事務的有效管理。但必須明白，這種傳播方式本質上是非協商、獨白式的。我們思考的問題是，以「電子新聞採集系統」獲取的電視報導能否有效突破這種限制，轉向一種更為包容互動的傳播形式——一種不完全依賴新聞節目製作者獨白心聲的傳播形式。新媒體的異軍突起，讓已然淪為傳統媒體的電視新聞製作者更加意識到形勢嚴峻，因為選擇觀看電視新聞節目的主動權完全在少數民族受眾那裡。毋庸置疑，長時期以來慣例化的少數民族時政新聞僅僅允許相對有限的「接近使用權」形式和受眾「話語競爭」機會。加上涉及敏感的政治、宗教、民族問題，此類單維度、「自白式」的電視時政新聞報導看似得到了有效地「構建」，實則以「封存的話語」形式距離外界真實聲音愈來愈遠。項目主持人認為，在國家民族宗教政策允許的範圍之內，應該適當放棄編輯控制，呈現更具透明度的少數民族時政要聞。少數民族新聞能為邊疆少數族裔受眾提供更多的參與言說機會，用他們自己的話語聲音來表達自我的觀點訴求。這才能真正產生電視新聞傳播者和少數族裔受眾深化協商的效力。我們不應當懼怕為邊疆少數族裔受眾提供質疑灌輸性新聞框架的機會，為其展現有效利用爭論性利益的思想和解釋框架。事實上，只要新聞傳播者能夠掌控局勢，反倒得以用「局勢內的事實」潛移默化少數族裔受眾的各種價值觀，要求和反要求。換而言之，慎重地、協商式地借助電視媒介尋求不同族裔之間政治文化的「競爭性論點」，可以為邊疆少數族裔提供更為廣泛的公眾論壇。電視節目應該提供各式公共空間（或會場），以多維度全景涵蓋「競爭性觀點」和政治方案以及衝突式展示。只有當電視節目以會場形式充斥不同話語機會、包容各種文化衝突的角度，形塑客觀的深層文化對立面才會成為可能。通過「對話協商式」電視節目表達不同族裔間競爭性觀點，主體民族和少數族裔之間才有望在身份認同、利益分享方面形成共識。〔註 57〕

3. 基於國家「危機認同」的電視形象建構、傳播策略

「國家」、「國族」、「族群」等概念表面相似，在許多語境下具有可以置換的一致性，但事實上在具體運用中卻存在較大差異，需要仔細辨析。「國家」（state）側重政治層面，意指在一定領土範圍之內行政的官僚統治權力機構。「國族」（nation）則更強調文化心理共同體的涵義，建立於作為整合原則的政治力量之上，相信自身具有同種文化遺產的共同體。認同的本性就是尋求自我確定的邊界。「『文化認同』就是指個體對於所屬文化的歸屬感及內心的承諾從而獲得保持與創新自身文化屬性的社會心理過程……民族認同是民族

〔註 57〕電視節目的這種傳播方式可以為不同族裔的公眾協商提供廣泛資源，在社會反思、話語泛濫和民主缺陷時發揮功能。具體而言，雖然實施困難，但仍然可以從以下方面努力做到：「1. 通過與對話者生動的，近距離的，經常是好鬥的，有時是調和式的交流，鼓勵不同的觀點來公開證明和捍衛他們的主張和目標。2 有時，促使節目議程的安排，主持人前置性的觀點以及其他節目參與者的觀點清晰演繹，並開放給公眾挑戰。3. 生產原生態的、持續的參與和能言善道的表現，按照時間的既定（相當於被編輯的）順序實施和呈現。4. 給對這些言說者的可信度和合法性的質疑與挑戰提供機會，然後由言說者據此自衛並反駁挑戰。5. 通過以電子方式組成的會場和文化間價值觀／報導以及視野／論點的交流，為改進的跨文化的理解提供基礎。6.將節目的參與者與觀眾同時作為一個『實況事件』不可分割的部分呈現出來，絕大部分是沒有預先安排的，在傳播層面展示偶然和不斷湧現的動態過程。」在當今族裔衝突不斷的社會中，這種不掩藏競爭性利益、承認認同與話語的多元狀態，為贏得國族認同、公眾支持和國家合法性提供了有效路徑。參見〔澳〕西蒙·科特主編《新聞、公共關係與權力》，李兆豐、石琳譯，上海：復旦大學出版社，2007 年，第 226～227 頁。

成員在交往關係中，基於在身體特徵、語言特徵和風俗習慣等方面所具有的一致性而形成的一種親近感。民族成員長期受民族文化的薰陶，對民族文化產生了依戀，從而使民族成員能夠感覺到自己和其他成員處於同一個群體當中。」〔註 58〕「國族認同」則基於統一的國歌、國徽等國家主權意識，建構於全民族共同一致的價值觀。更多強調國家意識、國族意識和公民意識。從某種意義上說，「國家認同」作為「想像的共同體」是大眾傳媒的宣傳結果，而其中電視媒介的作用尤其明顯。

伴隨全球化時代的到來，族裔之間交往呈現多樣流動性、複雜不確定性、時空壓縮性、矛盾交織性，危機風險事件的頻發導致族群認同的不確定性，由此帶來人們對國族身份認同上的變化。面對這樣的困境，我們必須有這樣的理念，族群身份（國族身份）並不是因血緣、種族而永久固化，相反要依照不同歷史文化語境而變遷。新時期以來，因為種族衝突爆發的公共危機持續不斷。在民族衝突危機中，如何借助電視媒介有效塑造各種社會組織形象、正確引導少數族群的身份多元建構、消弭由此帶來的國家認同危機，成為重要議題。新媒體時代的輿論環境下，早已不適合對待危機事件的「刪」、「封」、「堵」等常規傳統做法。「危機管理」伴隨著「危機認同」的出現，危機溝通的水平決定了認同的最終進程和結果。

在有關少數民族的電視新聞語彙中，「種族衝突」、「宗教異端」是最具政治意味的詞彙，因為種族衝突爆發的「國族」認同危機挑動著現代社會最為敏感的神經。電視媒介要想走出「國族」認同沼澤，必須重新考量置身於文化權力等級制度的「種族」概念。電視新聞媒體在呈現少數族裔時應該保持必要的尊重，不奉大漢族文化觀為圭臬。或為賺取商業利益、或為迎合部分受眾「大漢族觀」的偏見，非但不能秉持新聞報導的社會公正性，反而會使少數族裔受眾難以判斷何為「共同體的生活方式」，產生歸屬感所需要的包容性。面對各種「國族認同」危機，電視編碼者必須清醒認識到：「觀眾對意義進行商榷時總是取決於動態的含義所處的社會關係，因此觀眾在觀看一條實實在在的電視新聞時往往會從一系列複雜的（經常矛盾的）立場出發……電視新聞觀眾的身份並未淪落為錯誤意識的受害者（對通過文本強加在他們身上的主導意識形態的命令只能被動地默默接受），但也沒到另一個程度，即觀

〔註 58〕劉國強《媒介身份重建——全球傳播與國家認同建構研究》，成都：四川大學出版社，2009 年，第 58 頁。

眾能夠虛無縹緲地、隨心所欲地認同多種解釋；相反地，編碼——解碼模型將這一不斷變化的行為看作是一個在有條件的、永遠變化的參數下進行的商榷過程，從而成功地證明了觀眾可能採取哪些層級的立場，哪怕時間短暫，觀眾當時也只有那一個立場。」〔註 59〕由是觀之，面對「國族」認同危機，電視節目編碼者必須認真考慮少數族裔受眾的解碼活動，考慮到他們所置身的社會權利關係層級。因為無論相信與否，觀看行為所起到的決定性作用始終遠遠大於新聞的實際文本內容所承擔的功能。

作為想像共同體的「國族」具有強烈的歸屬性，在突發衝突和危機之下，邊疆少數族裔受眾對於強大組織（政黨、政府、黨群社團）會產生自然的依賴性。衝突愈是劇烈，變遷愈是顯著，少數族裔就愈加企盼一個共同體來重建信任感、恢復安全感。民族認同並非單一存在，它自始至終交融於政治認同、文化認同和角色認同等多種類型。在源自民族衝突的危機事件中，如果作為重要傳播途徑的電視信息不公開、處置不及時，民族情感得不到尊重和同情，政府政黨的公信力將顯著下滑，國家認同感消弭。在複雜的民族衝突語境下，政府必須有效借助電視媒介「建構多樣化政府總體形象系統與之配套，包括構建與完善政府快速反應形象、誠信政府形象、責任政府形象、高效政府形象、合作政府形象、法治政府形象。以上這些形象與民族團結形象共同成為民族危機事件下政府總體形象定位，彼此之間相輔相成、不可分割。」近年來，關於敏感宗教民族問題的電視媒介信息呈現逐漸透明化的趨勢。政府主動公開電視媒介信息，成為增強邊疆少數族裔受眾協商參與政治活動權力、匯聚「依法建國」良性社會生態共振力量的唯一途徑。〔註 60〕毋庸置疑，作為電子技術的強勢傳播手段，電視憑藉「音視頻雙通

〔註 59〕〔英〕斯圖亞特．艾倫《新聞文化》，北京：北京大學出版社，2008 年，第 129 頁。

〔註 60〕例如「2008 年 3 月的『兩會期間』，拉薩少數人進行了打、砸、搶、燒破壞活動，西藏自治區負責人就此事答新華社記者問，將事件真相及時公之於眾。3 月 15 日的《新聞聯播》在『簡訊』前播出了拉薩現場真實畫面，贏得傳播中的主動；3 月 21 日晚，更在《新聞聯播》後播出了特別專題節目《拉薩 314 打砸搶燒暴力事件紀實》，完整展現了事件過程和大量的現場細節；3 月 26 日上午，由國務院新聞辦組織的境內外記者採訪團從北京啟程，前往西藏自治區首府拉薩採訪『3.14』打砸搶燒事件經過。中國政府主動歡迎境內外媒體的監督，這樣的開放尺度前所未有。」參見黃鳴剛《危機管理視閾中的電視傳播研究》，北京：中國廣播電視出版社，2011 年，第 259～266 頁。

道」直觀傳播畫面,「逼真性」、「現場感」使其成為邊疆少數族裔受眾娛樂消遣、獲取信息的主要渠道。當種族衝突發生之時,作為公共危機溝通中最重要的信息傳播渠道,電視媒體的作用自然不可或缺。倘若處理得當,電視媒體還能呈現果斷處理種族危機的領導風範。〔註 61〕面對電視新聞中的種族主義,一如約翰·菲利普·桑托斯所言:「我們最大的挑戰是從新聞中剔除所有『我們與他們』的痕跡,剔除那種把任何共同體或團體當作『他者』的潛在偏見。」〔註 62〕

第二節 「邊疆少數民族地區電視節目」國族認同的基礎研究

一般說來,我們把電視符號視為能指與所指的結合。能指是電視符號文本的可感知部分,而電視符號的意義稱為所指。任何一個社會都需要建立一個意義系統,邊疆少數族群亦不例外,他們借助一定的意義系統來顯示自己與現實社會的紐帶。其中,以電視媒介為重要代表的意義系統起著維護社會秩序的重要功能。但必須明確的是,不同於大多數科學實用的表意符號,電視符號載體更多是以文化的/儀式的/藝術的符號行為呈現。在這種符號表意中,所指是否「真實」就很不重要,甚至反過來,能指能夠製造真相的感覺。專門研究禁忌的人類學家瑪麗·道格拉斯在《純潔與危險》一書中指出,猶太裔為了維持種族純潔而嚴禁族外婚配。因為海蜇「非魚非肉」,禁食海蜇成為猶太裔的忌諱。同樣,中國人看到「美式摔跤」(其實是一種表演)覺得慘不忍睹,過分殘酷。《詩》可以興觀群怨,小說可以誨淫誨盜,都與能指製

〔註 61〕一個借助電視媒體,在種族衝突中塑造良好政治形象的範例是俄羅斯總統普京。「普京上臺伊始,在民眾眼中是個尚不顯眼的人物。之所以普京能夠很快樹立起重量級的『鐵腕形象』,其中一個重要原因,是他以鐵腕手段,迅速解決車臣恐怖分子在莫斯科綁架人質的危機。觀眾通過電視媒體感受到普京的大將風度,為其贏得當選總統以來的最高民意支持。車臣之戰成為普京成功把握的一個政治造形的契機。2000 年 3 月的電視畫面中,普京作為副駕駛,親自駕駛蘇-27 戰機飛抵車臣,進行觀察,策劃軍事……可以說,沒有電視媒體中車臣危機的成功應對,就不會有俄羅斯人民心目中認可的普京領袖形象。」參見黃鳴剛《危機管理視閾中的電視傳播研究》,北京:中國廣播電視出版社,2011 年,第 277 頁。

〔註 62〕〔英〕斯圖亞特·艾倫《新聞文化》,北京:北京大學出版社,2008 年,第 129 頁。

造的『現實幻覺』有關。」〔註63〕由此可見，「電視符碼能指」優勢的規範意義在命名中十分顯著，這一點對於少數民族電視節目文本符號的分析尤為突出。在邊疆少數民族現實生活中，電視媒介文本超越了科學實用的基本表意功能，為其提供精神內驅力量、意義價值支撐、正當合理性和崇高性的行為範式。此外，因為電視傳播媒介的現場感與逼真性特徵，使得它在建構社會意義系統中承擔尤為重要的職責。但必須正視的現實是，電視符碼並非所指的對象本身，只是與所傳達的意義相關的特定感知的臨時集合。表達文化意義的少數民族電視節目符號形式往往「對象在過去，解釋項卻在未來，本質是意動性的，即是要求往下的事要按過去已定的規矩做，至少要尊重往日精神，這帶來了少數民族文化活動與生俱存的多義性。」〔註64〕綜上所述，每一個少數民族電視符碼都具備一個意義身份。一方面，作為社會性符號的電視文本需要針對特定的少數族裔受眾精準畫像，讓其成為目標受眾；另一方面，在表徵少數族裔現實生活的過程中，不太可能出現與其絕對相似的電視符號。所以少數民族電視節目文本發出者需要擁有一套相同解釋的文化程序，才有可能生產貌似與現實社會絕對相似效果同一的電視影像。基於此，本文將聚焦「真實類」與「虛構類」兩大少數民族電視節目在「國族認同」意義系統重建中的功能進行具體探討。

按照廣義敘述學的基本體裁分類，敘述體裁從時間向度上可以分為「過去」（其適用媒介為記錄類的文字、圖像、言語；對應的紀實型體裁為歷史、傳記、新聞，虛構型體裁為小說和敘事詩）、「過去現在」（其適用媒介為記錄演示類的膠卷與數字錄製；對應的紀實型體裁為電視採訪和紀錄片，虛構型體裁為故事片和演出錄音錄像）、「現在」（其適用媒介為演示類的實物、身體、影像；對應的紀實型體裁為廣播電視的現場直播和演說，虛構型體裁為戲劇和遊戲）、「未來」（其適用媒介為意動類的任何媒介，對應的紀實型體裁為廣告）。〔註65〕需要明確的是：表徵「過去現在」的電視採訪、紀錄片等紀實型敘述往往被等同於非文學藝術，而電視劇等虛構故事則等同於文學藝術；這兩對概念之間實則既有區別，又存在重疊。〔註66〕正因為如此，本文所分類

〔註63〕趙毅衡《符號學原理與推演》，南京：南京大學出版社，2011年，第92頁。
〔註64〕趙毅衡《趣味符號學》，重慶：重慶大學出版社，2015年，第23～31頁。
〔註65〕趙毅衡《廣義敘述學》，成都：四川大學出版社，2013年，第1頁。
〔註66〕趙毅衡《廣義敘述學》，成都：四川大學出版社，2013年，第64頁。

的少數民族「虛構類」節目實際上為「少數民族電視連續劇」等傳統意義上的「非事實型」文學藝術形式；而「真實類」少數民族電視節目實際上討論的是電視直播、電視紀錄片、電視採訪等表徵「現在」與「過去現在」的所謂「事實性敘述」。其中有關「紀實」與「虛構」的具體細微差別、繁複糾纏並不予以深究。

一、邊疆少數民族媒介事件的新聞傳播：「電視媒介儀式」與「媒介事件」

按照通常意義上的理解，真實類節目往往取材自真實的社會新聞或者媒介事件。伴隨「視像化」社會和「讀圖時代」的到來，電視媒介越來越成為掌控社會意識形態、建構「擬態環境」的重要途徑。由此，邊疆少數民族真實類節目對於少數族裔認識社會現實並且形塑特定的價值觀、行為動機具有不可或缺的作用。在電視編碼的實踐中，真實類節目也伴隨社會經濟的變遷發生轉變：不僅需要第一時間報導豐富多彩的少數民族新聞；更在於有效組織、合理編輯各類新聞資源，通過講故事、新聞評論等電視節目策劃手段，在新聞信息上施加媒體人自身的新聞理念，最終達到對「擬態環境」的有效重構。在具體的真實類少數民族電視節目製作過程中，必須回答的三個問題是：誰在看？他觀看少數民族節目的動機是什麼？應該以何種方式呈現節目在他面前？以上三個問題看似簡單，實則在挑戰三個跨度巨大的領域：特殊的少數族裔受眾觀影心理、獨到的少數民族節目內容、考究的邊疆少數民族節目傳播手段。如果將真實類少數民族電視節目定義為電視編導對於新聞事件的信息整理，那麼電視節目的議程設置、策劃編導、敘述邏輯、互動模式、文化審美、媒介倫理等元素無疑成為研究的聚焦點。

可以這麼說，「廣播媒介儀式」讓邊疆少數族裔受眾通過聽覺「感受」到自己是中華民族的一員；而「電視媒介儀式」以屏幕圖像和語言音響為信息載體，具有逼真性、現場性，讓少數族裔受眾具體直觀地「看見」國家社會經濟、文化生活的快速變遷。由此，電視媒介承擔了比其他任何媒介更為重要的政治使命。新時期以來，邊疆少數民族地區因貧困與發展差距問題、環境和生態制約所帶來的社會矛盾和社會衝突明顯增加。對於社會不穩定的擔憂已然成為邊疆地區各民族集體無意識的憂患情結。「在 2010 年全國十大群體性事件中，邊疆地區就佔了 4 件（雲南昆明『3.36』城管打人事件，廣西靖西

『7.11』群體性事件，廣西蒼梧『10.13』群體性事件，雲南昭通『11.2』群體性事件）……處在社會轉型期的民族地區和少數民族，除了要共同面對中國人都要承受的發展壓力，還有一些特殊的心理壓力及挑戰。」〔註 67〕對於邊疆少數族裔而言，因為擁有相同宗教文化背景，如果社會群體成員普遍存在相對剝奪經歷，則容易喚起族裔的群體「相對被剝奪感」。這種失衡的社會心理如果在體制內無法尋求到滿意的解決方式，一旦偶發性的「爆點」事件出現，大規模、群體性的邊疆民族性突發事件自然不可避免。社會心理失衡引發少數族裔的社會焦慮，新時期利益結構的調整、飛速發展變遷的社會經濟愈發加重其不確定感。最終導致邊疆少數族裔對於社會發展認同度的下降，不同族裔之間認同與接納存在隔閡。膨脹的民族認同感和相對剝奪感的雙重作用，加上因為風俗文化、宗教價值觀、語言文字、生產方式不同所帶來的差異，非常容易和歷史遺留下來的民族歧視思想碰撞，形成民族矛盾的導火索。在這樣嚴峻的時代語境下，如何借助電視媒介正確傳播各種複雜的媒介事件，強化國族認同、中華文化認同，成為重要的課題。

近年來，邊疆少數民族地區既遇到了「西藏『3.14』事件」、「新疆烏魯木齊『七五』事件」、雲南孟連事件、甘肅隴南事件等民族因素突發事件，又經歷了汶川地震、玉樹地震等自然災害，以及「北京奧運會」、「世界反法西斯戰爭勝利 70 週年國慶大閱兵」等國際盛會。這些社會、自然事件為少數民族新聞節目的創製提供了豐富的素材，也同時考驗著電視編碼者的政治立場、文化價值觀以及專業素養。從傳播的角度來看，這些社會事件經過如哈哈鏡般的媒介過濾，或聚焦、或渲染、或放大、或縮小、或扭曲地呈現於邊疆少數族裔受眾面前，形成特有的「族群景觀」和「媒介景觀」。在對於相關媒介事件的報導過程中，電視媒介的文化引領和價值觀形塑起著重要的作用。邊疆少數族裔受眾通過電視圖像來獲取更多的信息，他們共享有關自然災害、恐怖主義、國家盛典的新聞。需要反思的問題是，邊疆少數族裔受眾是如何處理接受到的電視新聞信息的？這些信息發送者只是單純從主觀願望出發將不同族群聯繫在一起，還是對少數族裔的國族認同思想意識形態構成了真實的影響？如果有影響，則將邊疆少數族裔受眾引領進入所謂「觀念景觀」。「『觀念景觀』經常和政治有直接的關係，而且頻繁地和國家意識形態及明確導向

〔註 67〕王懷超、靳薇、胡岩《新形勢下的民族宗教理論與實踐》，北京：中共中央黨校出版社，2013 年，第 222 頁。

獲取國家權力或部分權力的對立的意識形態運動（Counter ideologies）有關……這些個人的觀念景觀或興趣景觀提供了一種脫離其他景觀的逃亡，讓人們的心靈處於完全不同的環境，讓人們從所處的位置、國家空間，有時甚至是家庭中逃離出來。」〔註 68〕「觀念景觀」最終由電視媒介給予，比如在天山腳下的牧場想念北京的金秋。概而言之，經過對媒介事件的形塑（無論是充斥正負能量的新聞事件），電視媒介可以有效凝聚社會認同，建構社會共識。

其一，形塑國族認同的集體儀式感，促使一國民眾於特定歷史時空產生巨大的內聚向心力。「媒介事件的電視現場直播可以產生『天涯共此時』的現場經歷感」〔註 69〕無論帶有創傷性記憶的「玉樹地震」，還是對於「青藏鐵路建成八週年」的美好回顧；乃至於「北京奧運會」這樣的國家儀式報導，都能有效激發邊疆少數族裔的國家歸屬感、公民責任感、國族自尊以及集體意識。〔註 70〕借助電視媒體，國家群體的聯繫日益迅捷緊密，國族體驗也有效融入傳媒體驗。一如馬歇爾·麥克盧漢所言，廣播這種媒介在 1920、1930 年代復活了歐洲精神裏的部落網絡和血親網絡；電視這種革命性的媒介則讓世界成為「地球村」。更為重要的是，對於普通電視觀眾而言，「每個人經驗過的東西都大大超過他理解的東西，在媒介與技術這類集體事務上尤其如此。在這裡，個人對這類問題對於他的影響，幾乎必然是習而不察的。」〔註 71〕在談到電視影響觀眾生活經驗、塑造集體儀式參與感時，麥克盧漢以肯尼迪葬禮的電視轉播為例，談及「觀眾感到，電視給肯尼迪葬禮賦予公共參與性，具有強大的感染力。」〔註 72〕在這裡，「電視儀式」以共享和交流為重要基礎催

〔註 68〕〔英〕特希·蘭塔能《媒介與全球化》，章宏譯，北京：中國傳媒大學出版社，2013 年，第 149～152 頁。

〔註 69〕翟衫《儀式的傳播力——電視媒介儀式研究》，北京：中國傳媒大學出版社，2014 年，第 31 頁。

〔註 70〕比如 2014 年 7 月 1 日《西藏衛視》新聞聯播以「銀鷹承載八方客，神奇西藏咫尺間」為題，配合「青藏鐵路建成八週年」系列報導，以直觀的電視畫面呈現西藏立體化的交通網絡。在新聞中，觀眾聽到靚麗藏族空姐的藏語播報同期聲；看見機艙中藏民族元素濃鬱的格桑花地毯，有效體驗到藏區天塹變幸福「天路」的歷史功績。

〔註 71〕〔加拿大〕馬歇爾·麥克盧漢《理解媒介：論人的延伸》，何道寬譯，南京：譯林出版社，2011 年，第 412 頁。

〔註 72〕〔加拿大〕馬歇爾·麥克盧漢《理解媒介：論人的延伸》，何道寬譯，南京：譯林出版社，2011 年，第 446 頁。

生強烈的群體感，以異地即時傳播為特質構造出全新的文化聯結形式，歷史的延續永恆具備更加敞亮的多維度空間傾向。

其二，建構統一的國家文化。類似界面交融點的存在，電視為大眾提供共享的歷史與相同的話題，建構出數以億計的受眾同時消費的國族文化資源，已然成為文化政治學的重要基點。〔註 73〕在新聞語彙中，「種族」是最具政治意味的詞之一。研究表明，現代社會中大量關於種族問題的新聞報導表面上聳人聽聞，本質上具備極大的政治危害性。這些新聞報導迎合特定某一類族群的偏見，完全不符合新聞報導所謂的「公正平衡」與新聞職業標準的社會責任感。「這種形式的歧視導致新聞媒體難以判斷什麼才是共同體的『生活方式』，產生『歸屬感』所需要的包容性（『我們』）與排斥性（『他們』）也變得模糊不清，從而導致只有一部分人覺得自己才是共同體的『主人翁』。」〔註 74〕在某些少數族裔受眾眼裏，種族似乎是天之所賦、種族主義是『自然而然』的意識形態現象。毋庸置疑，電視以形象化的敘事、莊重的儀軌質疑一切影響「現實國族認同」詮釋過程的意象、解釋和前提。由此，種族主義言論的自然化外衣消弭於無形當中。我們必須清醒地認識到，作為文化現代性重要特徵的「種族主義」充滿矛盾。稍有不慎，電視節目在報導媒介事件時就會落入「我們和他們」之間的文化鴻溝。

我們需要進一步深入思考的問題是，置身種族衝突不斷的世界，藉助電視媒介事件的報導，跨文化交流傳播是否可行？在報導中可否存在一個主導規範的文化模式？事實上，眾多跨文化電視傳播的問題都只出現在人際交往的層面，而絕大多數嚴重的衝突和誤解則應當追溯到文化背景的差異根源上來。差異的核心所在是該文化對於成員的不同程度影響。當阿拉伯族裔和非阿拉伯族裔吵鬧之時；當胡圖族對圖西族大開殺戒時；當一位母親擺設的瓷豬觸怒了當地穆斯林，而《太陽報》以「小豬是個種族主義者」作為頭版社論譏諷此事時（1998 年 5 月 25 日）；當數以千計的土著印第安人抗議自己的名字被用作吉祥物的諢名時；當「張鐵林坐床事件」引發軒然大波時；當辛普森案後非洲裔美國人和主導文化的成員都大肆使用帶有種族主義色彩的言辭

〔註 73〕翟杉《儀式的傳播力——電視媒介儀式研究》，北京：中國傳媒大學出版社，2014 年，第 31 頁。

〔註 74〕〔英〕斯圖亞特．艾倫《新聞文化》，北京：北京大學出版社，2008 年，第 170 頁。

時……我們都無法否認文化深層結構的凸顯，以及亞文化對文化主要運行機制的攻擊。「不可否認，即使是最能夠體現國家認同的『炎黃子孫』、『龍的傳人』等民族表徵符碼，也忽視了國族內部的差異，顯露出某種『大漢族主義』的意識形態。」〔註 75〕由此可知，深層文化結構體制傳送文化重要信仰，賦予族群內成員社會身份，因而產生出文化集體性行為。以電視為重要代表的現代電子媒介具備現場性、逼真性、運動性、廣泛性和檔案性，能夠跨越時空障礙，藉助「想像認同空間」重新喚起族群集體記憶，將國族的政治意念融入受眾的生活方式。在這個社會化的過程中，電視媒介儀式所形塑的主要文化體制影響力持久、可以作為或改造、或保持、或凝聚文化獨特性的重要工具。〔註 76〕

其三，危機狀態下有效進行社會動員，維護族群穩定。對於現代社會系統而言，危機事件一旦出現，舊有的穩固秩序被打破，整個社會處於失序的混亂狀態，對於社會系統的基本價值觀和行為架構產生嚴重威脅。「公共突發事件通常依據新聞事件的性質與過程，分為『公共健康事件』、『人為事故』、『自然災難』以及『公眾安全事件』。危機傳播的目的是通過信息溝通對危機發展、突變和解決過程進行干預和影響。涉及族群衝突的事件主要包括恐怖襲擊事件、涉外突發事件和經濟安全事件等性質嚴重的事件。」〔註 77〕危機與電視傳播之間存有內在的必然聯繫，通過電視媒介儀式的營造，電視媒介所釋放出的信息向有關個體或社會群體擔保成功、安全或某種確然的安逸狀態，從而重塑個體和群體的歷史文化認同感。

新時期以來，國內暴恐突發事件呈現不斷上升的趨勢。檢討涉及有關種族衝突的電視媒介事件報導，自然成為重要的課題。以西藏「3.14 事件」的報導為例，當拉薩附近剛出現「打砸搶燒」的惡性事件時，西藏電視臺卻匪夷所思地作出限制記者攝錄報導的決定。官方新聞的缺失導致謠言甚囂塵上，各族民眾惴惴不安。與此同時，「海外敵對勢力炮製出大量移花接木、歪曲事實的虛假新聞。在事件爆發後續的十二天當中，官方的日均新聞也不足兩條，

〔註 75〕劉國強《媒介身份重建——全球傳播與國家認同建構研究》，成都：四川大學出版社，2009 年，第 130 頁。

〔註 76〕〔美〕拉里·A·薩默瓦、理查德·E·波特《跨文化傳播》，閔惠泉等譯，北京：中國人民大學出版社，2004 年，第 104～106 頁。

〔註 77〕〔美〕約翰·菲斯克等著《關鍵概念：傳播與文化研究辭典》（第 2 版），北京：新華出版社，2004 年，第 244 頁。

且大多聚焦於『哭訴聲討』之上。」〔註 78〕由此不難發現，電視媒體對於突發事件的有效傳播能夠進行全社會動員，影響、改變社會成員的態度、價值觀和期望，形成一定的思想共識，引導、發動和組織社會成員統一思想、統一意志和統一行動。〔註 79〕

二、少數民族民生新聞：「國家化的電視」與「電視家庭」

（一）少數民族民生新聞：受眾即家庭，家庭即受眾

少數民族新聞節目是少數族裔日常生活中接觸最為頻繁的節目形式，在指引價值觀、塑造國族認同、傳播信息等諸方面發揮著極其重要的作用。新聞事件涵蓋廣泛，不僅可以借助國慶閱兵、春晚奧運等「儀式性媒介事件」形成媒介民族主義話語核心，建構「國族想像的共同體」；還「可以容許電視新聞價值觀念中表現出更多的平民主義因素，例如：富有人情味的報導、生動的影像素材、幽默的和更具挑釁性／親和力的採訪風格。」〔註 80〕這類民生新聞區別於時政要聞，從關注少數民族日常生活為切入點，以親民的視角來觀察社會，力求真實反映少數族裔的生存現狀，於潛移默化過程當中引領受眾「公民自覺」、「價值認同」與「國家意識」。借助民生新聞，民族主義和大眾傳媒得到有效結合，電視傳媒和民族想象形成良性互動。「『大眾民族主義』重視當前中國民族主義的民眾基礎及其作為體制外現成的公民領域和民主政治空間的價值。」〔註 81〕在這種特殊情感和意識構築的過程中，少數民族民生新聞因為凝聚少數族裔普通百姓訴求，對重塑國族核心價值觀舉足輕重。

以新疆電視臺為例，作為新疆維吾爾自治區首家電視媒體，截止 2012 年，新疆電視臺已擁有 15 個頻道，用漢語、維吾爾語、哈薩克語等語言播出。其中，《新疆衛視新聞聯播》除了播出日常的新疆本地時政要聞外，聚焦當地民生新聞，成為新疆地區 8：00～8：30 和 21：30～22：00 時段中收視率比較

〔註 78〕澤玉《電視與西藏鄉村社會變遷》，北京：中國傳媒大學出版社，2015 年，第 170 頁。

〔註 79〕翟衫《儀式的傳播力——電視媒介儀式研究》，北京：中國傳媒大學出版社，2014 年，第 78 頁。

〔註 80〕〔英〕大衛．麥克奎恩《理解電視》，北京：華夏出版社，2003 年，第 94 頁。

〔註 81〕王玉瑋《民族主義話語與中國電視文化》，北京：中國社會科學出版社，2011 年，第 112 頁。

高的新聞節目。其他有影響力的新聞類欄目如《今日聚焦》、《新聞夜班車》、《新聞午報》也以民生新聞作為核心的報導內容。從新疆地區少數民族觀眾群來看，民生新聞的觀眾群區別於精英中產階層，其中大部分為家庭主婦、中老年人、賦閒在家居民、下崗待業者。他們的文化智識階層相對較低，對於國內外時政要聞的敏感度不高，但卻十分關注與經濟民生息息相關的社區事、身邊事。《新疆衛視新聞聯播》貼近少數民族百姓生活、打造富有邊疆風情的「少數民族社會新聞」融交互性、接近性、服務性、地域性於一體，得以成為邊疆地區少數民族新聞節目傳播的重要代表。

在節目風格上，新疆電視臺各檔民生類新聞處處力求彰顯「親民化」色調。從節目構成上看，《新聞夜班車》、《新聞午報》等新聞欄目設置「生活服務信息」、「城鄉新聞」等版塊。「生活服務信息」、「城鄉新聞」版塊一方面以即時動態的時政新聞、社會新聞滿足少數族裔對於城鄉信息的需求；另一方面也有反映邊疆少數民族家長里短、柴米油鹽的信息；更有提供少數族裔消遣、頗具民族特色的趣聞軼事。「市民連線」版塊則成為邊疆少數民族群眾傾訴民情、輿論監督的重要途徑。臨近性、地域性、服務性和親和性成為民生新聞贏取少數民族目標受眾的重要途徑。從新聞內容的選題來看，《新疆衛視新聞聯播》等節目的民生新聞大多為貼近少數民族日常生活的「軟」新聞，摒棄宣傳說教、枯燥難解、刻板僵化的政治新聞，力求將抽象話語具象化、複雜問題簡單化、政策問題人性化，從而獲取良好的傳播效果。以 2016 年 1 月的民生新聞題目來看：《哈薩克繡娘為冬運會獻禮》、《聚焦就業民生》（《問計兩會》系列節目）、《規範電商發展、促農增收致富》、《阿依古麗：以真心真情做好宣講》、《新疆曝光 11 批次不合格食品》等新聞把小人物置入「冬運會」、「兩會」等重大的媒介事件中，使普通邊疆少數群眾樹立國族自信，深化了社會認同。

從少數民族民生新聞的有效傳播不難看出，通過邊疆地區本土的、全國性的乃至跨國的多重力量的共同作用，少數民族「電視家庭」得以重新構建。民生新聞呈現出邊疆少數族裔對於個體充分發展基礎之上，國族想像的情感建構。在新時期的中國邊疆地區，以民生新聞為代表的電視節目被賦予了扶持邊疆發展並創造現代化公民主體的任務。不容忽視的問題是，1970 年代末以來，隨著資本、信息和「個體消費欲望」的流動自由，中國邊疆地區的現代性伴隨消費主義的興起而日漸明晰。少數民族家庭開始接受現代化的生活方式，「電視家庭」成為消費行為的基本單位。邊疆少數族裔在通過個體消費實現中產階級建構的過程中，電視扮演著重要角色。我們思考的問題是：對於少數民族「電視家庭」而言，在現代化和對中產階級的渴求之間，存在何種關聯？在這些「電視家庭」中，少數族裔的真實社會地位是否發生改變？民生電視新聞關於現代化的表述是否受到了少數族裔觀眾日常生活的影響？進而，民生新聞是否能真正涵蓋所有少數族裔、所有階層的欲望與訴求？〔註82〕

毋庸置疑，新時期中國的國家族群認同需要實現「民族主義話語」和現代化話語的有效融合。作為一個理想化的整體，少數民族「電視家庭」不斷被本土的、跨地域的、甚至跨國的資本重新定位；不斷被階層流動和自身欲望重新構建。誠然，藉助「擬像環境」（參見本章第一節相關理論），民生新聞確實可以一手影響少數族裔「電視家庭」的情感和生活方式。但在現實生活中，少數族裔因為階層意識的流動、不可避免的文化衝突、宗教和種族身份的不斷衝撞，家庭、族群（社區）、國家等意識和觀念一直處在不間斷的或衝突、或妥協的抗爭中。由此，在考察少數民族民生新聞時，因為「電視家庭」的邊界不斷被跨越，如何聯繫少數族裔觀看主體和他們借助電視媒介所想像出來的、更廣闊範圍的「國族意識形態」內容成為研究困境。

少數民族民生新聞在「時政新聞民生化」的過程中，應該擯棄新、奇、特，轉而追求樸實、合理、感人。不是少數民族各階層平民人物因民生新聞而生輝，反是民生新聞因小人物而回歸本質。少數民族民生新聞圍繞少數族裔關注的熱門話題談天說地，決定其表徵符碼的多樣化：漫畫式新聞、訪談、脫口秀……強有力的視聽衝擊力在為少數民族民生新聞帶來產業價值的同時，也在以靜水深流的形式潛移默化少數民族受眾的國族觀。「民為邦本，本固邦寧」，「講述老百姓自己的故事」應該成為少數民族新聞節目傳播的基本定位。從另一層意義而言，少數民族民生新聞充滿人文教化的電視追求、關注普通少數族裔生活的紀實報導打破所謂文化精英階層壟斷的話語系統，建構了一部「少數民族小人物」自身的歷史。事實上，國族認同的過程充分展現了電視對於少數族裔受眾的自我認知的深刻影響、他們在城鄉公共空間中對於新聞事件的「個人體驗」，以及他們在家庭和社會中所處的階層。邊疆少數民族歷史不僅存在於各類大人物儀式化的媒介事件、電視敘述中英雄敘事

〔註82〕〔美〕普爾尼馬．曼克卡爾《觀文化，看政治：印度後殖民時代的電視、女性和國家》，北京：商務印書館，2015年，第81～83頁。

和民族主義話語的生產和解讀，更多融匯於不同個體生存體驗所形成的政治語境。「無論『記憶』或者『遺忘』都離不開一個人在由性別、社區、階層和國家所構建的座標系中的位置。」〔註 83〕由是觀之，只有貼近邊疆少數民族生活實際，建構「民生化」、「本地化」、「消費化」的少數民族民生新聞，才有可能確立和弘揚真正意義上的中國「國族」人文精神。

少數民族民生新聞一改宣傳規訓的話語系統和嚴肅古板的播報方式，以少數族裔自身的平民視角看待世界，在看似世俗的新聞包裝之下有效滲入主流話語的價值觀。對於採寫播發少數民族民生新聞的工作者而言，缺乏平民情節和底層意識，缺失對於普通少數族裔的理解和支持，新聞媒介的社會責任與民族融合的希望就永遠只會成為烏托邦式幻境。當然少數民族民生新聞也應該注意充分尊重少數民族文化習俗、遵守國家民族宗教政策，避免把「特、奇、新」作為衡量新聞的唯一標尺，把「性（性感）、腥（血腥）、星（明星）」當成換取收視率的砝碼。只有把和諧輕鬆的少數民族民生新聞與嚴肅認真的時政新聞有效結合，邊疆少數民族電視臺「新聞立臺」的理念才可能得以實施。當年《焦點訪談》形象的欄目宣傳語可以作為少數民族新聞的立足點和出發點：「時事追蹤報導，新聞背景分析，社會熱點透視，大眾話題評說。」

對於群體性事件頻發的邊疆少數民族地區而言，在一些持有「疆獨」、「藏獨」思想的少數族裔電視受眾眼中，角色的對立使他們的話語與國內主流媒介機構涇渭分明、有時甚至在政治姿態和組織立場上顯得高高在上的「權威規訓」格格不入。邊疆少數族裔內心的真實想法是什麼？電視新聞該如何去正確報導這些想法？也許這正是少數民族民生新聞存在的重要理據。

（二）邊疆少數民族「電視家庭」與國族認同

西藏地區解放後，現代媒介的融入始於 1953 年 10 月 1 日——西藏第一個有線廣播站「拉薩有線廣播站」正式開播。廣播站有 75 瓦擴大器 1 臺、1000 瓦汽油發電機 1 臺、喇叭 6 隻。每星期一、三、五的 10：30～12：00 播音。沒有錄音設備，節目全部用藏語直播。播音員全部是西藏噶廈政府官員、貴族及商人的子女。1964 年 2 月 14 日，西藏電臺正式開辦《對流落國外的藏

〔註 83〕〔美〕普爾尼馬·曼克卡爾《觀文化，看政治：印度後殖民時代的電視、女性和國家》，北京：商務印書館，2015 年，第 70～71 頁。

族同胞廣播》節目。每天播音 2 次，每次 45 分鐘。1967 年 1 月 13 日，西藏電臺實行軍事管制，除《對流落國外的藏族同胞廣播》節目外，所有自辦節目停播。直到 1976 年 9 月，西藏電視臺籌備組成立，用一臺 16 毫米攝影機拍攝紀錄片《歡騰的高原》，並巡迴放映。同年 12 月，西藏電視臺籌備組錄製第一臺電視文藝晚會——《元旦小聚》。〔註 84〕新疆電視臺新聞科成立於 1976 年，從此新聞節目開始採用活動圖像。1976 年 8 月，北京電視臺（現中央電視臺）將參加過 1958 年國慶閱兵式現場直播的中國第一輛轉播車贈送給新疆電視臺（該車係電子管 4 訊道黑白電視轉播車）。當年 9 月 9 日，新疆電視臺拍攝轉播了烏魯木齊人民廣場「毛澤東主席追悼大會」實況；10 月 6 日，新疆電視臺及時播出電視新聞片《北京 150 萬軍民舉行遊行，慶祝粉碎「四人幫」反黨集團篡黨奪權陰謀的偉大勝利》等重大節目實況。同月，新疆電視臺新購進 1 部 4 訊道晶體管黑白電視轉播車，大量的體育比賽、大型群眾活動、大型文藝晚會能快捷地和電視觀眾見面。1978 年 9 月 25 日，新疆電視臺開辦了第一個定時定點固定播出的欄目《新疆新聞》，每週漢、維吾爾語各播出 1 次，每次 5～6 分鐘，重點報送自治區重大時政要聞。同年 10 月 1 日，克拉瑪依市電視錄像轉播臺建成試播，錄像轉播中央電視臺和新疆電視臺的主要節目。（從 1981 年起，開始自辦《油城新聞》和專題節目。《油城新聞》每週播出 7 次，專題節目每週 1 次，均為每次 20 分鐘。該臺還用一個頻道播送維吾爾語節目，每週播出兩次《油城新聞》）。〔註 85〕

從誕生之日，廣播電視便充當了輿論宣傳和民族主義教育的實驗，隨後電視信息的傳播被理所當然地視為改造落後邊疆地區、實現信息現代化的最重要路徑。電視信息傳送到盡可能多的邊疆少數民族家庭，現代文明得以讓更多不同宗教、文化背景的人知曉，最終促進了國家的統一；電視也順理成章成為國家現代化的重要表徵。

少數民族民生新聞的受眾不可能是先天存在的。成功的新聞必須經由傳媒機構和傳媒市場的精心設計與營銷而產生。在民生信息流動的過程中，國家政策意識形態、國家傳播組織以及全球化語境下商品的跨國話語表達合力

〔註 84〕西藏廣播電影電視志編撰委員會編《西藏自治區志·廣播電影電視志》，北京：中國藏學出版社，2005 年，第 188～194 頁。

〔註 85〕《新疆廣播電影電視編年史》編輯委員會編《新疆廣播電影電視編年史（1912～2009）》，烏魯木齊：新疆人民出版社，2010 年，第 50～55 頁。

將少數民族「電視家庭」形塑為「國家受眾」。1961年12月，聯合國教科文組織發布《關於大眾傳播的報告和論文》，指出「增長電視觀眾對不同社會話題的信息掌握，在可能的基礎上，以此來影響他們對於某些事務的態度，從而激勵更多的人採取相應的行動。換而言之，對發展的強調伴隨著整個將電視的社會和政治角色概念化的過程。」〔註86〕作為邊疆少數民族地區邁向國族化與現代化的重要元素，以民生新聞為代表的信息地位遠比結構性調整重要，傳播民生信息將導致邊疆少數族裔的態度改變，而態度的轉變又將最終導致他們行為的改變。這種線性發展變化模式可以視為邊疆地區最終通向現代文明的目的論表徵。「家庭」作為一個整體被本土的、國家的、跨國的知識信息流動重新形塑和定位。另一方面，電視在參與建構包括少數民族「家庭」在內的觀看主體的同時，少數族裔觀看主體也借助他們的電視文化想像，重構著自我／他者的文化形象。由此，階層意識、宗教衝突、種族身份碰撞、國家觀念在妥協中達到平衡，發展的意識形態與公民意識的話語表達得以融合，社會公平與發展和現代化合為一體，少數族裔個體的目標也得以和國家主體意識目標保持一致。

國家級電視媒體播出的時政類新聞不可避免會給觀眾一種錯覺——新聞事件的重要性與首都的距離成反比，即離首都越近的新聞越具有新聞價值，反之，離首都越遠的少數民族邊疆地區新聞越不重要。另一方面，跨國信息的侵襲、消費思潮的蔓延、電視權力的分散又讓保持「國家文化純粹性」變得舉步維艱。依照主流觀點，民族融合的話語首先體現在一個國家創建「國家文化」所做的努力上，其目的是通過建構「國家文化」以對抗「內部分裂勢力」和「西方文化帝國主義宣傳」。由是觀之，在邊疆少數民族地方性敘事和國家敘事之間，國家敘事成為占主導地位、泛中華民族主義的敘事方式。不過問題在於，時政類新聞彰顯國家控制的姿態，難於體現鮮明的種族特徵和地方特徵。在這種情形之下，表徵「多樣性統一」主題的少數民族民生新聞便有了發展的空間。

少數民族民生新聞以「親近性」和「地域性」體現新聞標榜的不受政治和政府機構干預的「客觀性」和「獨立性」，成為民主得以運作的基本前提。

〔註86〕〔美〕普爾尼馬·曼克卡爾《觀文化，看政治：印度後殖民時代的電視、女性和國家》，北京：商務印書館，2015年，第70～71頁。

「新聞的基本定義是觀眾參與社會所需要的實事求是的信息。」〔註 87〕在多元化價值時代，少數民族民生新聞應以公民意識和普世價值觀為核心，在充分體現新聞基本定義的同時證明自己的社會責任感。對於以電視為主要娛樂放鬆方式的普通少數民族受眾而言，在忙碌辛苦一天後十分害怕再受到刻板的教化規訓，因此少數民族民生新聞的表達理念尤為重要。「電視主要是人與人溝通情感的工具，除技術手段創新以外，最重要的元素是有表現力／表達力，打破固化的身份思維。電視選題必須立足核心價值，以特有的使命感完成對當下公共情緒的把握。立足少數民族公眾情緒完成，即立足普世價值的弘揚，完成各種利益群體的情緒自然呈現。」〔註 88〕

為了贏取少數民族受眾，民生新聞應該在少數民族人物分析、選題能力、任務設計、話語方式、結構搭建、細節抓取和資源合作能力等方面下工夫。在平凡中尋找新聞價值，新聞生產定位上以少數族裔受眾為王；新聞傳播方式上注重少數族裔受眾的參與、再創造和評價；新聞接受方式上追求少數族裔受眾的訂製和社會化。少數民族民生新聞的定位應該以少數族裔的日常生活為主要內容，以其人生訴求為出發點、生存狀況為關注點，從少數族裔特殊的視角來表現國族價值和公民意識。少數民族民生新聞體現普通少數族裔的需求，從小事件入手，透視國家巨大變革語境下普通少數族裔生活方式和行為方式帶來的變遷和衝擊。邊疆地區主流媒體在出品民生新聞時，要有所謂「大民生意識」，即從「民生」的視角去闡釋和解讀「國計」，彰顯主流媒體的歷史使命感和社會責任感。

（三）「民生化」呈現重大少數民族時政——邊疆少數民族民生新聞的選題和定位

和時政類新聞一樣，少數民族民生新聞在影響少數民眾受眾對現實觀瞻的同時，也在靜水深流般形塑著他們的內心道德靈魂。少數民族民生新聞是奠定少數族裔公共生活基調、形塑其對於外部群體印象的最強力量。現實的困境是，少數族裔受眾對於主流電視媒體所謂「嚴肅民生新聞」缺乏興趣。在新媒體的衝擊之下，潛在媒介受眾的急劇喪失已經成為難以迴避的事實。

〔註 87〕〔美〕約翰·菲斯克《電視文化》，祈阿紅、張鯤譯，北京：商務印書館，2010 年，第 405 頁。

〔註 88〕石述思《什麼是偉大的電視節目》，選自《石述思說中國：中國各階層矛盾分析》，北京：九州出版社，2013 年，第 187 頁。

「當民眾普遍覺得政治新聞乏味，新聞無法通過其陳述技巧來抓取大眾的好奇心和注意力，社會就無法克服自身的困境，從而無法調動民意，以引領社會改革與改良。」〔註 89〕由是觀之，在呈現少數民族重大主題報導時，同樣可以採用民生化的視角語言，在講政治、顧大局的前提之下，體現黨和國家的根本意志，有效揭示出新聞主題的重大性與少數族裔之間的利益關係。

少數民族時政新聞是邊疆電視臺主流媒體新聞報導的核心所在，少數民族時政新聞不突破，難言少數民族電視新聞的可持續發展。以正面報導為主要內容的少數民族時政新聞是邊疆地區電視新聞最重要、最常見的體裁，如何突破創新以吸引少數族裔受眾，一直是電視宣傳面臨的難題。廣東衛視《廣東新聞聯播》欄目 2015 年《天山南北綻新顏》系列報導視角風格頗具特色，為少數民族時政新聞的民生化提供了有益的創新經驗。其中，《氣化南疆，把幸福送到家》一期節目以和田地區少數族裔普通農家的內心獨白和生活場景為素材，在民生化解讀國家少數民族大政方針的同時，將少數民族政策的重大性與普通少數族裔生存狀態之間的利益關係聯繫起來，自然生動地展示出邊疆少數族裔的喜怒哀樂。以下為這個作品的部分文稿：

導語：在走訪的過程中，當地居民土鳳·圖河堤一定要邀請記者到她所在的村子去看一看。這位經常往來於新疆與廣東的大叔說，以前他們輕易不敢邀請朋友到家裏去，現在情況呢大不一樣了，我們一起去看看吧……

這則導語一改尋常電視時政新聞的刻板面孔，親切動人，凸顯時政新聞民生化的獨到之處。

正文：2011 年以前，和田市絕大多數居民都是用煤做飯的，一燒煤，牆就被薰得黑黑的場景至今令吐送托合提·阿卜杜拉耿耿於懷。

（同期）吐送托合提·阿卜杜拉（用維語回答記者提問）：以前環境是髒兮兮的，沒法想像……

記者：這裡是肖爾巴格鄉庫木巴格村，是和田市最早實施天然氣改造項目的村莊，全村 119 戶都已經裝上了天然氣，隨著「氣化南疆」戰略的實施，村民們的生活質量在顯著地提高。

〔註 89〕〔英〕阿蘭·德波頓《新聞的騷動》，丁維譯，上海：譯文出版社，2015 年，第 13～23 頁。

正文：如今，煙囪成了房屋的擺設，賣柴、燒煤、燒火成為過去。在廚房裏，村民們可以熟練地使用家裏的燃氣具、熱水具。隨著天然氣入戶，村民們用上了乾淨的能源，再也不會擔心煤氣中毒的情形發生。

（同期）村民熱依娜・吐爾遜：現在如果天然氣停掉了，我們還會不習慣呢，因為做法更有「難度」呢。

吐送托合提・阿卜杜拉：以前我們的年收入只有 500 元，現在我們有了自己的公司，全家年收入可以 6 萬。

正文：今年，吐送托合提把生意做到了廣東，也從廣東帶回生活必需品。由於環境的好轉，村子的人氣逐漸興旺起來，村民們的幸福指數也在顯著提高。

（同期）吐送托合提・阿卜杜拉：和田的藥材，民族的藥材維藥送出去，到處都有和田的品牌了。廣東的、河南的生活用品，現在也已經運過來了。村子的環境空氣質量好多了。

正文：目前，塔西南油田至和田市第二條天然氣管道、塔中環網管道向和田各縣城延生工程正在加緊建設。到今年年底，和田全市將實現農村氣化基本覆蓋，全地區天然氣入戶將達到 49 萬戶。廣東臺記者，唐劍恒報導。

圖 2-2-1 《廣東新聞聯播》「天山南北綻新顏」系列節目之一「新疆和田：氣化南疆，把幸福送到家」

客觀地講，邊疆少數民族地區的少數族裔從改革開放中受益匪淺，生活水平有了顯著提高，但很多人一旦把自己和國內其他發達地區的群眾相比，就會產生相對剝奪感與挫折感，激發憤怒、怨恨或不滿等消極情緒，甚至可能引起集體的暴力行動。「目前邊疆地區的少數民族群眾普遍認為國家以前的邊疆政策存在問題，導致豐富的礦產資源被中東部地區廉價剝奪，致使與中東部地區差距越來越大。這種相對剝奪感一旦受到狹隘的民族認同感強化，對被相對剝奪而心懷不滿的群眾具有巨大動員力量，將使某個偶發矛盾衝突在短時間內迅速形成有衝擊力的群體性事件。」〔註 90〕南疆三地州之一的和田地區之所以民族衝突頻發，生產生活條件惡劣、農牧民生活貧困、缺乏自我發展能力、族際人文生態環境問題顯著是重要的原因。《廣東新聞聯播》「天山南北綻新顏」系列節目之一《「新疆和田：氣化南疆，把幸福送到家」》立於外來者的視角（經濟發達的廣東地區），用淳樸親切的語言解讀國家「氣化南疆」的惠民政策，及時、形象、準確、生動、巧妙的高質量解讀，既是關係少數民族社區和諧共處的關鍵，也成為輿論場域有效營建的重要標準。電視新聞中出現了肖爾巴格鄉庫木巴格村民熱依娜・吐爾遜用天然氣做飯的畫面，其中給了熱依娜姑娘一個笑意盎然的特寫。應該充分重視這個畫面的政治寓意，中國最普通的少數民族牧民鏡頭上了遠在千萬里之外的《廣東新聞聯播》，既表明電視為百姓服務的新聞本質，又巧妙的體現了民族融合、族際交流的暢通渠道。從某種意義而言，少數族裔普通百姓做飯的普通鏡頭恰恰讓這則本來枯燥呆板的時政要聞增色不少。貼近實際、貼近群眾、貼近生活的「三貼近」方針以及民生化、本地化、消費化的民生新聞概念也在此得以彰顯。熱依娜・吐爾遜的笑臉特寫也讓我們體悟到民生新聞的人文關懷，體悟到一份特有的感動——邊疆少數族裔實在太淳樸了，其實他們只要能安安穩穩的生活，哪怕只是滿足燒菜做飯這樣最起碼的生存要求，也會感覺生活美好燦爛。也許，這恰是「民生」融入「時政」的有效嘗試。

因為邊疆少數族裔受眾普遍文化層次較低，少數民族民生新聞更應該多用講故事的方式敘事、學會用少數族裔普通百姓的語言說話。少數民族民生新聞追求大眾通俗的視覺表徵，無論是電視稿的寫作語言，還是鏡頭畫面的剪輯邏輯，都需要以邊疆少數民族新聞題材的民風民俗為依據。充分利用諸如懸念

〔註 90〕王懷超、靳薇、胡岩等著《新形勢下的民族宗教理論與實踐》，北京：中共中央黨校出版社，2013 年，第 19～20 頁。

式、說書體等講述故事的技巧，抓細節鏡頭語言來深化主題。少數民族民生新聞大多是平凡小事，以自然主義的方式複製社會現實並不可取，我們需要挖掘新聞小事背後的精神內蘊，提煉出對國族認同、民族和諧、傳播正能量的積極主題。少數民族民生新聞應該摒棄「性（性感）、腥（血腥）、星（明星）」的噱頭，用民生化的視角來引領社會熱點、挖掘凡人小事。只有不斷追蹤、反覆揭示才能最終促進社會進步。在近期邊疆少數民族地區電視臺的民生新聞當中，比較成功的案例諸如：新疆衛視的《2015 年新疆農民純收入預計 8850 元》、《新疆：春運大幕拉開，回家之旅啟程》……正是這些講述少數民族小老百姓命運的故事詮釋出邊疆少數民族地區民族政策的大道理，國計民生在民生新聞的報導中得以提升和深華。「平民化的新聞通過其平實的方式場景，進行價值引導和認同塑造。」〔註 91〕少數民族民生新聞為少數族裔受眾建立了一個媒介化的公共傳播空間，公民價值、國家政策通過電視滲入少數族裔的個體世界，賦予其歸宿認同感。少數民族民生新聞以平民化視角引領少數族裔家庭受眾，在富於人情味的故事情節包裝下，表層敘事是涉及少數民族的家長里短、群體性習俗，深層敘事卻在新聞節目中構築起想像的社會共同體。

三、少數民族電視紀錄片：「真實」與「想像的共同體」

少數民族紀錄片表徵繁複而凝重的少數族裔問題，可以視作不會徹底永恆固定的「固態感知——影像」。「普遍性變幻的少數族裔世界」以及其中的世間萬象，無一例外的是「有生命的影像」。「在其自身『生命』之『生成』中，普遍情況一定是持續地變動，表現為一個『無中心』的世界。或者說它可以圍繞一個『特權性中心』而變動，但這個『中心』只能是一個『臨時性中心』，不可能是一個『永恆性中心』。在這個『臨時性中心』尚未崩潰的前提下，可以出現一個『固定化』的世界，但這僅僅是一種特殊情況。」〔註 92〕作為國族認同重要媒介的少數民族紀錄片如何把握尋找這個複雜變幻的「臨時性中心」？此為難題之一。

既然國族被視為「想像的共同體」，研究少數民族紀錄片「現實主義傾向」與「造型傾向」之間的辯證關係，釐清影像在表現國族認同過程中「真實」與

〔註 91〕邢虹文《電視、受眾與認同：基於上海電視媒介的實證研究》，上海：上海交通大學出版社，2013 年，第 135 頁。

〔註 92〕徐輝《有生命的影像——吉爾·德勒茨電影影像論研究》，北京：北京大學出版社，2014 年，第 33 頁。

「想像再現」的微妙複雜視角成為應有之義。不可否認的事實是，在現實世界中源於利益紛爭，族際衝突是不可避免的。在少數民族電視紀錄片中，因為涉及敏感的民族和宗教政策，使用特殊的視角來規避現實世界的複雜與曖昧，似乎成為了常態。在這種「偽真實」中，現實社會中少數族裔的真實動機、心靈世界、利益糾葛被巧妙地置換或隱蔽了。「源於共同的時代動機，影視、攝影、文學等諸多藝術先後經歷了對所謂『真實』從追求、懷疑以至反叛的過程。」〔註 93〕於是觀之，少數民族題材紀錄片創作者通過電視傳媒表達少數族裔的自我意識，自覺建構少數族裔對於國家的認同意識，從而成為國家主體意識的重要承擔者，確實為一項艱苦卓絕的工程。需要注意的問題是，少數民族電視紀錄片由權威傳媒主控和主導敘述框架，力圖秉持電視紀錄片的理念——即紀實主義手法和對現實的真實性的尊重，而事實上「導演的主觀意念無法規訓曖昧複雜的現實本身，現實猶如隕石一般穿越導演的敘事框架，無法消融於導演一廂情願的主觀詮釋。」〔註 94〕同樣，國族認同必須以政治和經濟的認同力量為前提，否則影像所形成的「虛擬想像主體意識」會瞬間崩塌。由此，少數民族電視紀錄片如何以文化想像的方式整合實現少數族裔的主體身份，使其得到真正的國族認同？此為少數民族紀錄片研究難題之二。

按照克拉考爾的說法：「紀錄片如果出於不同的動機來處理現實自然素材，可能會帶來截然不同的效果，從具有強烈社會批判性的作品，直至不表明任何態度的畫面報導……現實的特殊形式似乎並不在它們的表現範圍之內。」〔註 95〕事實上，這裡存在紀錄片「現實主義傾向」與「造型傾向」之間的矛盾。一味追求造型傾向、冒充現實的「偽紀錄片」最終只會成為操縱現實、模糊不清、糾結難纏的混合體。以世界紀錄片史上美學成就斐然的《意志的勝利》為例，影片之所以飽受詬病，在於「真相與正義之間，瑞芬斯塔爾沒有選擇真相，而是選擇美，哪怕它傷天害理。瑞芬斯塔爾其實選擇的是謊言，她僅僅選擇與『謊言』如影相隨的那種『美』。」〔註 96〕不可否認，紀錄

〔註 93〕呂新雨《學術、傳媒與公共性》，上海：華東師範大學出版社，2015 年，第 222 頁。

〔註 94〕呂新雨《學術、傳媒與公共性》，上海：華東師範大學出版社，2015 年，第 237 頁。

〔註 95〕〔德〕齊格弗里德·克拉考爾《電影的本性》，邵牧君譯，南京：江蘇教育出版社，2006 年，第 260 頁。

〔註 96〕崔衛平《迷人的謊言》，北京：中國華僑出版社，2012 年，第 140 頁。

片中的攝影機其實在以互動、干預的方式完成對歷史視覺表述的介入。進而言之，需要思考的問題是，攝影機究竟是質詢歷史真相的調查者，抑或是窺視歷史的目擊者？究竟是策劃歷史事件發生的同謀，抑或是干預現實的闖入者？「瑞芬斯塔爾不過是通過巧妙的介入、完美的感知甚至稍顯放大了新德國人渴望復興的真實時刻，為稍縱即逝的1934年歷史延伸了生命」〔註97〕這為我們帶來有關少數民族紀錄片創作的反思在於，「影片在公正的頭腦中激發的深度不安感源於我們眼前可以觸知的生活變成了光怪陸離的景象這一事實，這個事實比這種改造更加讓人憂慮，對一個民族的存在產生了至關重要的影響……」〔註98〕少數民族紀錄片時刻遊弋於敏感的民族、宗教政策間，如何表徵複雜曖昧的「真實」？多大程度上表徵「真相」，「真相」的定義又是什麼？此為難題之三。

依據主流的認識，電視中的紀實類節目指的是真實客觀地紀錄自然現象和社會生活現象的一種電視片樣式。〔註99〕而按照紀錄片所表徵的內容題材、敘事風格，又可大致分為社會人文紀錄片、歷史文獻紀錄片、文化地理紀錄片、新聞事件紀錄片、自然科技紀錄片和人類學紀錄片等六大類型。〔註100〕本文所探討的少數民族紀實類電視專題節目，主要研究少數民族歷史文化電視紀錄片和少數民族人文社會紀錄片。少數民族歷史文化紀錄片立足於中華民族歷史和中華民族文化的全局，體現一種「大文化」的題材視野。創作者藉助解說詞的主體表達彰顯鮮明的主體意識。少數民族人文社會紀錄片則以普通少數族裔和當下社會現實為記錄對象，對邊疆少數族裔各階層人群生存狀況作客觀反映和真實紀錄。少數民族人文社會紀錄片平視少數民族社會人生、關注少數族裔個體命運、強調敘事紀實、貫注理性思維，從而使紀錄片體現平等、人道、民主、尊重的人文關懷。〔註101〕

〔註97〕陶濤《影像書寫歷史——紀錄片參與的歷史寫作》，北京：中國電影出版社，2015年，第57頁。

〔註98〕〔德〕齊格弗里德·克拉考爾《從卡里加利到希特勒：德國電影心理史》，上海：上海人民出版社，2008年，第312頁。

〔註99〕張鳳鑄主編《中國當代廣播電視文藝學》，北京：中國傳媒大學出版社，2004年，第105頁。

〔註100〕歐陽宏生主編《紀錄片概論》，成都：四川大學出版社，2004年，第91頁。

〔註101〕歐陽宏生主編《紀錄片概論》，成都：四川大學出版社，2004年，第97～115頁。

少數民族電視紀錄片以影像為信息載體，通過視聽語言紀錄並表徵少數民族文化品貌、種族結構、政治體系、經濟模式，可以被視為「人類學民族志」視覺文本。因其特殊的視覺記錄能力，少數民族紀錄片注重實證與體驗，與人類學強調的田野經驗息息想通。然而必須承認，儘管少數民族紀錄片直觀生動，但紀錄片製作者的價值立場、藝術風格和主觀視角都制約著影像的寫實性。隨著 3D 技術和 CG 技術的發展，電腦特技營造的多維擬真世界又讓觀眾流連於虛擬現實（Virtual reality）。因此無法避免，少數民族紀錄片展示的文化內容並非單純對於世界的簡單機械複製，相反會充斥著象徵、隱喻、抒情、思辨、敘事以及各式符號。所謂追求紀錄片鏡頭完全客觀冷靜的「零度鏡頭」實在難以實現。「紀錄片導演的影像作品最終總會帶有一定程度的『作者色彩』。」〔註 102〕然而另一方面，借助蒙太奇的視覺語言剪輯，少數民族紀錄片通過空間的並置與關聯來表情達意，用具象性和直觀性以展現替代性現場，儼然是一種具有文化通約性的表達媒介。生動逼真的圖像能貫通主客位整體性，調動起少數族裔的參與性和喚起性。儘管少數民族紀錄片影像存在多重解讀的「開放性」與「可能性」，但是「影像因其直觀逼真，往往能借助『意會』『移情』等直觀方式，有效傳播創作者的價值觀念。」〔註 103〕在這裡需要指出的是，本節所研究的少數民族紀錄片（包括新中國早期的新聞紀錄電影）排除以宣傳教化方式出現的新聞紀實類節目。這類節目以過多的採訪鏡頭淹沒中立的「畫面敘述」，屬於刻意傳播某種政治理念、宣講某種宗教觀念的訪談類「政論片」。其主線為「畫面輔助、同期採訪聲說教」，悖離了紀錄片畫面至上的本體論，所以不屬於本文研究的聚焦點。

（一）少數民族題材紀錄片發展簡史與現狀

新中國少數民族題材紀錄片的登陸節點可以聚焦於 1949 年。從這一年開始，新聞紀錄電影成為新政權宣傳工作的有力武器，其中不乏輝煌之作。據高維進《中國新聞紀錄電影史》記載，「《解放西藏大軍行》（北京電影製片廠，1951 年）紀錄中國人民解放軍在解放大西南後，向西藏進軍中解放甘孜、昌都，並於 1951 年 5 月在北京由中央人民政府和西藏地方政府達成《和平解放

〔註 102〕朱靖江編著《民族志紀錄片創作》，北京：北京聯合出版公司，2014 年，第 1～11 頁。

〔註 103〕朱靖江編著《民族志紀錄片創作》，北京：北京聯合出版公司，2014 年，第 14 頁。

西藏的協議》，繼而向拉薩進軍的情況。《光明照耀著西藏》（北京電影製片廠，1952 年）紀錄人民解放軍從西南、西北分幾路進軍西藏，1951 年 9 月到達西藏，受到廣大人民群眾及西藏上層人士的歡迎，以及按照關於和平解放西藏的《十七條協議》，西藏人民迎接新的生活。該片的攝影師任傑最先進入昌都，拍攝到身穿藏族服裝的英國人福特及其使用的電臺，這些材料揭露了帝國主義侵略我國領土的罪行。《歡樂的新疆》（北京電影製片廠，1951 年）、《西南高原上的春天》等影片宣傳了中國共產黨的民族政策，介紹了各族人民解放前後的變化，特別是西南高原有些民族在舊中國有的處於奴隸制（彝族地區），有的處於農奴制（西藏地區），甚至有的是原始公社制（景頗族、佧佤族），解放後，政治上、經濟上都發生著巨大變化。《中國民族大團結》（北京電影製片廠，1950 年）反映各族人民代表歡聚北京，歡度建國一週年的慶典。影片顯示了中國各民族的團結和歡樂，介紹了中國大地上散居著幾十個兄弟民族，他們在舊中國受著大漢族主義的欺壓，而解放後在民族大家庭中愉快地生活著。1950 年建國一週年國慶前夕，各兄弟民族代表受邀來北京，受到首都群眾的歡迎。各民族代表在向毛主席獻禮的大會上，獻上錦旗、民族服裝……代表著各族人民的心意，會場成為歡樂的海洋。這部影片集中地表現出少數民族在新、舊中國所處的不同社會地位，特別是新中國各民族在政治上的一律平等，反映出新中國新型的民族關係。影片被譽為『成功地表現了中國各民族的空前大團結。』」〔註 104〕從 1954 年到 1964 年，中國政府組織大批學者和工作人員在全國範圍內開展少數民族社會歷史和語言的調查。其間，作為一種紀錄手段，電影首次在中國被大規模用到田野調查中。這次「民族大調查」歷時 8 年，製作完成的「少數民族社會歷史科學紀錄影片」有《西藏的農奴制度》、《苦聰人》、《獨龍族》、《景頗族》、《大瑤山瑤族》、《額爾古納河畔的鄂溫克人》、《僜人》等 20 餘部。「這些影片為當時黨和政府制定有關少數民族的方針政策、進行愛國主義和民族團結教育，增進各民族間的瞭解提供了形象化的科學依據。」〔註 105〕不無遺憾的是，這些被國外學者奉為民族人類學影像經典的作品現在已經逐漸褪出學界的視野，被無意識淡忘了。

〔註 104〕高維進《中國新紀錄電影史》，北京：世界圖書出版公司，2013 年，第 93～95 頁。

〔註 105〕郭淨等編著《中國民族志電影先行者口述史》，昆明：雲南人民出版社，2015 年，第 1 頁。

新時期以來，一批優秀的少數民族題材紀錄片漸漸引起關注。《西藏的誘惑》（1988 年，劉郎導演）獲得「全國首屆錄相片大賽一等獎」。在紀錄片首尾處，「塔影佛光、五彩經幡、朝聖者的一路跪拜、僧人行走的背影，成為西藏氣息的內核，信仰者在這裡找到心靈皈依的信息。」〔註 106〕《沙與海》（1991 年，康健寧、高國棟導演）榮獲「第 28 屆亞廣聯紀錄片大獎」，為中國少數民族題材紀錄片帶來了國際榮譽。一段大歷史、兩個小人物，在廣闊的時代背景下再現少數民族地區的大生活，這是《沙與海》最重要的主題表現。「『打酸棗』、『小女孩沙灘嬉戲』、『牧民女兒談婚姻』等段落更是在樸實無華中流露出一種生活細節的詩意，令人過目難忘。」〔註 107〕時隔一年，《最後的山神》（1992 年，孫曾田導演）獲得「第 30 屆亞洲太平洋地區廣播電視聯盟年會『紀錄片』大獎」、「1995 年愛沙尼亞國際電影節大獎」。和反映少數民族西部地區社會生活的《沙與海》相比，《最後的山神》是一部純粹意義上的少數民族題材紀錄片。該片以及孫曾田稍後創作的《神鹿啊，我們的神鹿》記錄了鄂倫春人在大興安嶺的山林中自由原始的生活。影片「以中國東北部的少數民族——鄂倫春族的一個老薩滿為紀錄對象，深入挖掘了鄂倫春族的文化內涵、文化品格和文化價值。以全球現代文化為大背景，展現弱小的民族文化面對當今工業文明之時的不堪一擊。」〔註 108〕紀錄片《三節草》（1997 年，梁碧波導演）榮獲「1997 年第 20 屆法國真實電影節特別獎」、「第七屆中國電視駿馬獎」，作為一部講述中國土司制度的人類學紀錄片，《三節草》堪稱 1990 年代中國人類學紀錄片的上乘之作。影片講述「正在讀高中的成都漢族姑娘肖淑明被摩梭人土司喇寶成看中，並帶回瀘沽湖做壓寨夫人。觀眾在接受肖淑明故事的同時，欣賞瀘沽湖美麗的自然和人文景觀，瞭解摩梭族這樣一個特殊族群的民俗風情，以及伴隨著新中國的出現已經消亡了的土司制。」〔註 109〕

1990 年代，「新紀錄片運動」在中國風起雲湧。作為一個尚未獲得廣泛共

〔註 106〕錢淑芳、烏瓊芳《國內 50 部經典紀錄片——翻閱中國 50 年思想相冊》，北京：電子工業出版社，2012 年，第 41 頁。

〔註 107〕錢淑芳、烏瓊芳《國內 50 部經典紀錄片——翻閱中國 50 年思想相冊》，北京：電子工業出版社，2012 年，第 63 頁。

〔註 108〕錢淑芳、烏瓊芳《國內 50 部經典紀錄片——翻閱中國 50 年思想相冊》，北京：電子工業出版社，2012 年，第 76 頁。

〔註 109〕錢淑芳、烏瓊芳《國內 50 部經典紀錄片——翻閱中國 50 年思想相冊》，北京：電子工業出版社，2012 年，第 124 頁。

識的概念，「『新紀錄運動』允許每一位製作者都有進入歷史時空的可能性，它讓歷史時空得以『豁然開朗』和『敞開洞明』。」〔註 110〕在「新紀錄運動」的紀錄熱潮中，少數民族題材紀錄片的參與成為重要組成元素。段錦川導演攝製的《八廓南街 16 號》1997 年獲得法國蓬皮杜中心「真實電影節」頭獎。這是中國紀錄片在世界紀錄片影展獲得頭獎的首部作品。不同於《西藏的誘惑》（1988 年，劉郎導演）「電視風光片」式樣的渲染；迥異於《藏北人家》（1991 年，王海兵導演）的「畫面加解說」傳統紀錄片風格，《八廓南街 16 號》讓觀眾深味理性的紀錄風格。從 1986 年的《青稞》、1988 年的《藍面具供養》、1992 年的《青樸——苦修者的聖地》，再到 1994 年的《天邊》和《加達村的男人和女人》，段錦川導演一直關注西藏少數民族題材。作為其最成熟的作品，《八廓南街 16 號》是一部拒絕詩意的紀錄片，也是一部嚴謹理性的紀錄片，「影片作者對戲劇性的、各種信息力量彙集的『開會』空間表現出特俗的情結。」〔註 111〕學習班現場、冗長的會議記錄、莊嚴的入黨宣誓，例行公事般一次次在居委會這個中國最基層的公共空間重現。而鄰里糾紛、家庭不睦等生活瑣事看似不值一提，卻恰恰營構出西藏少數民族地區特殊的社會語境。《八廓南街 16 號》追求鏡頭的零度情感方式，質樸細膩的鏡頭探索多維的敘事角度，受眾得以獲取多種解讀的可能性。冷靜深刻的鏡頭關懷無微不至，讓觀眾感悟到西藏少數民族普通百姓與社會公共管理之間微妙而複雜的關係。少數民族紀錄片《最後的馬幫》（1998 年，郝躍駿導演）榮獲「第 18 屆中國電視金鷹獎優秀紀錄片」、「第 8 屆『駿馬獎』紀錄片一等獎」。全片分為四部：《走進獨龍江》、《倒楣的雨季》、《提前到來的大雪》和《衝出死亡困惑》。「影片講述一支『國營馬幫』應運而生的故事，藏滇交界處有『死亡峽谷』之稱的獨龍江峽谷，從 1950 年代開始。馬幫每年為獨龍族人輸送供給六百多噸的醫藥糧食、生活急需品。攝製組以質樸生動的影像重訴當年馬幫的脆弱艱辛與原始深情。」〔註 112〕除了上述作品，《青樸》、《喇嘛藏戲團》等少數民族題材紀錄片代表作品也可視為「新紀錄片運動」的重要組成部分。

〔註 110〕呂新雨《紀錄中國：當代中國新紀錄運動》，北京：生活．讀書．新知三聯書店，2003 年，第 1 頁。

〔註 111〕呂新雨《紀錄中國：當代中國新紀錄運動》，北京：生活．讀書．新知三聯書店，2003 年，第 11 頁。

〔註 112〕錢淑芳、烏瓊芳《國內 50 部經典紀錄片——翻閱中國 50 年思想相冊》，北京：電子工業出版社，2012 年，第 133～134 頁。

進入 21 世紀後，受到商業化浪潮、全球化語境和大眾化的影響，中國少數民族題材紀錄片遭遇創作瓶頸，過度娛樂性與獵奇性導致紀錄片質量下滑。不過，其間也出現了諸如《雪落伊犁》、《下山》、《布達拉宮》這樣的上乘之作。

《雪落伊犁》（2001 年，馮雷導演）榮獲「法國第 24 屆『真實電影節』最佳青年製作人尤里．伊文思獎」。「《雪落伊犁》以詩意電影的純潔風格，完成對一個少數民族家庭生活的片段式紀錄，生活的片段及黑與白的主題色彩構建了觀者廣闊的內心空間。從小住在新疆伊犁的哈薩克族小姑娘巴黑拉面對的就是無盡的生活負擔，但是生性的單純、樂觀令她的生活如同一片片飄落的雪花，輕輕地飄來，又淡淡地化去了。」〔註 113〕

《下山》（2002 年，特木爾夫導演）獲「2002 年第 8 屆中國電視紀錄片學術獎短片大獎」。為了恢復賀蘭山的自然風貌，內蒙古阿拉善盟從 1999 年實施退牧還林工程，要在兩年的時間內將 1500 戶，共 6000 多牧民和 15 萬頭（隻）牲畜遷移出賀蘭山。以此為背景，生態紀錄片《下山》「用富有民族特徵的草原空間為載體，將某個個體的生存狀態或生命故事放置於極富貫穿感的歷史發展過程中，去展現草原上牧民的過去、現在和將來。」〔註 114〕

《駝殤》（2004 年，照那斯圖、畢力格、特木爾夫導演）榮獲「2005 年四川國際電視節金熊貓獎人文及社會類最佳短紀錄片獎」，影片講述牧民額爾登達來一家與公駱駝「白旋風」之間的感人故事。「在本片的開頭與結尾，都是為駱駝舉行的祝福儀式，或隆重，或簡短。這體現蒙古民族深情典雅、莊重高貴、憧憬美好的禮儀，被牧民極其自然地表達給駱駝。更表現了蒙古族的觀念：人只有從內心敬畏自然，愛護生靈，才能在大自然中找到心靈的依傍。事實上，從反映西部高原少數民族生存狀態和野生動物保護的優秀紀錄片頻頻獲國際國內大獎這點上，就可以清楚地看到：在探索如何建設健康的人與自然的生存關係、呼籲人類更好地重視西部高原生態環境、民族文化等多方面的保護及和諧發展的公共教育方面，西部生態紀錄片在一定程度上起到了呼喚、感染、警示的作用。」〔註 115〕

〔註 113〕錢淑芳、烏瓊芳《國內 50 部經典紀錄片——翻閱中國 50 年思想相冊》，北京：電子工業出版社，2012 年，第 172～177 頁。

〔註 114〕錢淑芳、烏瓊芳《國內 50 部經典紀錄片——翻閱中國 50 年思想相冊》，北京：電子工業出版社，2012 年，第 183 頁。

〔註 115〕錢淑芳、烏瓊芳《國內 50 部經典紀錄片——翻閱中國 50 年思想相冊》，北京：電子工業出版社，2012 年，第 216～217 頁。

由中央電視臺投資拍攝，陳真導演的大型電影紀錄片《布達拉宮》2004 年登陸院線，掀起新一輪「電影紀錄片」進影院的熱潮。這部紀錄大片歷時五年艱辛攝製完成，榮獲「第 10 屆中國電影華表獎優秀紀錄片大獎」。該片通過一位在布達拉宮生活了 60 多年喇嘛的畫外音自述，在光影流動間展現布達拉宮莊嚴神聖的自然風光、莊嚴動人的宗教故事。同期登陸院線的另一部紀錄片《德拉姆》（2004 年）由田壯壯執導，榮獲「翠貝卡電影節紀錄片大獎」。《德拉姆》全片無傳統紀錄電影的畫外音解說詞，以寂然凝慮的視角靜水深流般紀錄雲南高海拔地區原住民的宗教生活與人文情懷，頗具少數民族人類學影像的犀利和深邃。美國《紐約時報》對《德拉姆》作出了如下高度評價：「《德拉姆》猶如印度版的《藍風箏》，具備遠超其風土地理特色、引發全球共鳴的深刻內蘊。」可以這樣說，在進入 21 世紀之後，《布達拉宮》和《德拉姆》這樣的優秀少數民族題材紀錄片為中國紀錄片的題材拓展與國際傳播作出重要貢獻。

從文化視角來看，當代電視媒體低俗化、娛樂化現象嚴重，不利於在少數民族地區凝聚核心主旋律價值觀、傳遞正能量。少數民族紀錄片的傳播可以有效改善少數民族地區的媒介文化生態、提升少數民族受眾影響力。從 2013 年開始，中國少數民族題材紀錄片的拓展戰略發生了新調整。其一，空間拓展。大致分為以下兩種類型：中央電視臺紀錄頻道以覆蓋全國的優勢創立中國紀錄片播出聯盟，西藏電視臺、新疆電視臺、內蒙古電視臺等邊疆地區電視臺傾力加盟，日播紀錄片《紀錄中國》開播；地面頻道向空中伸展，突破地方頻道的地域限制，獲得全國傳播平臺。（例如 2013 年 5 月 30 日，新疆衛視與上海紀實頻道聯合播出紀實欄目《真實紀錄》）。該日播欄目播放內容以上海紀實頻道製作的紀錄片和新疆電視臺自產紀錄片為主。）其二，頻道再定位。以西藏衛視和新疆衛視為代表，在提升專業化水準的同時，也開闢了《今日聚焦》、《在西藏》、《東西南北新疆人》等本土紀實欄目，吸引本土受眾。從少數民族紀錄片發展趨勢看，網絡新媒體自製的微紀錄片開始成為重要的新方向。（例如「土豆紀錄片」上線之後，與寶馬 MINI 聯合出品的作品《進藏》。〔註 116〕）

少數民族題材紀錄片既要以鏡頭語言詮釋邊疆少數民族地區地方文化，又需要承載新時期的精神價值與文化內涵。作為聯結不同族群的文化紐帶，

〔註 116〕張同道、胡智鋒主編《中國紀錄片發展研究報告（2014）》，北京：科學出版社，2014 年，第 6～8 頁。

少數民族題材紀錄片在傳承本民族文化主體精神、彰顯本民族審美取向的同時，更要與時俱進，兼顧現代審美意識，從影像敘事範式、畫面形態、紀實理念等諸多方面達到民族性格與審美現代化間的融合。在這方面，作為中國紀錄片行業引擎的「央視紀錄頻道」和「央視科教頻道」作用不可小覷。2013年1月7日晚，中國首部藏區大型紀錄片《天賜康巴》登陸中央電視臺科教頻道，與四川康巴藏語衛視頻道聯合首播。這部康巴藏區題材的大型人文紀錄片展示了康巴文化的多元特質及其對豐富中華民族文化的貢獻。同年，中央電視臺與「美國微笑列車基金」聯合出品紀錄片《扎西卡的微笑》（2013年，王衝霄導演）。該片紀錄了青藏東南邊緣4300米的扎西卡高原上，一群唇齶裂孩子在當地官員拉姆姐妹的關照下，通過微笑列車的資助免費進行手術治療、重塑面容，最終治癒先天缺陷，命運發生轉變的故事。這部影片也是中央電視臺首部關注「唇齶裂」群體的公益紀錄片。

2015年3月25日，大型藏族題材紀錄片《第三極》在央視中文國際頻道首播。《第三極》以「中國故事、國際表達」的國際化拍攝手法，被視作中國電視紀錄片國際傳播的重要範例。《第三極》把藏民在地球的第三極青藏高原的生活方式做了人類學上的精確性表達。以往紀錄片對於西藏的表達，「力圖凸顯其神秘性，或是刻意地強調其歷史的特殊性，這些表達容易構成某種刻板的印象，缺少對於此時此地的西藏的真切的體察。《第三極》通過艱苦的發掘和探究給予了人們對於西藏自然和人的一次『再發現』。」〔註117〕一如該片導演曾海若所言，「在漫長的旅途中，我們印象深刻的，是草原，這是藏族文化的基礎，也是最有生命合作精神的地方。」〔註118〕

2015年10月16日，紀錄電影《喜馬拉雅天梯》（2015年，蕭寒、梁君健導演）在全國公映。這部在珠峰極地歷時四年拍攝的4K超高清極限電影講述了珠峰腳下藏族少年從牧民的孩子成長為珠峰高山嚮導的故事。「大社會下命運與選擇的交叉路，這一切都以紀實的方式在紀實電影《喜馬拉雅天梯》中被記錄下來。」〔註119〕《喜馬拉雅天梯》是一個恰當的片名，也是一個巧

〔註117〕張頤武《序．第三極》，郭新編《第三極》，北京：五洲傳播出版社，2015年，第8頁。

〔註118〕曾海若《尋找第三極》，郭新編《第三極》，北京：五洲傳播出版社，2015年，第13頁。

〔註119〕孫琳《4K超高清紀錄片〈喜馬拉雅天梯〉創作紀實》，《影視製作》2015年11期，第59頁。

妙的切入點。西藏傳統文化敬畏天山，人離世後靈魂昇天，家人就在當地附近找一座神山，然後拿白粉畫上一格一格通往蒼天的階梯。影片中的珠峰高山嚮導就是登山客戶的「天梯」。「所謂『天梯』是一個雙關的，暗含隱喻的概念，將傳統文化和近年在城市中興起的商業登山運動結合起來，體現不同地區文化、傳統與現代之間的結合與碰撞。」〔註120〕

從2015年開始，上海紀實頻道與北京紀實頻道雙雙成為上星頻道，和央視紀錄片頻道共同構建起「紀錄片衛視傳播頻道」。少數民族題材紀錄片的國際化、產業化、品牌化以及類型細分化得以逐步實現。近年以來，央視和地方衛視的主要少數民族題材紀錄片欄目有：中央電視臺的《中華民族》、新疆衛視的《真實紀錄》和吉林衛視的《天地長白》。上述紀錄片欄目推出具有地方少數民族特色的品牌紀錄片，用影像書寫「詩意化」、「人文化」和「社會化」的少數民族形象。從鄉村到城市，被「刻板化」、「他者化」誤讀的邊疆少數民族群體開始進入大眾傳媒視野，也同時獲取了以影像表達「主體身份」客體存在的可能性。紀錄片秉持「在現場」的「真實電影」視角，呈現「探索紀實」、「文化儀式銘寫」、「宗教信仰紀錄」、「下層邊緣人群紀錄」和「田野調查紀實」的場域特性。這些紀錄影像不但具有彌足珍貴的文化人類學價值，也成為新全球經濟語境下國族身份認同與公民權構建的媒體化表徵。

（二）認同與角色：少數民族題材電視紀錄片傳播政治策略

與少數民族民生類新聞相似，少數民族電視紀錄片往往通過少數族裔在現實世界中的各種具體事件來傾訴某種特殊視角或價值觀。相對於少數民族電視新聞，電視紀錄片擁有更加繁複的故事情節、敘事結構、人物演繹，由此得以塑造視點迥異的音畫情景，最終達到國族認同的目的。少數民族紀錄片兼具貼近少數族裔生態環境的親和力與感染力，既能在少數族裔受眾中產生共鳴，又能改善現階段電視媒體娛樂低俗化的媒介文化。在少數民族紀錄片的對外傳播方面，「45%的海外觀眾選擇『經常收看』或『基本每天收看』央視國際版紀錄頻道。」〔註121〕從2013年央視紀錄頻道海外發行成績來看，反映少數民族文化的《絲路：重新開始的旅程》累計銷售總額緊隨《超級工

〔註120〕稅晶羽《喜馬拉雅天梯：盲人摸象，畫不出真實的模樣》，《大眾電影》，2015年第21期，第97頁。

〔註121〕張同道、胡智鋒《中國紀錄片發展研究報告（2014）》，北京：科學出版社，2014年，第4～34頁。

程》和《舌尖上的中國》，而海外發行單價也高居第5。由此不難看出，少數民族電視紀錄片已經成為中國少數民族電視產品進軍海外主流傳播渠道的重要方式，在有效提升中國紀錄片國際知名度和影響力的同時，成為對外正面宣傳中國少數民族文化的最佳方式。

當今，文化傳播能力儼然成為一個國家軟實力的重要象徵。少數民族紀錄片承擔著詮釋民族歷史、傳承民族文化、溝通國際交流的重要文化戰略。身處媒介融合的網絡時代，傳播科技、傳播符號、傳播媒介整合疊加，信息流動空前自由，使少數民族紀錄片影像傳播方式日趨多元。既有種族社區之內的人際傳播、族際之間的社群傳播，又有藉助國家媒體的國族大眾化傳播，不同的影像信息傳播方式形成多元複雜的通信渠道。少數民族紀錄片需要「從紀錄片影像信息傳播的信源著手，分析外部的政治和傳播制度對紀錄片影像傳播者的施控行為、受控情況及傳播者核心群體對紀錄片影像的製作、傳播情況。沿著信息傳播的環節，探討紀錄片影像信息的傳播渠道、傳播方式，成為受傳者與傳播者之間，用以延展、傳輸、承載特定符碼的實物載體及介質，也是信息傳播過程中的重要環節。」〔註122〕概而言之，在中國多元文化共生的環境中，少數民族紀錄片不僅單純具有影視人類學的意義，其更多的文化社會意義借助於包括其他少數民族在內的觀眾去充實與完善。少數民族題材紀錄片的國際傳播策略在於從畫面配解說的「格里爾遜式」宣教產品轉變為真正意義上的文化產品。中國少數民族紀錄片選材豐富：多姿的民族風情、悠久的民族文化、廣袤的邊疆山川都可以成為記錄的對象，這是積極與國際對話，向世界展現中國文化的重要紐帶。

紀錄片傳播的重要優勢在於以視頻為載體跨時空傳播信息，使其相對於印刷媒介更具可信度和逼真性。從1920年代弗拉哈迪開創人類學紀錄片，紀錄片終於從「『僅描寫對象表面價值』的寫實主義桎梏中脫穎而出，開始探索為影像提供主觀詮釋性視野的道路。」〔註123〕由於信息傳播的滯後，2008年西藏「3.14」打砸搶燒事件導致大量不實信息在國際上散播，使中國對外輿論宣傳深處被動。而2008年3月，著名製片人、作家書雲女士執導完成的《西

〔註122〕劉新傳、冷冶夫、陳璐《角色與認同：中國紀錄片國際傳播戰略》，北京：中國傳媒大學出版社，2014年，第98頁。

〔註123〕陶濤《影像書寫歷史——紀錄片參與的歷史寫作》，北京：中國電影出版社，2015年，第198頁。

藏一年》在英國廣播公司第四臺播放後，在西方主流媒體引發強烈反響。在紀錄片播出期間，英國五大報《泰晤士報》、《衛報》、《每日電訊報》、《獨立報》、《信報》均把《西藏一年》作為電視節目的重點介紹給讀者。〔註124〕另據新華網報導「《西藏一年》在BBC播出後，又被美國、加拿大、法國、德國、西班牙、南非、韓國等40多個國家和地區的主流電視臺以及覆蓋整個非洲的非洲電視廣播聯合體、覆蓋整個拉美的拉美電視廣播聯合體、覆蓋整個亞洲的發現頻道等機構訂購、播放。從國家的角度來看，這是近年我國在對外宣傳活動中取得成功的一部作品。英國《衛報》評價《西藏一年》，『以罕見的深度、驚心動魄的力量，公正紀錄當今世界最有爭議、最偏遠的人們的真實生活。』這部作品能被西方主流媒體接受，可見它的獨特價值，這也進一步佐證了紀錄片在文化交流中的重要地位。」〔註125〕源於社會利益結構的快速變動，當代中國意識形態價值觀的形態分化難以避免，而邊疆地區複雜多變的少數民族問題又致使文化分離的傾向進一步加劇。全球化時代的到來、外來文化的侵蝕、少數族裔受眾的多元化價值取向都對國族認同的建構產生嚴峻的挑戰。在這種情形下，以軟文化凝聚共識、尋求多元文化的整合；建立社會認同的結構機制，通過文化的國際傳播提升少數族裔的認同度，成為少數民族紀錄片製作者與學界都應該積極探索的問題。在這方面，北京衛視《檔案》欄目、新疆衛視《東西南北新疆人》、中央電視臺紀錄頻道（國際版）等紀實類欄目作出了積極的探索。

個案2-2-1　新疆衛視《今日聚焦》欄目「紀念抗戰勝利七十週年」節目解析

對於國族的建構而言，各種類型的儀式至關重要。可以這麼說，缺失了集「濃縮性」、「指涉性」和「統一性」的各式象徵符號，就沒有國族的存在。我們可以將這些象徵符號視為「意識形態圖騰」，它們立場鮮明地表明態度、張揚方向，精準地將「國族忠誠」的價值理念投射給每一位少數族裔受眾。

〔註124〕值得提醒的是，在第一集《夏末》中，對於十一世班禪額爾德尼·確吉傑佈在江孜白居寺開展佛事活動的描畫和詮釋，該紀錄片的解說詞與中國權威媒體的主流宣傳不盡相同。對此，同名節目在中央電視臺國際頻道播出時，做了適當刪剪。

〔註125〕劉新傳、冷冶夫、陳璐《角色與認同：中國紀錄片國際傳播戰略》，北京：中國傳媒大學出版社，2014年，第77頁。

以閱兵儀式為代表的各類媒介事件通過聲明身份、樹立權威，對外展示國家權威，對內提供身份及認同，成為彰顯國族精神重要的象徵符號。

2015 年 9 月 2 日、9 月 3 日，配合北京「紀念抗戰勝利七十週年大閱兵」活動，新疆衛視《今日聚焦》欄目相繼推出「為了不能忘卻的記憶」和「珍愛和平、開創未來」系列節目。通過大量同期聲採訪和歷史文檔展現，節目試圖將少數族裔受眾帶入權力及其合法性建構的歷史性體驗中。〔註 126〕電視節目突破了時空的局域，提供一種不在現場的「現場體驗」，力求讓每一個少數族裔受眾都成為「閱兵儀式」的事件「見證人」。

我們可以將「閱兵儀式」視作與一般突發事件或重大事件迥異的媒介事件。原因在於「閱兵儀式」往往經過提前策劃、宣布和廣告宣傳，在一定意義上少數族裔受眾是被「邀請」來參與這種「儀式」或者說「文化表演」。〔註 127〕作為對於「閱兵儀式」報導活動的事前宣傳和鋪墊，《今日聚焦》9 月 2 日推出「為了不能忘卻的記憶」專題片。節目展現了抗戰期間新疆各族民眾捐獻現金、購買「新疆號」戰鬥機的畫面（1 分 12 秒）；播出各族群眾絡繹不絕參觀「世界反法西斯戰爭中的新疆」檔案文獻展的實況（2 分 32 秒）。在同期聲採訪中，艾爾肯・阿布來提談到：「……為了抗戰，和田的那個艾莎把自己兒子都捐出來了，這種精神難能可貴。國家發展了，我們才能發展。把命運繫於中華民族各民族一塊，這是一個很好的一個起步……」。節目的高潮出現在 4 分 22 秒主持人趙智傑出像，深情朗誦抗戰詩人黎穆・塔裏甫的詩篇：「中國、中國、中國，你就是我的故鄉，東北、盧溝橋……寫吧……寫那屹立在後方的、美麗富饒的新疆」。該期欄目歷史文獻資料翔實，不僅調用了 2004 年對於抗戰維族馱工的專訪，並且現場採訪抗戰馱工喀迪爾・吾舒爾的兒子麥麥提如孜・喀迪爾。值得一提的是，部分受訪少數民族同胞用漢語回答記者提問，也有部分少數民族群眾使用維族母語回答記者訪談，建構出多元文化融合的良好氣氛。

在 2015 年 9 月 3 日「大閱兵」當天，《今日聚焦》欄目推出「珍愛和平、開創未來」專題片。電視轉播間背景大屏幕呈現獵獵生風、規訓統一的受閱

〔註 126〕翟衫《儀式的傳播力——電視媒介儀式研究》，北京：中國傳媒大學出版社，2014 年，第 129～136 頁。

〔註 127〕〔美〕丹尼爾・戴揚、伊來休・卡茨《媒介事件》，麻爭旗譯，北京：北京廣播學院出版社，2000 年，第 3 頁。

軍人，主持人的串詞鏗鏘有力：「……70 年後的今天，新疆與全國各族人民一同紀念這一偉大歷史時刻……」在觀看大閱兵節目的少數民族群眾同期聲採訪中，尉犁縣興平鄉達西村村民吐爾遜．卡德爾談到：「我們看到了國家的強大，軍人的力量，心裏非常激動……」（1 分 47 秒）。喀什群眾吐啦買提．艾買提說道：「看到我們新疆的官兵參加了閱兵式，我感到非常自豪，他們是我們新疆各族人民的驕傲。」（3 分 53 秒）。對於抗戰革命先烈艾買提．瓦吉地的兒子奧蘭．瓦吉地的採訪可謂當天的節目亮點。艾買提．瓦吉地當年在抗戰中向延安輸運戰略物資，犧牲在抗日戰場中。奧蘭．瓦吉地動情地向九泉之下的先父傾訴：「我可以告慰我的父親，我們有這麼強大的中國人民解放軍，新疆一定更加繁榮富強，他一定非常高興……」（7 分 19 秒）

可以這麼說，通過電視節目的「儀式政治化」，有效表達出了多民族融合、和睦的渴求，多元化以及相對利益的衝突也能暫時得到懸置。電視儀式事件的流動本身是莊嚴而令人敬畏的，它促使個體的慶典轉化為集體的心聲，在有效解釋媒介事件的象徵意義、維護組織者給予事件定義的同時，喚起了少數族裔對於社會合法權威的忠誠。

圖 2-2-2　2015 年 9 月 3 日，為「紀念抗日戰爭勝利 70 週年」，新疆衛視《今日聚焦欄目》播出「珍愛和平，開創未來」專題片

個案 2-2-2　少數民族突發危機事件電視傳播策略與輿論研究——以「2012 年藏人自焚事件」的電視傳播為例

2011 年底至 2012 年初，在四川阿壩、青海藏區、拉薩地區相繼發生了針對政府的抗議活動和藏人自焚事件。2011 年 11 月 11 日，英國《衛報》刊登題為《「燃燒的烈士」——西藏僧人自焚浪潮》一文，引用少數「流亡藏人」的話，公開美化自焚行為。2012 年 3 月 27 日，「YouTube 視頻網站」上貼出題為「西藏抗議示威者確認強巴扎西自焚身亡」的視頻。〔註 128〕3 月 28 日，美國《赫芬登郵報》網站刊發題為《強巴扎西之死：西藏流亡者在印度自焚》的文章。〔註 129〕與此同時，美國《紐約時報》也刊文《西藏流亡者在集會中自焚》詳細報導此次事件。〔註 130〕

西方輿論聚焦達賴喇嘛及其領導下的藏獨運動，對中國政府展開了猛烈的抨擊批評。面對來勢洶洶的攻擊，「藏人自焚事件」已然演化為一場「媒介危機事件」，西方媒體或渲染、或誇大的報導在西藏地區造成極其惡劣的影響。需要反思的問題是，如何迎擊西方媒體對於類似危機事件的報導？如何理性看待、正確引導海內外藏族同胞對於這一事件的介入？值得注意的是，當前對於類似「自焚事件」的民族衝突得以產生的社會條件缺乏深入分析，從電視媒介管理層面的研究更是匱乏。與之相反，西方有不少學者開始撰文評析此事，比較有代表性的論文為約翰·哈奈特·斯蒂芬的文章《「燃燒的西藏」:「解放」與「佔領」、「抵抗」與「麻痹」——「世界屋脊」相互矛盾的修辭學》。〔註 131〕斯蒂芬在文中用稍顯誇張的筆觸感歎:「席捲印度、西藏和中國藏族聚集區的自焚事件重新點燃了世界範圍內對於中國政府治理西藏行為的爭議。儘管中國宣布已經把西藏從封建農奴制中解放出來、共同邁向現代化國家，但許多西藏人仍然對此提出異議——認為他們是共產主義大清洗的犧牲品……西藏當前的局勢糾結於中國帝國主義的野心與藏民的反抗，疊繞於後殖民主義全球資本化與國際人權的矛盾。」〔註 132〕斯蒂芬的觀點代表了部

〔註 128〕參見網址 https://www.youtube.com/watch?v=ExT23-Zm6Y8。

〔註 129〕參見網址：http://www.huffingtonpost.com/2012/03/28/jampa-yeshi-dead-tibet-n-1384568.html。

〔註 130〕參見網址：http://www.freetibet.org/news-media/na/tibetan-self-immolates-india。

〔註 131〕See Stephen John Hartnett, Tibet is Burning: Competing Rhetorics of Liberation, Occupation, Resistance, and Paralysis on the Roof of the World, Quarterly Journal of Speech, 99:3, 283.

〔註 132〕Stephen John Hartnett, Tibet is Burning: Competing Rhetorics of Liberation,

分西方敵對勢力對於中國治理西藏的文化臆想，但其影響的深遠性卻不容小覷。

（一）「東方主義西藏觀」的刻板印象與輿論爭奪戰

在藏人自焚事件的背後，凸顯的是頗為複雜的幾個問題維度，它們彼此糾葛在一起：地緣政治學、國際戰略、資源利益的分配、人權定義、民族文化保存以及全球化動力學。進一步思考的問題是，作為重要媒介的電視在面對類似種族爭端的突發事件之時，應該採取何種規範的態度？換而言之，電視媒介在以往類似媒介事件的宣傳策略以及傳播過程中又有無失當之處？具體而言，媒介危機事件的傳播與故事的講述過程、電視藝術、新聞藝術和敘事藝術緊密相聯。我們需要針對相關文本對於以下方面進行具體分析：如何建構故事？如何保持少數族裔受眾興趣？如何博取支持？如何深化電視文本內容？如何使少數族裔受眾與熒屏互動？如何體現電視媒介醫治社會創傷的恢復功能？面對敏感事件，如何有效實現審查過濾與信息透明之間的平衡？只有回答了這些複雜的問題，媒介危機事件的信息傳播才能最終達到和解，在和解的氣氛中參與者和少數族裔觀眾被邀請來共同克服衝突，或者至少使之停滯或縮小。最終，電視媒介技術得以創造並統一為比民族更大的社會共同體。〔註 133〕

日常的新聞報導中，作為主流媒體的西藏衛視往往聚集於表現新時期藏民的幸福生活。作為典型符碼的畫面表徵或者新聞標題往往是「開心歡笑的當地藏民」、「喇嘛的今昔生活變遷」、「新舊西藏對比——朗孜廈的今昔變遷」、「雪城監獄：殘酷的封建農奴制縮影」、「邊巴倉決：從農奴到主人」、「貢嘎縣：聯戶增收奔小康，聯戶平安保穩定」、「便民警務站：群眾家門口的幸福站」、「川藏公路：景觀大道、致富大道」等傳遞主流價值觀的正面新聞。〔註 134〕毋庸置疑，這些新聞節目有效促使藏民瞭解本民族真實歷史，強化其個體愛國意識、最終形成國族認同的心理機制。但不可否認的現實情形是，因為危機事件報導的相對滯後以及信息傳播的透明度不夠，當面對境外敵對

Occupation, Resistance, and Paralysis on the Roof of the World, Quarterly Journal of Speech, 99:3, 283.

〔註 133〕〔美〕丹尼爾．戴揚、伊來休．卡茨《媒介事件》，麻爭旗譯，北京：北京廣播學院出版社，2000 年，第 13～24 頁。

〔註 134〕參見西藏衛視《西藏新聞聯播》2012 年 12 月，2014 年 7 月～8 月播出的相關新聞。

媒體的大肆攻擊時，我們的主流媒體在輿論宣傳中經常會處於不利的局面。「藏人自焚事件」爆發後，整個西方媒體和西方社會表現出激烈的態度，甚至在全球局部地區引發華人運動。一時間，支持「藏獨」的聲音甚囂塵上；西方媒體從「民主」、「人權」的角度對中國政治展開抨擊。「東方主義西藏觀」的刻板印象、西方特定政治力量對於輿論的操縱和政治行動的組織、對於政治制度極為不同的紅色中國崛起的恐懼和排斥，三者聚合形成後冷戰時代文化政治的重要反對力量；其後深層次的文化背景則與殖民主義、帝國主義、冷戰歷史和全球化的不平等狀況息息相關。〔註 135〕

如前所述，「危機性事件」不過是媒介事件的一類重要素材，與那些「給定腳本」的「儀式性媒介事件」相同，一樣需要遵循特定的敘事樣式。事實上，無論是在崇敬威嚴禮儀氛圍中完成的「儀式性媒介事件」，還是偶發未知的「危機性媒介事件」，電視媒介本身並不生產新聞或者製造事件，它只是在意識形態控制下「邀請」觀眾參與到媒介當中。在這個過程中，重點原則在於如何維護組織者給事件的定義、如何解釋事件的象徵意義、如何對事件進行有限度的分析和干預。媒介事件把與一種或多種社會核心價值相關的象徵性動作的表現置於顯著地位，其本質是意識形態組織者與技術熟練的電視臺聯合生產的作品。〔註 136〕由此，意識形態迥異的媒體之間自然會爆發劇烈的輿論爭奪戰，在危機時刻向威脅自身社會的衝突發出不同的聲音。經過敘述形式的最終精緻編織處理，特定社會的基本價值觀得以重申，族群認同的歷史記憶得以喚起，少數族裔受眾的注意焦點得以彰顯。最終，「媒介危機事件」的負面衝突得到最大的消弭，轉化為增進團結的集體歷史記憶。

（二）議程設置：關於「英雄事件」的不同復述

在「2012 年藏人自焚事件」中，「自焚」的僧人或民眾很容易被西方媒體美化為甘地式的殉道英雄。自從 1959 年達賴喇嘛流亡印度以來，在西方媒體的不斷渲染下，本來是地域性的藏傳佛教轉世系統已然演變為以達賴「名人效應」迅速增長為特徵的全球化現象。〔註 137〕另一方面，面對中國政治經濟

〔註 135〕汪暉《東西之間的「西藏問題」》，北京：生活・讀書・新知三聯書店，2014 年，第 5 頁。

〔註 136〕〔美〕丹尼爾・戴揚、伊來休・卡茨《媒介事件》，麻爭旗譯，北京：北京廣播學院出版社，2000 年，第 9～17 頁。

〔註 137〕See Meenakshi Ganguly, "*Generation Exile*," Transition 87, 2001: 4～25.

的崛起，以美國為代表的西方媒體流露出不安與惶恐，在他們看來「一個強大富裕，但同時富於責任感的中國政權至關重要。」〔註 138〕從這個角度而言，媒體如果對於「藏人自焚」這樣的危機事件處理不當，中國政府很容易被西方媒體歪曲為「不負責任」、「不講人權」的政體，而自身卻難以辯白。在傳播不暢、信息透明度較低的情形下，自焚藏人的行為只會不斷升級擴大，被西方學者歪曲為所謂「非暴力不合作」的「西藏式起義」（Tibetan-style intifada），〔註 139〕更多不明輿論真相的藏族同胞被裹挾入事件當中，成為政治的獻祭品。

參與自焚事件的藏人被西方媒體描述為所謂「殉道英雄」，這就涉及到一個問題：講述「事件故事」不能沒有敘述形式，而敘事形式本身是有意義的。以電視媒介為例，電視敘述化的具體內容是情節化加上媒介化，過程異常複雜。〔註 140〕西方媒體不顧及自焚者給家人和社會帶來的巨大創傷，罔顧自焚行為對藏傳佛教儀軌的悖逆，在敘述過程中渲染其所謂犧牲精神，可以視作有意規避社會道德準則正面衝突的「妥協式二次敘述」。「妥協式的二次敘述，即部分應用自然化方式，部分放棄生活經驗和文化規約提供的準則。在面對道義倫理時有意說得黑白不分是非錯亂的文本。」〔註 141〕面對少數民族危機事件，電視導演報導所遇到的障礙是如何有效利用少數民族觀眾能夠接受的方式，講述一個偶發的、未知的、開放的，同時又是高度敏感、禁忌重重的故事。我們所討論的特殊事件與電視節目之間的區別不在於其場景的非熟悉性或者其隱含的主題，而在於其所標榜的歷史真實性。由此，對於「藏人自焚」這類重大電視事件特點的復述方式值得認真總結。無論是事件組織者為之「命名」，抑或是電視媒介取而代之，甚至是多種稱謂同時存在，「命名」與故事講述總是存在諸多關係，儘管關於如何「命名」始終存在多

〔註 138〕See Joseph · R · Biden Jr., "*China's Rise isn't Our Demise*," New York Times, September 7, 2011, http://www.nytimes.com/2011/09/08/opinion/chinas-rise-isnt-our-demise.html.

〔註 139〕Melvyn C. Goldstein, *The Snow Lion and the Dragon: China, Tibet, and the Dalai Lama*, Berkeley: University of California Press, 1997, 116.

〔註 140〕趙毅衡《廣義敘述學》，成都：四川大學出版社，2013 年，第 106 頁。

〔註 141〕以好萊塢電影為例，「大量為黑手黨領袖樹碑立傳的電影，如《教父》（The God Father）、《美國往事》（(Once Upon a Time in America），之所以大獲成功，是因為二次敘述中分開了『家庭人倫很溫馨』與『黑手黨殺人販毒危害社會』兩種道義，並且在讓前者優先控制接收時擱置後者。」參見趙毅衡《廣義敘述學》，成都：四川大學出版社，2013 年，第 112 頁。

種無法調和的矛盾衝突。〔註 142〕

電視議程設置的節目框架和語境「通過選擇、強調、排除、闡釋來對議題提供暗示。」〔註 143〕電視媒介的節目框架引導觀看少數民族電視節目的受眾注意圖像的主導角度，關注電視在塑造觀眾心中的客體圖畫方面所具有的能力。從「藏人自焚」和中西方媒體關於「英雄事件」的不同復述方式，我們可以看出電視議程設置的重要性，感受到電視媒介與輿論控制的必要性。

（三）「媒介危機事件」傳播策略研究

「藏人自焚」悲劇發生後，西方世界對於該事件的認識主要來源於電視媒體。《美國之音》、《自由亞洲》等境外媒體通過對自焚事件的持續炒作，不斷加強對藏區的蠱惑，密集的負面報導把「自焚藏人」描述為殉道英雄、將中國政府刻畫為不講人權的集權者。面對輿論刻板的負面形象，如果電視新聞報導簡短膚淺、缺少可靠信源，加上因為涉及敏感的民族宗教問題而導致政府信息不公開，極易造成流言的大範圍傳播以至於無法遏制。

事實上，危機的發生具有突然性、時限性和不可預見性，傳媒機構需要迅速果斷地作出反應和決策，以控制事態的發展、避免危機對地方帶來更多負面的影響。危機及其管理可以分為五個階段：1. 信號檢測階段（此階段的主要工作是在信息的汪洋大海中區分真正的危機信號和無用的噪音）2. 準備／預防階段。3. 控制／限制損害階段。4. 恢復階段。5. 總結學習階段。在這五個階段中，政府宣傳部門需要和相關媒體建立良好的互信關係，掌握正確的危機傳播技巧：如使用簡單、唯一的信息進行快速反應；使用唯一的發言人。遵循快速反應、統一口徑、開放性、對受害者表示同情的主要原則。〔註 144〕

政府部門在面對少數民族危機事件時，與新聞媒體的具體合作關係可以從下圖中反映出來：

〔註 142〕〔美〕丹尼爾·戴揚、伊來休·卡茨《媒介事件》，麻爭旗譯，北京：北京廣播學院出版社，2000 年，第 36～38 頁。

〔註 143〕〔美〕馬克斯韋爾·麥庫姆斯《議程設置：大眾媒介與輿論》，郭鎮之、徐培喜譯，北京：北京大學出版社，2008 年，第 105 頁。

〔註 144〕〔美〕埃里·阿夫拉漢姆、伊蘭·科特《地區危機傳播：實用媒介策略》，葛岩等譯，上海：上海交通大學出版社，2013 年，81～87 頁。

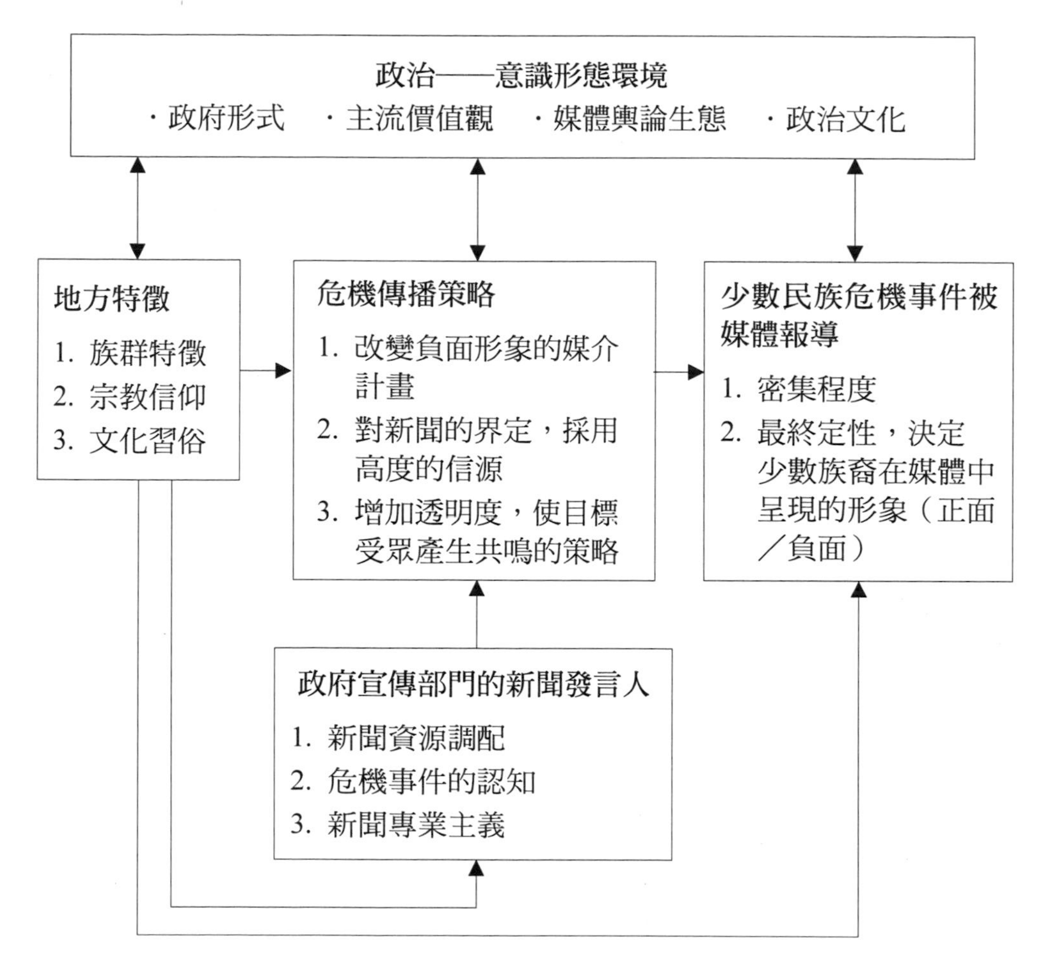

2013 年 5 月 16 日，中央電視臺中文國際頻道《今日關注》欄目播出《從〈自焚指導書〉看達賴集團怎樣操縱自焚事件》專題片（該片獲「第二十三屆中國新聞獎」國際傳播類一等獎）。該片資料翔實、論證嚴謹，有效扭轉了中國媒體在相關事件報導上缺席的不利局面，也在一定程度改變了中國的負面政治形象。專題片圍繞《自焚指導書》這一核心文本證據，在電視畫面中將「指導書文本」與「自焚新聞照」並置，充當文本詮釋的作用（專題片 2 分 26 秒處）。由此，現代電視傳媒形成的閱讀習慣和表述方式得到有效利用，在注銷文字與圖像間障礙的同時，有利駁斥了達賴集團對新聞事件的扭曲。

「自焚指導書」並非「文字附加圖像式（或圖像追加文字）式的補綴、重疊或聯姻，而是相互指涉、調節，彼此統籌、料理，生成奇妙的閱讀效果——文本是圖像的評注，圖像本是直接的，由於文字參與，卻被漸循展現；圖像是文字的所指，話語本是直接的，通過造型，卻被直觀表達。」〔註 145〕以《自焚指導書》為核心，通過該片研究危機事件中電視議程設置效果的角度、議程設置的關聯性與不確定性、議程設置的屬性與框架、議程設置的傳播效果，可以給予我們許多啟示。

參照媒介框架理論的觀點，我們可以歸納出《從〈自焚指導書〉看達賴集團怎樣操縱自焚事件》一片所使用的框架（以下簡稱《從》片）。該框架是基於「政治是一種策略性宣傳」理念而建構出來的「策略框架」（strategy frame）。事實上，無論是議題界限的設定、脈絡的選擇、重點的強調，框架都強調「衝突」、「對立」為主軸的論述構成。

針對西方敵對媒體的不實言論，該專題片以或「爭辯」或「舉證」的影像符號與文字符號（解說詞），在其表意過程中指向「自焚事件」和所謂「殉道英雄」命名的深層內涵。「策略框架」在具體運用時也採納了「形象框架」，以質疑十四世達賴喇嘛縱容悲劇事件發生的個人品德來貶斥其立場。但整體而言，「策略框架」支配了該專題片的論述運作模式。〔註 146〕

節目整體符號／敘述策略的分層運作與框架使用詳見下表所示（表中所有信息均來自該專題片）：

《從》片的「議題論述策略」與「框架分析」

節目立場	《從》片信源	西方媒體相關論述	
		正方（譴責「自焚事件」）	反方（渲染「自焚事件」為英雄事件）
構成議題論述文本的符號表徵（「自焚事件」是否為英雄殉道事件）	1.「西藏流亡議會」會員拉毛傑炮製《自焚指導書》的影像。（文檔資料）2. 中國藏學研究中心歷史研究所所長張雲同期聲。（專家視角）3. 中國佛教協會會長傳印長老同期聲。（專家視角）4. 嘉木樣活佛同期聲。（藏傳佛教人士視角）5. 自焚未遂藏人班瑪加、仁仙則禮、依甲、桑代等人專訪（自焚者視角）。6. 依甲父親專訪（自焚者親人視角）	譴責達賴集團行徑的西方媒體和西方學者：1. 瑞士洛桑大學奧托·科爾布教授專訪。2. 美國波斯頓大學宗教係教授斯蒂芬·普羅斯特專訪。	煽動自焚事件的西方媒體相關報導：1.《美國之音》節目片段。2.《自由亞洲》節目片段。3. 藏獨媒體對自焚事件的炒作。

〔註 145〕謝宏聲《圖像與觀看》，桂林：廣西師範大學出版社，2012 年，第 412 頁。
〔註 146〕孫秀蕙、陳儀芬《結構符號學與傳播文本：理論與研究實例》，臺灣新北市：正中書局，2011 年，第 200 頁。

	7. 達賴喇嘛煽動自焚的語錄。（事件製造者視角）8. 藏獨分子格爾登活佛蠱惑自焚的語錄。（事件製造者視角）9. 達賴集團「緊急聯絡小組」成員羅讓貢求接受公安審訊的錄像及筆錄。（事件製造者視角）	3. 美國多維新聞網相關評論。4. 德國第一電視臺相關節目片段。5. 奧地利《新聞報》專訪保羅・威廉斯。	
議題論述導向	1. 以指導書為證據，譴責達賴集團及敵對西方媒體。2. 採訪藏傳佛教權威學者、宗教界人士，指明自焚行為違背宗教教義和戒律。3. 採訪自焚未遂者，以其懺悔警醒觀眾。4. 專訪自焚事件幕後操縱者，揭露事件本來面目。	1. 採訪西方宗教學相關學者，用他們的聲音來譴責達賴集團對自焚事件的縱容態度。2. 用西方反對自焚事件媒體的報導駁斥敵對媒體。	1. 炒作自焚事件，將自焚者渲染為「抗議中國暴政」的英雄。2. 將自焚貼上「和平非暴力鬥爭」的標簽。
議題論述策略	1. 質疑議題：挑戰自焚所謂「英雄行為」的正當性。2. 貶損達賴集團及西方媒體的可信度。3. 列出重要證據：《自焚指導書》。		1. 支持議題：密集播放相關自焚的視頻，蠱惑受眾。2. 同期聲採訪持不同異見者。
議題框架的使用	策略框架： 1. 設定界限。旗幟鮮明反對自焚事件。 2. 選擇脈絡。同期聲採訪各類相關當事人。 3. 強調重點。圍繞《自焚指導書》這一核心證據展開論戰。 形象框架： 質疑揭發議題的個人品德操守來貶抑其立場的正當性。		

結語

「突發危機事件」大致包括自然災害，如汶川大地震；惡性犯罪事件，如周克華系列殺人案；惡性事故，如深圳山體滑坡事件；疫情，如 2003 年非典疫情；外交事件，如北約轟炸我駐南聯盟大使館事件；群體事件，如「法輪功」分子圍堵奧運火炬傳遞事件。「2012 年藏人自焚事件」屬於性質比較惡劣的群體事件，由於涉及民族宗教問題，在電視傳播過程中更加需要謹慎處置。新時期以來，受境外敵對勢力以及全球化複雜語境的影響，邊疆地區各類「少數民族危機事件」呈現頻發的態勢。以 2014 年為例，除「雲南昆明火車站恐怖襲擊事件」外，單是新疆地區就有「5・22 烏魯木齊爆炸案」、「2・14 新疆烏什縣襲警案」、「5・8 新疆阿克蘇市襲警案」、「4・30 烏魯木齊火車站恐怖襲擊案」以及「7・28 新疆莎車縣暴力恐怖襲擊案」發生。對於此類少數民族

「突發危機事件」，相關新聞媒體開始不同程度的介入，經歷了由不發消息到發消息，再到如何發消息，以至如何及時、透明地發布消息的過程。不言而喻，在這個過程中，媒介議程設置與輿論研究起著舉足輕重的作用。

從後見之明的教訓來看，面對少數民族「突發危機事件」不予跟進是一葉障目、不可思議的行為。發布相關消息時有效媒介策略的採用，相反可以讓少數民族受眾認清事件真相，激發其愛國熱情和國族精神。網絡新媒體時代下，如果作為主流媒體的電視對於「危機事件」視而不見，既不參與調查，又不及時公布真相，那麼不僅會背離公正平等的社會原則，而且將失去輿論宣傳的陣地。信息化社會對於突發事件的隱瞞，其結果只能走向穩定的對立面——恐慌。沒有消息比走漏消息更容易失控。「其實政府發布消息的『即使基地原則』和『遞進式原則』正好符合媒體的傳播規律……當然，對媒體來說，也必須有自我約束機制，對突發事件中不利於社會穩定、國家安全和公共利益的消息堅決不發，儘管其從職業角度判斷這個消息具有巨大的新聞價值。」〔註 147〕以央視 2001 年對「法輪功自焚事件」的及時新聞報導為轉折點，有關「媒介突發危機事件」的電視報導開始在對外宣傳中逐漸佔據主動。對「2012 年藏人自焚事件」新聞報導的電視傳播研究再次證明：只有成熟而成功的操作電視媒體，才能在媒介議程設置中占得先機，取得有利的輿論導向，最終征服受眾。

圖 2-2-3　2012 年 3 月 26 日，強巴扎西在新德里自焚〔註 148〕

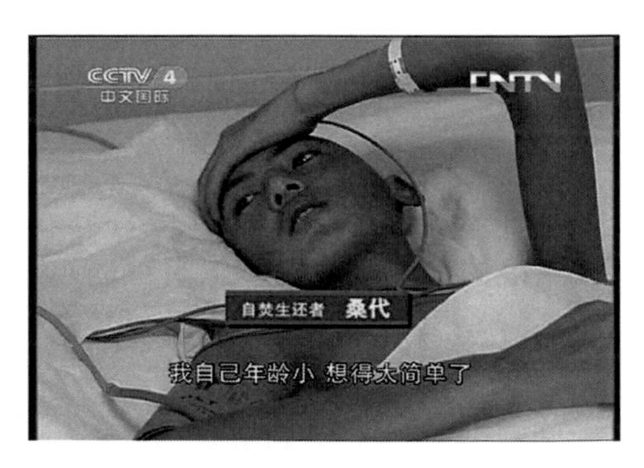

圖 2-2-4　中央電視臺播出的紀錄片《從〈自焚指導書〉看達賴集團怎樣操縱自焚事件》

〔註 147〕孫玉勝《十年：從改變電視的語態開始》，北京：人民文學出版社，2012 年，第 268～269 頁。

〔註 148〕圖 2-2（左圖）檢索於：http://www.huffingtonpost.com/2012/03/28/jampa-yeshi-dead-tibet-n-1384568.html。

圖 2-2-5　日本 NHK 紀錄片《天空聖城·藏傳佛教·紅色的信仰世界》劇照（53 分 10 秒處）。該片錯誤認為「用漢語書寫的巨型標語和藏傳佛教宣傳語並置，表明中共對藏傳佛教文化的壓制和同化。」

個案 2-2-3　「可視」的歷史敘述：少數民族歷史紀錄片敘事史學研究——以北京衛視紀錄片《西藏——活佛轉世》為例

歷史在被不同話語敘述的同時也永遠在等待自我言說。在歷史學中，權威證據與集體記憶是最核心本質的要素。然而，如何選擇、批評乃至構造「歷史事實」卻成為雖然困擾紛紜歷史學家，但卻貫穿始終的工作。〔註 149〕在全球化「讀圖時代」語境下，少數民族紀錄片試圖以「即地即時」的「影像繪本」重構歷史的「原真性」，用生動鮮活的現在時態創構出不同凡響的歷史張力。紀錄片以「影像證據」驗證歷史文獻的邏輯理性，並且同時以此獲取「後文字像素時代」銘寫歷史的合法性。作為對「視覺意識形態」所提供的有力素材，成功優秀的少數民族題材紀錄片「猶如智慧崇高的思想火炬，照亮通往歷史實在的曲徑。」〔註 150〕如果說一切歷史都是當代史、一切歷史都是思想史，那麼以重大歷史為題材的少數民族紀錄片必然存在抵制、批判乃至顛

〔註 149〕〔英〕柯林武德《歷史的觀念》，北京：北京大學出版社，2010 年，第 232～233 頁。

〔註 150〕陶濤《影像書寫歷史——紀錄片參與的歷史寫作》，北京：中國電影出版社，2015 年，第 88 頁。

覆各種歷史範式成見的可能性。與此同時，伴隨全新歷史文獻檔案的不斷解密，加以敵對意識形態媒體的不斷衝擊，關於歷史的敘述可能出現截然不同的「雙重敘述」情節。不言而喻，在少數民族題材紀錄片的歷史敘述中，如何贏取權威的媒體話語、爭得現代輿論戰中的合法性成為焦點所在。

從藏傳佛教的宗教儀軌來看，活佛轉世、金瓶掣簽制度事關宗教首領政治地位和經濟權力的延續傳承問題，彰顯中央政府在班禪額爾德尼、達賴等大活佛轉世問題上的權威。如果處理不當，勢必造成藏族上層貴族搶奪宗教權力、教派紛爭、地方勢力過度膨脹乃至戰亂頻發。西藏活佛轉世、金瓶掣簽制度的實施，是「中央政府確立系統治藏法規的重要內容」。〔註 151〕然而嚴峻的現實情形是，藏獨集團藉口歷史上達賴與班禪「互為使徒、互相指認」，炒作達賴對班禪轉世靈童有最高指認權。流亡海外的達賴喇嘛又頻頻發表終結轉世制度的言論，遮蔽其藏獨的政治訴求。〔註 152〕「通往歷史實在的道路終究是由一個個互有競爭關係的歷史表述共同構成。這些歷史學家對歷史認

〔註 151〕廖祖桂、陳慶英、周煒《論清朝金瓶掣簽制度》，《中國社會科學》1995 年第 5 期，第 179 頁。

〔註 152〕早在「1995 年 5 月 14 日，達賴突然在印度擅自宣布批註『認定』出生於嘉黎縣境內的六歲兒童根敦．確吉尼瑪為十世班禪大師的轉世靈童。公開暴露了他企圖分裂祖國、搞西藏獨立的政治目的。據媒體報導，達賴早在班禪大師圓寂時，就開始插手班禪轉世的工作。」參見周煒《佛界——活佛轉世與西藏文明》，北京：中國藏學出版社，2015 年，第 382 頁。「2011 年 8 月，達賴喇嘛在印度達蘭薩拉流亡政府與一批反共人士交談時宣稱：『我無法確定我和前任達賴喇嘛們在轉世靈魂上為同一個人。』同年 8 月，達賴喇嘛在德國黑森州議會發表演講，聲稱新一任轉世的達賴喇嘛也可以是女性，但必須得長得漂亮。2016 年 4 月 8 日，在接受 BBC 電視臺的採訪時，達賴喇嘛表示活佛轉世制度是封建制度下不合時宜的舊思維。」李豔《達賴再放厥詞：稱轉世制度已過時》，參閱網址 http://www.tibet.cn/news/focus/1460192010308.shtml。2015 年 12 月，達賴喇嘛在接受臺灣聯合新聞網採訪時，再次聲稱：「雖然活佛轉世擁有長達六百年的制度，但是如果能終結於像他這樣受歡迎的達拉喇嘛，也是非常好的一件事情。假如十五世達賴喇嘛比不上自己，那麼他作為十四世達拉喇嘛的名譽也會大受影響。」張曉磊《達賴接受臺媒採訪：終止轉世是為留個好名聲》，參閱網址 http://www.tibet.cn/news/focus/1450243285928.shtml。據 2015 年 1 月 23 日《印度斯坦時報》報導，非法藏獨團體「自由西藏運動」印度分部 1 月 21 日在印度達蘭薩拉街頭發動遊行示威，『抵制抗議』中央政府開通的藏傳佛教活佛查詢系統。該團體負責人聲稱：「我們無法接受和想像，在查詢系統的活佛目錄清單中居然沒有達賴喇嘛。」參見郭盼《達賴集團『抗議』活佛查詢系統，或因阻斷其『生意鏈』》，參閱網址 http://www.tibet.cn/news/focus/1453780522366.shtml。

識的表述，是在一個主動尋找的意義框架及個性發現的視角中去組織材料，完成對歷史的建構與詮釋。」〔註 153〕由此，和主流意識形態表述迥異的種種「噪音」此起彼伏。少數民族紀錄片藉助影像傳播國家與民族的記憶，已然成為意識形態的喉舌聲音。這不僅需要其符合當下主流歷史觀的意義表達，更要與上述種種「噪音」有力抗拒。毋庸諱言，記憶與歷史永遠無法完全一致和諧。在少數民族紀錄片的歷史寫作實踐中，其批判功能「假設圍繞過去存在一種重複與重建的雙重運動」。〔註 154〕如何讓中國少數民族紀錄片在國際傳播中獲取公信力、佔據主導優勢地位？如何讓少數民族題材紀錄片成為少數民族同胞公民行為教育和國族歷史思辨教育指南？如何正確把控少數民族文化心理，在為現實政治找尋歷史的注腳隱喻同時，成功建構國家歷史集體記憶與國族認同？從上述思考路徑出發，北京衛視 2015 年出品的紀錄片《西藏——活佛轉世》（理論文獻審字〔2015〕第 30 號）作出了比較成功的影像探索。

（一）紀錄片敘事史學的「故事法原則」

依據歷史學家羅森斯通（Robert A. Rosenstone）的後現代歷史觀，歷史不過是一種被構建而成的意識形態與文化產物，並非對客觀事實的反映。「傳統歷史研究使用語言文字，擅長於事實分析和線性研究。但歷史未必非要使用文字語言；用視覺、聽覺、感覺甚至影像蒙太奇（montage）等非語言文字，也能重現歷史。」〔註 155〕該定義十分接近格里爾遜關於紀錄片乃「對於客觀現實事物動態影像紀錄之創造性處理（the creative treatment of actuality）的著名論斷」。在格里爾遜觀點的基礎上，羅森斯通更加強調歷史紀錄片不僅重現了過去所謂「真實世界」的歷史時空與人物事件，而且必然裹挾著特定意識形態立場與黨派觀點。我們可以對此作出進一步詮釋：「（1）歷史紀錄片是有關歷史事件、人物狀態的重現；（2）歷史紀錄片是以創造性的手段去表徵歷史事件或事物狀態；（3）與普通紀錄片相比，歷史紀錄片更加強調讓受眾相

〔註 153〕陶濤《影像書寫歷史——紀錄片參與的歷史寫作》，北京：中國電影出版社，2015 年，第 101 頁。

〔註 154〕〔法〕克里斯蒂昂·德拉熱，樊尚·吉格洛《歷史學家與電影》，北京：北京大學出版社，2008 年，第 151 頁。

〔註 155〕Rosenstone, Robert A, *Visions of the Past: The Challenge of Film to Our Idea of History*, Cambridge, Massachusetts: Harvard University Press, 1995, p11.

信影像中的事件或人物的確存在或發生過。」〔註 156〕與印刷媒介時代的「文獻歷史」相比，依賴逼真生動的視聽效果，歷史紀錄片更能鮮活直觀地呈現各種特定歷史事物。當重現戰役戰爭等複雜歷史事件、再現恢弘巨大的歷史景觀之時，歷史紀錄片亦能依賴現代 CG 技術營造強烈氣場感染觀眾。歷史紀錄片的影像語言異常豐富，諸如特技動畫、色彩渲染、情緒化音效、同期聲錄音、畫外音旁白、畫面特殊構圖等多種語言手段的整合，都能有效重塑影像敘事者特定的歷史觀和政治立場。在某種程度上，歷史紀錄片製作者或隱喻反諷、或嬉笑怒罵、或熱情謳歌，其敘事技巧和敘事手法在一定程度上已然類似於劇情片。

進一步質疑反思，紀錄片影像銘紀的歷史如何與文獻歷史媲美？以影像為媒介的歷史紀錄片能否充當歷史的主體解釋，成功代言歷史事件？歷史紀錄片製作者在歷史影像痕跡中尋求意義，他們可否堪稱創造某類特殊歷史文本意義的歷史學家？事實上，歷史紀錄片融合文獻資料與視聽文本於一身，集納各式案例觀點於一體，自然可被視作具有全新意義的「歷史文本」。《西藏——活佛轉世》正是這樣一部以影像為媒介、製作成功的「歷史文本」。如同紙質「歷史書」，該「歷史文本」同樣喚醒了歷史事件（無論是否處於歷史表述互有牴牾的複雜語境）、引發歷史爭鳴以及激起詮釋事件。對於該影像文本的敘事方式作出全面解析，自然成為一件饒有學術意味的重要課題。

在《西藏——活佛轉世》之前，傳統的少數民族題材紀錄片往往給觀眾予樸質簡陋的感覺。影像或濫用宏觀全景和煽情音效，或機械套用格里爾遜「主觀闡釋性」紀錄片原則（畫面+主觀畫外音），既乏歷史特寫細節，又鮮見切入史實的特殊洞見。過度的政治化美學「使影像淪為國家意識形態的通俗教義，從而喪失真實意義。一如桑塔格之奚落：中國人不想讓影像太豐富，或太有意義。」〔註 157〕

另一方面，需要清醒認識，影視媒介物的消費屬性與生俱來。少數民族題材紀錄片惟有追尋獨具感染力的故事講述形式，充分發揮影像在歷史敘述中的象徵寓言功能，才可創建影像歷史的高收視率。「以影像書寫歷史偉大故事，將借助影像素材所特有獨到的『在場』性權威以及大眾媒介日益強勢的

〔註 156〕李道明《紀錄片：歷史、美學、製作、倫理》，臺北：三民書局，2013 年，第 250 頁。

〔註 157〕謝宏聲《圖像與觀看》，桂林：廣西師範大學出版社，2012 年，第 140 頁。

話語地位，領引歷史敘事史學的全方位復興。」〔註 158〕歷史紀錄片《西藏——活佛轉世》的成功，正在於有效建構「可見」「在場」的權威文獻證據，依靠影像傳遞特殊的表意敘事，最終賦予歷史影像書寫的合法性。

我們可以將《西藏——活佛轉世》視作新時期少數民族紀錄片敘事範式的典例。首先，圍繞中央人民政府對於「活佛轉世」宗教儀軌解釋的絕對權威、「金瓶掣簽」制度的歷史淵源、「活佛轉世」的重大歷史事件等重要情節，紀錄片建構起了獨到而讓觀眾信服的敘事和影視造型。此外，有效利用電腦製作技術與虛擬演播室營建虛擬歷史時空，又和影視造型元素一道提供了故事情節的有效展開與延宕。在實現美學效果的同時，紀錄片同時以強烈的影視戲劇感贏取了電視觀眾的關注度。

以紀錄片的序幕為例，主持人坐於電腦圖像合成的拉薩哲蚌寺當中，娓娓動聽地講述「活佛轉世」的精彩傳奇：「這是一個美麗動人的傳說。明嘉靖二十一年，哲蚌寺的赤巴（主持），一位名叫根敦嘉措的高僧圓寂了。據說不久後，一件奇特的事情隨即發生——拉薩西郊的堆龍德慶縣，出生了一名幼童（壁畫展示）。三歲時，他竟能回憶出根敦嘉措的生平事蹟（電腦動畫模擬出幼童指認根敦嘉措生前遺物的故事場景）。據說，就在此時，天空恰巧出現了一道彩虹，鮮花飛落，十分美麗壯觀。（此刻，電腦動畫虛擬合成的鮮花幻化成片片真花，紛紛點點飄落於主持人身前。伴隨主持人拾起真花的特寫鏡頭，主持人繼續使用現場同期聲講述。（2 分 8 秒處）後來，一位高僧給孩子取了法名，他繼承了根敦嘉措的法脈。這個傳說也許只是美好的想像，而且裏面的人名好像有點陌生。別急，如果換一個稱呼您一定知道，那就是達賴喇嘛。」這個故事，為我們講述的是藏傳佛教特有的傳承方式——活佛轉世。藏傳佛教認為，佛有法身、報身和化身三身說。朱古（活佛）作為佛的化身「乘願再來，自在受生」，這個繼承人在登上法位前，被稱為「轉世靈童」。西藏歷史上第一次活佛轉世，就此誕生。（在主持人的講述中，平行鏡頭切換給了主持人身後一個略有幾分羞澀、頑皮可愛的小喇嘛，電視畫面呈現小喇嘛回眸一笑的特寫）這段影像講述的歷史事實是，「明憲宗成化十年（1474 年）根敦朱巴圓寂，據說他的靈魂附於某一嬰孩體中，藏傳佛教徒便以這個嬰孩做他的後嗣，名根敦嘉穆錯。這種轉世辦

〔註 158〕陶濤《影像書寫歷史——紀錄片參與的歷史寫作》，北京：中國電影出版社，2015 年，第 223 頁。

法，此後遂定為永制。」〔註 159〕

依靠虛擬演播室所營建的全新環境造型，主持人承擔起了電視新聞記者出鏡時的「代入」職能，引領電視受眾重新「步入」雲譎波詭的歷史現場。事實上，紀錄片《西藏——活佛轉世》中的每一個大組合段落都聚焦特定環境造型，並且在貫穿始終的情節主題鎖鏈（中央政府對於「金瓶掣簽」制度的絕對領導）中實現對觀眾視聽刺激的不斷升值與增級。依靠電腦動漫技術，主持人置身於布達拉宮最大的殿宇司喜平措，一手提照明燈盞，一邊娓娓敘述（22 分 54 秒處）:「在這裡，有一幅壁畫，被稱為鎮殿之寶。（主持人故作神秘好奇狀）在哪兒呢？讓我們來找一找……一名格魯派的高僧與一位地位相對較高的人，坐在一起，似乎在交談著什麼。此畫放在如此重要的位置，其地位一定非同小可，它到底講了一個什麼故事呢？」由此，清順治帝接見五世達賴喇嘛阿旺羅桑嘉措，並冊封其為「西天大善自在佛所領天下釋教、普通赤瓦剌怛喇達賴喇嘛」的重要史實得以重新逼真展現。〔註 160〕與此同時，紀錄片的主題也通過解說詞昭示無遺——「班禪和達賴通過中央政府的冊封實現其政教合法地位，他們的政教地位也是在政府的扶持下節節上升的，他們的轉世、認定，當然要接受中央政府的監督、管理。」

藍天明媚、微蕩流雲，借助電腦特技和延時攝影技術，主持人在納木錯湖畔緩步而行、深情吟唱六世達賴喇嘛倉央嘉措的詩歌：「潔白的仙鶴，請借我一雙翅膀，我不會遠走高飛，只到裏塘就回……多麼優美的詩詞啊，可是詩人的命運卻不像詩歌那樣美麗。」置身情景劇一般歡快氛圍，電視觀眾在潛移默化間接受了紀錄片所講述的歷史事實：藏區因為罷黜六世達賴喇嘛，戰亂頻仍、風雲動盪。直到康熙皇帝宣布廢除郡王制度，清朝中央政府護送格桑嘉措七世達賴喇嘛入藏；在隆重舉行坐床典禮之後，藏區的政權之爭才得以平衡，達賴喇嘛的政教地位亦至前所未有的歷史高度。

不難發現，「影像歷史」由紀錄片的不同視覺語言所建構。在傳統「展演式紀錄片」中，敘事者往往依據自身價值觀與政治立場來決定如何講述歷史，

〔註 159〕傅樂成《中國通史》，北京：中信出版社，2014 年，第 658 頁。

〔註 160〕「清廷以喇嘛教流佈於內外蒙古以及青海、西藏，為懷柔起見，加以保護尊崇，以理藩院兼理其教，並於北京建雍和宮，奉養喇嘛。雍正時，清廷又為內外蒙古各立活佛，以為其區內喇嘛教的領袖，合達賴、班禪，共為四系。」參見傅樂成《中國通史》，北京：中信出版社，2014 年，第 658 頁。

形式上缺少與觀眾的互動交流。《西藏——活佛轉世》則將虛擬情景與歷史真實事件巧妙結合，通過主持人（出鏡者）的「事件介入」來喚醒觀眾對歷史事件的反映，並且在倫理情感和歷史價值觀方面給予他們強烈震撼。該紀錄片的「展演方式」自由混合各類視覺效果，如口述歷史與虛擬歷史現場技巧（視點鏡頭、情緒化配樂、動畫模擬、延時攝影、倒敘、升格、靜幀）的有效結合。本片在提出如何用電視文本講述歷史爭議話題的同時，也呈現了下述歷史紀錄片講述故事的重要美學範式——（1）即便不依靠強烈的戲劇衝突，只需要合適的人物服裝、得體的背景設置與適宜的氛圍烘托，就可以讓觀眾思考相關歷史事件。（2）紙質書寫的歷史無法提供場景的空間感、色彩感、質感，亦無法展示人物的服裝手勢與臉部表情。（3）呈現那些事發之時無任何紀錄的歷史事件。（4）紀錄片製作者在重新進行場面調度（restaging）的過程中，可以影響事件本身、讓觀眾覺察到比事件本身更加寬廣的歷史意義。（5）藉助在紀錄時加入戲劇要素，創作者得以表徵或批評在傳統紀錄片中不易說明的某些經驗——諸如人物在作出行動背後的心理驅動和複雜情緒。（如本片在表現活佛轉世制度中賄賂吹忠所存在的痼疾時，主持人模仿乾隆帝的激動情緒、怒斥吹忠，即為表演痕跡明顯的「搬演」。）（6）採納此種形式的目的是破除既有之再現模式，促使觀眾在全新的觀影方式中產生反思、質疑和批評。（7）「重構」、「重演」的理論依據為：假如歷史事件在發生之時難以進入攝影機的視野，而紀錄片製作者認為這件事十分重要，則必須給予語言和視覺上的重演，而非依靠畫外音旁白來讓觀眾憑空想像。創造這些所謂「無中生有」的事件是製作者的使命。〔註 161〕

（二）「歷史影像權威證據」與「活化對象」

《西藏——活佛轉世》大量採用演員重演、情景重現等戲劇手法來再現歷史，以維持觀眾的觀影快感和情緒張力。在此過程中，對於波詭云譎的歷史事件作出縮減、凝練甚至「隱喻」，自然難以避免。事實上，能否讓少數民族觀眾在觀影過程中分享並參與「中華國族」的集體認同經驗，「歷史影像權威證據」和「活化對象」的有效使用是十分重要的評判標準。《西藏——活佛轉世》頗具「編纂電影」模式，影片除了大量剪輯整理已有的珍貴影像（早期

〔註 161〕參見李道明《紀錄片：歷史、美學、製作、倫理》，臺北：三民書局，2013 年，第 256～262 頁。

新聞紀錄片資料），還獨具匠心地開掘電腦CG技術，讓紛繁複雜、林林總總的壁畫、版畫、海報、歷史照片以及其他重要歷史文物「活化」起來。最終，中央人民政府在「金瓶掣簽」、「活佛轉世制度」中不容置疑的權威核心領導地位得到有力的歷史論證。

為了既能依靠戲劇性吸引受眾，又能保障紀錄片影像的紀實性與歷史權威性，《西藏——活佛轉世》把敘事重心聚焦於現場重現和歷史證據的展示過程中。此種紀錄片創作理念擺脫了弗拉哈迪時代的「劇情片」編導傳統，有效借鑒了「直接電影」所提倡的「牆上蒼蠅」製作觀。「和格里爾遜所提倡的英國紀錄片運動不同，『直接電影』倡導觀察優於旁白——甚至於全然擯棄旁白，從而有別於格里爾遜『形象化政論紀錄片』。其創造性表現在對現實內容的關注和選擇方式上面，字幕是描述性的（而非解釋性），也全然沒有富有政治偏見意味的畫外音解說。」〔註162〕此外，如果和前蘇聯維爾托夫「電影眼睛派」相比較，「直接電影」既吸納了「電影眼睛派」崇尚的「生活流」感性，又避免了攝影機過多的主觀介入，從而讓影像本身言說。在《西藏——活佛轉世》中，「說話者」正是製作者精心編輯的各式「歷史影像權威證據」。我們將結合《西藏——活佛轉世》影像本身以及相關歷史文獻描述，對上述「活動影像歷史證據」作出梳理和解析。

西藏自古乃中國不可分割的一部分，歷代接受中央政府的行政管轄。正如阿沛阿旺晉美所說：「在20世紀以前，西藏從來沒有獨立這個詞彙。」遠自明正統十二年（1447年），明朝中央政府首次派官員進入西藏管理活佛轉世事物，參與審核轉世靈童。（本片以壁畫《西天佛子源流圖》這一「活化對象」加以展示）。「在轉世靈童的審定過程中，若僅認定一位轉世靈童，由駐藏大臣上奏皇帝，呈報免於掣簽。按照慣例，先由駐藏大臣宣讀聖諭，宣讀完畢後，靈童向東方行三跪九叩禮，然後由駐藏大臣等向達賴靈童敬獻哈達，達賴靈童也向駐藏大臣回贈哈達，並送鍍金佛像等厚禮。上述禮節，既體現了中央政府對西藏的統馭關係，亦彰顯出駐藏大臣的權力，雖屬繁文縟節，但事關國體暨中央政府權威，不可或缺。」〔註163〕（本片通過乾隆年間賜予達

〔註162〕張同道主編《真實的風景：世界紀錄電影導演研究》，北京：同心出版社，2009年，第358頁。

〔註163〕崔保新《西藏1934——黃慕松奉使西藏實錄》，北京：社會科學文獻出版社，2015年，第3頁。

賴的金奔吧、歷代清帝授予西藏的掣簽金瓶和金印金冊加以佐證該宗教儀軌的權威性和神聖性）

然而，自清末以降，由於藏獨階層的抬頭以及國際反華勢力的挑唆，「西藏活佛轉世」問題已經演變為事關中華國體的嚴峻政治鬥爭。英軍在 1888 年、1903 年兩次入侵中國西藏，收買西藏上層貴族策劃臭名昭著的「西姆拉會議」（本片以當年歷史照片展示）。自此，藏族勢力與分裂思想在藏區甚囂塵上。「以達賴喇嘛為首的西藏當局不再遵從駐藏大臣和大清皇帝的章法。1904 年英國入侵西藏的結果，可能出現一種真正的危險，即西藏有可能像不丹和錫金那樣淪為英國的保護國。」〔註 164〕儘管如此，直至民國政府，即使在戰亂迭興、黨爭恩怨的混亂時代與複雜環境中，國民政府對於達賴及其噶廈政府集團的管轄聯繫，依舊從未中斷。1929 年 7 月 15 日，劉曼卿作為「國民政府西藏特使」專門會晤十三世達賴喇嘛，談及：「痛惜於中國之分崩離析，西藏受英挾制……甚願漢藏仍和好為兄弟如初……尚望佛爺顧念大局，體惜愚忱，賜以明白之答覆。」〔註 165〕（本片以劉曼卿歷史照片展示，並配以畫外音解說）蔣介石在十三世達賴喇嘛圓寂後，表現出對於「藏方內部意見不一，其傾向中央與乘機思逞者，各欲行其主張的擔憂。」1934 年 8 月，國民政府參謀本部次長黃慕松以冊封弔唁、致敬祭奠十三世達賴喇嘛的名義，出使西藏。在南京國民政府行政院發給西藏噶廈當局的公文信函函中，黃慕松的正式稱呼為：國民政府冊封、致祭十三世達賴專使。如果分析這個稱呼，包涵以下關鍵詞：「一是國民政府，即代表中華民國的中央政府，由此引申出第二個關鍵詞冊封；冊封即表彰、褒獎，是上對下，中央對地方；三是專使，代表國家即元首執行中央使命。黃慕松專使赴藏的主要任務是：冊封、致祭十三世達賴，除表彰其愛國護藏的貢獻外，更兼有對外宣誓國家主權，對內維護中央政府權威，修復中央政府與西藏地方政府的關係，發展漢藏人民的傳統友誼的深意。」〔註 166〕（為了有力地佐證這段歷史，《西藏——活佛轉世》紀錄片製作方在中國電影資料館搜尋到了 1934 年攝製的民國電影新聞片《黃專使入藏》。）

〔註 164〕〔美〕梅・戈爾斯坦《喇嘛王國的覆滅》，杜永彬譯，北京：中國藏學出版社，2015 年，第 47 頁。

〔註 165〕參見馬大正主編《國民政府女密使赴藏紀實》，北京：民族出版社，1998 年，第 2～30 頁。

〔註 166〕崔保新《西藏 1934——黃慕松奉使西藏實錄》，北京：社會科學文獻出版社，2015 年，第 215 頁。

主持人在片中用鄭重的語氣宣告:「這些老膠片將會是有史以來，第一次展現在電視觀眾的面前。」通過當年斑駁老舊的電影膠片，觀眾得以重睹「布達拉宮致祭十三世達賴喇嘛」、「拉薩空巷迎專使」、「黃慕松大昭寺禮佛」等經典畫面。

「影像歷史權威證據」有效彰顯了國民政府對於西藏邊區的行政管轄。在祭奠十三世達賴喇嘛活動結束後，尋訪轉世靈童的問題重又提上議事日程。當年掌權的西藏熱振活佛提出:「幼童拉木登珠靈異卓著，請求免予金瓶掣簽。」因為事關中華主權，這給時任「蒙藏委員會委員長」吳忠信拋出了棘手難題。1940 年 2 月 1 日，作為中央政府特派大員、「靈童尋訪小組負責人」的吳忠信一行專程來到羅布林卡。(為還原當年歷史情景，紀錄片《西藏——活佛轉世》借助電腦 CG 虛擬而成羅布林卡廟宇。主持人在寺前出像解說:「據記載這一天，晴空如洗、微風拂人。」吳忠信的回憶中說，他不僅和拉木登珠進行了交流，兩人還一起合照留念。此時，電腦的虛擬影像逐漸淡出，淡入 1940 年所攝製的紀錄片《西藏巡禮》畫面。與《西藏巡禮》中拉木登珠和其父母的生活場面相得益彰，畫外音繼續講述:「吳忠信在回憶中特別提到，由於拉木登珠一家生活在多民族混居的村落，所以他能說漢語，對漢人十分親切。在此後的會面中，吳忠信又發現，他的父母『久習漢化，內鄉之情尤為殷摯。』而同行的朱少逸也回憶，拉木登珠的父親，根本不會說藏語，只會說青海方言，而且吃不慣藏族的傳統食物糌粑，反而更喜歡吃內地的食物饅頭。」)不難發現，因為原始影像文檔《西藏巡禮》(1940 年)的適時編插，不但使紀錄片《西藏——活佛轉世》更富於戲劇欣賞性，更讓全片增添了不少無法辯駁的歷史公信。

1940 年 2 月 5 日，國民政府在對吳忠信考察報告和攝政熱振的上呈公函作出充分權衡之後，終於給出最後函覆。在中國第二歷史檔案館的協助之下，《西藏——活佛轉世》編導獲取了這份珍貴文檔的複印件。(主持人緊握檔案文本，辭嚴義正地宣讀飭令:「國民政府令，青海靈童拉木登珠，慧性湛深，靈異特著，查係第十三世達賴喇嘛轉世，應即免予掣簽。特准繼任為第十四世達賴喇嘛。此令。」特別需要留心這裡的一處修改，由應即「無庸」抽籤改為了應即「免予」掣簽。兩字之差，失之毫釐、差之千里，特別體現出中央政府在「靈童轉世」決定中的主導權。由此，因為中華民國政府批准，拉木登珠免予掣簽。國民政府還為十四世達賴喇嘛後來的坐床大典撥了款，「其坐床大典所需經費，著由行政院轉飭財政部，撥發 40 萬元，以示優異。」主持人為此作出了形象比喻：「40 萬元可不是一筆小數目，抗戰期間，20 元就能買一頭牛。」）毋庸置疑，面對這份擲地有聲的權威歷史文檔，任何藏獨勢力的謊言都將不攻自破。在「金瓶掣簽」歷史文獻研究中，另一份彌足珍貴的歷史文檔當屬西藏自治區檔案館的鎮館之寶——《欽定藏內善後章程二十九條》。同樣，紀錄片《西藏——活佛轉世》以「活化歷史對象」的現代化製作方式形象展示這件文物，並借助畫外配音對善後章程作出權威解釋：「《章程》第一條就設立了金瓶掣簽制度，明確『關於尋找活佛靈童事宜，在御賜金瓶內，放入寫有靈童者名字以及出生年月的簽牌。選派學識淵博的喇嘛誦經七日後，由各呼圖克圖會同駐藏大臣，在大昭寺釋加牟尼像前掣簽認定。』《章程》對西藏的宗教、軍事、行政、司法、外事等各方面做出了系統、詳細的規定，成為清朝治理西藏的重要證據。」

一面借助權威「歷史影像證據」（如民國時期黑白新聞片《黃專使入藏，1934》、《西藏巡禮，1940》、中央電視臺所拍攝彩色紀實節目《新中國成立後第一次金瓶掣簽——十世班禪轉世，1995》，一方面依靠「活化歷史對象」（如片中眾多版畫、海報、壁畫和歷史照片），歷史紀錄片《西藏——活佛轉世》得以獲取由攝影鏡頭來詮釋複雜歷史事件之可能性。在這裡，紀錄片「媒介紀實美學」與將歷史事件「現實化」呈現的訴求高度統一而為對歷史認知的兩個不同層面。二者相得益彰、有效交融，使得紀錄片影像的觀眾在依靠媒介圖像的傳播被動獲取信息的同時，加速其對於媒介圖像的信賴度。

結語：「紀實影像」書寫歷史的合法性

隨著全球化多媒體時代的到來，數字化影像和多媒體互動式傳播技術開啟了全新的「像素讀圖時代」。在新時代的媒介語境下，我們需要思考「紀實影像」如何獲取銘寫歷史的合法性？在為少數民族觀眾呈現龐雜海量信息的同時，少數民族題材紀錄片應該如何有效採納現代化數碼技術，以鮮活互動、多元立體的方式加速中華國族集體歷史記憶的傳承與普及？誠然，「在一個由圖像漩渦構成的全球化世界，視覺文化的轉向正挑戰著語言文化的中心地位」〔註 167〕但是，紀實影像在作為歷史分析的有效工具時，不可避免會受到宗教

〔註 167〕陶濤《影像書寫歷史——紀錄片參與的歷史寫作》，北京：中國電影出版社，2015 年，第 80 頁。

文化、性別特徵、種族身份、國家政治意識形態等複雜因素的干擾。最終，呈現出片面化、局部化、斷裂化和碎片化等種種缺陷。要想獲得書寫複雜歷史事件的合法性，少數民族紀實影像必須以尊重歷史的謹慎包容之心，對所謂「權威歷史影像證據」加以小心求證，才有可能達到最終通向「權威歷史敘述」的彼岸。正如齊格弗里德·克拉考爾所宣稱：「凡是關心可見世界的紀錄片，都必須通過特定的物質材料來傳達主題，而不是把畫面用來填補缺口。這才是電影手段的終極精神。」〔註 168〕如何既不排斥講述故事的戲劇性，又能以「可視」的歷史敘述權威闡釋創作者的價值觀，少數民族歷史紀錄片《西藏——活佛轉世》在紀錄片敘事史學研究的課題上給予我們諸多啟迪。

個案 2-2-4　國家認同與邊疆少數民族形象電視傳播的編碼策略——對新疆衛視大型紀實欄目《東西南北新疆人》的鏡象考察

邊疆少數民族形象是公眾對於邊疆地區少數民族的心理圖像。這種心理圖像不僅通過現實環境獲得，更多可以藉助電視傳媒形成。不同的邊疆少數民族電視媒介形象表述策略不盡相同，其形式與動機凸顯出編碼者（傳播者）自身深遠的政治立場和文化價值觀。事實上，在電視形象編碼與解碼的過程中，始終伴隨著形式不一的文化定見與誤讀偏差，不可解釋為單向度的操縱行為。在這方面，邊疆少數民族形象的電視傳播表現尤為典型。

形塑「國家認同」的歷史想像藍圖往往源於該國「英雄祖先歷史心性」或共同的歷史集體記憶。歷史集體記憶在塑造不同族群言行的同時，少數民族與主體民族產生文化互動，在忽略、接受、排斥和修飾當中融合共生，從而又衍發出新的歷史記憶和祖源記憶。在此歷史記憶的基礎上，如何正確定義、闡釋國族主義的精神？如何將「中華國族」與每一個「中國人」（作為主體民族的漢族與各少數民族成員）繫上想像的、文化認同意義上的血緣關係？全球化語境下，上述問題蘊含國家安全、政治權力與血緣等多重隱喻，成為國族歷史集體記憶建構的重要因素。其間，作為集體歷史精神形象化表徵的電視媒介符號貫穿於大眾文化的傳播，既是全新「國族歷史」的「創造者」，亦為全新「國族歷史」的「創造物」。

〔註 168〕〔德〕齊格弗里德·克拉考爾《電影的本性》，南京：江蘇教育出版社，2006 年，第 284 頁。

本文的主題，國家認同與邊疆少數民族電視形象傳播的編碼策略，即是思考如下問題：電視媒介符號如何表徵、支持國族認同的集體記憶？電視媒介符號的敘事內涵是什麼，它們如何在歷史的變遷中成為集體記憶的歷史文本？進而言之，「有其相似性的『文本』一再被複製，也使得人們對文本構成類似解讀，因此形成支持並延續此社會本相的集體記憶。」〔註 169〕再者，電視媒介符號在形塑國族認同的過程中，如何不斷複製並構成結構性規範？2015 年，由新疆維吾爾族自治區黨委宣傳部組織，新疆電視臺啟動了全媒體互動「60 年 60 人」大型紀實類電視欄目——《東西南北新疆人》，以隆重慶祝新疆維吾爾族自治區成立 60 週年。旨在講述新疆人的故事，呈現新疆人的精彩。該欄目真實紀錄抒發新疆人在各行各業、全國各地不懈拼搏、追逐夢想的勵志情懷，架構起了內地與新疆溝通的橋樑。欄目以「全球視野，講好中國故事、傳播好中國聲音」為創作宗旨，聚焦在中國乃至世界各地奮鬥拼搏的新疆人，成為研究邊疆少數民族電視形象傳播編碼策略與「國族認同」的重要電視文本。本文即以新疆衛視大型紀實欄目《東西南北新疆人》為考察對象，側重從電視傳播者的立場和文化形象學的視角來分析邊疆少數民族電視形象傳播中編碼策略的得失。

（一）集體記憶、「國族認同」、與「邊疆熔爐」

邊疆少數民族的言談、文字或者身體語言，要想形成一種社會表徵並且與「國族認同」聯繫起來產生意義，必須經過集體記憶這一機制。世間各種媒介事件飄忽即逝、變化萬千，無論通過何種方式敘述、銘寫或以影像媒介來呈現歷史本相，媒介傳播者所呈現的始終只能是在其自身文化價值觀引領下，用特殊編輯手段策劃的「形而上」的「社會真相」。由此，少數民族電視節目編導者所面臨的重大挑戰便是，如何選取適宜的物、文字、圖像和口述來表述少數民族的集體記憶？進而言之，這些集體記憶如何與複雜的社會語境產生某種聯結，形成「國族主義」意義上的國家認同？其間的困境不言而喻，要想展現多元一體的民族團結，少數民族自身的傳統文化又是否應該被迴避？少數民族傳統文化又該怎樣猶如「熔爐」般融入國族文化認同當中？對此，《東西南北新疆人》作了有益的探索。

「認同」一詞的當代用法指的是人類當中諸如國籍、宗教、種族、人種、

〔註 169〕王明珂《英雄祖先與弟兄民族》，北京：中華書局，2009 年，第 234 頁。

性別或性這樣一些 1950 年代後在社會心理學領域引起關注的特徵。其產生的共通感源自共同的過去感（集體記憶），而對共同族群的信仰則影響我們所謂的「身份確認」（identification）的過程〔註 170〕反觀《東西南北新疆人》大型紀實欄目，《筆蘸姚江訴新疆》、《花兒為什麼這樣紅？》、《奔跑的兄弟》等系列節目都用生動直觀、逼真感人的影像作出了對於國族文化認同、少數民族「身份確認」的深層思考。

在娓娓動聽的畫外音敘述中，2015 年 12 月播出的《筆蘸姚江訴新疆》展開了故事畫卷，「跨越了三千多公里，我們從烏魯木齊來到浙江寧波餘姚市。這裡有七千多年的河姆渡文化，擁有地方戲曲劇種——姚劇。不僅如此，經歷了上千年古老文明的餘姚，經濟發展和百姓生活也是日新月異。二十年前，一位維族姑娘從新疆來到這裡，也深深被這裡的文化所吸引，她開始用文字感受這片文化寶典，用心靈感知這裡的山山水水。她就是出生於新疆沙灣，卻在江南水鄉吐露芬芳的維族作家帕提古麗・依布拉莫。」該系列片的選題亮點在於，《餘姚日報》記者帕提古麗・依布拉莫消除語言障礙，以維吾爾族記者的身份承擔起了挽救漢族非物質文化遺產——姚劇的重任。她「陶醉於七千年的河姆渡文化，浸潤在靜靜流淌的姚江人文故事中（畫外音）」。在電視畫面中，各族觀眾不僅歎服操著流利普通話的帕提古麗，更驚羨一位維族記者能演唱字正腔圓的餘姚地方戲。觀眾在這裡一定會意識到，正在與時俱進、不斷演化的中國社會並非一個被簡單稍作修改的華夏民族，而是一個在文化和血緣上混雜的全新社會？套用一種比喻的方式，「作為正在形成中的國族（nation），中國猶如一個『政治熔爐』。各種族的民俗和群體能夠互不歧視、相得益彰地融合一處，並且經過群體互動火焰的鍛造和中華大環境的影響而混合消融為一個與眾不同的全新類型。」〔註 171〕此種假設的答案顯而易見，一如片中《餘姚日報》副總編徐渭明在訪談時所言：「帕提古麗最大的優勢在於，文化在她身上的多元共生，而且這個多元共生的狀態，現在還是一個進行時。這為她寫稿子包括文學作品也好、包括新聞作品也好，提供了更多的視角。（同期聲）」毫無疑義，帕提古麗作為維吾爾族作家，需要不時在漢語

〔註 170〕〔美〕誇梅・安東尼・阿皮亞《認同倫理學》，張榮南譯，南京：譯林出版社，2013 年，第 93～96 頁。

〔註 171〕〔美〕米爾頓・M・戈登《美國生活中的同化》，馬戎譯，南京：譯林出版社，2015 年，第 105 頁。

和維吾爾語間不斷切換，在縫合認同兩種文化時也自然會有各種不適。但在另一方面，雙語使用又讓她的生命平添了全新的視角和可觀的寬度。南北文化間的自由穿梭、農耕文明與游牧文明的劇烈碰撞、江南文明的潛移默化，無不成就了她的傑出創作。正如帕提古麗的博客留言：「用文化之間的關照，寫出兩者之間的交融。」帕提古麗先後創作了長篇小說《最後的庫車王》和四部散文集《散失的母親》、《百年血脈》、《隱秘的故鄉》和《跟羊兒分享的秘密》。用她自己的話說，這些文學作品儘管身在浙江餘姚，筆端卻深深烙著新疆的印記。紀錄片畫面在有意無意之間，呈現了帕提古麗飯桌上的常客——既有餘姚的臭冬瓜、寧波的梅乾菜，又不乏頗具新疆風韻的手抓飯和大盤雞。在這裡，文化融合的烙印顯然已經深深流入她的血脈。

我們同樣能夠理解，在《花兒為什麼這樣紅？》中，中央民族歌舞團一級演員、塔吉克族男高音歌唱家阿洪尼克為何一提及何金翔老師就會動情哭泣。1975 年，為落實國家培養少數民族音樂骨幹的政策，中央民族學院的何金翔老師不遠千里、來到喀什師範學校相中了阿洪尼克。從大漠邊塞喀什來到政治中心北京，阿洪尼克接受了全免費義務教育，從此開啟演藝生涯。一首電影《冰山上的來客》插曲《花兒為什麼這樣紅？》影響了何金翔、阿洪尼克師徒三輩人。相信阿洪尼克在接受記者訪談時所說：「無論維族也好、哈薩克族也好、彝族也好，大家猶如置身在大熔爐裏一樣」，當屬由衷肺腑之言。誠然，邊疆炙熱真誠的民族「熔爐」也能使瓦斯里江兄弟（烏茲別克族）轉變為北京國安足球隊的鐵杆球迷。當他們為主隊的陣陣吶喊消融於周邊漢族球迷的「雄起」聲時，電視機前的觀眾已經全然忘記了他們的種族身份。

為了向來自五湖四海的各國移民敞開國門，美國在 19 世紀前 75 年間推行「熔爐政策」。該政策堅信所有種族的人都能融化為同一國族，同時所有種族之人都能為此種新興誕生的國族性格作出貢獻。「他們把所有來自先祖的習俗和偏見都拋之身後」〔註 172〕。依據該觀點，中華民族的形塑不是來自任何民族的文化遺產，而是由動態的、多樣化的民族融合所創造出來的一種特殊經歷。「熔爐」猶如化解極端分裂主義、融合眾多種族遺產的有效溶劑，在形塑別具一格的「中華國族」身份過程中，承擔著舉足輕重的職能。「邊疆熔爐」打破了族群之間的藩籬與界限，把族群的個體生活融入一個共同的結果中，

〔註 172〕〔美〕米爾頓·M·戈登《美國生活中的同化》，馬戎譯，南京：譯林出版社，2015 年，第 105 頁。

同時又將彼此分離的不同族群納入相同規範的統治秩序之下。但是，應該強調的是，民族國家作為一種歷史想像和可供測量的空間領域，有其自身的疆域，其間容納多種相異的價值觀抑或互相牴牾的多元文化。某種文化溢出民族國家的疆域成為其他民族國家文化的構成元素，這在文化發展史中並不鮮見，新疆地區的伊斯蘭文化便是典型例子。「認同是人們體驗歸屬感的一種主要的心理方式。民族國家認同不過是文化認同的一個重要形式和主要側面，文化認同的內涵要較民族國家認同更為豐富。」〔註 173〕於是觀之，邊疆「民族熔爐」永遠無法形塑而為完全同一同質的文化。此外，隨著時代語境的變遷，文化認同的內涵也在與時俱進地發生著變化。其性質甚至會與所處歷史形態相互對立。在全新的集體歷史文化記憶、國族認同融合的進程中，特色迥異的異質文化之間相互交流、彼此對話，在衝突共鳴並存中影響改變對方，導致文化呈現全新面貌。同樣，作為少數民族「邊疆熔爐」要素的少數民族電視媒介形象也在不斷幻化當中。也許，變化之初我們會感覺莫名詫異。但是此種「驚奇感」會在潛移默化間融入各族人民的日常生活習俗，並且逐漸被主體文化視為本身自在的形式與應有之內涵。一如帕提古麗飯桌上混搭而成的家常菜，既有充當江南美食代表的寧波梅乾菜和餘姚臭冬瓜，又有作為新疆文化符號的手抓飯和大盤雞。〔註 174〕

（二）榜樣示範與模式化形象

電視畫面對於觀眾的情感影響大於抽象的文字，而模式化的形象必然導致錯誤的信息感知，這些視覺形象又勢必嚴重影響觀眾頭腦中事實的形成過程。按照通常意義的理解，性別、種族、宗教背景、文化經濟狀況、政治信仰立場等任一因素皆可確立一個人的身份，而上述因素又相互糾結、彼此疊繞。因此不難理解，傳播者非常容易誤導個體受眾的視覺信息傳播效果而形成模式化形象。當這些刻板形象反覆呈現，就會形成人所共知的陳規俗套，進而演化為社會集體文化不可或缺的一部分。「一方面，如果人們分享共同的文化意義（使用共同的語言文字或者視覺符碼），彼此之間的交流會比較容易。另一方面，我們往往以文化適應為標準對別人形成一些先入為主的態度或觀

〔註 173〕石義彬《批判視野下的西方傳播思想》，北京：商務印書館，2014 年，第 511 頁。

〔註 174〕石義彬《批判視野下的西方傳播思想》，北京：商務印書館，2014 年，第 512 頁。

念。」〔註 175〕正因為如此，置身多元文化的社會，一旦主體文化的符號無法被其他少數民族文化成員所正確理解，少數民族受眾便會自然滋生「被邊緣化」、「受挫感」等各種模式化偏見。

作為一檔成功的大型電視紀實節目，《東西南北新疆人》真實剪輯紀錄了大量陽光正面的少數民族同胞形象。這些節目試圖改變觀眾固有的刻板成見，《別克的上海生活》即為典型案例。國際化大都市上海遠離塞外新疆五千多公里，一個洋溢現代化氣息，一個充斥異域風情。這兩座風格迥異的城市，醞釀出諸多不同的文化，也造就融合著不同文化氣質的人們。跨越不同文化地域，哈薩克族小夥烏拉爾·別克南下上海，開啟了他的都市之旅。觀眾欣賞到烏拉爾·別克參加「上海首屆旱地冰球錦標賽」的精彩畫面——賽場上他揮舞球杆、輕鬆過人；中場休息時，又見他與漢族隊友一同研討戰術球技。作為一項講求團隊精神的競技比賽，烏拉爾·別克與隊友們並肩作戰、奮力「攻城拔寨」。每一幀畫幅都精彩紛呈，定格為少數民族同胞與漢族兄弟和諧相處的美好縮影。鏡頭轉切為別克教漢族小朋友打旱地冰球的畫面，他像鄰家大哥哥那樣親切耐心，告誡孩子們要懂得團結合作、堅持不懈。2011 年，烏拉爾·別克從新疆塔城考入上海師範大學師範學院，畢業之後來到上海工作定居。經過成功打拼，烏拉爾·別克做到了「遊輪海旅遊網」銷售部經理，業餘時間酷愛旱地冰球運動。一位從小在馬背上生活成長的哈薩克族小夥能把旱地冰球打得如此嫻熟，不得不提及他旱地冰球的漢族啟蒙老師——泮秀芬。在別克眼中，泮老師不僅是他的旱地冰球教練，更像是他在上海的親人。別克親切的稱呼泮老師為「泮媽媽」，他與漢族「媽媽」的溝通相處完全沒有所謂民族隔閡，更多帶著幾分濃濃的「師生情」和「母子誼」。

少數民族電視觀眾從各類榜樣所傳播的價值觀與信息中獲取知識，擴充觀察能力。事實上，他們「大量關於人類價值觀、思想風格和行為模式的信息是來自於大眾媒介符號環境的廣泛示範。」〔註 176〕少數民族觀眾通常會依照自己對現實的印象採取行動實踐，這種印象同「媒體符號」語境的依存度愈高，對於社會的反作用也愈大。當看到滿意的媒介形象時，電視觀眾會產

〔註 175〕〔美〕保羅·M·萊斯特《視覺傳播：形象載動信息》，霍文利等譯，北京：中國傳媒大學出版社，2003 年，第 102～103 頁。

〔註 176〕〔美〕簡寧斯·布萊恩特主編《媒介效果：理論與研究前沿》，石義彬、彭彪譯，北京：華夏出版社，2009 年，第 97 頁。

生正面積極的「正誘因」(positive incentive);相反,假如接收到大量懲罰性質的反面媒介形象,電視觀眾則會形成與預期結果相反的「負誘因」(dis-incentive)。以電視為代表的大眾媒介具有強大的吸引力,是以「榜樣示範」作用溝通觀眾的不二途徑。對此,《東西南北新疆人》系列節目之《奔跑的兄弟》用典型的「榜樣示範」角色給出了較好的詮釋。故事主角弟弟海米提・瓦哈甫(烏茲別克族)畢業於武漢大學金融學系,是宏源證券投資銀行總部新疆業務部職員;哥哥瓦斯里江是北京朝陽醫院泌尿科專家門診醫生、北京大學博士後。毋庸置疑,兄弟倆非凡的事業成就讓觀眾擺脫了對於少數民族的負面刻板印象。與此同時,海米提・瓦哈甫父親的同期聲採訪點出了節目的主旨:「本來我也有私心,希望哥哥畢業後回到新疆家鄉,留在我和妻子身邊。但是忠孝兩難全,一想到他在北京,在祖國的首都為北京人民、全國人民服務,心裏也高興。」相信,當片尾羽泉演唱的主題曲《奔跑》奏響時,「隨風奔跑自由是方向,追逐雷和閃電的力量,把浩瀚的海洋裝進我胸膛,即使再小的帆也能遠航」的鏗鏘歌詞會以勵志陽光的正能量感染每一位少數民族觀眾。

概而言之,通常對於「內群」的刻板形象是積極的,而對於「外群」的刻板形象則是消極的。通過引進「自我範疇化」,社會認同路徑將「刻板印象」和族群歸屬緊密聯繫起來。當「自我」對於「他者」歸類時,自然而然將其納入不同範疇,並與此同時渲染誇大其「刻板化」後的相似性。「存在於自我概念和認同建構背後的動機不可避免地也會影響到刻板形象,尤其是積極看待自我或尊重自我的動機,這些動機的實現途徑是,建立起偏好於內群的積極群際特異性。」〔註177〕依據上述理論,要想改變「他者」模式化的「刻板印象」,既需要自我主動的內省(self-reflecting),又不可缺少正確媒介符碼的引導和形塑。示範影響通過二級傳播過程發生作用,有影響力的人現身媒介或從媒介中獲取新觀點,然後憑藉個人影響將這些觀點傳遞給他的追隨者。「媒介影響既能促成新的個人特徵,也能改變既有的個人特徵。榜樣能促動、告知和賦能(enable),與一般信息相比,榜樣的定制傳播也被認為更相關、更可靠,能被記得更牢,也更能影響人們的行為。」〔註178〕上述影響流的雙鏈

〔註177〕〔澳〕邁克爾・A・豪格、〔英〕多米尼克・啊布拉姆斯《社會認同過程》,北京:中國人民大學出版社,2011年,第91~92頁。

〔註178〕〔美〕簡寧斯・布萊恩特主編《媒介效果:理論與研究前沿》,石義彬、彭彪譯,北京:華夏出版社,2009年,第108~110頁。

模型可以參看下圖：

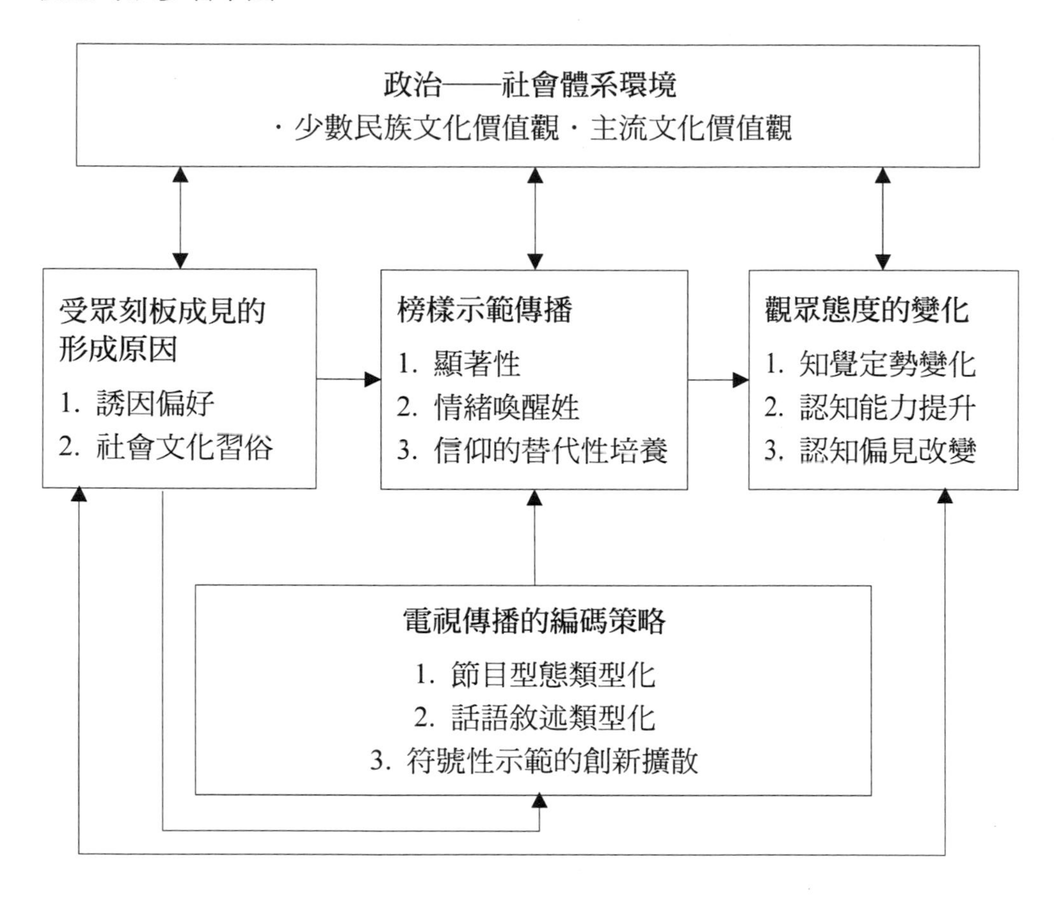

圖 2-2-6　榜樣示範傳播的雙重路徑

（三）電視編碼策略：「觀眾介入」與「心理認同」

「國族認同」頗具文化想像意味，往往由觀眾對電視文本各異的解碼方式所決定。「認同鼓勵觀眾去分享人物的體驗和情感，從而產生一個通過個人體驗而不是通過社會政治框架來理解事件和表演的觀眾。」〔註 179〕正因為如此，為了達到國族認同的理想訴求，電視編碼者通常應當從「觀眾介入」與「心理認同」兩個層面加以思考。

依照西格蒙德·弗洛伊德在《論文明》一書中的觀點，個體往往受控於某種集體心理，使其在感知、思想乃至實踐行動上會採取一種與他們各自

〔註 179〕〔美〕約翰·菲斯克《電視文化》，祈阿紅、張鯤譯，北京：商務印書館，2005 年，第 244 頁。

獨處之時截然不同的方式。〔註 180〕上述觀點完全適用於少數民族電視節目製作的編碼策略。因為假如少數民族電視節目能夠建構「集體情感」語境，並且藉助這種媒介效果感染到群體中的個體成員，那麼最終會構成「投射——反饋」的有效機制。概而言之，少數民族受眾對於電視所塑造角色的投射並非完全出於自願，其實是受到文本魅力的誘惑，才使自身與電視節目中或虛構或紀實的角色產生認同。該過程的聚焦點在於最終有效實現觀眾的某種訴求，因為他們眾多尚未實現的願望（諸如政治認同、經濟認同、民族文化認同）都在富於魅力的人物形象上得到了體現。進而，集體認同乃至國家認同成為實現少數民族觀眾想像中的願望的過程，它也是主流意識形態的價值觀自然化為個人慾望、或者幾近直覺的過程，而且就這樣不間斷地、無休止地重複。應該強調的是，對於少數民族電視節目的觀眾而言，這是一種「正誘因」下的積極認同。「觀眾比對自身的生活閱歷，能動、積極的去解讀人物，完成對事件意義或者角色形象的理解。他們並非被動地受控於主流意識形態，而是主動的控制認同過程，從而控制他／她自身的意義。」〔註 181〕電視節目只有真正與觀眾分享人物情感，並讓觀眾步入人物心靈世界，才可能在觀眾中形成認同。對此，《東西南北新疆人》系列之《上海暖男百克力》可視作典型範式。紀錄片開篇以設問點名題旨：「他是活躍在電視銀屏中的新疆小夥，上海觀眾心中的貼心暖男，他積極地將新疆多民族文化與海派文化交織融合，傳遞給觀眾。從新疆到上海，他如何將自己對故鄉的愛深深根植於他的成長之路？」然而打動觀眾、讓他們產生真切心理認同的則是主人公的非凡經歷：「十二年前，一個十八歲的新疆男孩，隻身來帶上海，只為追尋自己的主持夢想。那時的他，還不知道自己將在這片土地上發出怎樣的聲音。如今，三十而立，他的身影早已走遍千家萬戶，熱情大氣的主持風格已然深入人心，在這條需要發聲的道路上，他不甘僅僅成為娛樂製造者，有社會擔當的媒體人是他一直以來的追求，他懷揣感恩之心，希望以源源不斷的能量去服務大眾，貢獻社會。他，就是本期的主人公，百克力」。除了光鮮亮麗的綜藝大舞臺，百克力也會出現在上海的大

〔註 180〕〔奧〕西格蒙德·弗洛伊德《論文明》，徐洋、何桂全、張敦福譯，北京：國際文化出版公司，2007 年，第 143 頁。

〔註 181〕〔美〕約翰·菲斯克《電視文化》，祈阿紅、張鯤譯，北京：商務印書館，2005 年，第 245～247 頁。

街小巷、社區公園，上海觀眾貼心地稱呼他為鄰家男孩兒、貼心暖男。（畫外音）。紀錄片中出現了大量的同期聲採訪，讓觀眾時而感受百克力對美麗新世界的憧憬，「第一眼看到上海外灘，我就愛上了這篇土地，我覺得太棒了。我當時就在想，如果我以後能在這裡讀書、工作，結婚生子……我都在偷偷地想。我覺得這是一件太美妙的事情了。」時而感悟他在歷經艱辛、終獲成功後的喜極而泣：「剛才這一刻是我最最最幸福的一刻，這封信（觀眾寫給他的信）我會永遠珍藏下去。祝他長命百歲。因為做這個板塊做了很多年，可能一次再見真的就不會再見了。（百克力含淚，哽咽）」片尾的百克力自述則又重新呼應開篇所揭示的節目聚焦點：「我希望在上海人比較關注的頻道，融入一些老的建築、老的風格、老的習俗，讓很多上海人覺得這個新疆的小子知道的比我還多，而且竟然還有人有這樣的生活方式，真的是很新奇，我的目的就達到了。」

在完全心理認同的時候，少數民族觀眾會完全沉浸在電視節目所表徵的人物和場景當中，不過這始終只能是一種理想化的情境。事實上，在所謂「新聞鉤」的作用下，觀眾始終逡巡徘徊於以下三者：預期獲得的心理快樂、希望獲取的信息、以及最高層級的對角色（人物）的認同介入。角色（人物）對於他／她的影響力大小決定了觀眾或輕易擺脫、或深度介入故事之中。「驅動這一過程的，是觀眾對人物的『喜愛』，所以認同、喜愛、真實感都是同一閱讀過程中不可分割的部分。不同的觀眾『喜歡』不同的人物，因而也就發現不同的人物『真實感』或者『真實性』各不相同。人物的真實性取決於觀眾在認同過程中把他／她的『真實』自我在人物身上的投射程度。」〔註 182〕因此，惟有深刻表徵角色人性化的故事才可能打動觀眾。《東西南北新疆人》之《筆蘸姚江訴新疆》片尾處，帕提古麗重返新疆沙灣縣大梁坡村掃墓祭祖，她熱淚盈眶，追憶先父教誨：「我女兒漢語學得好，無論到哪裏，她都會像一個釘子釘進木板一樣，會鑽進去的……這個我很放心的……」（同期聲）帕提古麗用維族文學創作融入江南文化，在南北文化之間自由穿梭，又找到了自己心儀的漢族丈夫。但是這裡卻有一個無法迴避的文化衝突：「對於穆斯林而言，一系列宗教規範已內化為民族風俗的人生

〔註 182〕〔美〕約翰·菲斯克《電視文化》，祈阿紅、張鯤譯，北京：商務印書館，2005 年，第 252 頁。

禮儀伴隨其成長過程。譬如一個人生下來完全是在懵然無知之時被領進伊斯蘭教的大門，而他死去時必須由他的親人或同教之人才能把他送入另一個他希望進入的世界。」〔註 183〕看到這一情景，相信每一個維吾爾族觀眾都會產生深深的介入感，體悟到帕提古麗在民族文化融合之旅的不易與艱辛。

簡而言之，在少數民族電視文本成功傳播的編碼策略中，必須考慮其文化心理認同和深度介入的三種情況：電視角色處於和受眾類似的社會語境之中、電視角色擁有和觀眾類似的文化價值觀、此種介入滿足觀眾的某種心理預期。事實上，電視受眾「介入——解脫」的相繼或者同步過程是一種解讀關係，它更多作用於觀眾在電視文本之外的文化想像空間。我們也可以把這種過程視為一種「再生產」的過程。只有當電視受眾與電視角色產生密切的關係之時，才會存在這種有意識的「再生產」。少數民族觀眾的解讀和電視節目人物的表現之間保持著某種不穩定的平衡關係。這種或意識形態、或現實語境、或個體話語的平衡對於少數民族電視節目的編碼者提出了高層次的挑戰。如何擷取最能真實打動少數民族觀眾的畫面？電視節目的編排策略如何有效實現，何處需要簡化帶過，何處又要濃墨重彩？這些問題的有效解決，關係到少數民族電視觀眾能否選擇性地與電視文本角色認同，並且將自我成功有效置於「個體價值觀——社會群體文化語境——國族意識形態」的結構當中。最終，在與電視傳播有效互動的過程中實現對電視文本意義的正確解讀和有效控制。

結語：怎樣的「少數民族電視形象」與如何認同？

作為新疆自治區成立 60 週年的獻禮片，大型人物紀實報導《東西南北新疆人》成功塑造了一系列成功的少數民族人物形象：洋氣新派的阿利甫·阿的里（《在北京的新疆人》）、成績卓著的瓦斯里江兄弟（《奔跑的兄弟》）、激情澎湃的阿洪尼克（《花兒為什麼這樣紅？》）、儒雅美麗的帕提古麗（《筆蘸姚江訴新疆》……這些正面陽光的形象有效改變了電視觀眾對於新疆少數民族的刻板「模式化」形象，促進了主體文化成員和邊疆少數民族群體的互動交流。當然，值得商榷的問題同樣不容小覷：該欄目系列片聚焦的人物多為

〔註 183〕李曉霞《新疆民族混合家庭研究》，北京：社會科學文獻出版社，2011 年，第 217 頁。

邊疆少數民族群體中最為成功的知識精英，他們可否代表全體新疆民眾的各式困惑？紀錄片是否確實地退回到社會差異與文化成規全部消失的「客觀原始位置」，換位「他者」的立場去體驗對方的真切感受？除此之外，紀錄片中出現了大量俗套失真的表現橋段：諸如少數民族主角回家必然要做手抓飯、而此刻客廳放映的電視節目恰巧以新疆本地媒體為背景。(例如《奔跑的兄弟》中瓦斯里江兄弟在客廳重聚吃手抓飯，電視中恰巧播映《新疆新聞聯播》當地領導人張春賢講話的片段)「紀錄片應當是忠實地記錄被採訪人物的生活工作狀態，不能人為地製造場景和情節，干擾對主人公生活原貌的表現。」〔註184〕這些鏡頭語言涉嫌擺拍，不僅不能有效闡釋主題，反倒讓本來行雲流水般的故事結構變得拖沓局促。

在媒介訊息過剩的多媒體時代，傳者與受者之間的固有格局已然改變。面對受眾多元化的選擇，惟有實現媒介符碼文化傳播過程的交互性、平等性、去中心性，才可能真正塑造出為少數民族受眾所接受的少數民族電視形象。邊疆少數民族電視節目在雙向傳播中所建構的「擬態環境」，可以視為「國家軟實力」不可或缺的重要組成部分，應該從民族團結、政治發展、國家安全的高度加以審視。邊疆少數民族電視傳播的「培養」作用亦關係到中華民族長遠的生存發展利益。〔註185〕在邊疆少數民族電視節目的編碼策略方面，互動人型人物紀錄片《東西南北新疆人》從「邊疆熔爐」、「榜樣示範」、「心理認同」和「觀眾介入」等方面給予了我們諸多深刻啟示。

圖 2-2-7　新疆電視臺大型紀實類人物報導《東西南北新疆人》宣傳照

〔註184〕新疆電視臺總編室《新視信息》,《〈東西南北新疆人〉節目閱評通報》，2015年第49期，第27頁。

〔註185〕隋岩《媒介文化與傳播》，北京：中國廣播電視出版社，2015年，第229頁。

《東西南北新疆人》人物統計表

序號	姓　名	性別	民　族	出生地	現居地	教育背景	職　業
1	庫爾班江·阿布都塞買提	男	維吾爾族	新疆	北京	本科	自由攝影師、攝相師、獨立策劃人
2	阿依布拉克·朱瑪克	女	柯爾克孜族	新疆	南京	本科	南京紐瀾德醫療科技有限公司總經理
3	夏文明	男	漢族	上海	上海	不詳	新疆知青文明藝術團與上海知青文明管樂團團長、擁有自己的裝飾公司
4	阿依木汗·烏斯滿	女	維吾爾族	新疆	天津	不詳	天津市企業家、天津市政協委員
5	比拉力	男	維吾爾族	新疆	新疆	小學在讀	學生
6	米斯蘭	男	維吾爾族	新疆	廣東	小學在讀	學生
7	駱中啟	男	漢族	天津	天津	初中	天津新疆商會副會長
8	帕爾哈提	男	維吾爾族	新疆	上海	復旦本科	烤肉店老闆
9	卡哈爾·拜西爾	男	維吾爾族	新疆	浙江	本科	金華兒童港英語培訓學校校長
10	尤麗都孜	女	維吾爾族	新疆	新疆	博士	籌建基金會
11	庫妮都孜	女	維吾爾族	新疆	新疆	博士	籌建基金會
12	帕提古麗·買買提	女	維吾爾族	新疆	北京	本科	中央人民廣播電臺維吾爾語頻率播音員
13	吾拉爾別克	男	哈薩克族	新疆	上海	本科	游輪海旅遊網銷售經理、中國旱地冰球發展中心高級教練員
14	迪麗努爾·麥爾丹	女	維吾爾族	新疆	新疆	中學在讀	新疆和田市四中女足隊長
15	艾力江·庫爾班	男	柯爾克茲族	新疆	北京	本科	新疆柯爾克茲族青年演員
16	茹仙古麗·艾拜都拉	女	維吾爾族	新疆	深圳	不詳	深圳女魔術師、中國魔術委員會常委、新疆青聯委員（享受國務院政府專家津貼）

序號	姓　名	性別	民　族	出生地	現居地	教育背景	職　業
17	百克力	男	維吾爾族	新疆	上海	本科	主持人
18	阿迪力·買買提吐熱	男	維吾爾族	新疆	湖南	本科	夢想起航食品有限公司董事長
19	古孜里努爾·艾尼瓦爾	女	維吾爾族	新疆	天津	本科	安徽省汽車工業學校老師
20	李霞	女	回族	新疆	北京	本科	中國著名主持人、演員
21	阿力甫·亞克甫	男	維吾爾族	北京	北京	本科	北京公司投資理財銷售總監
22	瓦斯里江·瓦哈甫	男	烏茲別克族	新疆	北京	博士後	北京朝陽醫院泌尿外科醫生
23	海米提·瓦哈甫	男	烏茲別克族	新疆	新疆	碩士	申萬宏源證券投資銀行總部職員
24	曲江濤	男	漢族	新疆	北京	本科	電影導演、編劇
25	阿爾達克	女	哈薩克族	新疆	上海	本科	學生
26	古麗米熱	女	維吾爾族	新疆	南京	高中在讀	學生
27	阿洪尼克·多來提別克	男	維吾爾族	新疆	北京	本科	國家一級演員、中央民族歌舞團男高音歌唱家
28	帕蒂古麗·依布拉英	女	維吾爾族	新疆	浙江	本科	餘姚市餘姚日報社記者、中國作協會員
29	韓恩福	男	漢族	新疆	上海	不詳	上海金棕櫚文化藝術專修學校校長、上海亞音餐飲娛樂有限公司總經理
30	艾星子·艾麗	女	維吾爾族	新疆	上海	本科	上海市第一婦嬰保健院、婦科主任醫師
31	巴彥	女	哈薩克族	新疆	上海	本科	上海市園林設計院規劃設計所設計師
32	寧照宇	女	漢族	新疆	北京	不詳	紀錄片導演
33	王世杰	男	漢族	天津	上海	專科	上海科技館退休幹部歌曲創作人
34	宋梅	女	漢族	新疆	上海	本科	兩家金融企業掌門人
35	李亞鵬	男	漢族	新疆	北京	本科	演員、商人

數據分析：

1. 性別：男性共 19 人，女性共 16 人，合計 35 人。其中男性占總人數的 54.3%，女性占總人數的 45.7%。
2. 民族：有 19 位維吾爾族，占總人數的 54%；8 位漢族，占總人數的 23%；有 3 位哈薩克族，占總人數的 8%；有 2 位烏孜別克族，占總人數的 6%；有 2 位柯爾克孜族，占總人數的 6%；有 1 位回族，占總人數的 2%。
3. 學歷：大學本科及以上學歷有 24 人，占總人數的 69%。
4. 現居地：北京 10 人，上海 10 人，天津 3 人，新疆 5 人，浙江 2 人，南京 2 人，湖南 1 人，廣東 1 人，深圳 1 人，其中東部一線城市占比 77%。
5. 收入：80%的人屬於高收入階層。

個案 2-2-5　阿衣古麗（新疆昌吉回族自治州哈薩克族，女，50 歲，家庭主婦）

我喜歡新疆電視臺播放的《東西南北新疆人》，它的故事很激奮人心。我看《東西南北新疆人》的重要原因是我女兒常年在內地，她在山東讀了內地新疆高中班，現在在四川讀大學。我很好奇女兒在內地是不是真的適應，新疆人在外生活會怎麼樣。通過《東西南北新疆人》，我可以看到一些在外闖蕩的有成就的新疆人榜樣，以此考慮我女兒今後的發展方向。（2017 年 1 月 17 日，新疆昌吉回族自治州呼圖壁縣二十里店鎮，馬爾江．那巴克訪談並記錄）

個案 2-2-6　少數民族影像傳播受眾訪談錄——以四位少數民族大學生的媒介接觸情況為題

2016 年 11 月 10 日，以當時熱播的少數民族電視連續劇《彝海結盟》為核心討論話題，課題組與四位少數民族大學生進行座談。項目主持人所在學校新聞系系主任岳改玲老師、文藝學院輔導員黃磊老師出席座談會。本次座談邀請到了阿爾史偉（彝族）、馬爾江．那巴克（哈薩克族）、沙德克．艾克熱木（維吾爾族）和道吉先（藏族）同學。

（阿爾史偉，女，21 歲，彝族，項目主持人所在學校新聞系大三學生，出生於四川涼山彝族自治州，預備黨員。沙德克．艾克熱木，男，19 歲，維吾爾族，項目主持人所在學校新聞系大一學生，在新疆伊犁市出生，信仰伊斯蘭教。馬爾江·那巴克，女，20歲，哈薩克族，項目主持人所在學校新聞系大一學生，在新疆昌吉市出生，信仰伊斯蘭教。道吉先，藏族，男，19歲，項目主持人所在學校物聯網專業大二學生，在甘肅甘南藏族自治州出生，信仰藏傳佛教。）

話題一：少數民族影視作品

項目主持人：

《彝海結盟》的最終呈現版本，不管從藝術的角度，還是歷史觀、民族觀的角度，編劇能做到這份上很不錯。它是有關民族政策、彝族宗教、紅色革命的題材，操作起來很不容易，需要極其專業的團隊來還原歷史、展示文化。

一部好的少數民族電視劇該如何講述歷史呢？首先，需要關注因為歷史侷限性所帶來的民族認同障礙。其次，需要關注《彝海結盟》在劇情上對史實的藝術化處理。進而關注《彝海結盟》對部分史實的捨棄。

關注《彝海結盟》編劇的政治策略改編手法，會發現其劇情設計的巧妙。劉伯承告訴果基小葉丹說:「要團結，不光是漢族和彝族，彝族內部也要團結。」果基小葉丹非常感動，建立了第一支少數民族地方紅色武裝的紅軍果基支隊。

在我看來，在長征途中能夠堅持下來的紅軍都是身經百戰，果基小葉丹也意識到戰鬥力極強的紅軍對於彝族的威脅，如果不讓紅軍先遣部隊通過，紅軍可能會選擇強攻。劉伯承則想，兵不血刃，只要我們過去把民族平等政策實施了就好。所以基於各方面的考慮，才有了最終的彝海結盟。

紅軍之所以選劉伯承當中國工農紅軍一方面軍先遣部隊的司令，也是考慮到劉伯承曾任川軍軍長。劉伯承的部下很多，德昌駐軍許建霜旅長是劉伯承昔日在川軍的部下。劉伯承攻打會理的時候，許建霜就直接不打，象徵性地抵抗一下，就給劉伯承放行了。這與劉伯承長期參加軍閥作戰、熟悉當地民風有關係。

《彝海結盟》取材很好，在迎合年輕受眾方面也下足了工夫。電視劇《彝海結盟》成功引入了一個三角戀的敘事線索——紅軍戰士天駿和彝人武士拉鐵同時愛上了彝族的一個逃亡姑娘阿伊詩薇。這類似韓國偶像劇的拍法，符合年輕人的欣賞眼光。

值得注意的是，三角戀的構思固然創新，但是編劇在構思劇本時，出現了一些不符實情的創作。在解放前的社會環境下，彝漢之間及黑白彝之間是不能夠通婚的，《彝海結盟》裏白彝姑娘卻愛上了個漢族的紅軍戰士，黑彝武士也愛上了白彝姑娘。在彝族傳統觀念裏，黑彝是高貴血統，黑彝一般是看不起白彝的。

誠然，電視劇作為大眾媒介文化產品，需要吸引人的元素，更需要傳遞思想，如果沒有滿足這兩個條件，即使在中央電視臺黃金檔播出，收視率也不可能是第一。《彝海結盟》究竟對哪些史實做了改動？為何劇情會吸引廣大群眾？這些問題都值得去研究。

阿爾史偉：

從電視劇《彝海結盟》籌拍開始，我就開始關注了，心情很激動。我喜歡追電視劇，像《甄嬛傳》和《芈月傳》，但是從來沒有一部電視劇像《彝海結盟》這樣讓我著迷，因為它是第一部全面反映我們涼山州風土人情、歷史變遷的電視劇。感謝劉伯承和果基小葉丹歃血為盟的故事，讓大涼山留下了紅軍的足印。

這部電視劇很好地展現了彝族民俗風俗，比如打冤家（注釋：打冤家，指彝族冤家械鬥）和火葬。我注意到《彝海結盟》裏有彝族人士擔任顧問，比如果基伍哈、倮伍克蒂和學者巴莫曲布嫫，這部電視劇也有利於幫助彝族瞭解歷史，豐富彝族對自身的瞭解。《彝海結盟》曾有個噱頭稱女主角是吉克雋逸，然而現實是《彝海結盟》的主要演員都不是彝族，對於我們彝族來說，更希望聽演員說彝語，讓彝族演員參演，這樣會更貼近我們。

沙德克・艾克熱木：

我喜歡本民族題材的影視作品，希望關於我們少數民族題材作品的市場可以再大一點。給我留下深刻印象的是電影《冰山上的來客》，插曲《花兒為什麼這樣紅》一時傳遍大江南北。我的童年，尤其是暑假的時候，就是一邊看《西遊記》，一邊看電視劇《冰山上的來客》度過的。在我看來，《木卡姆往事》比《冰山上的來客》影響更大。

木卡姆藝術是我們的民粹，在新疆，你要是會讀、會唱木卡姆的一首詩，從頭到尾，一天 24 小時都是唱不完的。我認為《木卡姆往事》拍得很好，主角木卡姆是真實存在的，通過電視劇，讓我們進一步瞭解木卡姆藝術和木卡姆歷史。在新疆有木卡姆雕像，雖然木卡姆詩歌和宗教沒有多大關係，但是我們很敬畏那些掌握木卡姆詩歌的人。

馬爾江・那巴克：

我看過三部關於哈薩克族的電影，分別是《情牽那拉提》、《真愛》、《鐵血一千勇士》。《情牽那拉提》的女主角是湯唯，講訴了一位上海女知青扎根新疆伊犁那拉提草原的動人故事，其中出現的阿肯彈唱讓我印象深刻。

《真愛》是根據「感動中國十大人物」阿尼帕・阿力馬洪的真實事蹟改編，阿尼帕奶奶收養了 19 個孤兒，這些孤兒都來自新疆的不同民族，有哈薩克族、維吾爾族、吉爾吉斯族、柯爾克孜族，阿尼帕奶奶用母愛溫暖了孩子們，我很感動。

《鐵血一千勇士》是哈薩克斯坦拍的劇情片。過去，哈薩克族和蒙古族有激烈衝突，兩個民族性格相似，因為爭奪領地草地而鬥得不可開交。在我們民族最艱難、瀕臨消亡邊緣時候，大家終於團結起來，保衛了家園，但是中途也有好多哈薩克族逃到了外國。

道吉先：

我爺爺一代接受影像傳播主要是文革時期的工會，組織大家一起看老式電影。康巴電視臺和青海電視臺會翻譯一些時下較熱的電視劇，比如《芈月傳》。西藏電視臺也會翻譯電視劇，但是藏語方言和我們不太一樣。我以前看過中央電視臺放的藏族題材電視劇，我覺得拍得不好。只能這樣講，後面就不看了，我現在一般看電影和紀錄片。

我喜歡萬瑪才旦導演，我最近看了他的新作《塔洛》。在我眼裏，《塔洛》反映了我們這一代人的真實寫照。一篇影評裏將塔洛形容為「逃離者」，但我覺得「逃離者」這個翻譯不是特別準確，少了一絲東西，一絲韻味，太刻板了，我也無法解釋。

小時候的純潔與長大後的現實，這個感受，應該每個人都有，不是嗎？小時候的純潔，現在呢？只不過藏族的感受可能更加地深刻和直白，在適應現代化的過程中，我們沒有過渡期或者過渡期太短，我們正在強制接受現代化。其實藏區不需要現代化，大多數的人對錢沒有太大的追求，他們要的是夠吃夠穿，最想做的是去寺院裏拜佛，轉經筒。

我看過紀錄片《第三極》和《千年菩提路》。我看了三遍《第三極》，它講的是拉卜楞寺，特別真實。《千年菩提路》講的主題是關於中國佛學。我翻牆看過一部所謂的反華電影叫《西藏七年》，裏面講了共產黨怎麼樣破壞宗教，怎麼殘殺喇嘛。《西藏七年》的導演讓・雅克・阿諾也拍過《狼圖騰》。至於如何看待《西藏七年》，我覺得這個問題不好說。

項目主持人：

萬瑪才旦導演拍的《靜靜的麻呢石》有反映藏族的宗教文化，講述了藏區文化受到其他民族文化衝擊的故事。電影有個片段，一些人聚在一起看《智美更登》藏戲，結果就發現小孩子的一輩已經不感興趣了，小孩子都跑去錄像廳看港片。還有一個喝了酒的醉漢說；「你是智美更登嗎，你把你老婆讓給我。」之類的話，就是說，醉漢好像覺得所謂的藏族文化很可笑，本來智美更登是藏族的一個很純潔美好的傳統，但是在這個地方被異化了。

我們講少數民族題材電影時，其實最擔心的是信仰缺失，在萬瑪才旦拍的一系列電影以及紀錄片《西藏一年》都有所反映。我曾經去過大昭寺，遠遠地，看見很多藏民磕著長頭到這個地方，藏民們很虔誠。我當時覺得這輩子都白活了，我尊敬真正的宗教信仰，因為它會教你向善，一定是讓你心靈純淨，去尋找心靈彼岸的。

話題二：電視劇《彝海結盟》中的畢摩

項目主持人：

有一種專門替人禮讚、祈禱、祭祀的祭師叫畢摩，畢摩會主持火葬，他會念經，因為翻譯語意不同，普遍理解這個經叫「認路經」。彝族憑藉火葬過程傳承民族認同與歷史記憶。畢摩在念的時候會說：「魂靈啊，走過沿途。」假如這個逝去的人是布拖縣的彝族，路線就會從布拖縣開始，再往南邊走，一直走到雲南昭通，在「認路」的過程中體現了民族認同的傳承與認祖的歷史記憶。

阿爾史偉：

我們稱畢摩做的法事為迷信，我高考之前，畢摩就為我做了一個法事。畢摩在彝族社會中地位很高且神聖，在彝族的婚嫁喪娶中扮演重要角色。畢摩可以為我們祈福，幫助我們去掉身上不好的東西。

話題三：彝族奴隸

項目主持人：

成為奴隸的主要原因有三個，第一，因為破產，沒有了經濟地位，自己把自己賣了；第二，打冤家時，一個家支把另一個家支打敗，戰敗的家支人員就作為奴隸被鎖起來；第三，彝族俘虜漢族孩子進行買賣。解放後，涼山奴隸制現象有所改善。在彝族內部及彝漢之間，隔閡肯定是存在的。我生長在涼山西昌，小時候大人會恐嚇我說：「如果你不聽話，彝族就抓你進寨子當娃子。」

話題四：少數民族大學生就業觀念

阿爾史偉：

我家有四個孩子，我的哥哥、姐姐現在都在西昌，我弟弟正在讀初三。等我大學畢業後，我非常想回到西昌，爭取找份好工作，報答我的爸爸媽媽。我們彝族的主要聚居地就在大涼山，其他地區的彝族並不多，不像漢族，走哪裏都會有親戚。我想沒有人會不戀家，我也不例外。

沙德克・艾克熱木：

二十年前我會有回新疆就業這樣的想法，現在不會了。一種情況就是，我一定要回去發展新疆，建設好自己的家園；另一種情況就是在內地住不慣，所以回新疆，不得不回去。我覺得我們這一代，不管到哪裏都能適應。比如說你在四川住得好，留四川，在河南住的好，留河南，在北京住的好，留北京。

我爸有朋友在中央民族大學當教授，現在他們一家都搬去北京了，生活也挺好，偶而回趟新疆，也不會覺得有什麼。每個城市都會有一些維吾爾族，都有自己的圈子，不能說你到一個城市後就被孤立了，沒有這種情況。所以我沒有那麼強的回新疆的情結，我不會說我在內地活不下去。

項目主持人：

在我的印象裏，彝族對西昌的感情，就像藏族對拉薩的感情，這種情感認同特別強烈。相反，維吾爾族是游牧民族，在開放性上面確實挺好。我認為少數民族身份只是最表層的表象，社會對你的認同與否，關鍵在於一個人的自立與實力，一個人能為這個社會付出多少，而不是看你是什麼族裔，更重要的是看你的能力。

我在西昌當過很多年的老師，曾經問過很多彝族對於家鄉的感情，他們回家鄉的情結都特別濃，很多彝族即使出去讀書，他們畢業後很想回到西昌。西昌確實是個好地方，氣候宜人，地理環境也好，現在房價雖貴，也有少數民族的優惠政策。

話題五：國家認同

沙德克・艾克熱木：

現在我們的根已經在新疆了，我們看國足比賽，會激動，也會生氣。在中國最西邊有一個很貧窮的維吾爾族縣，縣裏的人會自發升國旗，這是值得肯定的。伊斯蘭教發源於中東，又分為什葉派和遜尼派，大部分教徒屬於遜尼派，談到當下存在的分裂勢力以及暴恐分子，我認為是有一小撮人，利用宗教教義，比如《古蘭經》上的一些分歧去製造麻煩。被邪惡勢力洗腦的人打著民族的旗號，製造維吾爾族與漢族的衝突。我認為維吾爾族在新疆與其他民族融合得非常好。

在我眼裏，造成衝突和恐暴頻繁的最大原因在於教育跟不上，這對於社會穩定也是一個棘手的問題。教育程度跟不上，比如說一股勢力要到北疆去做事，就會很難成功，因為從小父母對我們的教育就是不要去相信那些人。在清真寺裏，有權威的宗教人士會告訴我們不要去相信那些人，我們也很信任這些有權威的宗教人士。這些宗教人士是政府指定下來的，需要考核、考證，有資格才能去清真寺裏做主持。宗教人士會教育我們，愛國是信仰的一部分，這也是遜尼派對我們的教育之一。不能說我對南疆存在偏見，但確實很多事是出自南疆的。

馬爾江・那巴克：

我得承認，以前我小時候沒有國家概念時，我真的想我們為什麼要來中國，小時候總覺得外國很奇妙。我在初中時，就開始轉變觀念，我問了我身旁的許多人，我說「如果你可以回哈薩克斯坦，你願意嗎？」當時就有人給我說不想回去了。現在辦證其實挺簡單的，放棄國籍，你就過去哈薩克斯坦了。

雖然有些問題不容迴避，但總體說來，我的親戚長輩們都不想回去，大人說：「現在中國經濟也發展得很迅速，在這裡都習慣了，回去還是不習慣，這邊什麼政策都挺好，都忘了自己是哈薩克斯坦人。」有一段時間中國經濟不景氣，政治運動也比較多時，有一些哈斯克族就跑到前蘇聯。的確，有一部分人是因為當年蘇聯肅反運動，從蘇聯逃亡到中國，我爺爺和奶奶就是。我小時候也特別想回蘇聯，等我長大成熟後，我覺得畢竟在這裡土生土長，就無所謂了。但我爺爺奶奶現在都特別想回哈薩克斯坦。

道吉先：

至於我現在對中國的認同感是什麼狀態，我只能說是我爺爺那輩融入得最好，我父輩是最沒有融入的，到我這代還好。如果說國家發生戰爭，我還是一定會挺身而出、為國效力。我爺爺那代恰好經歷文化大革命，意識形態管制非常嚴格，每天告訴我們需要哪些東西，不需要哪些東西，狠抓意識形態宣傳。我爺爺說當時他小時候上課那會兒，課本上面寫的是「我愛共產黨」，就要求他們必須唱、念、背。

文革完了後，又出現自治的狀態。本民族的語言開始出現了，又允許我們學習語言了，即使你不上學，也是有要求的。我父母沒有上過學，我爺爺那輩、我父親這輩，我這輩，每代都養育三個孩子。我父親是長子，我的一個叔叔去當活佛了，我的另外一個叔叔就是牧民。

話題六：文化認同

道吉先：

我們在家裏面用藏語交流。我爺爺那代也能用漢語交流，是我們那邊帶方言味兒的普通話。因為受共產黨影響，那個時候沒有學習藏語的說法，大家都學漢語。我們家就是爺爺、叔叔、我會講漢語，我父母是不會講漢語的，在我們眼裏，活佛的位置高於一切，因為之前活佛讓我們戒酒，現在甘南藏族自治州戒酒的人很多。

我們也認識到藏族文化的傳承出現斷層，好多人也在講，語言才是一個民族能夠傳承下去的根本，但現在出現了問題。學習藏語的民族學校太少了，現在基本都漢化了，我們的藏文、藏語出現斷層，現在來講這些東西很重要。我會閱讀藏經，從小就開始學習。在甘南藏族自治州的藏族基本都會藏語，主要是四川這邊就有點漢化嚴重。

我們有藏族方言，但是康巴地區的方言我們不是很懂。一個藏族哪怕只會一點藏語，再說點官方點的話（藏語的普通話），或者普通話，我們互相交流還是能聽懂的。我和拉薩的藏族交流還有會有障礙，主要我們的方言聽起來不同，我們所使用的詞彙不同，如果他的詞彙完全用的是藏語書上的名詞那種，怎麼念就怎麼說的話，應該都能理解。

我們應該瞭解一個民族的宗教、文化、風俗，再去瞭解這個民族的思想。我們的信仰是來自骨子裏的力量，是抹滅不了的。這也是為什麼達賴喇嘛的影響力如此大的原因。我認為自焚事件更大程度上是一種自願行為，這是我們反對的體現。如果是別的方式反抗，可能是打砸搶燒，但是我們不會這樣做，我們把痛苦放在自己身上，我們希望引起所有人的關注，問題必須得到解決。但是我目前做不到。

沒有深入學習過佛法的人會問我「你會去聖水寺虔誠地拜佛嗎？」這個

問題。如果一個學佛法的人，比如活佛一類，他可能更多地想去交流，對這一行為不會有太多偏見。我爸爸他們是三兄弟，我大伯就是一位在拉卜楞寺的活佛。我給我大伯說，我有一個漢族的朋友，暑假要來你那裡學習，我說會不會有什麼影響。我大伯說：「沒有影響。」我大伯想關注的只有一個問題，對佛教想不想學，想學就過來，不管你是什麼身份。

活佛基本上都是轉世靈童，或者通過從安多到康巴再到拉薩各個寺院的辯經中脫穎而出的大師。比如說拉卜楞寺的創始人是第一世嘉木樣阿旺宋哲大師，他就是先從甘南草原走出去到拉薩那邊的寺院學習，非常刻苦，戰勝那裡的所有人，成為活佛，成為大師，成為第一人，然後他就回來。佛學是一門艱深的學問，能不能成為活佛，就要看他的佛學能力。

我們相信活佛是轉世靈童，對於轉世靈童的父母，我們都抱以崇敬的心情，活佛的父母會因此光榮。如果第十一世達賴喇來的話，我們也會拜見他，因為他確實很厲害。活佛看上去很光鮮，但是小時候受的苦特別大，活佛的老師會教他，活佛小時候就能得到常人得不到的太多東西。

我們家鄉有一個貢布塘活佛，是拉卜楞寺裏面最大的活佛之一。一個寺廟裏有很多個活佛嗎，但是寺主只有一個。拉卜楞寺現在的寺主就是第六世嘉木樣呼圖克圖活佛，這是一代代傳承下來的。大昭寺在我們那地位很高。僧人是不能夠娶妻的，但是可以吃肉。而且對女人也有特別的限制，比如到夏天的時候，嚴謹婦女來寺院。那段時間是不行的，只能在外圍，不能在裏面。

對於藏族來說，達賴喇嘛就像中國古代的皇帝，皇帝說什麼就是什麼，你們現在可能覺得不可思議。但事實上，在我們那邊，我父親那輩是禁煙禁酒，就是因為達賴喇嘛說了一句話，所以他們都禁。我們年輕這代要相對寬鬆。現在的藏區分為前藏和後藏，一般說來在拉薩地區的這幫人，這幫藏族是非常信仰達賴。在日喀則這個地區的，相對來說就比較親近於中央政府，它就是受班禪的影響。

我信仰達賴，所以我們兩撥人（前藏、後藏）絕對不能夠碰在一起，碰到一起，只會打架。你們看到的自焚事件裏面的人，我想說他們的家庭條件都是中上的，他們自焚並不是為了錢。自焚就是想引起大家關注，比如說現在國家政策對藏族文字的一種壓迫、壓制。自焚的人就是反對政府的不滿，要擴大對藏族語言的學習。藏族學校越來越少，我們現在必須要求學習這些東西，找工作，公務員考試沒有用，必須要把漢語過關。它沒有明目張膽地說你不要學，現在我們是三語教學。漢語、藏語、英語同時學習，我們是支持的。但有段時間，是只進行漢語教學，這種情況出來後，才會出現一些反對的情緒。

我和漢族同學交往沒有沒問題，但是部分藏族會有。我奶奶的一個弟弟的兒子，跟我年齡差不多，他在西南民族大學讀書，他說藏語很溜，但是說普通話真是讓人很尷尬，他完全講不來，我們也聽不懂。我現在的知識水平離不開我的家庭教育。我叔叔是中央民族大學畢業的，從小他們就讓我考中央民大，我們家族就很重視教育，我們家的文化程度在當地也是算高的。我叔叔算是甘南地區第二個考上中央民大的人，他現在北京的藏學研究院工作。

像我們那邊的教育模式，剛開始的時候，棍棒教育非常嚴重。我剛到蘭州上高中的時候，我完全不理解他們罵老師的行為。我在藏中的時候，學生見到老師，不管當時你在哪裏在幹什麼，只要你看到老師，你都要向他鞠一個 90 度的躬，老師跟你講話之後，你繼續鞠個躬，然後再出去。我第一天去藏中的時候，有個迭部縣的同學比較調皮，見到班主任不鞠躬，班主任就教育了他，後來，他真的就規範了自身行為，變得尊重老師和同學。

我們那裡漢族和藏族通婚的不多，比例不是很高，就像我的話，每次我來這邊的時候，我爺爺和父親就會叮囑我，不要找漢族的女朋友，其實也不是針對漢族，非藏族的其他民族也不行。可能是血脈的原因吧，長輩感覺血脈必須要純正，不然會被整個部落的人看不起。活佛有時候會來我們村裏，也會在寺院裏舉行一個大的法會。舉行法會的時候，家里人會強制性地帶走我的，輪不到我來決定。我爺爺就會說，「全家走」，沒有一個人說「no」。舉行法會一般講的內容就是向善，會得到好的報應，活佛通過自身的經歷，講些通俗的事例，來說明向善的重要性。

我們和甘孜藏族自治州、西藏拉薩的藏族有交流，我們在拉卜楞寺有一個交流的地點。我們部落裏有人就看不起康巴地區的藏族，就像藏族與其他民族通婚一樣會被人瞧不起。我之前邀請了一位被漢化的藏族姑娘進一個 QQ 群，結果 QQ 群管理員不同意，事後我還被這位管理員罵了一頓。我所在的 QQ 群裏要求藏族至少會說藏語、寫藏文。我曾和一個會說藏語但不認識藏文的人交流，他說著說著就哭了，他說有些事不是他能決定的，父母讓他小時候在漢族學校上學，長大後慢慢才發現藏文的重要性。

我奶奶的一個哥哥的兒子也是活佛，他是貢布塘活佛寺廟的一個管家，會照顧活佛起居。在寺廟犯錯誤的話，在拉卜楞寺是使用牛皮鞭進行棍棒教育。我去過大昭寺，當時是凌晨兩點去排的隊，不過那天晚上我沒有熬住，拜見的人太多了，大昭寺很大，排隊的人很多。上次我奶奶就說她要磕著長頭去大昭寺，我爸爸就不讓她去，對於老年人太危險了。我奶奶固執，我爸爸勸了好長時間，她才答應不磕長頭的。我以後想騎自行車去大昭寺，我現在還沒到磕長頭的境界，真的，說實話，思想上也沒到。

但是中央政府也很厲害，也有一幫很厲害的高僧。這也是信仰的問題，他們就支持一些佛法教義，就說這個東西必須轉世，你不轉世就一定不行，我們必須得轉。關注西藏的新聞你就會發現，每年的某個時間段，第十一世班禪額爾德尼到日喀則或者是大昭寺做法事活動，但是他做完法事活動後就需要立馬回北京。這其實也是中央政府的一種控制。隨著時間的流逝，很多藏民對第十一世班禪額爾德尼的認同感還是挺強的。

圖 2-2-8　2016 年 11 月 10 日，課題組在項目主持人所在學校新聞系教研室與四位少數民族同學進行交流座談會（右一、右二、右三、右四分別為阿爾史偉、馬爾江·那巴克、沙德克·艾克熱木、道吉先）

小結：在質性研究中，一般依靠四種主要的方法來收集信息，即參與式研究、直接觀察、深度訪談和分析檔案文獻。為了近距離深入瞭解邊疆少數民族影視劇的接受情況，課題組邀請了所在學校的四位少數民族同學組成焦點小組，舉辦了一次交流座談會。焦點小組中的四位少數民族同學彼此並不熟悉，他們被選中的主要原因為都是喜歡觀看邊疆少數民族影視劇的年輕少數民族受眾。焦點小組座談會假定小組成員的個人看法與信念都是社會形塑建構的產物，他們的態度或信念代表了相當一部分邊疆少數民族受眾的觀影心理。

此次座談會以少數民族電視連續劇《彝海結盟》為核心討論話題，就少數民族大學生影視媒介的接觸與「國家認同」為思考緯度，力求展現一個不同聲音對話、甚至交鋒的開放平臺。我們注意到不少不同聲音表述，諸如「對我們彝族來說，希望聽到《彝海結盟》中的演員說彝語，讓彝族演員參演，這樣會更貼近我們。」「我覺得中央電視臺的藏族題材電視劇不好看，以後就不看了。」「我們藏族正在被強制接受現代化，藏區不需要現代化，需要藏傳佛教賦予我們的內心安寧。」「我們意識到藏族文化出現斷層」、「學習藏語的民族學校太少了，現在基本都漢化了。」這些言論乍聽之下，似乎並不那麼令人舒服愉快。但是我們相信，只有經過一番誠懇的對話、甚至觀念交鋒，主體民族與少數民族之間的溝通交流，才可能猶如「春蠶脫皮」一般，還原出事物純淨的本質。重現問題永恆的一貫性，才能最終通往國族融合的和平、理解之正途。一如受訪者藏族青年道吉先所言：「無論我們對國家政策有什麼不同意見，但如果說國家發生戰爭，國難當頭，我還是一定會挺身而出、為國效力。」聽來讓人動容感概。

個案 2-2-7　「縫合」與「間離」的紅色「民族敘事」：電視劇《彝海結盟》的革命歷史「再現」與「重寫」

2016 年 10 月，11 部「紀念長征勝利 80 週年獻禮劇」陸續登陸各大衛視。《長征大會師》、《絕命後衛師》以歷史「正劇」展現長征中某一關鍵事件；《騾子和金子》、《我是紅軍》、《紅旗漫捲西風》融合喜劇題材，加入青春元素，刮起另類「紅色旋風」。〔註 186〕值得特別關注的是，10 月 24 日，涼山文化廣播傳媒集團投資組織拍攝的電視劇《彝海結盟》登陸中央電視臺 8 套。該電視劇自從首播以來，多次佔據全國衛視黃金時段電視劇收視率榜首。11

〔註 186〕武文佳《獻禮長征勝利 80 週年　熒屏重現長征路紅劇不再「高大全」》，〔EB／OL〕，舜網——濟南時報（2016-10-24），http：news.e23.cn/yule/2016-10-24/2016A2400272.html

月 4 日當晚，單集收視率更是高達 2.46%，完美收官。〔註 187〕電視劇《彝海結盟》將民族傳奇縫合於建國以來紅色革命敘事範式、把國族認同和革命史詩融為一爐，開啟了少數民族題材紅色經典敘事的全新篇章。

（一）紅色革命敘事的歷史基點

頗具傳奇色彩的少數民族電視劇《彝海結盟》，其創作來源於紅軍長征時期的一段革命史實。1935 年 5 月 18 日，為了迅速北進，達到向紅四方面軍靠攏、建立川西北革命根據地之目的，中革軍委發出電令：命令紅軍參謀長劉伯承任先遣司令；第一軍團主力應向瀘沽方向前進五六十里。在安排先遣隊的主要任務時，毛澤東叮囑劉伯承：「先遣隊的任務不是打仗，而是宣稱黨的民族政策，用政策的感召力與彝族同胞達成友好。」〔註 188〕

冕寧縣拖烏區彝族人口約占總人口的三分之二，還處於原始荒蠻的奴隸制社會。紅軍到來時，果基家支正和羅洪家支械鬥「打冤家」。安寧河源以西為羅洪家支聚居地；縣城北部安寧河支流拖烏河到南埡河一線為果基家支所轄，這一線的道路正是紅軍先遣部隊必經之地。紅軍翻過峨瓦山埡時，掉隊負重的工兵被藏於兩邊山林中的彝族武裝攔圍，繳去槍械及渡河器材，脫去衣褲放回。行進中的紅軍大部隊，任隨沿途樹林中打槍，頭不抬，眼不眨，只是前進，在當地人中留下了「那些紅軍硬是槍子不進」的傳說。帶路的嚮導建議紅軍戰士還擊，紅軍戰士說：上面沒有命令不能打。他們請懂彝語的嚮導喊話宣傳，說明紅軍只過路，不願意和彝族同胞開戰。

為了盡快通過彝區，紅軍工作團的蕭華與果基小葉丹的娃子沙馬爾各談判。抓住彝族重義氣的特點，他提出劉伯承司令願意與彝族首領小葉丹結為兄弟。接受提議的小葉丹說：「按照彝族習慣，我們要吃血酒。」在青松蒼柏環繞、風光旖旎的彝海岸邊，小葉丹和劉伯承正式結拜。「小葉丹比劉伯承小兩歲，故結拜時劉伯承被稱為兄長。由於歃血結盟發生在彝海子邊，後來人們也習慣地稱之為『彝海結盟』。」〔註 189〕

〔註 187〕常雄飛《〈彝海結盟〉受熱捧，屢次攻佔收視率榜首位置》，〔EB／OL〕，四川日報（2016-11-03），http://sc.cnr.cn/sc/2014kj/20161103/t20161103_523241068.html。

〔註 188〕四川省黨史工作委員會編《紅軍長征在四川》，成都：四川省社會科學院出版社，1986 年 9 月版，第 76 頁。

〔註 189〕中共中央黨史研究室第一研究部、中共中央黨史研究室科研管理部《紅色鐵流——紅軍長征全錄》，北京：中共黨史出版社，1996 年，第 552～556 頁。

作為中國革命紅色經典記憶，「彝海結盟」深深銘刻於各民族同胞心中。彝漢民眾達成「各美其美，美人之美，美美與共，天下大同」的「守望相助」，「通過交換信任友誼，民族和睦共生、和而不同。」〔註190〕「彝海結盟」是中國共產黨成功貫徹民族政策的偉大實踐，而如何將這段歷史傳奇搬上藝術舞臺成為一個興味盎然的重要課題。其實，無論大型舞蹈音樂史詩歌劇《東方紅》，還是電影《大渡河》、《金沙水拍》、《彝海結盟》、《萬水千山》都曾經從不同視角演繹過「彝海結盟」的精彩傳奇。因此，對於新編少數民族題材歷史劇《彝海結盟》而言，面臨下述困境：在外延層面，如何迎合多媒體時代的少數民族年輕觀眾，為他們提供「眾媒時代」語境下的觀影愉悅？在內涵層面，又該如何將革命歷史具象化，並且通過具象化的歷史圖景達成政治意識形態的策略性移置？（具體來說，如何巧妙填補經典敘事中小葉丹作為奴隸主頭人這一階級身份的文本罅隙）。

少數民族題材電視劇《彝海結盟》秉持「小事不拘、大事不虛」的藝術原則，在史實和傳奇間找尋契合點。編導聚焦「彝海結盟」這一核心故事元素，巧妙編排出「飛奪瀘定」、「巧渡金沙」、「兩攻會理」、「強涉大渡河」等長征史上重要事件。以上述歷史節點作為時間座標，鄧秀廷、許建霜、劉文輝、蔣介石、沙馬爾各管家、小葉丹、劉伯承、周恩來、朱德、毛澤東等歷史人物悉數登場。相得益彰，編導同時虛構出彝人武士拉鐵、紅軍先遣隊偵查員天俊、彝族紅軍女戰士阿依詩薇和國軍匪諜鄧子文等生動鮮活的人物群像。合理想像的虛構傳奇與考證嚴謹的歷史故事水乳交融，有效滿足了不同觀影受眾的收視期待，為電視劇的高口碑與高收視率奠定了基礎。

（二）「縫合」：彝民文化身份認同的重建

「縫合」是來自影視敘事學的重要術語。該術語認為「電影依靠『縫合體系』來彌補支離斷裂的電影時空，保障受眾觀影愉悅的連續快感不會因為敘事時空的中斷阻隔而受挫。無技巧的『零度剪輯』讓觀眾在不知不覺的觀影過程中被拖入影片的敘事體之中。」〔註191〕套用這一理論，忠實呈現、無縫對接式地表徵少數民族原生態的文化習俗、歷史風情，可以像影視「縫合

〔註190〕納日碧力戈《和睦共生、和而不同——從彝海結盟和庫拉圈說起》，《中國民族》，2014年第6期，第6頁。

〔註191〕賈磊磊《影像的傳播》，桂林：廣西師範大學出版社，2005年，第140～142頁。

理論」一樣為少數民族影視劇「添增『陌生化』和『新鮮性』的民族特質，滿足觀眾對『他者』圖景的觀賞好奇與欲望。」〔註 192〕「縫合體系」強調少數民族本民族的宗教文化、英雄圖騰等符號化象徵物象，在呈現集體歷史記憶的過程中建構對於本族群文化認同的母題。電視劇《彝海結盟》中出現了大量畢摩驅病魔儀式、彝人火葬、「尼木措畢」送靈歸祖儀式、「打冤家」等有關彝族祖源傳說的濃鬱民俗風情。大涼山旖旎的自然風景、優美動聽的彝族音樂、做工精良的彝族服飾、細節逼真的彝人房舍建築，無不表達出創作者對於彝族文化的認同與尊重。上述民族視聽元素使電視劇呈現「陌生」、「新鮮」的彝族「他者」特性，最終展現出別具風格的「縫合體系」。

首先，「縫合體系」表現在對於彝人歷史的重現。通過對彝人真實而獨特的民族歷史展現，電視劇兼備民族的特異性與歷史的厚重感。在彝族的家族史中，遠近聞名的「冤家械鬥」在《彝海結盟》中得到很好地體現。「冤家」是彝語「吉泥吉舍」的直譯，「吉泥」意為「敵對」或「冤家」，「吉舍」意為「械鬥」，合稱為冤家械鬥。「冤家械鬥在表面上具有原始血族復仇的形式，是與家支組織密切相關的……解放以前，涼山的冤家械鬥，範圍日益擴大，次數也不斷增多。蘇呷、井曲、阿候、吳奇等幾個家支之間的冤家械鬥歷經了 30 年。果基家幾乎每年都與其他家支械鬥，有時甚至每年械鬥 7 至 8 次，雙方死傷 100～200 人。」〔註 193〕基於這一歷史事實，電視劇再現了拉莫家支與果基家支冤家械鬥的慘烈場景，為電視劇平增了幾分歷史正劇的悲情與厚重。劇中小葉丹夫人手持白絹出現於沙場，迫使雙方停止械鬥的歷史細節同樣有據可查。在彝人的冤家械鬥當中，「彝族婦女不參加戰鬥，只是從旁吶喊助威，但是她們在戰時有制止械鬥的作用（一般發生在械鬥已使雙方都遭到損失的時候）。當婦女在戰場中舞動百褶裙時，雙方不僅不能傷害她，而且必須立即停止械鬥。若是某方出手打死、打傷出來調停的婦女，則此婦女的娘家勢必追究，並幫助另一方戰鬥，這樣就增強了敵人的力量。」〔註 194〕再現彝人「打冤家」這樣濃鬱民族特色的歷史故事，既彰顯了彝族民風，又在與主體文化比較中增

〔註 192〕趙衛防《縫合與間離：對少數民族電影的一種評價》，《電影藝術》，2005 年第 1 期，第 61 頁。

〔註 193〕《涼山彝族奴隸社會》編寫組《涼山彝族奴隸社會》，北京：人民出版社，1982 年，第 146～149 頁。

〔註 194〕《涼山彝族奴隸社會》編寫組《涼山彝族奴隸社會》，北京：人民出版社，1982 年，第 147 頁。

添了陌生感、新奇感的「他者」特質，最終激發起各族觀眾濃厚的觀影興趣。

再者，「縫合體系」表現於對彝族典型民族文化習俗的重現上。劇中劉之冰、游大慶、王輝諸多大牌群星璀璨；愛情、諜戰、戰爭、懸疑等類型故事交叉疊擾；濃厚民族風情的美術設計讓人過目難忘；民族風音樂靈動悅耳……但是，最吸引各族觀眾的還是對於彝人婚喪嫁娶民俗的重現——劇中出現的出現的「尼木措畢」「送靈歸祖儀式」是典型的成功例證。拉莫家支在與果基家支經過慘烈的「冤家械鬥」之後，雙方皆傷亡慘重。為了祭奠彝人武士，德高望重的畢摩祭師為其舉行濃重的火葬典儀。《彝海結盟》劇中所吟唱的《指路經》電視片段高度吻合彝人火葬儀軌，「《指路經》是在彝人中流傳的、供祭祀亡者的經文。這種經文，用於給亡者『指路』，就是將之前其生前長往之地，沿著古代先人的遷徙路線，回到祖先的聚居所，與祖靈團聚……」〔註 195〕對於彝人來說，祖界就在雲南東部邊界的昭通，也是彝族六祖的分支地。「這個地方是祖先們跟隨原始之祖的聚集地。在靈魂的前面有三條道路：黑色之路，就是鬼的道路；黃色之路，有各種遊魂；白色之路，即是通往祖界的道路，那裡到處是房舍、狗……」。〔註 196〕

概而言之，「縫合」呈現出少數民族獨具特色的「新鮮感」。依靠「縫合」，少數民族影視媒介既要「塑民族文化之『魂』，又要樹民族文化之『形』……要保護好『活態』的『少數民族文化』，而不致使一些少數民族文化在被扭曲利用得面目全非後找不到根源。要注意到少數民族文化內涵和影視製作技術與藝術上的剝離，不僅要有受眾的視角，也要有研究的視角。只有這樣，才能使民俗影視不僅僅利於少數民族文化的完整傳播，而且也有利於它的合理研究和利用。」〔註 197〕

（三）「間離」：作為革命敘事的少數民族電視劇

「間離體系」本為布萊希特戲劇理論體系中的演技方式。如果借用到影視批評中，意指經過有效整合改編，既保持尊重少數民族歷史文化、民風習

〔註 195〕王銘銘《「藏彝走廊」與人類學的再構思》，北京：社會科學文獻出版社，2008 年，第 133 頁。

〔註 196〕白郎編《火焰與柔情之地：涼山彝族鄉土紀實》，重慶：重慶出版社，2007 年，第 107～108 頁。

〔註 197〕李克《巧用影視手段保護和開發民族文化資源》，選自牛頌、饒曙光主編《全球化與民族電影——中國民族題材電影的歷史、現狀與未來》，北京：中國廣播電視出版社，2012 年，第 342～346 頁。

俗等民族特色的前提，又和所謂存粹一元的少數民族特性存有一定距離。創作者因為不拘泥於少數民族的文化歷史，而是在內容的時代性上貼近主流文化，從而「將某一民族原生態的民族歷史、民族文化、民族風俗、民族生活再造成為各民族觀眾都喜聞樂見的具有民族特色的審美對象。」〔註 198〕最終得以在「觀眾接受美學」層面構建出為其他各民族共同認可的電視劇敘事方式。按照布萊希特的話來說，「社會要把它的情況作為歷史的可以改進的去看待。」〔註 199〕換而言之，以辯證哲學為基礎，「『間離』和『陌生化』即認識——不認識——達到新的更高層次的認識。」〔註 200〕在少數民族題材歷史劇《彝海結盟》中，「間離效果」的使用主要表現在「衝突設置」與「敘事線索」兩端。

1. 衝突設置

少數民族歷史題材劇《彝海結盟》之所以獲得高口碑與高收視率，與其成功採用商業化的類型衝突設置不可分割。少數民族題材電視劇使用民族「原生態」敘事似乎天經地義，但是仍舊離不開影視媒介固有之商業屬性。將民俗元素商業化、把故事衝突戲劇化的商業設置構成了商業片成功所需要的「間離效果」。在電視劇《彝海結盟》中，戲劇衝突主要是紅軍通過彝族聚集區與彝人產生的矛盾、國民政府與果基小葉丹和拉莫家支民族矛盾兩大類型構成。電視劇採取「變體」和「移置」的敘事方式，有效構建了故事張力。

傳統少數民族題材影視劇的敘事母題往往是「階級解放」與「革命鬥爭」。自《邊寨烽火》、《蘆笙戀歌》、《草原上的人們》到《五朵金花》、《天山的紅花》，無不講述了不同年代裏剝削階級和以紅軍為代表的勞動人民的階級矛盾。彝族題材電影《達吉和她的父親》、《從奴隸到將軍》更是直接將彝族頭人和以國民黨反動派為代表的統治階級置於故事的對立面。在少數民族歷史劇《彝海結盟》中，如何有效規避主要人物小葉丹的奴隸主階級身份，重新塑造其正面歷史形象成為重要議題。查閱涼山彝族自治區彝人奴隸社會史，

〔註 198〕趙衛防《縫合與間離：對少數民族電影的一種評價》，《電影藝術》，2005 年第 1 期，第 61 頁。

〔註 199〕布萊希特《戲劇小工具篇補遺》，選自《布萊希特論戲劇》，北京：中國戲劇出版社，1990 年，第 47 頁。

〔註 200〕沈亮《當代中國電影實踐中的間離效果》，選自厲震林、倪震主編《雙輪美學：中國戲劇與中國電影互動發展研究》，北京：中國電影出版社，2011 年，第 265 頁。

不難發現，當年奴隸和奴隸主之間的生產關係，是經由複雜森嚴的等級結構彰顯出來的。涼山彝族的統治階級為諾合。「『諾』，彝語有『黑色』之意，『合』意為『群體』，故漢語稱諾合為『黑彝』。由於解放前諾合是涼山的主要統治者，故他們自認為是彝族的『主體』，因此諾合在彝語中又有主體之意……諾合以天命論、血統論為其統治的精神支柱，保持同所有被統治階級的嚴格界限。在其統治的地區內，他們高踞等級階梯之頂，在政治上、經濟上擁有特權，主宰一切。」〔註 201〕電視劇《彝海結盟》在衝突設置上別具匠心，大膽地弱化了小葉丹的「諾合」（奴隸主）身份。與傳統的少數民族題材影視劇相比，該劇設置了三種不同類型的衝突：不同家支彝人間的衝突、漢族統治階級（以鄧秀廷等國民黨反動派為代表）與彝人同胞間的衝突、紅軍先遣隊與受到蠱惑的彝族同人間的衝突。這一巧妙「替變」在弱化歷史上彝族階級矛盾的同時，將彝漢因歷史原因造成的種種民族矛盾作了有效置換。在最大限度上，電視劇去除了依附傳統少數民族影視劇敘事母題的階級鬥爭論，成功以影像闡釋中共在第一次國內革命戰爭中執行的正確民族政策。

2. 敘事線索

少數民族電視劇《彝海結盟》作為翻拍的紅色經典，其主旋律性質決定影片必須有一條政治正確的發展主線。該主線以小葉丹與劉伯承歃血為盟、紅軍先遣隊順利通過彝族聚集區的史實為核心情節，凸顯電視劇的政治正確、闡明我黨的民族政策。另外一條敘事線索則圍繞逃婚彝族姑娘阿依詩薇、紅軍先遣隊戰士天駿、彝人武士拉鐵間的三角戀情糾葛鋪陳開展。這條輔線在編劇中承擔故事性和娛樂性。兩條敘事線索相輔相成、平行遞進，眾多人物在其間糾纏疊繞，而最終二者又水乳交融於封閉式大結局——天俊（漢）與拉鐵（彝）化情敵為並肩戰鬥的兄弟，最終雙雙犧牲。

如果完全拘泥於上述「縫合」理論，拉鐵、天駿與阿依之間的多角戀情根本無法成立。涼山彝族奴隸社會的婚姻制度是在嚴格遵循同族內婚、等級內婚和家支內婚的限制下發展和鞏固起來的。彝族諺語說：「黃牛自是黃牛，水牛自是水牛」，正是指此。從這一點而言，漢族戰士天駿與阿依之間的戀情根本無法存在。「等級內婚姻制度主要限制統治等級的婚姻自由。擁有高

〔註 201〕《涼山彝族奴隸社會》編寫組《涼山彝族奴隸社會》，北京：人民出版社，1982 年，第 69 頁。

貴血緣的黑彝（諾合）絕對不允許與被統治階級中任何一個等級的人締婚。」〔註 202〕照此看來，在黑彝拉鐵和白彝阿依之間產生感情本來已經不可思議，再牽扯上天駿漢人與彝人阿依的情愛糾葛，更加不符歷史原貌。

儘管如此，考慮到觀眾的娛樂需求以及市場推廣的需要，添加上俊男、美女、民俗、歌舞等諸多商業元素，也無可厚非。王偉民導演選用在 2009 年「快樂女聲」比賽中獲得第六名的談莉娜扮演紅軍彝族女戰士阿依詩薇，自有上述用意。導演坦言：「本片把歷史主旋律人物用商業手法包裝，以增強可看性，這是前所未有的。」〔註 203〕不過我們需要同時指出的是，在忠於少數民族文化習俗的「縫合立場」與為了商業需求追尋「間離效果」之間需要把握平衡度。電視劇中，在四川涼山彝族自治州西昌禮州鎮，毛主席與當地一位三歲男孩間有過一番對話。小男孩自稱「邊伢子」，而喚毛主席為「高高先生」。這個細節顯然不符合當地傳統語言習慣，因為只有湘贛人稱小孩兒為「伢子」，而蜀西南地區一般稱呼小孩兒為「娃子」或「娃兒」。儘管上述細節瑕不掩瑜，但此類刻意編造的情節非但不能產生編劇所需「間離效果」，反倒讓觀者因出戲而無法認同劇作。概而言之，電視劇需要依靠「縫合體系」對彝族民俗文化濃墨重彩般渲染；而適當得體的「間離效果」則在表現少數民族特有民俗趣味的同時，傳播出中華民族共同關注的深刻主題。

結語：弟兄民族與英雄祖先

一方面，電視劇《彝海結盟》的意義在於重現紅軍長征傳奇的經典故事。另一方面，影片以活動畫面為逼真媒介，凝聚傳承中華民族共同的集體「歷史記憶」與「國族認同」，樹立「弟兄民族」與「英雄祖先歷史心性」的革命史與民族史文化敘事。《彝海結盟》的革命敘事頗具傳奇色彩，借助電視影像深深根植於受眾心中，形成特殊的「社會表徵」與「歷史」。通過上述「文化表徵」，「集體歷史」一再被觀眾憶起，有力支持著其後所隱喻的社會政治寓意——中華各民族文化共興而馳、和衷共濟。固然，「支持族群認同的集體記憶或歷史『文本』，皆以『共同血緣』、空間資源關係為其最重要的內在構成

〔註 202〕《涼山彝族奴隸社會》編寫組《涼山彝族奴隸社會》，北京：人民出版社，1982 年，第 201 頁。

〔註 203〕杜恩湖《華西都市報獨家專訪〈彝海結盟〉導演：紅色題材是大寶庫》，〔EB／OL〕，華西都市報（2016-11-03），http://news.ifeng.com/a/20161103/50198004_0.shtml。

符號。」〔註204〕但是，當彝族頭人小葉丹與紅軍先遣隊司令劉伯承歃血為盟之時，疏離的「族群關係」已然外化為「血緣紐帶」和「兄弟團結」象徵。一如影片大結局，漢族戰士土豆為掩護彝族英雄拉鐵而犧牲，彝漢兩族情誼昇華凝聚為血與火淬煉的兄弟情。在龍巴鋪阻擊戰中，歷練為「中國彝民紅軍果基支隊」英勇戰士的拉鐵與天駿（紅軍先遣隊戰士，拉鐵的「情敵」）雙雙壯烈犧牲，攜手倒下。拉鐵的獨白感人至深：「喝過轉轉酒，我們，我們一輩子都是兄弟……兄弟，我這就來找你，等著我。」在其倒置的視角中，不熄火焰（革命之火）的大特寫鏡頭幾乎佔據了全部的畫面。

「縫合」紅色革命題材的歷史敘事範式，《彝海結盟》將革命史詩、民族傳奇和國族認同融於一爐。觀影之後，悲壯豪邁的片尾曲始終延宕不去：「大涼山，千峰重疊入青嵐。兄弟之情，相照肝膽……」

圖 2-2-9　電視連續劇《彝海結盟》宣傳海報

〔註204〕王明珂《英雄祖先與弟兄民族：根據歷史的文本與情境》，北京：中華書局，2009年版，第206～335頁。

個案 2-2-8　涼山廣播電視臺《視角涼山》欄目「布拖：匠心」節目解析

涼山州布拖縣被譽為彝族「銀飾之鄉」，在歷史上誕生了許多製作銀飾的能工巧匠，國務院和文化部也已將這項手工技藝列為國家級非物質文化遺產名錄項目。2016 年 1 月 7 日，涼山廣播電視臺《視角涼山》欄目推出《布拖：匠心》節目。通過大量同期聲採訪和歷史畫面，節目交代了布拖銀匠勒古沙日把漢文化融入傳統彝族銀飾的過程，將他對銀的熱愛與傳承展現得淋漓盡致。

「布拖：匠心」節目展現了涼山布拖縣銀飾一條街、勒古沙日銀飾店裏精美銀飾的畫面（1 分 00 秒）；節目的懸念設置在 1 分 13 秒，銀匠勒古沙日與其妻對話，道出勒古沙日作為一名技藝精湛的銀匠，卻因一位客人的要求苦惱數日；畫外音談道：「勒古沙日在涼山布拖縣城，經營了一家銀飾店，這是相傳了 22 代人的手藝……店裏的每一件飾品，都彰顯出獨特的民族個性和藝術風格……」（1 分 48 秒）。節目的高潮出現在 3 分 32 秒，一名外地客人對勒古沙日說道：「想打一套融入漢族文化的銀飾，價格不是問題，看你能不能打造出來。」；銀匠勒古沙日回答道：「我從來沒打造過這樣的。」畫外音說道：「客人要求，他要的這套銀飾，不僅能沿襲古老的彝文化內涵，還要融入漢文化氣息，造型大方又不失精美……這一下令勒古沙日犯難了……如果接了這活兒，又怎樣將彝文化風格和漢文化氣息，融入在一起呢？可是不接這活兒，作為彝族銀飾這項中國非物質文化遺產傳承人，勒古沙日的聲名將一落千丈。」（4 分 27 秒）。

電視節目裏飄揚著悠揚的彝族歌聲，彝族姑娘戴著融入漢文化的傳統彝族銀飾在天幕下的草野旋轉……同期聲採訪中，勒古沙日談道：「我雖然以前沒打過，但是我會盡力去完成（4 分 50 秒）。」畫外音談道：「看到丈夫一籌不展，妻子勸他與徒弟商量，看能否一起拿出一個可行的方案，或是找找文化人，到圖書館、文化館請專家，聽聽他們的建議（5 分 16 秒）。」畫外音：「專家建議他融入漢文化中的龍和鳳，因為龍鳳在漢文化藝術品裏體現得最多，可是問題來了，作為一個傳統彝族銀飾手藝人，他對龍鳳的瞭解並不多，這龍和鳳都是抽象的神話傳說，要具象化又該怎樣做藝術處理呢？」（6 分 40 秒）「展現匠人匠心匠藝的精湛，勒古沙日的製作工藝是沒有模板的，全部靠他的記憶來進行製作，因此，在製作手法上，講究行雲流水，天馬行空，不拘一格。」（8 分 50 秒）同期聲勒古沙日說道：「徒弟則子把掛件交給我以後，我發現掛件規格不對，先是小了，還存在不夠精細的瑕疵，反覆做了七、八次。」（11 分 08 秒）側面展現勒古沙日作為匠人的精益求精，把這件藝術品做好，是對本民族銀飾文化、對漢文化融入彝族銀飾、對客人、對自己的尊重。同期聲勒古沙日說道：「客人滿意是我最大的心願，我還有個心願，讓彝族文化和銀飾受到更多人的關注，讓這一項非物質文化遺產能夠一代接一代綿延不絕地傳遞下去……事實上，勒古沙日的心願有了好的開端，這項精湛的手工技藝被國務院、文化部列入『國家級非物質文化遺產』名錄，勒古沙日成為了這項『非物質文化遺產』的傳承人之一。他的幾套銀飾作品，至今收藏在『國家級非物質文化遺產展館』……」（13 分 58 秒）。

值得一提的是，後文中有提到彝族銀飾的傳承一般都是傳自家人，但「勒古沙日為了把彝族銀飾發揚光大，在同家人做了兩年思想工作之後，也將這一手藝傳給了布拖縣當地的子女……」一個民族的文化圖騰歷經時間長河的洗禮，不管是彝族的羊角還是漢族的龍鳳，這些文化符號象徵著人民對於生活美好的憧憬。在涼山布拖縣匠人勒古沙日的眼裏，將漢文化融入到傳統彝族銀飾中，是份勇敢的創新。傳統銀飾製作技藝的傳承因為創新而變得更精彩，電視節目裏展現的「天馬行空，行雲流水」，象徵著少數族裔文化與漢族文化的相融交織，進而讓中華文化更加源遠流長、發揚光大。（王雅蝶）

圖 2-2-10　2016 年 1 月 7 日，涼山廣播電視臺《視角涼山》欄目推出《布拖：匠心》節目

個案 2-2-9　新疆地區各民族對國家認同與影像傳播的認識訪談錄

2017 年 7 月至 8 月，課題組成員沙德克・艾克熱木、馬爾江・那巴克在新疆維吾爾自治區開展了「新疆地區各民族對國家認同與影像傳播的認識的調查研究」，對北疆、南疆地區的 14 位不同年齡、不同職業階層的少數民族進行訪談交流。大體情況如下：

案例一：艾麗努爾（新疆阿克蘇市維吾爾族，女，農民，53 歲）：我在家會看新聞節目，瞭解領導開會、新政策頒布，我經常看阿克蘇地區和中央的新聞，一邊吃飯一邊看，廣告也看。我不喜歡看體育節目，我丈夫會看體育節目。我家裏很早就有電視機，我女兒有筆記本電腦。我一般是電視裏放什麼就看什麼，我偶而看電視劇，我最近在看新疆電視臺播放的維吾爾語譯製的《盛夏晚晴天》，我看過迪麗熱巴・迪力木拉提演的《阿娜爾罕》和維吾爾語譯製的《還珠格格》。我們全家人都喜歡成龍的武打片。以前過春節我們會看趙本山的小品，但我們看不懂。我看過抗戰題材的影視作品，感受挺深的。共產黨打仗很艱苦，雖然打日本的時候，內地犧牲了很多人，但是中國最後打贏了，我覺得國家很強大，我希望沒有戰爭。我覺得電視臺可以多拍攝我們老百姓真實的普通的生活，把我們的美好生活記錄下來，傳播給後代，讓他們感受到國家對我們農民真正的幫助。愛國是我們每個人都應該做的，沒有國家就沒有我們現在的生活。我瞭解近年新疆的局勢，尤其是南疆這邊，有一部分歹徒擾亂社會秩序。現在，政府天天給我們宣傳守法、愛國，所以我們的覺悟都很高，我們一定要愛國，我也這樣教育我的女兒。我在生活中感受到愛國主義，每週一我們鎮上都會升國旗，我女兒會去大隊（居委會）幫忙，這都是我們應該做的，這就是小方面的愛國。當我看到國旗升起的時候，還是會感慨，我們人老了，女兒長大了，我們不會像以前那樣辛苦，這都是國家給我們的優惠政策，我們從心裏感謝國家和黨。我認識的電影明星不多，只有成龍、趙本山、小燕子（趙薇）、迪麗熱巴・迪力木拉提。我女兒認識很多內地演員，她從小學習漢語。我的祖輩都世居在新疆阿克蘇市新和縣新和鎮，我沒有離開過新疆。我女兒在安徽讀大學，開學讀大三。我經常聽女兒講內地的情況，她說安徽很好，她的大學很漂亮。（2017 年 7 月 27 日，新疆阿克蘇市新和縣新和鎮，沙德克・艾克熱木訪談，王雅蝶整理）

圖 2-2-11　2017 年 7 月 27 日，課題組在新疆阿克蘇地區訪談維吾爾族農民艾麗努爾

案例二：DL（新疆阿克蘇市維吾爾族，男，新疆阿克蘇市沙雅縣某鄉公務員，47 歲）：我看過迪麗熱巴・迪力木拉提演的電視劇《阿娜爾罕》，我只看了幾集，劇中用了很多維吾爾族演員，口碑不錯，這類影視作品有助於培養愛國主義。《阿娜爾罕》講的是解放軍進入新疆以後對人民生活方方面面的改善，阿娜爾罕是維吾爾族民間的故事，現在用電視劇的形式傳播給後代，效果肯定是非常好的。我沒有時間看抗戰題材的影視作品，工作太繁忙了。我比較喜歡看中央電視臺的《新聞聯播》。我妻子沒什麼時間看電視，她開車會聽廣播節目。我兩個女兒在讀初中，她們放假回來會看電視劇。我工作之餘會看足球比賽，最近我看了國足的新聞，輸得挺慘的，我不是專業的足球評論員，我也不知道怎麼回事。我會看奧林匹克運動會，畢竟每四年才舉辦一次，我會特地看。當我看到中國隊贏得獎牌，尤其是五星紅旗冉冉升起的時候，我非常激動。在國內，我們每週一都會升國旗，這是我們的本分，但是在國際場合，升國旗的意義就不一樣了，在國內是歌頌祖國，在國外是宣揚本國實力，每一個中國人都應該感到光榮。我覺得影像傳播和國家認同之間的關係，就像教育與教育效果的問題。打個比方，我們天天在廣播、電視上播放愛國主義方面的內容，觀眾就能從中感受到一些東西，不論這種感受是什麼，可能有人會受益，有人會感覺乏味，但觀眾首先都記住了這些傳播內

容。總的來說，影像傳播可以提升觀眾的愛國意識和國家認同感。國家認同和民族認同是我們公務員的必修課，也是一個少數民族需要掌握的基本知識。在我看來，國家認同是認同國家即自己生活的這片土地，我們要感恩她，保護她，為她效勞，為她的人民服務。作為公務員，我們要對得起黨章、黨徽，為人民服務。我覺得民族認同這個概念不僅僅是少數民族的課題，從淺層來說，民族認同是認同自己的民族。從深層來說，這個民族是哪個民族？如果我是維吾爾族，我就要認同維吾爾族，學習她的文化，遵守她的習俗，但是這個說法不全面，各個民族當然會認同本民族，沒有必要拿出來說。中國有五十六個民族，那麼就要有五十六種不同的民族認同感嗎？我不這樣認為。民族團結需要聚攏五十六個民族認同感，一起認同中華民族這個集體，要認同自己是中國人。所以說，大的民族認同還是對國家的認同，是消除狹隘的民族主義之後的歸屬感。在我眼裏，國家與族群的關係是國家與國民之間的關係。國民聚集在一起才是民族，所以說民族是由國民組成的，國家是由國民組成的。當我們帶著對本民族認同感的信念去認同國家，那麼各個民族一定團結，國家一定團結。國家要比民族高一等，如果這個國家有五十六種不同的聲音，就會阻礙發展，不利於團結。我覺得南疆現在的治安宣傳非常全面了，從小學教育開始抓起的治安宣傳都做的比較好。大街上的橫幅、標語很親民，不是冷冰冰的警告，都比較醒目，還很有民族藝術氣息，牆上也有很多反對宗教極端的漫畫。宣傳是一種教育，以前總喜歡不停開會和傳達文件，老百姓不懂這些深奧的東西。我覺得用壁畫就不一樣了，這種宣傳方式效果很好，淺顯易懂，大家也喜歡，效果非常顯著。除了壁畫以外，廣播、電視、電影這些形式的宣傳都要比文件生動。新疆的治安工作比較嚴格，防暴警察比較多，我之前不能接受媒體採訪，擔心別有用心之人拿我說的話做文章，但其實也沒什麼不能公開的。我一直生活在沙雅縣，今年是我工作的第二十五年。（2017 年 7 月 29 日，新疆阿克蘇市沙雅縣，沙德克・艾克熱木訪談，王雅蝶整理，出於受訪對象的要求，課題組對被採訪者做了匿名處理。）

案例三：阿依先木（新疆阿克蘇市維吾爾族，女，退休老人，68 歲）：我的兒女給我家裏安裝了有線電視，電視裏什麼內容都有。我在電視上看過一些優秀的節目，真實地記錄老百姓生活當中的民族團結故事，教育後代應該怎樣與別人相處，我的孫兒孫女這些後輩們都在外地讀書，所以他們一定要學會怎樣與別人相處，這種電視節目對於他們的幫助很大。我今天看了慶祝中國人民解放軍建軍 90 週年閱兵儀式，太震撼了，我小的時候，南疆的警察都沒幾個，現在中國的軍力非常強大，我們很安心，外國敵人不會隨便侵犯我們的祖國。我經常看新聞節目，有時候看到地震的新聞，我挺擔心的。我會關注天氣預報。我喜歡看家庭倫理類的影視作品，我不喜歡看戰爭類的影視作品，聲音太吵了。別看我老了，我很喜歡看電影，國外的、國內的電影我都喜歡，我看的是維吾爾語譯製的電影，我才能夠理解。我從小在沙雅縣長大，我退休後在家帶孫女，種花草，我的兒女隔三差五就來看我。（2017 年 7 月 30 日，新疆阿克蘇市沙雅縣，沙德克・艾克熱木訪談並記錄）

案例四：艾合買提（新疆阿克蘇市維吾爾族，男，漁民，66 歲）：我看過新疆電視臺的音樂節目《絲路好聲音》，每位喜歡唱歌的人都能上去參加比賽，評委們最後選一個出來當冠軍。我記得有位漢族姑娘也參加了這個比賽，她唱的維吾爾語歌，唱的比維吾爾族還好。我看過維吾爾語譯製的《西遊記》和《還珠格格》，我喜歡小燕子，我們家裏的小孩喜歡看《西遊記》。現在電視頻道很多，電視上有各種各樣的東西，大家都能看。我喜歡看講古代宮廷生活的影視作品，我家小孩喜歡看中央電視臺的科教自然類節目《人與自然》。我覺得少數民族的影像傳播需要體現愛國主義和民族團結，現在小學生的課本裏面都是愛國主義、民族團結，電視機也是一種課本，每個人都可以看電視，所以電視裏應該播放這些內容。我覺得現在非常需要體現愛國主義和民族團結的影視作品，包括宣傳先進科學文化的片子，都是大眾所需要的。以前的電視畫面是黑白的，現在是彩色的，過去我必須在四方形的廣播機前面坐著，稍微走遠點都接收不到信號，聽不了新聞，我現在不用聽廣播了，看電視就能瞭解新聞，這些年的發展真的很好。我現在很少看電視，我基本沒有看電影的時間。我不會特意選擇什麼電視節目，一般電視上放什麼就看什麼，都看的維吾爾語的節目，我們沒有學過漢語，其他的也看不懂。我看過一些維吾爾語譯製的電視劇，但是記不住名字。我在塔里木河畔居住十多年了，以捕魚為生，每年冬天的時候，我會去棉花地，幫別人採棉花，我家一年的收入有幾萬塊，我挺滿意的。（2017 年 7 月 30 日，新疆阿克蘇市塔里木河畔，沙德克・艾克熱木訪談並記錄）

案例五：杜曼・艾尼娃（新疆烏蘇市哈薩克族，男，29 歲，烏蘇市公安局某派出所參照民警）：我一般看新疆電視臺的《佳片有約》和綜藝節目，我覺得新疆電視臺哈薩克語頻道的節目形式比較單一，應該多添加有關民族體育運動的節目，我看了這麼多年，一直在等體育類節目開播。我喜歡看足球賽，喜歡皇家馬德里足球俱樂部、巴塞羅那足球俱樂部、尤文圖斯足球俱樂部，我也很關心中國國家男子足球隊，國足進步很大。我從小在哈薩克語學校讀書，考慮到工作和生活，我通過社交和網絡自學了漢語。學習漢語對我的幫助很大，對我找工作起到了至關重要的作用。（2017 年 7 月 31 日，新疆烏蘇市，馬爾江・那巴克訪談並記錄）

圖 2-2-12　2017 年 7 月 31 日，課題組在新疆烏蘇市訪談哈薩克族民警杜曼・艾尼娃（右一）

案例六：買買提伊明（新疆喀什地區維吾爾族，男，農民，48 歲）：我在家裏會看中央電視臺和地方臺的新聞節目，看新聞對我們的生活很有幫助，可以瞭解國家對農民的優惠政策以及先進的農業種植技術。通過看全國各地的自然災害新聞，可以知道我們兄弟同胞的生活情況。我會看習近平主席的講話，非常有用。我也會關注天氣預報，看有沒有風沙。我看過中央電視臺主辦的「尋找最美醫生」，有一位新疆的哈薩克族醫生當選，他不求回報，常年在山上給當地各族人民治療，包括維吾爾族、漢族、柯爾克孜族等。我就發現在民族聚居區，不可能孤立任何人，不存在這樣的地方，只要各民族在生活上互相幫助，就一定會有民族團結，各民族之間應該互相離不開。我經常看中央電視臺體育頻道的體育賽事，比如乒乓球、排球、游泳、滑冰、檯球，我很喜歡。中國的乒乓球是全世界最厲害的，我有一次看到一位中國女選手和日本女選手比賽，我們前面幾回合都輸了，後面連勝 11 局，贏了，所以我說中國乒乓球打的最好。有位中國小夥子，他打檯球很厲害，他參加過斯諾克大獎賽，他是唯一一位亞洲參賽選手，很了不起。中國女排也很厲害，我覺得只有美國隊、巴西隊能和中國女排打，其他國家的女排都不行。我不是很懂體育賽事的規則，我知道只要五星紅旗升起來，中國隊就贏了，這種感覺挺好的，說明中國隊在世界上越來越有地位了，中國體育事業發展的越來越好。每次看到中國隊贏，我們特別高興，因為我們是中國人，這就像我們的親人，我們的兒女贏了一樣。我看過戰爭片，有講毛澤東主席時代的，有講打日本人的，也有講解放戰爭的，我都會看。我喜歡看成龍的武打片，我看過很多次。我覺得近幾年抗戰題材的影視作品製作挺好，數量上越來越多，形式上也多，製作特效更好，有些還很搞笑。總的來說，可以讓後代比較全面地瞭解以前的歷史，有很重大的教育意義，讓後代知道我們現在生活的來之不易，讓他們懂得珍惜。我看過維吾爾族題材的電視劇，比如《冰山上的來客》《木卡姆往事》《阿娜爾罕》。我還看過一部電視劇，我忘了名字，講新疆姑娘去內地打工，與民族團結有關。還有一部電視劇講內地姑娘來南疆採棉花。我覺得這些電視劇很好，很貼近生活，我們都愛看，也能讓內地的同胞們更好地認識我們，也能加強民族團結。有一部電視劇的片段讓我印象很深刻，有群新疆姑娘去廣東打工，因為工作需要，她過節不能回家，工廠的領導人和其他工人就陪她們一起過古爾邦節，尊重她們的習俗，大家和新疆姑娘的關係非常好，我特別感動。我們新疆出去的孩子和別人不一樣，習俗比較多，差異比較大，內地的兄弟姐妹們能夠尊重我們，理解那些從新疆出去的孩子，我覺得這是一件很大的好事。在我看來，民族認同是一個人要知道本民族的文化、習俗以及歷史，只有自己先尊重自己的民族，別人才能尊重我們，除此之外就是要尊重其他民族。我認為中華民族就是中國土地上生活的每一個人，不管你是維吾爾族、漢族還是回族，只要戶口本上寫的中國，那就是中華民族。我白天幹農活，種小麥和棉花。我做農活有幾十年的經驗，靠自己的本事種地，如果要種新的農作物，我會去鄉村書屋學習，那裡的書都是免費的。我們這裡是旱田，比較缺水，飲水灌溉是個技術問題。

（2017 年 8 月 2 日，新疆喀什地區巴楚縣阿瓦提鎮，沙德克·艾克熱木訪談，王雅蝶整理）

圖 2-2-13　2017 年 8 月 2 日，課題組在新疆喀什地區訪談維吾爾族農民買買提伊明（左一）

案例七：艾麗菲熱（新疆烏魯木齊市維吾爾族，女，西北工業大學學生，20 歲）：我覺得部分少數民族的影像傳播，比如電視，給人們帶來了太多的刻板印象，這方面要多多改進。我在西安上學的時候，周圍有人問我，「新疆是不是很落後？」在這些人眼裏，新疆到處都是草原、沙漠、大山，我覺得他們太刻板了，但是這不能完全怪別人，因為少數民族影像傳播這片沃土還沒有正確、全面地開發。如果讓我想像西藏拉薩，我腦子裏就是冰山、布達拉宮、藏獒，但肯定不止這些吧？內蒙古也不止草原吧？（2017 年 8 月 2 日，新疆喀什地區，沙德克・艾克熱木訪談並記錄）

案例八：達尼亞爾（新疆喀什地區維吾爾族，男，待業，25 歲）：我幾乎沒有看過維吾爾族題材的影視作品，我小時候聽說過《冰山上的來客》，前幾年看過電視劇《阿娜爾罕》。我覺得這些影視作品的想法挺好，但還有進步空間。我感覺中國拍電視劇都是一樣的套路，很多新疆少數民族題材的影視作品，就是主人公遭受磨難後，大義者出手相救。我在網上看到評論說抗戰題材的影視作品不行，說什麼「手撕鬼子」之類的，我看了這些評論就不想看電視劇了。我覺得抗戰題材的影視作品現在越做越假，而且劇情都差不多。在我看來，影視作品進行愛國主義宣傳和民族團結教育很有必要。我們都是中華民族，需要一起維護中國，認同中華民族。我愛維吾爾族，也愛中國，這兩者並不矛盾。我覺得國家利益和民族利益不會發生衝突，沒有哪件事對於民族是災難而對國家是有益的，國家出臺政策一定是為了國家好好發展，不是為了讓一個民族滅亡。我覺得比起抓民族團結，國家更需要抓貪官。我認為各民族可以自發地團結起來，生活在同一個地方的人們肯定會有同樣的利益，大家為了獲得它、保護它，一起挨餓、一起致富，都會自發地走在一起。儘管我們語言不同，但我覺得 56 個民族之間沒有太大的差別，像內地的河南、上海，兩個地方的方言不一樣，但是一有難還是會團結起來。我們出國都用中國護照，我們都是一樣的，沒必要把民族團結弄成規矩。如果發生民族分裂的事件就去抓恐怖分子，在日常生活中我們就順其自然，我覺得沒有必要把民族團結作為一種法律去遵守，否則可能適得其反。我現在不怎麼看電視，我一般想看什麼網上都有，用手機和電腦都能看。我看過一些民族團結主題的電影和小品啊，我覺得都很好。我在騰訊網上看過「遼寧艦上的新疆籍海軍女兵」的新聞，我當時很自豪，第一感覺是有本民族的士兵在中國第一艘航母上服役了，第二感覺就是中國終於有航母了，你看著，中國一定會在很短的時間內造很多航母。我看了薩德入韓的新聞，我非常生氣，我覺得韓國政府不知好歹，我們中國不是一個小小的韓國能隨便招惹的。我心裏挺反感韓國的做法，我認為每個知情的中國人都應該這樣。當然，我們不能極端和盲目，不能因為這起事件而針對韓國其他方面的事物。我有一次看國足對陣韓國，贏了一場比賽，很解氣，我特別高興。我覺得國足的水平偶而讓人眼前一亮，總體來說還是不行。我雖然關注國足，但我不是國足的球迷，我只能說我支持中國足球，但不看好現在場上的 11 人，這 11 人不是能夠很好地代表中國足球的水平，畢竟他們身披著國家隊戰袍，可以從新疆這邊找球員。我非常希望國足取得進步，想在世界盃的賽場上看到中國隊的身影。我父母都是農民，我每年暑假回家會和父母一起做農活。我今年從學校畢業，學的採礦工程專業，但是我打算找份在公司上班的工作，不做本專業。（2017 年 8 月 3 日，新疆喀什地區巴楚縣巴楚鎮，沙德克・艾克熱木訪談，王雅蝶整理）

案例九：荷木巴特（新疆昌吉州哈薩克族，女，呼圖壁縣和美御園便民警務站警務人員，24 歲）：作為一個 90 後，我平常喜歡使用網絡，我也經常看電視，因為在家裏，電視才是最普遍的媒體。我比較容易接受讓人心情愉悅的電視節目，比如小品，我和家人都喜歡看新疆電視臺哈薩克語頻道的小品節目。近年，新疆電視臺經常通過小品來展現少數民族和漢族的團結友誼，用講故事的形式進行民族團結教育，我認為非常好，小品比生硬的說教更深入人心。我也喜歡文學類節目，但是新疆電視臺哈薩克頻道好像沒有這類節目。我認為每個民族都有自己璀璨的文學和文化瑰寶，哈薩克族也不例外。古人的智慧、名言多少對現在的人有所啟發，把五十六個民族的優秀文化簇集起來，才能形成博大精深的中華文化。所以說，各民族之間首先要進行文化認同，中華文化要承認每個民族的優秀文化，各個民族要傳承優秀的中華文化，才能構建更高層面的東西，比如國家認同。我覺得五十六個民族是中國的一部分，就像習近平主席所說，「人民有信仰，民族有希望，國家有力量。」我們各民族都應該提高辨別能力，心往一處想，勁往一處使，凝聚力量去強大自己，強大國家。（2017 年 8 月 3 日，新疆昌吉州呼圖壁縣，馬爾江·那巴克訪談並記錄）

案例十：艾合買江·艾拜迪拉（新疆烏魯木齊市維吾爾族，男，微信公眾號「新疆生疆外足跡」創始人，24 歲）：對於老一輩的人來說，利用傳統媒體進行教育是最實際的，尤其是電視媒體，如果能在新疆電視臺各類語言的頻道中開設一些新欄目，真正潛移默化地影響受眾，喚起受眾對中華民族的認同，那就很不錯，老百姓不太願意看很官方的節目。（2017 年 8 月 4 日，新疆烏魯木齊市，馬爾江·那巴克訪談並記錄）

案例十一：霍寧芝（新疆伊犁哈薩克自治州錫伯族，女，高中畢業生，19 歲）：少數民族明星是宣傳少數民族的一個臺階，少數民族明星在電視節目上出現的次數多了，粉絲多了，就會有更多的人瞭解少數民族。從新疆走出去的明星很多，維吾爾族明星有演員古麗娜扎爾·拜合提亞爾和迪麗熱巴·迪力木拉提，中央電視臺的主持人尼格買提·熱合曼。錫伯族明星有演員佟麗婭，她是我們錫伯族的形象大使。（2017 年 8 月 5 日，新疆伊犁哈薩克自治州察布查爾縣，沙德克·艾克熱木訪談並記錄）

案例十二：阿依努爾（新疆昌吉州哈薩克族，女，呼圖壁縣第三中學教師，48 歲）：工作之餘，我喜歡看電視，尤其是新疆電視臺哈薩克語頻道，我覺得它放的民族團結公益廣告挺好，很有感染力。我在哈薩克語頻道看過少量的本民族電影，讓我最難忘的是《永生羊》，電影情節很簡單，暴風雪後，小男孩的永生羊被凍死了，他非常傷心，一位老爺爺幫助他走出傷痛。麻雀雖小，五臟俱全，電影刻畫了許多哈薩克族習俗、精神，充滿著濃濃的民族風情，看著很有感覺。我希望哈薩克族影視作品能豐富一點，因為哈薩克族是中華民族的一部分，哈薩克族文化和其他的民族文化集中起來形成了中華民族文化。我覺得每個民族都是國家不可分割的一部分，五十六個民族只有凝聚起來，才能成就一個中國，各民族不可以單獨存在。近年，新疆局勢因為一些分裂分子變得不穩定，國家的維穩手段非常有效。除了從客觀環境上懲治不法分子，在意識形態層面也促進了少數民族同胞的國家認同。最近，我們學校呼籲同學們參加發聲亮劍宣講活動，同學們積極響應，聲討「三股勢力」的反動本質，揭露其醜惡嘴臉，這類活動非常有必要。我從事教學工作近十年，我的學生大多是哈薩克族。幾年前，第三中學是純哈薩克語中學，沒有漢語班。後來，在縣發改委的統一部署下，調整為以漢語、哈薩克語雙語教學為主的九年一貫制學校，但是第三中學仍然偏向民語教育。學校裏超過半數的學生是少數民族。（2017 年 8 月 8 日，新疆昌吉州呼圖壁縣，馬爾江．那巴克訪談並記錄。注：為認真貫徹落實習近平總書記關於新疆工作系列講話精神和第二次中央新疆工作座談會精神，按照教育部等 12 部委《關於切實加強有關內地民族班學生教育管理服務工作的若干意見》要求，新疆教育廳組織開展了 2017 年暑期萬名新疆籍學生回鄉發聲亮劍宣講活動。）

案例十三：馬燕（新疆伊犁哈薩克自治州回族，女，移動營業廳工作人員，28 歲）：我覺得沒有必要為民族團結專門開闢一擋節目或拍一部電影，就算做也不要只做給新疆看，民族團結教育應該在全國施行，因為新疆除了一些暴徒以外都是很團結的，只是有人覺得我們不團結。外地人覺得新疆的維吾爾族會仇視漢族，回族會仇視其他民族，其實你來了可以看到，根本沒有這種嚴重情況。你出去問誰都會說我們是中國人，我們是中華民族，我們都一樣，沒有人會說「我是回族，但不是中國人」「我是新疆人，但不是中國人。」有人會唱其他國家的國歌嗎？不會吧。愉群翁回族鄉的「愉群翁」是維語，翻譯成漢語是「三個十」，意思是這裡的居民大部分是回族，也有維吾爾族。伊犁地區的全稱是伊犁哈薩克自治州，新疆的全稱是新疆維吾爾自治區，大家你中有我，我中有你，怎麼不團結了？在我看來，如果真心想為新疆做一套電視節目，就做大氣點，不要總是民族團結，多介紹新疆的經濟發展，讓全國各地的人才願意來到新疆。經濟水平提高了，各民族自然會團結。我們現在很團結，政府工作做得很好。（2017 年 8 月 12 日，新疆伊犁哈薩克自治州愉群翁回族鄉，沙德克．艾克熱木訪談並記錄）

案例十四：瑪爾江（新疆烏魯木齊市哈薩克族，女，新疆電視臺新聞中心記者，26 歲）：高昂的拍攝成本和製作經費制約了新疆哈薩克語本土原創影視作品的發展，直接影響少數民族語言節目的生產數量和質量。少數民族語言節目在節目研發、節目運營人才方面存在短板，缺乏雙語高端人才、創造性人才，需要相關文化企業的支持以及資金、人才、制度的保障。（2017 年 8 月 25 日，新疆維吾爾自治區烏魯木齊市新疆電視臺，馬爾江·那巴克訪談並記錄）

小結：本個案對新疆地區 14 位年齡身份族裔不同的少數民族受眾進行了深入訪談，力圖瞭解新疆少數民族受眾對於國家認同與少數民族影視節目傳播之間關係的認識。在抽樣的過程中，課題組所選取的採訪對象儘量考慮不同民族、不同母語、不同性別、不同職業身份、不同宗教信仰、不同黨派團體等各種差異性。通過上述訪談，課題組深切感悟到：中華文明能夠歷久不衰，正在於其內置式的國民性中，同化融合、催生萬物、春風化雨、涵泳無聲的內功所在。「53 歲的維吾爾族老大媽喜歡看成龍的武打片。」「維吾爾族公務員每次看到電視中五星紅旗冉冉升起，都會和中國運動員一樣感同身受。」「29 歲的哈薩克小夥關心中國男子國足」、「68 歲的維吾爾族老人在觀看閱兵儀式時，為祖國強大的軍力而震撼和自豪」。這些訪談個案無一例外，都在彰顯著影視於國族文化認同的重要作用。